다이아몬드

초판 1쇄 인쇄일 2025년 3월 20일
초판 1쇄 발행일 2025년 3월 25일

지은이 정혁종
펴낸이 양옥매
디자인 송다희 표지혜
교 정 조준경
마케팅 송용호

펴낸곳 도서출판 책과나무
출판등록 제2012-000376
주소 서울특별시 마포구 방울내로 79 이노빌딩 302호
대표전화 02.372.1537 **팩스** 02.372.1538
이메일 booknamu2007@naver.com
홈페이지 www.booknamu.com
ISBN 979-11-6752-600-7 (03800)

다이아몬드

수탉과 돈키호테의 로맨스와 모험, 그리고 600억!

정혁종 지음

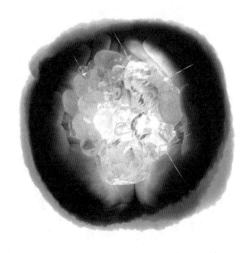

책과나무

차례

1. 물개 조련사

W시의 사바나 랜드.

"김주임, 오늘 새로 입사한 조련사입니다. 조련학과를 나왔다는데 물개 훈련은 처음이니 처음부터 차근차근 가르치세요."

사바나 랜드 조련사 팀장이 키가 껑충한 남자를 한 명 데리고 와서 여자 조련사에게 소개했다. 이때가 3월 말이다.

"안녕하세요. 차기수(Cha Gisu)라고 합니다. 앞으로 잘 부탁드립니다."

"네. 전 김영미(Kim Yeongmi) 라고 해요. 열심히 배우셔야 해요."

"예에? 김영미라면 동계 올림픽 컬링에서 '영미, 영미'하는 그 김영미네요."

"호호호. 이름만 같답니다. 전 컬링 맷돌(Stone)도 구경 못 했어요."

"오호, 우연한 일치네요. 저도 구경은 하지 못했어요. TV에서 처음 봤지요."

이렇게 해서 신임 조련사로 온 차기수(車旗秀)는 선배 격인 김영미(金瑛美)에게 소개를 받아서 그날부터 물개 훈련에 대한 교육을 받기 시작했다. 김영미는 키도 크고 얼굴도 예쁘장하고 몸매가 그야말로 물개 몸매였다. 적당히 큰 눈 자연산으로 보이는 쌍커플이 귀염성있게 보였다. 전반적으로 이목구비가 수려해서 미인으로 꼽을 만했다. 차기수도 이에 빠지지 않는 준수한 외모를 가지고 있었다. 후에 알게 된 뒷담화지만 응시자가 꽤 많았었는데 물개 쇼를 진행하려면 관람객 앞에 서서 적당한 쇼맨 쉽이 있어야 하는데 그중에 외모도 중요한 몫을 차지하고 있었다. 즉, 외모, 즉흥적인 행동과 말 등이 면접에서 많은 점수를 차지하고 있었던 것이다.

며칠 후,
영미는 의외로 차갑게 차기수를 대하면서 조련 교육을 시키고 있었다. 군대로 따지면 병장과 이등병처럼 위계질서(位階秩序)가 명확하였다.

"선배님, 좀 쉬었다가 해요."
"지금까지도 쉬어가면서 하는 건데요."

"아이구 그래요? 그런데 얘들이 내말은 잘 듣지 않네요."

"처음엔 다 그래요. 빨리 서로 간에 교감이 형성되어야지. 모든 동물들은 낯가림을 한답니다. 그래도 물개는 친해지기 쉬우니까 항상 곁에서 같이 놀아주면 얘들도 그걸 알아요."

"예, 그런 줄은 알지만 차별 대우를 심하게 하는 것 같아요. 선배님이 부르면 곧장 달려가지만 내가 부르면 눈치만 보고 저기 저 녀석은 아예 고개를 외면하고 있네요. 내원참."

"그럴수록 그 녀석 곁에 가서 놀아주세요. 쓰다듬어 주고 꽁치도 주고 그래 봐요. 그러다 보면 조금씩 친해진답니다."

기수의 말을 잘 안 듣는 물개는 '잭슨'이라는 수놈인데 이놈은 천성이 암놈 밝힘증이 있는지 기수를 거들떠보지도 않고 영미의 뒤꽁무니만 졸졸 따라다니기 일쑤였다. 그 옆에 '그레이스'라는 암놈은 어느 정도 기수의 명령에 따르고 있어서 곧잘 꽁치를 받아먹곤 했다.

열흘쯤 후

"선배님, 앞으로도 계속 선배님으로 불러야 하나요? 요즘 젊은이나 늙은이나 닉네임으로 부르는 걸 당연시 여기는데."

좀처럼 곁을 내주지 않고 냉랭하게 대하는 영미에게 기수가 말을 먼저 걸었다.

"그렇긴 하지만 닉네임이 마땅치 않네요."

"넘 길지만 않으면 되요. 저는 차리(Chari)라고 불러주세요."

"차기수에서 기수를 빼고 차리라고 하는군요. 전 수탉이에요."

"예에? 정말이에요? 암탉이 아니라 수탉이예요?"

"그래요. 어려서부터 집에서 수탉 같다고 해서 그냥 암탉이 수탉이 되었어요. 처음엔 어색하더니만 독창적이어서 마음에 듭니다. 앞으로 수탉이라고 부르겠어요?"

"하하하, 아이참, 어떻게 수탉이라고 불러요. 그냥 선배님이라고 부를게요. 저만 차리라고 부르세요. 혹시 앞으로 같이 공연하게 되어도 차리라고 불러주세요."

"그래요. 그때가 언제 될지 모르지만 윗분들에게 오디션(audition)을 봐서 합격해야 합니다. 그러니 딴 맘 먹지 말고 열심히 배워요."

"예, 예."

기수는 간신히 틈을 봐서 말을 걸어보았는데 괴상한 답변만 듣고 말았다. 아마 어려서부터 극성스럽게 동네 골목대장 노릇을 한 것이 분명하였다. 지금의 행태만 보아도 그렇다. 같은 잔나비 띠동갑 나이라는데 자기가 선배랍시고 군림하려 들고 잔심부름이나 뒷정리도 모두 떠맡겼다. 꼭 군에서 병장이 쫄병 대하듯 하는 것이다. 기수는 여러 차례 배가 꼴려서 죽을 맛이었지만 조련 수업을 받기 위해선 참기로 했다. 기수야 말로 살만한 집의 응석받이 막내로 자랐기에 주변 사람들이 시중을 들다시피했는데 난생처음 여자에게 순종적으로 행동해야 했다.

"그래, 내가 참자, 조련 수업을 더 받아야 한다. 동물과 교감하는 방법을 터득해야 한다."

오직 이것만이 기수의 목표였다. 멋지게 공연 쇼를 하는 것은 차 순위였다.

기수보다 몇 살 더 많은 남자 조련사 두 명이 있었는데 이들은 남자 둘이서 김영미와 교대로 공연 쇼를 하고 있었다. 그러니까 지금은 김영미 혼자서 진행하고 있다.

"강 선배님, 김 선배님이 좀 까칠하지요?"

"김영미? 하하하, 까칠하지. 차리가 오기 전에 남자도 겨우 육 개월인가 하다가 비위 틀어져서 그만 둔거나 마찬가지야. 그 여자 대단해, 은근히 남자들을 종 부리듯이 부리려고 해."

"그런 거 같아요. 어떻게든 조련 교육을 더 받아야 하는데 냉랭한 것이 한겨울 찬바람 불 듯합니다."

"카하하하, 그럴 거야, 잘 견뎌봐, 그래도 그 여자가 인기는 최고잖아, 윗분들도 다 인정해, 성격만 좀 까칠하지 쇼는 진짜 잘하거든, 외모도 받쳐주니까 관객들도 무지하게 좋아해."

"그렇더군요. 하이 참, 앞날에 고생문이 훤합니다. 제가 버텨 낼지."

"참아야지, 얼굴 반반한 여자들이 얼굴값 한다고 하잖아."

"그런 모양인가. 남친도 없어 보이던데."

옆에 있던 이 선배님도 맞장구를 쳤다.

"그러게 그렇게 콧대 높고 도도한 여자를 누가 데려가겠어? 혼자 살면 몰라두"

"왜 없어, 조폭 두목이나 UFC 챔피언 같은 놈이 나타나서 찍어 누르면 꼼짝 못하겠지."

"하하하, 아니야. 영미가 그런 수모를 겪고 살 것 같아? 그냥 혼자 살지, 아니면 설설 기는 남자를 데리고 살겠지. 애완동물처럼, 아무튼 대단한 여자야. 남자들도 물개처럼 훈련하는 줄 알거든."

"맞아, 그건 맞아."

두 선배님이 신이 나서 주거니 받거니 말을 이어갔다.

"그럼 진짜로 남친 없나요?"

차리가 물었다.

"그건 몰라, 자기 사생활 이야기는 하지 않으니까, 아니 우리끼리도 말을 섞지 않으려고 하니까 모르지뭐. 부모님은 두 분 다 교직에 계시다고 하더만, 위아래에 딸이어서 세 딸 중에 중간이라고 했어."

"그랬어요? 그래도 많이 아시네요."

"하하하, 아 그래도 그 여자가 온 지 이 년이 넘어서 삼 년차인데 그 정도는 알아야지. 아무튼 남친은 없는 것 같아, 어디 데이트 간다는 소리 못 들었고 집에 간다는 소린 하데."

"아 그렇군요."

"차리, 잘해봐, 그런 여자가 한 번 굽히면 일편단심이야. 우린 짝이 있는 몸이니까 근처도 못 가지만."

강 선배와 이 선배는 결혼을 했다는 뜻이다.

"아이구, 그런 말씀 마세요. 가까이 가기만 해도 얼음이 되는 판에 언감생심이지요."

"하하하, 아무튼 잘해봐."

한참 선배 역시 김영미의 까칠한 성격에 혀를 휘둘렀다.

한 달이 지난 4월 말쯤,

그날따라 차리는 몸의 컨디션이 좋질 않아서 몸살 기운으로 등이 결리고 머리도 지끈거렸다. 백수로 있을 때는 동네병원이라도 갔을 테지만 여기선 근무 시간에 어디를 마음대로 나다닐 수도 없었다.

그날도 똑같은 생활로 반복되는 조련 교육이었다. 이제 차리도 물개와 교감이 약간 생겨서 물개들도 곧잘 말을 알아듣고, 정확하게는 손동작이지만 지시대로 잘 움직이고 있었다. 하지만 여전히 수놈인 잭슨은 가끔 제멋대로 행동할 때가 많았는데, 영미는 그런 것도 쇼중에서는 적당한 멘트로 넘어가야 한다고 했다.

"어머나, 저 녀석 아침에 늦게 일어났다고 혼내 주었더니 지금 와서 막 반항을 하네요.”

이런 식으로 즉흥 멘트를 하면 관객들이 대환호를 한다는 것이다. 하지만 차리에게는 아직 이런 즉흥적인 멘트가 입에서 튀어나오지 않았다.

동물들이 사육사의 눈치를 보고 있다는데 잭슨이라는 놈은 차리의 눈치를 보고는 일부러 말을 듣지 않았던 것이다. 즉 사육사가 기분이 좋으면 잘 따라하고 기분이 나쁘면 더 말을 잘 듣지 않는 것이다.

이렇게 몇 번 말을 안 듣자, 차리는 홧김에 저절로 손을 들어서 잭슨의 얼굴을 딱하고 내리쳤다.

“끄앵!”

잭슨이 비명을 지르면서 물속으로 뛰어들었고 옆에 있던 그레이스도 놀라서 물속으로 뛰어들었다.

“지금 뭐하는 거야? 너 죽을래?”

영미의 입에서 믹밀이 튀어나왔다.

“어어~ 이게 아닌데.”

“뭐하는 거냐고? 얘들 때려서 죽이려고 그래?”

영미가 두 눈을 부라리면서 차리 앞에 다가섰다.

“어어 그게 아닌데, 하도 말을 안 들어서 저도 모르게 손이 올라갔어요. 죄송합니다.”

"뭐라구? 이런 기본 자질도 안되는 게 와서 무슨 조련 교육을 받는다고 해. 당장 그만둬!”

"예에? 아이고 잘못 했습니다.”

상황이 급작스럽게 불리하게 돌아가게 되자 차리는 저절로 무릎을 꿇고서 용서를 빌었다. 정말로 치욕스런 순간이었는데 더 이상 어떤 방법으로 용서를 빌어야 할지 몰라서 아주 어려서 하듯이 무조건 무릎을 꿇은 것이다.

영미는 양철판이 찢기고 두드리는 듯 한 괴성으로 마구 혼내었다. 얼마나 시간이 흘렀는지 무릎뼈가 부서지는 것만 같았으나 차리는 고개를 숙이고 일언반구 대꾸도 못 하고 있었다.

"야, 너 잘해봐, 내 말 한마디면 오늘 날짜로 짤린다. 어엉?”

"……”

"살고 싶으면 물속에 들어가 있는 두 녀석을 네 앞에 오게 해서 앉혀봐.”

영미는 마지막 말을 남기고는 휑하니 나가버렸다. 오전에 연습을 하고 오후엔 공연 쇼를 해야 하는데 정말로 난감했다. 차리는 아직 쇼에 나가진 않지만 뒤에서 얼쩡거리고 있어야 했다.

차리가 일어서려니까 오금이 굳어버렸는지 펴지질 않는다.

간신히 일어나서 무릎 통증을 참아가면서 온갖 모션(motion)과 말로 물개들을 불렀지만 고개만 빠금하고 내밀지 도무지 올라올 생각을 하지 않았다. 꽁치를 던져 주어도 받아먹지도 않는다.

"아이구, 이거 진짜 대형사고 터졌다. 저놈들이 이제 나를 적으로 아네."

차리는 포기하지 않고 가까이 가서 별의별 동작과 말로 달래었지만 그 녀석들은 차리의 근처에도 오지 않았다. 차리는 점심도 먹지 못하고 물개들을 달래었으나 한번 틀어진 그 녀석들은 끝끝내 외면하고 말았다.

오후 공연 시간이 되어서 영미가 왔는데, 변신의 천재인 영미는 방실방실 웃으면서 관객들에게 인사를 하고 물개에게 여러 동작을 시키면서 시나리오대로 단막극을 진행하는데 녀석들은 잘 따라했다. 주눅이 들은 차리는 저쪽 구석에 서서 이런 광경을 쳐다만 보고 있어야 했다.

"아, 이렇게 끝나는 구나. 조련을 배우기로 작심을 했는데 모든 게 수포로 돌아가는 구나."

느닷없이 차리의 눈에는 눈물이 피잉 돌면서 촉촉해졌다.

다음날 아침 일찍 차리는 공연장에 먼저 나가서 쭈볏쭈볏 서 있었다. 어제만 해도 물개들이 차리를 알아보고 무대로 올라왔건만 오늘은 본체만체이다.

얼마 후 영미가 들어왔다.
"죄송합니다. 선배님. 잘못했습니다."
목이 막히어 말도 제대로 안 나오는데 억지로 쥐어짜듯이 용
서를 빌어야 했다. 차리는 정말로 죽음 같은 치욕이었지만 참
을 수밖에 없었다. 당장 때려치우고 나갈 수도 없지 않은가.

"잘못한 줄 알기나 하면 다행이네."
영미는 쌀쌀맞게 대꾸를 하고는 능숙한 솜씨로 물개 두 마
리를 불러내고는 입도 만져주고 머리도 만져주면서 꽁치도 주
었다.
"야, 차리, 이리와 봐!"
어제까지만 해도 공대로 말을 하더니만 오늘부터는 반말
이다.
"예."
차리가 쭈뼛거리면서 다가가자 잭슨이 경계의 눈빛으로 쳐다
보다가는 뒤로 휙 돌아서서 물속으로 들어갔고 그레이스도 또
뒤따라서 들어갔다.
"봤지? 애들이 얼마나 눈치 빠른지. 너를 교육시키느니 신임
을 다시 뽑아서 교육시키는 게 빨라. 너를 지금 적으로 알고 있
잖아."

"아이구, 죄송합니다. 잘못했습니다. 어제 제가 제정신이 아니었어요. 몸살 두통으로 머리가 쪼개질 듯 하다가 무심결에 손이 올라갔어요."

"그걸 말이라구 해! 정 그렇다면 쉬어야지, 얘들에게 화풀이를 하냐구. 어엉?"

"잘못했습니다, 선배님. 이번만 수습해주면 잘하겠습니다."

"글쎄 어떻게 수습하냐구. 너만 보면 꼬리가 빠지게 달아나는걸. 신임을 다시 뽑아서 교육시키는 게 빠르다구, 그만두려면 빨리 말해, 여름철 성수기 오기 전에."

"아이구 잘못 했어요. 한 번만 봐 주세요."

"하이구 내 원 참, 어떻게 쟤들을 달래나."

영미가 조금 마음이 풀어지는 듯하니까 차리는 옆에 서서 죄인처럼 고개를 수그리고 있었다. 물에서 두 마리 물개가 이런 꼴을 지켜보고 있었다.

"차리, 내 뒤에 서봐. 나도 이런 경우는 처음이라 어떻게 달래야 할지 모르겠어."

"예, 예."

차리는 영미 뒤에 바짝 서서 영미는 두 마리 물개를 간신히 불러대었다.

그리고 손으로 얼굴을 만질 때 차리도 손을 함께 포개어서 같이 만지라고 하였다.

"내 손이 움직일 때마다 손을 포개어서 한 손처럼 보이게 해
봐. 어엉?"

"예, 선배님."

"아직 두 눈 마주치지 마."

"예."

이렇게 해서 차리는 영미의 등 뒤에서 손만 삐죽이 내밀고는
하라는 대로 했다. 두 녀석들은 차리의 존재를 아는지 모르는
지 영미의 손 신호를 그런대로 따라했다.

"아이구, 이제 살아날 모양이다."

차리가 안도의 한숨을 쉬는데, 갑자기 향긋한 여자의 내음이
콧속에 스며들었다. 규정상 진한 화장을 못 하게 하는데도 여
자에게서 풍기는 내음이 차리의 마음을 설레게 했다.

"어어~"

차리는 속으로 신음을 해야 했다.

어찌되었던 이런 방법으로 조금씩 얼굴을 익히게 되었는데,
잭슨이라는 놈은 차리의 손만을 유심히 살피고 있다가 손이 조
금이라도 올라가는 모양새이면 재빨리 도망치고 있었다. 정말
로 대단한 기억이다.

치욕스런 시간도 흐르고 흘러서 열흘쯤 후에는 예전처럼 어
느 정도 물개들과 가깝게 되었다. 이제 차리는 잭슨을 가까이
오게 하여 얼굴도 만져주고 꽁치도 주면 잘 받아먹었다.

이때,

차리는 기쁨이었는지 안도해서 그랬는지 앉아서 잭슨의 목을 끌어안고 쓰다듬고 꽁치를 주면서 느닷없이 눈물을 흘렸다.

"흐흐흑, 잭슨아, 반갑다. 내가 너를 미워한 게 아니었어."

흐느끼면서 잭슨을 어루만지니 잭슨도 아는지 모르는지 "커엉, 커엉~"거리기만 할 뿐 물속으로 도망치지는 않았다. 아마 그렇게 사오 분은 흐느꼈을 텐데, 영미가 저편에 앉아서 이 꼴을 쳐다보고 있었다.

아무튼, 이때 울음은 전화위복이 된 셈이었다. 잭슨이 차리의 마음을 알아차렸는지 이후로는 잭슨의 말을 잘 듣고 모션도 잘 알아채고 여러 가지 동작을 잘 해내었다.

여러 우여곡절 끝에 시간은 흐르고 흘러서 두 달 가까이 되었고, 이제는 차리는 영미와 함께 보조를 맞추면서 물개 쇼를 진행하는 연습을 하기 시작했다. 영리한 물개들은 곧바로 둘을 따라서 연기 솜씨가 능숙해졌다. 팀장과 윗분들도 가끔 와서 보시곤 이제 같이 공연을 해도 되겠다면서 칭찬을 하시었다.

7월 초,

차리는 첫 공연을 하게 되었다. 첫 공연이라고 관객에게 멘트를 전하고 물개가 작은 꽃목걸이를 차리의 목에 걸어주자, 관객들은 미친 듯이 박수를 치면서 축하해 주었다.

차리는 이제까지 이토록 기쁘고 흐뭇한 적이 없었다. 이 자리에 부모님과 형이 있었다면 얼마나 좋을까 하고 생각하면서 눈시울이 뜨거워졌다.

영미는 살랑거리는 몸짓으로 차리와 잭슨(수놈), 그레이스(암놈)를 불러가면서 리드를 했다.

20분간의 첫 공연은 대성공이었다. 이 자리에는 팀장님뿐만 아니라 여러 명의 윗분들도 객석에 앉아서 참관하고 있었는데, 차리와 영미는 그분들이 누가 누군지 몰랐다. 모두 관객이었으니까. 공연을 끝내고 무대 뒤로 나오자마자 여러 윗분들이 와서 "대성공이야, 최상의 커플이다. 관객이 두 배는 늘어나게 생겼어."라고 말씀하시면서 큰 치하를 했다.

차리는 몸 둘 바를 몰랐고 이 은공을 선배님인 영미에게 돌렸다. 영미는 그러니 기쁨이 두 배로 되었고 남들 모르게 콧대도 두 배나 높아졌다.

며칠 후,

둘 다 다음날이 비번일 때, 일과가 끝나고 들어오면서 차리가 영미에게 말을 걸었다.

"선배님, 오늘 저녁은 제가 한턱내겠습니다."

"안내도 돼. 그냥 가."

첫마디부터 벌써 동지섣달 한파가 몰아쳤다.

"아이참, 제 차를 타고 잠깐 나가서 저녁만 먹고 다시 태워다

드릴게요. 어차피 저녁은 어디에서나 먹어야 하니까요."

"너, 나에게 대쉬(dash)하는 거야?"

"아이구 아닙니다. 아녜요."

영미는 차리에게 연애 작업 거는 거냐고 물었고 차리는 그게 아니라고 대꾸했다.

"진짜 그동안 조련을 가르쳐주어서 답례를 하는 겁니다. 정 싫다면 할 수 없지요."

"그으래? 으음……"

영미는 잠시 생각을 하고는 입을 열었다.

"좋아, 마침 나도 마트에 가서 뭘 사야할 것이 있었는데 잘 되었다. 애프터는 없기다."

"아 그러믄요. 사실 게 있으면 사 가지고 들어오면 되겠네요."

차리는 정말로 아무리 선배라지만 비굴하게 애원을 하다시피 했다.

"그럼 내가 먼저 주차장에서 기다릴 테니 옷 갈아입고 나오세 요. 주차장 입구에서 내가 서 있을 테니까요."

"으음, 그게 좋겠다."

남의 이목을 의식했던 영미는 잘 되었다고 생각하곤 곧바로 숙소에 들어와서 옷을 갈아입고 약간의 화장도 하고 주차장으 로 나섰다.

주차장 입구에서 차리가 서 있다가 반갑게 맞이하면서 자기 차로 데리고 가는데, 고급스러운 진주색 중형차 앞으로 갔다.

"어머, 이게 네 차야?"

"예."

이런 중형차는 삼천만원 이상이다. 영미도 차를 한번 사볼까 하고 차 시세를 알아본 적이 있었는데 의외로 고액이어서 그만 두지 않았던가. 그렇다고 꼬질꼬질한 중고 소형차는 사고 싶지도 않았다. 소형차를 사더라고 신차를 뽑을 계획이었던 것이다. 차리는 대수롭지 않게 차에 타고는 옆에 영미를 앉혔다.

'도대체, 이 남자의 정체가 무엇인가? 살만한 집이라면 뭐 하러 힘들게 동물 조련을 배우려고 하나. 크게 돈에 대하여 궁하지는 않은 듯한데……'

영미는 의문에 의문이 꼬리를 물었지만 타고난 자존심 때문에 더 이상 아무것도 묻지 않고 잠자코 있었다.

얼마 후, 차는 작은 시내로 들어섰고 곧바로 큰 마트가 눈에 띄었다.

"여기야 여기, 여기서 잠깐만 세워봐, 내가 들어가서 빨리 사가지고 나올 테니까."

"그러시죠. 선배님."

차리는 그 앞에 차를 세워서 영미를 내려놓고 주차장으로 들어가지 않고 길옆에 정차시키었다. 그리곤 라디오 음악을 다소 크게 틀어놓았다.

십 분 정도 지나 영미는 커다란 비닐봉지에 뭘 가득 사 들고 나왔고, 차리는 거기에서 조금 떨어진 경양식집으로 향했다.

"라이온 퓨전 음식"

요즘은 뭐든지 퓨전이다. 한식, 양식 다 팔고 국적 불명의 요리도 수두룩하다. 누군가 이런 간판을 내걸고 장사를 시작해서 재미를 보았다니까 퓨전 음식점들이 우후죽순격으로 들어서고 있는데, 알고 보면 간판만 조금 바꾼 셈이다.

'라이온이면 사자네. 험악한 분위기 아닐까?'

영미가 이런 생각을 하면서 엘리베이터를 타고 오층으로 올라가 보니 큰 사자가 아니라 아기 사자 캐릭터만 여기저기에 장식해 놓았다.

"선배님, 이쪽으로 앉으시죠."

"그래, 생각보다 분위기가 아늑한 게 좋다. 밖의 경치도 잘 보이고."

"예, 정말 좋습니다. 전 혼자서 가끔 옵니다. 창가에 앉아서 맥주 한 병 시켜놓고 명상에 젖기도 하고 노트북 가지고 와서 검색도 하면서 시간 때우기 최곱니다. 선배님도 자주 오세요."

"호호호, 내가 여기까지 올 일은 없지. 아무튼 고맙다."

"선배님, 뭘 시킬까요? 한식 양식 다 있는데."

"이런 데서야 깔끔한 스테이크를 시켜야 분위기가 맞지, 냄새 폴폴 나는 동태찌개나 김치찌개를 시키면 되겠어?"

"하하하, 그렇지요. 역시 여자분이라 안목이 있으시네요. 그럼 비프스테이크 시킬까요?"

"아무렇게나 해, 내가 무슨 여자야. 수탉이라니까."

"하하하, 그랬지요. 수탉, 남들은 수탉으로 보일지 몰라도 지금 제 눈에는 아리따운 여자로 보입니다."

"호호호, 얘 정말 작업 거는 모양이네. 여기 홍등 때문인 모양이다."

영미는 웃으면서 붉은색의 전등 때문이라고 둘러치긴 했지만 듣기에는 좋은 말이다. 아무리 "수탉, 수탉"하지만 여자는 여자였다.

잠시 후,

스테이크가 나왔고 둘은 와인과 곁들여서 한 점씩 입에 넣고 오물거렸다. 와인이 몇 잔 들어가니 분위기는 다소 부드러워졌으나, 영미는 여전히 높은 위치의 선배처럼 하대(下待)하였고 차리는 조심스럽게 공대(恭待)를 하고 있었다.

영미는 아직 남친이 없지만 몇 년 더 돈을 모아서 결혼 자금으로 쓴다고 하는데, 일 년에 천이백만 원 정도 저축하여 지금 삼천만원(3,000만 원) 정도 저축했다고 은근히 자랑 겸 말을 하였다. 지금 사회생활 한 지가 3년 몇 개월 정도니까 어림짐작으로 매달 백만 원 정도의 적금을 들고 보너스 탈 때마다 저축을 한 모양이었다. 이것만 본다면 낭비벽이 없는 매우 성실한 생활이었다. 하지만 차리는 돈 얘기는 일체 하지 않고, 그냥 잡다한 얘기, 영화 얘기, 밀림 정글 이야기를 하였다.

"선배님, 전 인디아나 존스 같은 모험물을 제일 좋아합니다. 저도 언젠가 보물을 찾으러 떠나려고 합니다."

"뭐여? 얘가 술 취한 모양이네. 호호호, 너 그러면 보물 지도를 가지고 있어? 아니면 무슨 유물이나 유적지 지도를 가지고 있던지."

"그런 것은 없지만 보물이 있을 만한 곳은 알고 있습니다. 그래서 동물 조련을 배운 것입니다."

"뭐라구? 정말로 취했네. 보물 찾는 거랑 물개 조련이랑 무슨 연관이 있어. 바다 속에서 물개가 보물을 찾아 준다는 거야 뭐야."

"그건 아닙니다만, 그와 아주 코딱지만큼이라도 연관성은 있지요. 하하하."

차리가 엉뚱한 말을 하니까 영미는 퍼뜩 정신이 드는 것 같기도 하면서 이 돈키호테 같은 남자를 다시 보았다. 그런데 차리의 얼굴이 장난끼가 있는 것이 아니라 사뭇 진지하게 말하는 것 같았다.

"호호호 그래? 그럼 보물 찾으러 갈 때 나도 데려가 줘라, 이 짓해서 돈 모으기가 너무 버거워, 단방에 왕창 벌어야지."

"맞습니다. 인생 역전 로또처럼 단방을 노리는 겁니다."

"뭐어? 너 그럼 지금 얘기가 로또라는 거야?"

"아닙니다. 그런 불확실한 내용이 아녜요. 근거 있고 과학적인 내용입니다."

"호호호, 아무튼 좋다 좋아. 그럼 그 보물이라는 게 대체 얼마 값어치가 있는 거야?"

"글쎄요. 복불복(福不福)이지만 적어도 수십억에서 수백억은 될 겁니다."

"뭐라고? 얘가 진짜 맛이 갔네. 돈키호테는 저리가라네. 그런 터무니없는 얘기는 그만해라."

영미는 듣고 싶지 않다는 듯이 차리의 말을 잘랐다.

한국 사람들이 늘 그렇듯이 집안 얘기도 나왔다.

영미의 부모님은 초등학교 부부 교사이고 세 딸 중에 둘째라고 간략하게 말했다. 이에 차리도 대략 집안 얘기를 해야했다. 부모님은 H시에 있는 설렁탕 전문 식당을 경영하고, 위로 여섯 살이나 많은 형이 부모님과 함께 식당을 운영한다고 했다.

차리는 어려서부터 명석하다는 소리를 듣고 공부도 잘하고 반장, 회장도 했는데 중학교 3학년 가을께쯤부터 이상하게 공부가 싫고 타잔이나 정글북 같은 영화를 보면서 밀림이나 오지 탐험에 관심을 갖게 되었다는 것이다. 그러면서 자기 인생의 목표를 갖게 해준 것은 인디아나 존스 영화라면서 주인공 해리슨 포드 같은 삶을 살고 싶다는 현실과 괴리가 있는 엉뚱한 소리를 해서 영미는 두 눈을 동그랗게 뜨고는 듣는 체하였다.

'얘는 나이를 먹을 만큼 먹었는데 아직도 뜬구름 잡는 소릴 하네. 현대판 돈키호테야 뭐야. 자칫하다간 큰 사고 터칠 모양이다. 일단 요주의 인물이다. 아깝다 아까워, 인물이 아깝다.'
영미의 속마음이었다.
'집안이 그리 넉넉지 못한 것 같은데 어떻게 중형차를 타고 다니는가. 여기 오기 전에 일 년 동안 백수 생활을 했다면서 어디서 돈이 난 거야.'
영미는 의문이 거듭 생겼으나 더 이상 물어보지 않았다.

"선배님, 우리가 동갑이라는데 생일이 어떻게 되나요?"
"팀장님이 잔나비띠 동갑이라고 하던데, 맞아?"
"맞아요. 원숭이띠 동갑은 맞는데 생일은 어떻게 되지요. 전 3월 1일입니다."
"3월 1일이면 3.1절 인가?"
"예. 그날이 제 생일이예요. 해마다 천안 아래 병천에서 성대하게 축하연을 연답니다. 하하하."

"호호호, 좋은 생일이네. 난 5월 20일인데 내가 태어난 해에 그날이 음력으로 4월8일인 석가모니 탄신일이라고 하더라구."

"와아, 정말 굉장한 날에 태어났네요. 앞으로 유명한 스님이 되려나봅니다."

"얘는 그렇다는 얘기지, 난 특정한 종교 없어. 무종교야. 엄마는 가끔 절에 가셔. 초파일날은 늘 가시는데 그날마다 오늘이 네 생일이다. 그러신다."

"하하하, 저도 그런 쪽입니다. 저도 특정한 종교는 없어요. 부모님은 가끔 절에 다니시는데 전 그냥 무종교예요. 아무튼 선배님은 앞으로 큰일을 해낼 것 같아요."

"그으래? 고맙다. 너야말로 큰 인물이 될 것 같다."

"따지고 보면 제가 석 달 앞이니 오빠 되는 셈이네요."

"오빠는 무슨 오빠야. 맞상대지."

영미는 끝내 굽히지 않고 닭장 속의 제일 높은 횃대에 앉아서 수탉 노릇을 하려고 하였다. 하지만 차리는 더 이상 말대꾸는 하지 않았다. 더 이상 건드려봐야 별 소득도 없이 감정만 상할 것 같았기 때문이다. 아무튼 이날은 좋게 좋게 식사도 하고 와인도 몇 잔 마시고는 각자 헤어졌다.

이후로 영미는 차리를 더 좋게 평가하는 게 아니라 평가절하고 있어서 냉정하게 대하는 것은 물론 시종 부리듯 사사로운 일까지 떠맡기다시피 하였다. 차리는 어안이 벙벙했으나 '그냥 좀 더 참고 지내자.' 이런 마음을 갖고 하루하루를 보냈다. 그런 중에 다행인 것은 오후에 공연 때만은 영미가 180도 변하여 아주 오래된 친구처럼 "차리"를 부르면서 쇼를 진행시켰다. 관객들은 매우 좋아하였고 일부 어린이들은 쫓아와서 사진을 찍자고 조르기도 하였다. 당연히 영미는 톱스타처럼 군림했다.

남친이 없었던 영미는 차리를 평가하길 배우자감으로는 부적격하다고 결론지었다. 설렁탕집에서 부모와 형이 같이 일을 하고, 별 볼일 없이 컸던 차리는 성적도 떨어지고 갈 데도 없으니 그저 막연하게 동물 조련이나 배워볼까 하고 여기까지 왔건만, 사실 조련사라는 게 큰 돈벌이가 되질 못할 뿐만 아니라 나이 먹어서는 퇴출되는 자리였다. 영미도 앞으로 몇 년이나 더 할지 몰랐다. 지금 27살이니까 기껏해야 서른 살 초반까지라면 오륙 년 정도 더 할 것이다. 이후로는 어떻게 될지 동물들 배설물이나 치우는 사육사로 갈지 알 수 없었다. 그런 생활도 싫었다. 그러니 영미 자신도 미래가 불확실했던 것이다. 유일한 출구는 수의사 자격증이 있으니 어느 정도 자본만 있으면 동물병원을 개원할 수도 있었다. 하지만 그 자본이 일이천만원이 아니라 적어도 몇 억은 있어야한다는데 큰 고심이 아닐 수 없었다. 자기도 이런 처지인데 차리는 아무리 생각해보아도 비전이 없어보였다.

차리는 차리대로 영미 같은 여자와는 평생을 같이 할 수 없다고 단정 지었다. '저런 여자를 누가 데리고 살아, 남자를 시종 부리듯 하는데. 혼자 살아야지.' 이게 차리의 생각이었다. 둘다 이러니 평상시에는 공식적인 대화 이외는 물위에 기름 뜨듯 각자가 행동을 했다. 공연 때만 호흡을 같이하였던 것이다.

7월 초에 차리가 물개 쇼에 데뷔를 하고 열흘쯤 지나서 차리는 영미를 불러냈다. 영미는 이미 차리에게 손톱만큼도 마음이 없었기에 만날 의향도 전혀 없었지만 차리가 몇 번이나 꼭 할 말이 있다면서 시간이 없으면 30분이라도 달라고 하였다. 나가고 올 때 자기 차로 태워준다는 약속도 잊지 않았다.

또 다른 '핑크 로즈' 경양식집. 이 집도 5층 건물의 5층에 있다. 여긴 룸이 모두 문이 달려서 밀실처럼 되어 있어서 안에서 무슨 짓을 해도 모를 지경인 집이다.

둘은 다소 어색하게 앉았고, 차리는 저녁 식사 겸 비프 스테이크와 과일, 달달한 맛과 함께 도수가 있는 보드카 칵테일을 두 잔 시켰다. 이 칵테일 이름이 '핑크 로즈'라는데 여기 사장이 개발했다고 한다. 그래서 상호와 똑같이 '핑크 로즈'이다. 이 칵테일은 독한 보드카에 크린베리와 딸기 주스, 그리고 몇 가지 첨가물을 섞어서 제조했다는데 입에 들어 들어갈 때는 달달하지만, 한 잔만 마시고나면 뿅 간다고 하는 칵테일이다. 이 칵테일은 속칭 여자를 후릴 때(현혹시킬 때) 써먹는 칵테일이다. 그렇다고 차리가 영미를 후릴려고 그 칵테일을 시킨 것은 아니고 자신 없는 자기가 용기를 내보려고 조금 독한 칵테일을 시킨 것이다. 한마디로 술김에 무슨 말을 하려고 한 것이다.

"옴마나, 술맛이 달고 입안에 확 퍼지네."

"예, 이 칵테일이 여기 사장님이 개발했다는 건데 최곱니다. 뒤끝도 좋아요. 한 잔 쭈욱 드시고 또 주문할게요."

"호호호, 괜찮아, 술 취하면 실수하기 쉬우니 뭐든지 자제해야지."

"예, 그렇긴 하지요."

대화는 좋게 좋게 시작되었다.

"선배님, 저 이제 조련사 그만두려고 합니다."

"뭐라고? 그걸 말이라고 해?"

"진짭니다. 더 이상 배울 것도 없고 조련사로 평생을 보내고 싶지도 않아요."

"애가 미쳤나, 그동안 죽을 둥 살 둥 가르쳤더니 단물만 쏙 빼먹고 그만둔다고? 야~ 너 지금 제 정신이냐?"

"야! 반말 좀 그만해, 내가 네 종이냐?"

차리가 벼락같이 소리를 치니 영미가 움찔하면서 두 눈을 크게 뜨면서 쳐다보았다.

"어어~ 얘 봐라, 술 취했네."

"그래 술 취했다. 너 그만 좀 반말 지껄여. 네 지랄 맞은 성격 때문에 먼저 있던 조련사도 육 개월 만에 그만두었다고 하더라. 그리고 강 선배와 이 선배에게 물어봐. 너랑 공연한다고 하나. 네 근처에도 오기 싫어해."

"어라, 한 술 더 뜨네. 그럼 너도 반말해."

"뭐야? 나도 반말로 하라고, 그래 좋다. 따지고 보면 생일도 너보다 석 달이나 앞서니 오빠인 셈이다."

영미는 끝내 굽히지 않고 오히려 차리에게 반말로 하라고 하니 차리도 조금이나마 누구러졌다. 영미에게 공대를 받으려 했던 것이 피차간에 하대하는 꼴이 되었으니 쎔쎔(same-same)인 것이다.

"그래 좋아, 뭐 때문에 갑자기 그만둔다는 거야."

"말했잖아, 너의 그 지랄 맞은 성격 아래서 더 이상 버틸 수 없어. 네 말대로 넌 수탉인데, 닭장 속에 수탉이야. 밖에 나와서 홰개만 떠도 넌 죽은 목숨이다. 온순하신 부모와 형제 사이에 좀 나대니까 네가 서열이 제일 높은 수탉처럼 살아왔지만 세상은 그게 아니야. 너 생각해봐라. 지금도 수탉 노릇하고 있지. 공연장에서 관객들이 호응해주고 박수 세례 받으니 스타 같지? 그게 스타냐? 스타는 돈이야. 우리나라에서 스타 소리 들으려면 최소한 연간 오륙십 억 이상은 벌어야 해, 월드 스타는 더해, 미국 좀비 영화 봤지, 밀라 요보비치라는 여배우 말이야. 걔는 연봉이 600억이 넘는다고 하더라. 유명한 축구선수 메시, 호날두 같은 사람은 연간 천 억 원 이상 벌어들인다는데 이런 사람이 스타지 네가 스타 축이나 드냐? 그냥 닭장 속에 수탉이지. 나 원 참, 암탉이 수탉된 것을 창피한 줄 모르는 너야말로 바보다. 바보. 여자면 여자답게 성공을 해야지, 골목대장처럼 자기 주변에 있는 사람을 부려먹기나 하는 게 그게 그렇게 장하냐. 잘 하는거냐구? "

차리는 미친 듯이 말을 쏟아내었는데 어찌된 노릇인지 영미는 고개를 숙이고 듣고만 있다가 자작으로 남아 있던 보드카 칵테일을 다 마셔버렸다.

"야! 이거 한잔 더 시켜."

"좋아, 나도 술 땡긴다."

차리는 웨이터를 불러서 핑크 로즈 칵테일 두 잔을 시켜서 각자 반잔씩 마셨다. 갑자기 정신이 휘청하는 듯 취기가 올랐고, 영미는 잠시 눈을 감고 고개를 떨구고 있었다.

"그것 때문에 그만둔다는 거야?"

"첫째 원인은 네 밑에서 하수인 노릇하기 싫고, 두 번째는 내가 원래 계획했던 일이 있는데 그 일 중에 하나가 동물과 교감하는 것이었어. 동물과 교감해서 조련을 하는 거지. 어떤 동물을 조련해서 내가 원하는 바를 얻으려고 하는 거야."

"좋아, 그만둔다고 치고 성수기인 방학 때까지만 있어주라. 대신 내 성격을 고쳐볼게."

"그게 언제인데?"

"8월말 까지만 있어. 그다음은 네 마음대로 해. 나가든 말든, 너 나가면 또 신임을 뽑아서 교육 시켜야겠지."

영미는 그간의 고생이 모두 물거품이 되게 생겼는지 마음이 허탈해졌다.

"조련사 2년 해서 결혼 자금으로 삼천만원 정도 저축했다구 했지? 그게 목돈이냐. 푼돈이지. 너 지난번에 우리 집이 설렁탕집 한다니까 우습게 보고 깔보고 있었지. 내가 다 알아, 네 그 오만한 눈빛을 다 알아. 우리 집 그렇게 허술한 집 아니야. 당장 스맛폰으로 검색해 봐. H시에 강촌 설렁탕이라고 검색해 봐. 그 건물 5층짜리인데 그거 우리 집이야. 이층까지 식당이고, 바로 뒤에 주차장 있고, 연간 순수익만 3억 정도 된다. 매달 삼천만원 거의 돼, 네가 3년 동안 벌어서 모은 돈을 한 달에 번다구. 그리고 내가 여기서 방하나 얻어서 생활한다니까 어디 꼬질 한 방 한 칸 얻어서 생활하는 줄 알겠지만 그게 아니야. 여기 산마루 아파트 25평짜리 집에서 사주었어. 2억 3천만 원에 사준거야. 내 명의로 되어 있어. 내가 하고 싶은 거 있으면 다 해준다고 했어. 헬스클럽을 운영하고 싶다면 헬스장 꾸며주고 애견샵 하고 싶다면 애견샵 차려준다고 했어. 하지만 난 그런데 별 관심이 없어. 내가 하고자 하는 일은 그거와 달라."

차리는 정말 취중 발언으로 거센 폭포수처럼 마구 쏟아내었다. 영미는 술에 취했지만 어쩐지 정신이 말똥거리면서 고개를 숙인 채 말을 다 듣고 있었다. 차리가 하는 말이 단 한마디도 틀린 게 없었다. 차리는 독심술이라도 하는지 그간의 영미의 심정까지 다 꿰고 있었으니 영미는 당장 쥐구멍이라도 들어가야 할 판이었다.

　"미안해, 내가 잘 몰랐어. 내 행동이 너에게 그렇게 큰 상처를 준 줄 몰랐어, 다른 사람들도 그렇게 느꼈다니 내가 죽일 년이야."

　"너 정말 처음으로 바른 소리한다. 죽일 년이 맞다. 그렇다고 내가 죽일 수도 없고, 하이구 내 원 참, 세상 살다 보니 수탉 같은 여잘 만나서 개고생을 하다니. 그간의 수모를 생각하면 따귀라도 한 대 올려부쳐야 속이 풀릴 것만 같다."

　"미안해, 그럼 나를 때려."

　"뭐라고? 너를 때렸다가 진짜 쇠고랑 찰려구, 말도 안 되는 소리 하지마라. 제발."

　"아냐 진짜야. 속죄하는 마음으로 기꺼이 맞을 테니 한 대 때려."

　"하하하, 얘가 진짜 술 취한 모양이다. 하이구 내 원 참."

　차리의 대갈(大喝: 가슴속에서부터 터져 나오는 듯 한 큰 소리로 외쳐서 꾸짖음.)에 영미가 한풀 꺾인 것을 알게 된 차리는 매우 흡족하였다.

영미는 이제까지 오직 자존심 하나만으로 스물일곱 살 나이를 버텨왔는데 차리의 말 몇 마디에 공든 탑이 무너지듯 무너지고 높이 날던 새가 날개 없이 바닥으로 추락하고 있었다.

발가락의 때만큼 여겼던 차리가 기세등등하게 대들어도 일언반구 대꾸도 못하면서, 영미의 눈가에 방울졌던 눈물이 흘러내리고 있었다.

이들은 또 한잔씩 칵테일을 시켰다.

차리는 승전(勝戰: 싸움에서 이김) 기분으로 한잔을 다 마시고, 영미는 자책 기분으로 간신히 반 잔을 마셨다. 인간 김영미는 무시당하고 있었기에 술로 잊으려고 했던 것이다. 그러나 영미는 마지막 반잔을 마시지 말았어야 했는데 마셔버렸다.

보드카의 위력은 대단해서 곧바로 차리는 골뱅이가 되어서 해롱해롱했고, 영미는 아예 꽐라가 되어서 겨우 몸을 가누고 정신을 차리고 있었다.

"가야지."

영미가 휘청거리면서 일어서려고 했으나 금세 몸의 중심을 잃고는 자리에 털썩 주저앉았다.

"아, 내가 왜 이러지, 그만 가야 되는데. 차리, 나 좀 부축해봐."

건너 자리에 있던 차리는 취한 눈으로 이 꼴을 쳐다보면서 '꼬락서니 좋다. 그렇게 잘난 체하더니만.'하고 속으로 쾌재를 불렀다.

"차리, 나 좀 부축해봐, 일어설 수가 없어."

"차리 차리 하지 마, 여긴 공연장이 아니야. 오빠라고 불러."

차리가 허세를 떨면서 영미에게로 다가갔다.

"그래, 오빠다, 오빠. 나 가야해, 지금 정신이 오락가락해."

"가긴 가야지."

차리가 다소 퉁명스럽게 대답하면서 영미의 손을 이끌어 세우려고 했는데 의외로 영미는 진짜로 크게 취했는지 의자에 퍼져있었다. 다리에 힘이 들어가지 않고 있었던 것이다.

"이런, 이런, 완전 꽐라가 되었네. 너 나중에 미투하지마."

"안 해, 아이고 어지러워. 지구가 빙빙 돈다."

"하하하, 얘가 지구 도는 줄 처음 알았네 보네."

차리는 퍼져서 앉아 있는 영미의 한 손을 어깨에 걸치고 온 힘을 들여서 일으켜 세웠다.

영미의 물컹한 가슴이 몸이 닿으면서 차리는 "허억~"하고 숨을 들이쉬어야 했다. 그뿐만 아니라 향긋한 화장품과 여자 내음에 가슴이 마구 뛰었다. 어찌 되었든 차리는 꽐라 된 영미를 부축하여 겨우겨우 엘리베이터를 타고 내려왔다.

"어디로 가? 택시 타고 기숙사로 가나?"

"이러구선 기숙사로 어떻게 가, 무슨 소리를 들으려고, 이상한 소문 난다."

"그럼 어디로 가, 옆에 모텔로 데려다줄까? 난 집으로 갈 테니 걱정 말고."

"술 취한 여자 혼자서 어떻게 모텔로 가. 좀비가 달려들면 죽을 목숨인데."

꽐라 된 영미가 간신히 정신을 차려서 말대답을 하긴 하는데 차리는 저절로 웃음이 '피식~'하고 터져 나왔다. 조금 전에 차리가 좀비 영화 주인공 얘기를 해서 그런지 영미는 엉뚱하게 모텔에 혼자 자다가 좀비 공격을 받는다는 것이다.

"그럼 갈 데 없네. 찜질방으로 데려다줄까?"

"아니, 네 집으로 가자. 혼자 있다면서."

"뭐라고? 너 제정신이야? 혼자 사는 남자 집으로 가겠다고, 그러다가 미투(Me Too)에 걸려들면 내 인생 다 망치는데."

"아냐, 나 그런 여자 아니야, 나쁜 여자 아니야."

이러니 차리는 잠시 망설여야 했다. 수탉 같은 여자를 집으로 데려갔다가 어떤 후환이 생길까 두려웠기 때문이다. 그런데 그 외에 뾰족한 대책도 없었다. 기숙사, 모텔, 찜질방 다 못가겠다니 어쩔 것인가.

"너, 정 그러면 나에게 오빠라고 부르면서 정중하게 부탁해
봐."

"그래, 오빠, 오늘 하룻밤 재워주세요."

"하하하. 하하하."

이제 차리는 뒷일은 생각지 않고 영미를 데려가기로 결정하
고는 대리운전을 불러서 5분 거리인 산마루 아파트 8층으로 올
라갔다.

차리는 비틀거리는 영미를 껴안듯이 부축해서 아파트 현관을
들어서서 소파에 앉혔다. 영미가 정신 차려서 보니 70인치쯤
되어 보이는 대형 TV와 커다란 스피커와 앰프가 눈에 들어왔
다. 차리는 여기에 거금 천오백만 원을 들여서 홈 씨어터를 꾸
민 것이다.

영미는 속으로 '차리가 진짜 금수저나 은수저쯤 되는구나.
우리 집과는 비교가 안 된다.'라고 뇌까리고 있었다. 그 한편
으로는 커다란 어항에 열대어들이 한가롭게 헤엄치면서 놀고
있었다.

"조금만 기다려, 내가 잠자리 봐 놓을 테니."

차리는 작은방으로 들어가서 이것저것 정리하는 체 하고는
나오더니 무슨 작은 카메라를 들고 나왔다.

"이거 뭔지 모르지, 액션 카메라야. 이거 여기다 설치해 놓을

테니 나중에 엉뚱한 소리 말아. 밤사이에 있었던 일 모두 다 찍히니까. 미투 할 생각은 눈꼽만치도 말아."

시대가 이상한 분위기로 흘러가니 차리는 미리 조심하고 있었다.

"나, 그런 여자 아니야, 나쁜 여자 아니라구, 요조숙녀야."

"하하하, 그러면 얼마나 좋겠냐? 난 아직 너를 경계해야 하니까 이해해."

"응, 그래, 네가 그럴 수도 있다는 거 이해해. 그동안 내가 잘못했어."

"알았어."

차리는 영미를 데리고 작은방으로 갔다. 거기도 침대가 있었는데, 영미는 침대에 쓰러지자마자 금세 잠에 빠져들고, 차리는 차리대로 방으로 들어와서 정신을 잃다시피 잠에 빠졌다.

다음 날 이른 아침,

알람 소리에 놀란 듯이 깬 차리는 급히 영미가 자던 방으로 갔다. 영미는 없고 가지런히 이불을 개어 놓았다.

'으음, 수탉이 먼저 일어나서 갔군.'

차리는 어젯밤에 일어났던 일이 파노라마처럼 스쳐 지나갔다.

"내가 더 이상 수탉이랑 어울릴 일도 없겠지만 기고만장하던 수탉 대가리를 꺾어 놓은 셈이다. 흐흐. 그거 참, 쌤통이다. 혼자서 수탉 노릇 하고 평생을 살아봐라."

이렇게 혼잣말을 하면서 히죽거리고 나오는데 현관문에 쪽지가 붙어있는 것을 보게 되었다. 포스트잇이다. 차리가 단걸음에 가서 떼어냈다.

"오빠, 그동안 미안했어.
내가 잘못 했어.
나 그렇게 나쁜 여자 아니야,
요조숙녀야."

차리가 그 문구를 보자마자 어딘지 모르게 가슴이 찌르르했다.
'이 수탉 같은 여자가 암탉이 되려나. 으음……'
차리는 영미에게 그만두겠다고 말을 하긴 했지만 아직 팀장이나 윗사람에게는 말을 하지 않았기에 잠시 뭔가 고민을 해야 했다.
"성수기가 8월 말까지라는데 그때까지만 다닐까, 아니면 그냥 골탕 먹게 며칠 후에 그만둔다고 할까. 에라 모르겠다. 일단 오늘 출근해서 수탉의 행동을 보고 결정하자."
이렇게 마음먹은 차리는 술국으로 최고라는 컵라면으로 아침 요기를 하고는 사바나 랜드로 향했다.

차리가 공연장으로 들어가 보니 영미가 먼저 와서 얼쩡거리다가 반갑게 인사를 건넸다,

"차리, 잘 잤어?"

"어어~ 예, 일찍 왔네요."

"아이참, 우리 말 놓기로 했잖아, 말 놓고 해."

"어어~ 그랬던가. 뭐 타고 왔어?"

"택시 불러서 타고 왔지. 내가 준비 다 해 놓았어. 잘했지?"

"어어, 그래, 그래."

차리는 대혼란에 빠지고 말았다. 이제까지 이런 일이 한 번도 없었기 때문이다. 쫄자인 차리가 먼저 와서 모든 준비 다 해놓고 선배님이 오기만을 기다리지 않았던가. 그것도 뭐 하나잘못되면 한마디 듣기가 일쑤였는데, 선배님이 변해도 너무 변한 것이다.

"저기 선배님, 너무 어색합니다. 그냥 하던 대로 하세요."

"아이 참, 어제 약속했잖아, 말 놓기로. 앞으로 오빠라고 부를게."

"하이구, 난감하네. 그럼 여기선 하던 대로 차리라고 부르고밖에서나 오빠라고 불러."

"으응 그럴까? 그게 좋겠다. 공연할 때 오빠라고 부르면 너무 어색해, 차리가 좋지."

"으응, 차리가 좋아. 차리와 영미가 어울려."

"호호호, 알았어, 차리."

이러니 차리는 아침부터 대혼란 속에 일과를 시작하게 되었고, 변신을 잘한다는 수탉 같은 여자 영미는 아무렇지도 않게 대응하고 있었다. 그때부터 차리는 기분이 업(UP)되어서 오후에 물개 쇼에서도 대환호를 받았고, 생각지도 않았던 멘트가 입 밖으로 저절로 튀어나와서 관객들이 배꼽을 잡고 웃었다.

영미는 차리에게만 변한 것이 아니었다. 강 선배님과 이 선배님에게도 종전과는 다르게 웃어가면서 상냥하게 대했던 것이다. 며칠 후 어안이 벙벙해진 강선배와 이선배가 휴게실로 차리를 불러냈다.

"야, 차리, 수탉을 어떻게 한거야? 뽀뽀라도 했나?"

"예에? 뽀뽀요? 뽀뽀하려다가 쪼여서 죽으려고요."

"하하하, 그럴 테지, 그럼 몇 대 쥐어 팼어?"

"하이구, 내가 그 여잘 때려요? 한 대 때려 보려다가 백 대는 얻어맞을 겁니다."

"크하하하, 맞아 맞아. 그 수탉이 진짜 대단해. 태권도 4단이라고 그랬잖아."

"맞아, 그때 언제 발차기 시범을 보이는데 와, 진짜 캉캉춤 추는 것 같더라니까. 키도 크지 쭉 뻗은 다리가 쫙쫙 올라갔어."

"그랬지. 그게 언제야 작년 가을인가, 어쩌다가 태권도 말이 나왔는데 자랑을 하더라구. 키도 크잖아. 168cm라고 했던가."

"그랬어. 우리 와이프는 겨우 160인데 그때 영미가 조금만 더 크면 170되는데 거기서 멈췄다고 아쉬워했어. 부모님 덕이라고 했잖아, 부모님이 모두 큰가봐. 진짜 미코(미스 코리아)감 이야."

"맞아, 진은 못 되도 선이나 미는 차지할거야."

"아냐, 자연산이라면 진도 가능하지, 요즘 세상이 바뀌어서 성괴(성형 괴물)들이 판을 치는데."

"하긴 그래, 그 성질 빼기만 고치면 금상첨화인데."

"하하하, 맞아, 차리는 키 몇이야?"

"저요? 178이에요."

"어쩐지 우리보다 훨씬 커 보여, 몸매가 좋아서 그런가. 아무튼 성격은 다르겠지만 외양으로는 둘이 잘 어울려. 남녀 커플 운동선수 같아."

"하참, 고맙습니다. 선배님."

"아 근데, 그 지랄 맞은 수탉이 요즘 꽁지를 내리고 다녀. 그 래서 차리가 어떻게 한 줄 알았더니 그게 아닌 모양이네."

강 선배와 이 선배가 신이 나서 주거니 받거니 말을 이어나 갔다.

"글쎄요. 저도 모릅니다. 엊그제부터 그냥 잘 대해주데요. 스스로 변한 거지요. 뭐."

"하하하, 그럴 수도 있어. 암만해도 어디서 원효대사의 해골 바가지 물을 한 모금 먹은 모양이야. 그렇지 않고서야 저렇게 변할 수가 있겠어?"

가끔 실없는 농담을 하는 이 선배의 말이다. 원효대사의 해골바가지 물을 수탉이 먹었을 것이라는 것이다.

"아무튼 수탉이 제 스스로 꽁지를 내리고 암탉이 되는 형국이니 좋은 일이야."

강 선배도 맞장구 쳤다.

까탈피던 구성원 한 명이 변하니 전체 분위기가 급변해서 화기애애해졌다. 이에 차리는 '그럭저럭 이대로 가서 8월 말까지나 다녀보자. 9월 초쯤 그만둔다고 해도 내 계획에 차질 있는 것도 아니다.' 이렇게 생각을 했고, 영미는 '밸이 꼴리지만 잘해주는 체하면서 8월 말까지만 있게 하자. 9월에 그만두면 할 수 없이 신임을 뽑아서 다시 교육시키는 수밖에 없다. 옛말에 충청감사도 제 싫으면 그만이라는데 가는 사람 억지로 붙잡을 수도 없다.'라고 생각하고 있었다. 어찌 되었던 둘은 묵시적으로 8월 말까지 물개 쇼를 진행하기로 한 것이다.

미운정이란 말이 있다. 서로 미워하고 싸워가면서도 어느 사이에 정이 든다는 말이다. 속은 미워할지 몰라도 겉으로는 서로 위하는 체하면서 호흡을 맞추어 물개 쇼를 진행하다 보니 차리와 영미는 이제 오랜 친구처럼 미운정 고운정이 조금씩 들기 시작한 것이다. 게다가 지금은 티격태격 싸울 일도 없으니 고운정만 나날이 쌓이는 형국이었다.

'일부러 동물 조련을 배워서 어디다 써먹으려고 하나?'

영미는 가끔 차리에 대하여 의문을 갖곤 했다.

'수탉이 이제 완전히 꼬리를 떼어버리고 암탉이 되었나. 매사에 고분고분하네.'

차리는 차리대로 이렇게 생각하고 있었다.

하지만 이들의 청춘사업은 전혀 진전이 없었다. 영미는 차리를 완전 비호감에서 호감정도로 바뀌었고, 차리는 언제 영미의 본성이 나타나서 수탉 노릇을 할지 의문이었다.

'저런 여자랑 살다간 공처가가 아니라 떨처가 되기 십상이다.'

즉, 아내를 두려워하는 정도가 아니라 근처에만 가도 벌벌 떨게 될 것이라는 것이다. 부유한 집의 막내로 애지중지 자랐고 뭐든지 자기 하고 싶은 것은 마음대로 자유분방하게 커온 차리야말로 저렇게 안하무인으로 나대는 여자야 말로 비호감 정도가 아니라 경계 인물이었던 것이다. 지난번에 영미에게 말했듯이 '이제 동물 조련에 대하여 어느 정도 알게 되었으니 언제든지 그만두어야 한다.'라고 생각하고 있었던 것이다.

도대체 차리는 동물 조련과 어떤 관련이 있는 일을 하고 싶어할까?

성수기엔 하루도 쉬지 않고 물개 쇼 공연을 세 차례 또는 네 차례까지 진행해야 했다. 처음엔 긴장되고 어렵더니만 이것도 이력이 붙으니까 이제 거의 노는 수준이 되었고 관객들과 호흡을 같이 하면서 웃고 박수를 받곤 했다. 영미와 차리도 크게 만족했고, 팀장이나 윗분들도 칭찬이 자자했다.

"최상의 커플이야. 이대로만 간다면 세계 제일의 물개 쇼가 되겠어!"
윗분들이 이구동성으로 이런 말을 했다. 하지만 차리는 이제나 저제나 떠날 날짜만 고르고 있었다.

"오빠, 이제 할 만하지?"
공연을 끝나고 나오면서 영미가 물었다.
"어엉, 공연이 아니라 같이 놀아준다는 기분이네. 처음에는 죽을 맛이었는데."
"호호호, 그러니 당장 그만둔다는 소린 하지 말고 몇 년 더 해."
"아이그, 몇 년이나, 지금 이것도 네가 부탁해서 있는 건데. 네가 말했잖아, 8월 말까지만 있어 달라구."
"아이참, 그땐 그렇게 말할 수밖에 없었잖아. 그동안 내가 처신을 잘못했었잖아. 이제 잘하니까. 몇 해 더 있어. 나도 더 잘할게."

"아니야, 내가 십 년 전부터 계획을 세운 것을 실행할 때가 되었는데 더 이상은 안 돼."

"그 계획이 뭔데 그래? 돈하고 관련 있는 거야? 아니면 단순한 여행이야."

"어어, 얘가 뒤를 캐려고 하네. 돈 하고도 관련 있고 여행하고도 관련 있다."

"옴마나, 테마가 끝내준다. 나 하고도 딱 어울린다. 호호호. 여행 많이 다녀봤어?"

"다녔지, 흔히 남들 가는데도 가고, 내가 가보고 싶은데도 가고."

"그럼 경비가 많이 들 텐데."

"아이참. 우리 집 살만하다고 했잖아. 여행비 몇 백 정도는 다 해주셨어."

"옴마나, 그랬어? 진짜 금수저다."

"하하하, 금수저는 아녀도 은수저쯤의 생활은 한 셈이지."

"오빠, 여행 얘기를 들어볼 수 있을까?"

영미가 진지한 표정을 지으면서 차리에게 접근을 하고 있었는데, 차리도 입이 근질거리던 참이었다.

"그럴까, 배낭여행을 다니다 보니 고생하고 죽을 뻔한 스토리도 많은데, 지나고 보니 다 추억이더라구, 그게 또 여행의 재미야."

"호호호, 나도 그런 경험 있는데, 그럼 언제 만나서 얘길 들어볼까?"

"어어, 이거 갑자기 진도가 급가속하네. 좋지 좋아. 쇠뿔도
단김에 빼라고 했지. 오늘 저녁에 만나자. 너 지난번처럼 술
먹고 꽐라되면 안 돼."

"호호호, 미안, 그땐 내 정신이 아니었어. 주신(酒神)이 내려
와서 신들렸었으니까. 호호호."

"너 오늘따라 말도 잘한다. 하하하."

이렇게 해서 분위기 급호전 되었는데, 이때가 8월 초쯤이었
다. 그러니까 지난번 핑크 로즈 경양식집에서 만난 지 어느 사
이에 한 달 정도 지난 것이다.

그날 저녁 핑크 로즈 경양식집에 영미와 차리가 마주 앉았
다. 차리가 퇴근할 때 영미와 같이 타고 온 것이다. 이 집에 오
면 예의상 '핑크 로즈'칵테일 한잔은 팔아주어야 한다고 하니
영미는 술 취할까봐 미리 겁을 먹고는 안 먹는다고 하였다.

"하하하, 자라보고 놀란 가슴 솥뚜껑 보고도 놀란다더니, 지
난번에 혼이 났네. 괜찮아, 오빠가 네 털끝하나 안 건드렸으
니, 핑크 로즈가 약간 비싸지만 여기 대표 칵테일이라 한 잔은
마셔야지. 작은 잔으로 한 잔씩 시키고 맥주로 하자."

"그런가. 그럼 그렇게 해. 안주는? 저녁 먹을 시간이라 배도
고픈데."

"그렇지, 돈까스하고 치킨이면 되겠다."

"으응, 그렇게 해. 오늘은 내가 낼게"

"네가 낸다고, 히야 오늘 횡재했다. 걱정 마, 내가 낼 테니 잘 먹기만 하면 돼. 이렇게 미녀랑 함께 식사하는 것만도 과분하다."

"호호호, 내가 미녀야?"

세상에 이쁘다는데 싫어할 여자가 어디 있는가. 영미는 대번에 오그라져 있던 마음이 풀어졌다.

곧바로 '핑크 로즈' 칵테일이 작은 잔으로 두 잔 날아왔고, 둘은 기다렸다는 듯이 원샷으로 마셨다. 보드카 특유의 독한 맛과 달달하고 향긋한 맛이 입안을 거쳐 목으로 넘어갔고 배로 들어가서 뱃속 전체로 "화악~"하니 퍼졌다.

"하아~ 좋다, 좋아."

"금세 뱃속까지 불이 붙네."

둘은 이렇게 시작해서 돈까스를 잘라먹고 치킨과 함께 맥주도 마시는데 웬일인지 둘다 맨숭맨숭 거리는 게 무슨 여행 이야기를 해야 하는데 쉽게 실마리를 찾지 못하고는 겉돌고 있었던 것이다.

아까 여행 이야기를 들려달라고 했는데 그걸 잊어먹은 것이다. 차리는 아직도 영미 앞에서 주눅이 들은 모양새이어서 쉽게 리드를 하지 못하고 영미 역시 앞서지 못하고 있었다.

"이상하게 속이 안 풀리네. 한 잔 더 마셔야겠다."

평상시 술을 잘하지 못하는 차리는 칵테일 한잔을 더 시켜야겠다는 것이다.

"뭘? 칵테일?"

"응, 내가 여자 앞에선 쫌 소심해서 한잔 걸쳐야 말문이 터질 것 같아."

"호호호, 그래, 그럼 나도 한잔 더 마실래."

이러니 차리는 '핑크 로즈' 표준 잔으로 한잔, 영미는 작은 잔으로 한잔을 시켜서 마셨다.

"너, 태권도가 4단이라면서 맞아?"

"호호호, 누가 그래."

"저번에 강 선배와 이 선배가 그러더라구, 태권도 4단인데 발차기를 아주 잘하더라는데."

"호호호, 작년 가을엔가 한번 그랬지. 무슨 말이 나와서 내가 태권도 4단인데 발차기도 잘한다면서 시범을 보였지. 용케 기억하네."

"와아. 참말이네. 아무튼 대단하다. 닭장 속 수탉 노릇할 만하다."

"태권도 3단하고 4단 차이가 뭔지 알아?"

"3단하고 4단하고 그냥 높은 단수 아닌가?"

"호호호, 그럴 줄 알았어, 3단하고 4단하고는 천지 차이야.

왜냐하면 4단부터는 사범 자격증이 나오거든. 애들을 가르칠
수 있다는 거야."

"오우, 그렇구나. 그럼 태권도장 하려구?"

"아니 그건 아니고, 하다 보니까 4단을 따야 인정을 받을 것
같아서 조금 더 다녔지."

"야 정말, 끈기와 집념이 대단하다. 그러니 애들도 꼼짝 못했
겠네?"

"그런 셈이야. 내가 학교 다닐 때도 반장도 하고 회장도 해
보고 그랬는데 내 말 한마디면 애들은 모두 고양이 앞에 쥐야.
키도 크지, 태권도 한다고 그러지. 대회에 나가서 상도 타왔는
데 학교에서 또 그걸 전달하는 상장 수여식을 하니 애들이 모
두 기겁을 하는 거야. 선생님들도 최고로 칭찬했지. 얼굴 예쁘
지, 키 크지, 몸매도 좋지, 공부도 잘하지 팔방미인이라고 말
이야."

"그럴 만했겠다. 그래서 밖에서도 골목대장 노릇을 하게 된
거네."

"지금 생각해 보니 그런 셈이야. 범 없는 곳에서 여우가 왕
노릇 한거지 뭐."

"지금에라도 깨달았으니 다행이다."

"저절로 그렇게 되었어. 왜 딸만 있는 집에서 어떤 하나가
사내 역할을 한다고 하잖아. 내가 그 짝이야. 위에 언니도 얌
전하지, 동생도 얌전한데, 나만 특출하게 설쳐대니까 엄마 아

빠가 어려서부터 수탉 같다고 한 것이 진짜 수탉처럼 살아왔으
니까."

"네 집안에 딸만 셋이야?"

"응. 지난번에 말했던 거 같은데."

"그랬던가? 맞아, 세 딸 중에 둘째라고 했지."

"응."

이에 영미는 가족에 대하여 부연했다. 위로 언니는 졸업 후
은행에 취업했다가 거기서 남자를 만나서 결혼하여 부부 은행
원이라고 했다.

영미는 수의학과를 나와서 졸업하기 전인 6학년 때 12월에
사설 동물 병원에 취업했으나 7개월 만에 그만두었다. 왜냐하
면 동물 병원이라는 곳이 동물들을 치료하고 살리는 것이 아니
라 안락사시키는 경우를 많이 보게 되어 충격을 받고는 그만두
었다.

그때쯤 해서 물개 조련사를 뽑는다기에 여기 물개 조련사로
들어와서 8월부터 근무하게 되었다. 자기 아래로는 나이 차가
나는 대학교 4학년인 여동생이 있다는데, 부모님은 뒤늦게 아
들을 낳아보려다가 또 딸을 낳아서 딸 셋 엄빠가 되었다. 자기
는 어려서부터 특출하게 나다니고 성격이 남자 같다고 해서 수
탉 소리를 들어왔다. 공부도 잘해서 집에서는 의학대학교에 가
라고 했는데 고1 여름쯤에 느닷없이 보컬 가수가 되겠다고 나
대다가 공부를 놓치고 성적이 떨어져서 차선책으로 동물을 좋

아하기에 수의학과에 들어가게 되었다는 것이다.

이들은 지난번에 간략하게 호구 조사를 했었는데, 그때 귀담아듣지 않고 있다가 또 묻고 답하고 있었다.

"그랬어? 아주 다복(多福)한 집안이네. 동생은 어느 학교 다니는데?"

"교대 다녀. 임용고사 시험 봐서 초등학교 교사로 갈려구, 난 처음에는 성적 좋다고 의과대에 가라고 했는데 고1 여름께쯤부터 엉뚱한 바람이 불어서 한 일 년간 방황 했지. 그러다가 성적이 떨어져서 수의학과에 간 거야. 초등학교 부부교사로 있는 엄마 아빠는 지방 교대에 들어갈 성적은 되니 교대에 들어가라고 했지만, 난 교직에 적성이 맞질 않아."

"오호, 그랬구나. 그러다가 여기로 온 거구먼."

"으응, 굴러다니다가 여기까지 왔네, 오빠?"

"나? 내 얘기 하지 않았던가? 위로 나이 차 많이 나는 형이 부모님 도와서 식당에 있고 난 제멋대로였어. 사실 공부에 큰 관심이 없어. 부모님들이 늘 늦게 들어오시고 형은 나이 차가 많이 나서 같이 놀아주지 않고 그래서 강아지, 새, 햄스터 등 애완동물을 기르면서 세월을 보내다가 조련학과에 들어가게 된 거야. 사실 거길 들어가야 할 이유도 있긴 있었어. 집에서도 아무 말 하지 않으셔. '너 하고 싶은 거 있으면 먹고 살만큼 해 줄 테니까 뭐든지 열심히 하라.' 하셨거든. 어려서 태권도도 조금 해서 겨우 일단 따고 그만두고, 대학교 때부터 헬스클럽에 다니긴 했는데 아주 열심히는 하지 않고 건성건성 했지. 그렇게라도 해도 지금 이정도 몸매는 된 거야. 원팩이었던 배가 식스팩 그림자라도 생기니까."

"호호호, 오빠 성격에 그럴 것 같다. 그런데 그렇게 매사에 건성으로 조금씩 건들기만 하면 뭐 수확물이 있겠어? 인생은 돈 벌어서 먹고 살아야 하는데."

"아 있지. 확실한 목표가 있어, 그러니까 내가 여기까지 와서 너에게 온갖 수모를 겪으면서 동물 조련을 배웠잖아."

"호호호, 미안해, 내가 그 정도로 심하게 대한 줄 몰랐어."

"아무튼 다 지나간 추억이다."

이렇게 말문을 튼 둘은 시답지 않은 주제로 이야기를 이끌어 갔다.

"오빠, 여행 많이 다녔다고 했지? 오늘 여행 얘기 해준다고 했잖아."

"아, 맞아, 그게 주제인데 부제만 가지고 떠들었네."

"어디 어디 가봤어?"

"대학생들 필수 코스인 유럽, 인도도 가보고, 중국, 태국, 미얀마까지 학창 시절에 갔었고 졸업 후 백수 시절에 단체 배낭으로 아프리카를 다녀왔어, 아직 미국이나 브라질 아르헨티나는 못 갔는데 기회가 되면 가야지. 멕시코 피라미드, 마추픽추

등의 문화 유적도 구경하고 동물 구경도 하고 말야, 남미 쪽에 가면 나무늘보를 꼭 보고 싶어."

"호호호, 진짜 많이 다녔네. 은수저쯤 되는 몸이니까 알바 없이 다녔겠어."

"그랬지. 부모님 잘 둔 덕택이야."

"진짜 그러네. 그런데 어떻게 부모님은 설렁탕집으로 성공하셨대? 진짜 궁금하다."

돈에 관심이 있었던 영미는 여행에서 느닷없이 방향을 바꾸어 차리의 부모님이 어떻게 성공했는가에 궁금증이 생겼다.

"나도 부모님에게 들은 얘긴데. 내가 태어나기 전에 H시에서 부모님이 작은 식당을 근근히 운영하고 계셨대"

이렇게 운을 뗀 차리는 그간의 이야기를 하기 시작했다. 부모님은 대개의 작은 한식집이 그렇듯 여러 가지 메뉴를 다양하게 팔고 있었는데 그중에는 김치찌개, 된장찌개, 갈비탕, 설렁탕 등도 있었다. 그렇게 근근하게 지내던 어느 장날, 수염이 허연 할아버지가 와서 설렁탕을 먹어보고는 이렇게 설렁탕을 만들어서 안 된다면서 나름대로 설렁탕 요리법을 알려주고는 다음 장날 오겠다고 했다. 차리의 부모님은 머리가 땅에 닿도록 인사를 하고는 부지런히 식자재를 준비하여 설렁탕 육수를 끓여보면서 맛을 내도록 온갖 노력을 기울였다. 다음 장날, 할아버지가 오셔서 맛을 보고는 아직도 멀었다. 이렇게 저렇게 다시 끓여야 한다. 그리고 또 다음 장날에 오겠다. 다음 장날,

할아버지가 오셔서 맛을 보고는 아직도 멀었다며 이렇게 저렇게 다시 끓여야 한다고 하고 또 다음 장날에 오겠다며 떠났다. 이렇게 장날을 세 번을 보내고서야 할아버지는 이제야 설렁탕 맛이 난다면서 이 식당 앞에 광목으로 '설렁탕 전문'이라고 내다 걸고는 다른 음식은 팔지 말고 설렁탕만 팔라고 했다. 이에 부모님은 광목을 끊어다가 매직으로 크게 설렁탕 전문이라고 써서 식당 앞에 내다 걸었는데, 이때부터 하나둘씩 손님이 찾아들기 시작했다. 한 달도 안 되어서 점심이나 저녁시간에는 줄을 서야 할 정도로 손님들이 오기 시작했다. 이때부터 가운(家運)이 피기 시작하여 가게를 사고 작은 건물도 사고 또 큰 건물도 사고 후에는 크게 건물까지 짓게 된 것이다. 형편이 어느 정도 좋아졌을 때 차리를 낳아서 형과는 무려 여섯 살 터울이 진다는 것이다.

"옴마나, 그렇게 해서도 큰돈을 버는구나. 난 부동산 투기를 해야 큰돈을 버는 줄 알았는데."

"부동산도 한몫했어. 땅을 사놓은 것이 후에 지가(地價)가 올라가면서 저절로 돈이 됐으니까. 지금 그거 말고도 유동자산(流動資産)도 꽤 있어."

"유동자산? 그게 뭔데?"

"하하하, 돈에 관심이 있다면서 그걸 몰라? 현금과 같이 취급할 수 있는 예금이나 증권 같은 것을 말하는 거야."

"호호, 난 몰랐네, 그냥 현금만 알았지. 아무튼 부럽다. 우리

집은 그냥 평범해, 공부벌레 같은 엄마와 아버지가 만나서 둘
다 초등학교 교사로 있으니 사는 것은 걱정 없지만 큰돈은 없
어. 딸 셋 교육비, 양육비에 허리 휘지. 나더러도 시집갈 때 돈
벌어 모아서 가라고 하니까. 언니도 얼마인가 저축한 돈과 부
모님이 대주신 돈으로 혼수비용으로 썼어."

"야~ 그만해도 최고다. 부부 교사면 진짜 평생 보장되는 재
벌이나 마찬가지라고 하더라."

"그런 말도 있긴 있지. 요즘 애들 다루기 힘들 긴 하나 매달
월급 나오고 후에 연금도 빵빵하게 나오니까 두 분의 노후는
우리에겐 안심이야."

둘은 주거니 받거니 대화를 이어나갔다.

"내 강의는 이제 그만하고 네 얘기 좀 들어보자. 유럽이나 인
도 배낭여행 들어보면 다 그게 그거더라. 난 유럽 문화유적에
별 흥미를 못 느꼈어."

"나도. 난 파리에서 물랭루즈쇼나 리비도 쇼를 꼭 보려고
했는데 애들이 안 간다는 거야. 세계적인 쇼인데 애들이 뭘
몰라. 그래서 나 혼자서 가기도 어려워서 포기했는데 그게 아
쉽다."

"그런 쇼가 있었나?"

"아이참, 남자가 그런 쇼도 모르네, 프랑스 캉캉춤 알지, 치
마 올리고 다리 번쩍번쩍 들어 올리는 춤 말이야. 그런 춤 보는

데야.”

“거기가 캉캉춤 추는 데라고, 하이고, 아깝다. 아까워, 언제 또 가보나.”

“호호호, 미리 군침 흘리네.”

“크흐흐흐, 나도 사내야. 흐흐흐, 파리 에펠탑만 보면 다인 줄 알았는데, 진짜 볼거리는 나이트 문화에 있는 걸 몰랐네, 아이참 아쉽다. 다음에 가게 되면 꼭 가봐야겠다. 인도는 어땠어?”

“인도? 거기야말로 에피소드가 많아. 여행객들 다 간다는 바라나시에 가서 죽을 뻔 했어.”

“왜? 뭣 때문에 죽을 뻔까지. 거기 꼬질이 도시이더만.”

“거기 있잖아, 강가(Ganga: 갠지스 강]라고, 강변에 인도사람들 목욕하고 기도하는데, 거기에 밤에는 ‘푸자’라고 화로만 한 향로를 들고서 주문을 외우고 기도하는데, 거기도 가봤지?”

“응, 바라나시에 필수 코스잖아, 당연히 갔었지. 거기서 무슨 사건 있었나?”

차리가 두 눈을 반짝이면서 영미의 얼굴을 쳐다보았다.

“아이고, 지났으니까 이런 얘기 나온다. 내가 저녁때 나갔더니 사람들이 꽉 찬 거야. 아직 시작도 안 했는데, 그런데 쬐그만 인도 사람들 몇몇이 다가와서 한국말로 “보트 타요, 보트 타요.” 이러는 거야. 몇 마디 물어보니 여기서 볼 수 없으니 배를 타고 강으로 나가서 보면 잘 보인다는 거야, 돈을 내고, 그래서 나 혼자서 그 작은 배를 탔는데 아마 열 명 정도 타야 할 작은 배에 한 이십 명은 태운 모양이야, **빽빽**이 앉았거든."

"그래서?"

"쬐그만 남자 사공이 노를 저어서 강으로 나갔는데 배가 기우뚱거리면서 위태위태한 거야. 그러다가 잠시 후 푸자 의식이 시작되었는데, 바로 앞에 우리보다 큰 배에 아마 삼십여 명도 넘게 탔을 거야. 그네들이 앞이 잘 안 보이는지 일어서더라고. 그러니 작은 배에 탔던 우리들은 앞에 무슨 장벽을 세운 것처럼 아무것도 보이지 않으니까. 하나둘씩 일어서다가 아예 모두 일어섰는데 배가 기우뚱거리더라고. 이때 사공이 "싣 다운, 싣 다운!"하고 큰소리로 외쳤지만 스피커에서 나오는 푸자 의식 소리에 묻혀서 들리지도 않아. 나도 엉겁결에 따라서 일어서는 순간 배가 앞쪽으로 기우뚱하더니 후딱 넘어가는 거야. 서 있던 사람 모두 비명을 지르면서 물속에 빠졌는데, 다행이도 앞에 있던 배하고 거리가 사오 미터 밖에 안 되어서 간신히 헤엄쳐서 올라갔지. 그 배가 조금 큰 배였으니 망정이지 그 배도 작았으면 또 뒤집혔을 거야."

"그랬어? 그때가 ○○년 1월 20일경 아냐?"

"응, 맞아, 어디서 들었어?"

"아니, 나도 그 배에 탔던 거 같아. 그때 너 흰색인가 베이지색에 꽃무늬 들어간 긴팔 남방을 입고 있지 않았어?"

"어어~ 맞아, 맞아, 그런 긴팔 남방 입고 다녔어. 햇볕에 살

탄다고."

"와아~ 이런 우연의 일치가. 그때 바로 네 옆에 내가 있었어. 내가 먼저 헤엄쳐서 그 앞의 배에 올라갔지, 그리고 네 손을 잡아 올렸잖아. 기억 않나?"

"어머낫, 그때 그 청년이 차리였어? 어떤 남자가 손을 끌어 올려주어서 배에 올랐는데. 세상에 이런 일이."

"이야~ 진짜 세상에 이런 일이네. 그때 날더러 "땡큐!"하고는 앞쪽으로 가더니만 배에서 내렸나?"

그러니까 배가 전복되면서 차리가 제일 먼저 그 옆의 배에 올랐고, 두 번째로 영미가 올라오는 것을 손을 잡아서 끌어 올려주었다. 이때 영미는 너무 창피해서 고개도 제대로 못 들고는 금세 사라졌고, 차리는 거기에서 다른 외국인들을 끌어 올려주었다. 이런 경황중이라 둘은 서로 누가 누군지도 모르고 있었던 것이다.

"호호호, 그랬지. 물에 빠진 생쥐 꼴로 어떻게 거기에 있어, 그때 난 오빠가 외국인인지 한국인인지도 몰랐어, 창피해서 고개를 못 들었으니까. 그 배는 다른 배들과 맞닿아 있어서 배를 건너 내려서 숙소에 돌아왔어. 푸자 의식도 못보고. 하이구, 지금 생각해도 기가 막히네. 오빤 푸자 의식 다 봤어?"

"한 이십 여분 보았나. 끝까지는 안 봤어, 그게 그거더라고. 축축한 옷에 냄새가 나서 나도 숙소로 돌아왔지. 그때 숙소는 어디에 있었어?"

"거기 바라나시 골목에 있는 한국인이 운영한다는 허접한 숙소. 거기서 이틀 잤어."

"어라, 나도 거기에서 이틀이나 묵었는데, 그 집에서 음식도 팔았잖아."

"맞아, 정말 우연의 일치네. 거기서 만나지 못하고 여기서 만나다니."

"이야 진짜 천지신명이 점지해준 모양이다."

"호호호, 확대 해석하기는, 아무튼 오빠 내 생명의 은인이네. 호호호."

"은인까지는 아니지 뭐. 거기 강 아주 깊은 줄 알았는데 사람이 서 있으면 목은 나올 정도라고 하더라구. 죽지는 않았지만 그게 뭐야, 물에 빠진 생쥐처럼. 흐흐흐"

"맞아, 정말 쪽팔려 죽을 뻔했어."

"이야, 그때 네 몸매 죽이더라. 물에 젖은 남방이 몸에 착 달라붙으니까 진짜 섹시해 뵈더라. 영화의 한 장면이었어. 하하하."

"이런이런, 사내라고 엉큼한 생각하긴. 호호호, 그렇긴 했을 거야. 호호호, 지금이니까 웃음이 나온다."

정말로 우연의 일치였다. 이 대화를 기점으로 하여 둘은 마음의 벽이 허물어지다시피 했다.

"아 진짜, 바라나시 하면 생각나는 게 또 있다. 잊지 못할 사건이야."

"왜? 또 무슨 빅 사건이 있었어?"

"빅 사건은 아니고, 거기 골목이나 거리에 소들이 어슬렁거리잖아."

"응, 소를 숭배한다면서 길거리에 방치해놓은 소들 많잖아."

"하아 참, 내가 사진 찍는다고 카메라 들고 다니면서 여기저기 두리번거리는데 "철퍼덕! "하고 소똥을 밟은 거 아냐. 물개 똥을 그냥 철퍽 밟아서 소똥이 여기저기 튀고 운동화도 다 버렸어."

"호호호, 그랬겠다. 인도 배낭여행 카페에서도 소똥 조심하라고 그랬는데. 항시 땅바닥 쳐다보고 다니라고 말야."

"그런 게 있었나. 하여간 왕창 소똥을 밟아서 그대로 숙소에 와서 씻느라고 시간 다 보냈어. 힌두교는 정말 이해할 수가 없어. 소를 숭배한다면 목초지가 있는 들이나 산에다 풀어놓고 길러야 소들이 마음 편히 풀 뜯어먹고 잘 살지. 차들이 많은 도시에서 살게 하니까 제대로 먹지도 못하잖아. 여기저기 똥이나 내지르고 말야."

"호호호, 그렇기도 하네."

"아무튼 내가 거기 있는 사람들에게 물어봤어. 이 소들이 어떻게 살고 어떻게 죽느냐고. 그랬더니 쓰레기 주워 먹고 어떤 사람들은 손질하고 남은 야채를 주기도 한다나. 그런데 죽은 소들은 대개가 소화불량으로 죽는다는 거야. 왜냐하면 비닐을 먹을 것인 줄 알고는 비닐 쪼가리를 먹었다가 뱃속에서 소화가 되질 않고 엉키어서 배설도 되지 않으니 마침내 소화불량에 창자가 막혀서 죽는다고 하더라고. 그러니 이게 무슨 소를 숭배하는 거야. 미친 짓이지."

"어머나, 그랬어? 진짜 소를 숭배하는 것이 아니라 학대하는 셈이네. 불쌍하다. 그렇게 배가 아파서 죽다니. 힌두교 믿는 네팔도 그렇겠네."

"똑같을 거야."

"갑자기 생각나는 게 있네. 언젠가 TV에서도 무슨 큰 사슴이 아파서 쩔쩔매어 죽게 생겨서 조사를 해보니까 비닐을 너무 많이 먹어서 소화불량으로 죽게 되었다고 했어."

"맞아, 지구 도처에서 그런 일이 일어난다니까. 아프리카 국립공원에서조차 비닐이 날아 들어서 야생동물들이 그걸 먹고 서서히 죽어간다고 하잖아."

"아이 참, 진짜 문제네. 비닐을 아예 안 쓸 수도 없고 무슨 대체 재료는 없을까?"

"지금 당장은 없지, 없어. 어떤 대발명가가 획기적인 소재를 발명하기 전에는 악순환이 연속될 것 같아."

"그러게. 안타깝네."

둘은 동물을 사랑하는 마음이 지극해서 지구 환경과 동물에 관한 이야기를 주거니 받거니 하였다.

참으로 전 세계에서 마구잡이로 배출되는 플라스틱이나 비닐은 인류의 재앙이다. 인도의 소뿐만이 아니라 각 나라의 국립공원에서조차 초식동물들이 사람들이 버리거나 날아 들어온 비닐을 먹고 장폐색(腸閉塞)에 걸리어 죽는 수가 많다고 한다.

이보다 더 심각한 것은 미세 플라스틱과 나노 플라스틱이다. 재활용되지 않은 플라스틱은 여기저기 떠돌다가 아주 작은 알갱이로 부서지게 되는데 크기가 5mm 미만의 플라스틱 알갱이를 미세 플라스틱이라고 한다. 이런 미세 플라스틱이 바다로 흘러들어가서 작은 물고기들이 플랑크톤인 줄 알고 먹고, 먹이사슬에 따라 조금 더 큰 물고기들이 작은 물고기를 잡아먹고 되는데, 결국 마지막에 가서는 이렇게 미세 플라스틱을 먹은 여러 물고기들을 인간들이 섭취하게 되어 온갖 질병을 야기하게 되는 것이다.

그뿐만 아니라 미세 플라스틱은 시간이 흐름에 따라 더 작은 입자로 쪼개져서 나노 플라스틱(nanoplastic)이 된다. 이들 미세 및 나노 플라스틱은 강과 바다, 그리고 토양은 물론 공기를 오염시킨다. 이런 나노 플라스틱의 마지막 단계는 인간의 몸으로 전달되어 각종 질병을 일으키게 된다는 것이다.

"네팔 가봤어?"

"아니. 앞으로 가봐야지. 에베레스트 등정은 못 해도 베이스캠프까지는 가봐야 할 텐데."

"베이스캠프도 무지 어렵다는 데. 돈도 많이 들어가고. 한국에서 기초 훈련 엄청 많이 해야 한다는데."

"맞아, 거기까지 가는 것도 어려워. 생사가 왔다 갔다 할 정도니까."

"난 그 근처 트래킹이나 해 봤으면 좋겠어."

"그런 여행 상품도 있어, 에베레스트가 아니라 안나푸르나봉 트래킹이라고 있어. 정 안 되면 그런 트래킹만 해도 굉장한 모양이야. 우뚝 솟은 설산이 하늘에 걸쳐 있는 것 같다고 하더라구. 앞으로 가야 할 데가 많네. 이게 다 돈과 시간인데."

"그거 말고도 체력도 있어야지."

"맞아 맞아. 따지고 보면 체력이 최우선이네."

얼마 후, 이들은 맥주 한 모금을 마시고는 영미가 먼저 입을 열어 화제를 돌렸다.

"생명의 은인을 이제야 만나다니 뭐로 보답하지?"

"보답은 무슨, 살아 있는 게 보답이지."

"아이 참, 지금 살아 있잖아. 내 손 잡아준 것만큼 비슷한 보답을 해줘야지."

이러면서 영미는 일어나서 차리 옆자리로 왔다.

"어어~ 옆에서 같이 마시려고"

차리는 엉덩이를 뒤로 빼면서 한마디 했다.

"호호호, 순진하긴 여자가 접근하면 환대를 해야지, 경계를 하긴."

영미는 술에 취하고 기분이 사뭇 업(UP)되었다. 그때 그 청년을 우연히 재회하고 같은 직장에 다니고 이렇게 마주 앉아 있다는 것이 대수롭지 않았고 감회가 깊었기 때문이다. 이런 기분은 차리도 마찬가지였다. 그동안 '수탉, 수탉' 하고 경계를 했지만 지금 이 순간만큼은 아리따운 여자로 보였다.

"자, 눈 감아 봐."

차리는 알 수 없는 기대감에 심장이 요동을 치기 시작했다. 차리가 눈을 감자마자 영미는 차리의 입술에 기습 뽀뽀를 했다.

"우읍, 으음"

표현할 수 없는 기쁨이 영미의 입술에서 차리의 입술로 전해졌고, 차리는 저절로 영미를 끌어안았다. 그러나 그것도 순간이었고 영미는 입술을 떼었다.

"이만하면 답례가 되었나?"

"아이참, 답례를 하려면 잘해야지, 이게 뭐야 감질만 나게."

"호호호, 너무 짧았나. 그럼 다시 해줄까?"

"내가 할게, 지금 자세도 불안정해. 어정쩡해서 감미로운 느낌을 모르겠어."

"그럼 자세를 어떻게 할까?"

"영화 못 봤어. 남자가 위에 있고 여자가 남자 무릎에 있는 포즈가 정석(定石) 이잖아."

"호호호, 그런 자세를 보긴 봤지. 그렇게 해주면 답례로 칠 거야?"

"으응, 그런 자세라면 진짜 달콤한 키스가 될 것 같아."

"호호호, 그래, 죽은 사람 소원도 들어준다는데 산 사람 소원을 못 들어주겠어? 내 생명의 은인인데."

영미는 아직 만취가 된 것은 아닌데 차리에게 마음을 터놓고 있었다. 그러니 술 기분으로 하는 얘기는 아닌 것 같고 진심으로 반갑고 고마워서 키스를 허락하는 것이었다.

둘은 다소 어색한 듯이 앉은 자세를 바꾸어서 영미는 차리의 무릎에 누워서 차리를 올려보는 자세이고 차리는 한 손으로 영미를 떠받치면서 다른 한 손으로는 영미의 허리를 끌어안았다.

"너 진짜 반항하지 마. 네가 먼저 허락한 거니까."

"으응, 얌전히 있을게. 키스만 해. 8월 말까지는 있을 거지?"

"걱정 마, 너 하는가 봐서 한두 달 더 있을 수도 있으니까."

"알았어."

이에 지체하지 않고 차리는 영미에게 입술을 포개었다. 부드럽고 달콤하며 이루 말할 수 없는 느낌이 입술을 통해서 전해지면서 온몸으로 퍼져나갔다.

"이렇게 황홀한 느낌이 있다니."

마침내 둘은 저절로 설왕설래를 하기 시작했고, 잠재되어 있었던 욕구가 분출되어 서로를 탐닉했다. 때는 여름이라 영미는 거의 배꼽이 들어 날 정도의 얇은 나시티를 입고 있었는데, 차리는 손을 더듬어 티셔츠 속으로 들이밀었다. 곧바로 브래지어가 손에 닿았고 차리는 더듬던 손을 멈추지 않고 브래지어 속으로 손을 밀어 넣어 탐스런 가슴을 만졌다. 영미는 몸을 움찔하더니만 더 이상 거부 의사 없이 콧소리로 신음 소리를 내면서 잠자코 있었다. 뭉클하고 폭신하고 부드러운 가슴을 어루만지자 차리는 정신이 혼미해질 지경이었는데 이는 영미도 똑같은 감정이었다. 이제까지 남자의 손을 터부시했던 금단의 지역에 남자의 손길이 침범했으나 두려움이 아니라 감미로움이 온몸을 휘저었다.

그것도 잠시 차리는 바지 속에 숨겨둔 외눈박이 애완동물이 기세등등하게 커지더니만 마치 헐크처럼 변신을 하면서 바지를 찢고 나올 기세였다. 이러니 갇혀있던 외눈박이가 탈출을 하지 못해 신음과 고통을 참으며 최대한 자제를 해야 했다.

마지못해 차리는 입을 떼었다.
"아, 너무 좋아."
"차리, 나도 너무 좋아. 느낌이 황홀해. 정신을 못 차리겠어."
"나도 정신이 몽롱해. 다음 진도를 나가고 싶어."
"안 돼. 자제를 해야지. 이만하면 됐어, 충분해."
영미는 퍼뜩 일어나서 건너편 자리로 건너가 앉았다.

"호호호, 좋지?"

"응, 너무 황홀해, 고마워, 이런 기회를 줘서."

"은인에게 이 정도는 보답해야지. 오빤 나에게 키스를 받은 두 번째 남자야."

"남친이 있었나?"

"호호호, 아니. 첫 번째 남자는 울 아빠고, 두 번째가 오빠란 말이야."

"어어~ 그런 뜻이었어. 내가 횡재했네. 여신 같은 미녀에게 첫 번째 키스를 받았으니. 아무튼 사람은 착한 일을 해야 복을 받는다니까."

"호호호, 하이고, 성인군자 납셨네."

"하하하, 오늘만 성인군자다."

둘은 한동안 시시덕거리다가 영미가 너무 늦었다면서 일어섰다.

그날 밤,

둘은 모두 승리감에 도취되어서 또 한 번 황홀감을 맛보았다. 영미는 인도여행에서 생명의 은인이나 마찬가지인 청년을 만나게 되었고, 여기 물개 쇼를 8월 말까지는 진행한다고 확답을 받았으니 기쁨이 충만하였고, 차리는 솔개가 되어서 안하무인격인 수탉의 기를 꺾어 놓았기 때문에 한없이 만족스러웠으며 게다가 진한 키스에 가슴을 만지는 페팅(petting)까지 했으니 그 기쁨은 이루 말할 수 없었다.

그러나 이후로도 더 이상의 청춘 사업의 진도는 지지부진하였다. 왜냐하면 둘 사이에는 아직도 알지 못할 불신감이 있기 때문이다. 사실 차리는 여친이 네댓 명 있었으나 몇 번 사귀다가 보니까 일방적으로 당하기만 해서 절교했었던 것이다. 차리가 좀 살만하고 돈이 있는 모양이니까 한마디로 김치녀(개념 없는 여자, 특히 남자의 돈을 빨아먹으려는 여자)들만 만나게 되었다. 만난 지 얼마 되지도 않아 뭘 해 달라, 뭘 사달라 등으로 거머리 같은 여자들만 만나게 되었기에 여자에겐 매우 조심을 하고 있었다.

여기에 올 때는 분명한 목적인 동물과의 교감과 조련이었기에 영미가 아무리 선배 노릇을 해도 참고 참고 또 참았던 것이다. 그리고 또 김치녀일까 몰라서 처음부터 없이 살고 궁색한 체 했더니 영미는 더욱더 자기를 업신여기지 않았던가.

그래서 동물 조련에 대하여 어느 정도 터득한 시점에 영미를 불러내서 큰소리를 치면서 집안 얘기를 했더니 그제서야 영미가 고개를 숙인 것 같았다. 즉, 영미를 또 다른 형태의 김치녀로 단정을 지었던 것이다.

'저런 여자를 또 만났네. 내가 좀 살만한 집안이라니까 달려들 기세네. 앞으로 더욱더 경계하고 조심해야겠다.'

이게 차리의 마음이었다.

물개 쇼는 하루도 거르지 않고 진행되었지만 하루의 일과는 매우 단조로웠다. 오전에 조련 교육을 받을 일도 없고 대충 시간을 보내다가 오후에 물개 쇼를 진행하는 것이다. 이러다가 최고 성수기에는 오전에도 두 번 공연을 하고 오후엔 세 번 공연을 하게 되었는데, 공연 시간이 20분이라 그런대로 할 만했다. 관객들에게 환호성과 박수 세례를 받을수록 차리와 영미는 힘이 났고 덩달아서 잭슨과 그레이스도 신이 났다. 녀석들은 말만 못하지 사람이나 마찬가지로 의사소통이 되는 듯 했다.

그렇게 얼마를 지나는데 영미가 차리를 좀 관심 있게 관찰해 보니 점심시간이나 아니면 좀 길게 쉬는 틈이 나면 휴게실에 있는 게 아니라 어딜 나갔다 오곤 하였다.
'이상하다. 어딜 갔다 오지, 기숙사도 아니고, 밖에 나가는 것도 아니고. 이상하다.'
그동안은 워낙 무심했기에 차리가 어딜 가거나 말거나 관심이 없었지만, 이번에는 좀 달랐다. 차리가 그런 쉬는 시간에 뭘 하는지 몹시 궁금해졌기에 기회를 봐서 뒤를 따라갔다.
차리는 한가롭게 방사되어 키우는 동물들을 쳐다보고 다니고 있었다. 그것도 주로 아프리카 관에 가서 사막여우도 유심히 쳐다 보고 하이에나, 타조 등을 유심히 쳐다 보다가 들어오고 있었다. 차리는 나름대로 동물들과 얼굴을 익히면서 관찰을 하고 있었던 것이다.

'이상한 사람이네. 뭣 때문에 매일 보는 동물들을 보고 또 보고 다니나.'

영미는 이렇게 생각하였다.

그렇게 또 하루하루를 지내면서 갑자기 영미는 굴욕감을 느끼게 되었다. 이제까지 많은 남자들이 자기와 말이라도 한번 붙여보려고 하고 시간이 있느냐, 식사를 하자 등으로 대시를 했으나 대부분이 거절하고 말았던 것이다. 그만큼 콧대 높게 살아왔는데 차리라는 남자는 도무지 알 수가 없었다. 지난번에도 자기가 꼬리를 내릴 만큼 내려서 진한 키스까지 허락했건만 아직까지 애프터 소식이 전혀 없다. 그저 다람쥐 쳇바퀴 돌 듯이 하루일과를 보내면서 물개 쇼를 진행시키고 있었던 것이다.

이러는 사이 또 며칠이 지나서 이제 8월 25일이 되었다. 며칠 후면 차리가 느닷없이 그만둔다고 할지도 모르는 것이다. 조바심이 난 영미는 차리가 무슨 계획을 가지고 있는가가 몹시 궁금해졌다. 여기를 그만두고 무엇을 할 것인가. 집이 살만하다고 해서 뭐든지 하나 차려준다고 했는데 애견샵이라도 할 셈인가. 아니면 무슨 가게라도 운영할 것인가. 어디로 오랫동안 여행을 갈 모양인가. 영미는 도무지 궁금증이 증폭되어서 밤잠도 설치었다.

　'안되겠다. 더 이상 내릴 꼬리도 없으니 꼬리를 떼어버리는
셈 치고 한 번만 더 접근해보자. 무슨 계획을 가지고 있는지 눈
꼽만큼이라도 알아야 속이 풀릴 것 같다.'

　"차리, 같이 가."
　"어엉? 그래, 시내 나가려구?"
　"응, 마트에 가서 살 게 있어서."
　퇴근하는 차리를 영미가 뒤따라가면서 불렀다.
　"차리, 혹시 먹고 싶은 거 있어? 내가 요리해 줄까?"
　"아이구야, 오버 액션 아냐? 어디서?"
　"아이참, 무안하게. 차리네 아파트지, 내가 그동안 잘못 한
게 많잖아, 얻어먹은 죄도 있구."
　"하하하, 이제 뭘 좀 깨우친 모양이네. 어떤 스님이 도를 닦
다가 겨울에 내리는 눈 소리에 깨우침을 얻었다더니."
　"호호호, 그래, 아무렇게나 생각해. 뭐 먹을까? 나 요리 잘
해."
　"히야, 진짜 기대된다. 손가락 까딱도 하지 않고 남이 해준
음식만 먹는 줄 알았는데."
　"아이참, 아니라니까. 닭 도리탕(닭 볶음탕) 할까? 쉬운데."
　"이거 오늘 저녁 생각지도 않게 수라상 받게 생겼다. 좋지,

좋아, 그거 말고 식당에서 안 나오는 메뉴로 하자. 닭은 많이 먹어서 지금 겨드랑이에서 날개가 나오려고 한다. 밤마다 근질 거려."

"호호호, 가끔 실없이 웃기는 소리 잘하더라. 내가 이따가 확 인해볼게. 날개가 나오나 안 나오나, 그럼 식당에서 안 나오는 해물탕 어때? 이것도 재료만 사면 별로 어렵지 않아. 팩으로 파는 거에다 몇 가지만 추가하면 끝내준다."

"아 그러자, 진짜 해물탕 맛좀 보자, 거기 알도 있고 꽃게도 있고, 낙지, 조개 진짜 군침 돈다. 술안주로도 최고다."

"그래, 내가 해물탕 해줄게. 여자 손맛이 들어가야 제맛이 나 지."

"카하하하, 이제 여자가 되었네."

차리는 재미있다는 듯이 큰소리로 웃어대었다.

차는 곧바로 대형 마트 앞에 섰다.

"내릴 것 없어, 여기 잘 아니까. 십분만 기다려, 후딱 사올 테니."

"어엉, 그래 그럼, 난 음악이나 듣고 있을게."

"술 있어?"

"맥주는 있는데 소주는 없어."

"응, 그럼 도수 약한 소주도 살까?"

"마음대로 해."

영미는 뛰다시피 마트 안으로 들어갔다. 차리는 너무 돌변한 영미 때문에 어리둥절해지고 말았다.

"쟤가 요즘 진짜 꼬리 빠진 수탉, 아니 암탉이 되었네. 강 선배, 이 선배도 그런 말 했잖아. 희한한 일이네. 지난번에 내가 혼냈더니 말귀를 알아들었나. 에라 모르겠다. 오늘 저녁은 잘 얻어먹게 생겼다."

잠시 후, 영미는 커다란 봉투에 뭘 그득히 사왔다.

"뭘 그렇게 많이 샀어?"

"사다 보니 그렇게 되었네. 후식으로 먹을 바나나, 참외, 수박이 부피가 너무 커."

"야아~ 그것까지 샀어? 진짜 오늘 운수 대통했다."

차리는 기분이 업(UP)되어서 사뭇 좋아졌다.

아파트로 들어오자마자 영미는 마치 제집인 양 주방으로 가서 주섬주섬 식재료를 꺼내 놓고 요리 준비를 하기 시작했다.

"오빠 그냥 앉아서 TV나 봐. 여기서 얼쩡거리지 말고, 요리도 집중을 해야지, 안 그러면 실수하고 음식 맛이 안 나는 거야."

"오호, 그래, 쫌 거들어주려고 했더니, 그럼 거실에 앉아있을게."

"으응."

차리는 저녁으로 뭘 해 먹을까, 뭘 사먹을까 하고 생각 중에 이런 호기(好機)가 생기니 마냥 좋아졌다.

잠시 후, 해물탕 끓는 소리가 나면서 코를 자극하는 냄새가 퍼지고, 곧바로 식탁에 음식이 차려졌다.

"이리 와, 다 됐어."

"어엉,"

차리가 식탁에 가보니 정말로 번개 솜씨로 만든 해물 탕과 다른 음식들이 식탁에 그득히 채워졌다. 늘 먹던 반찬 서너 가지나 아니면 라면으로 대신하던 식탁이 풍성해지면서 그야말로 임금님 수라상 못지않았다.

"이야~ 진짜 대단하다. 순식간에 이걸 다 만들다니. 일등 셰프(chef :식당·호텔 따위의 주방장)다. 고마워."

"호호호, 고맙긴 이런 기회를 준 오빠에게 고마워해야지."

둘은 담소를 나누면서 소주도 몇 잔 마시었다. 기가 막힌 맛에 둘은 서로서로 즐거워하면서 시시덕대었다.

"오늘 일진이 무지 좋은 날이다. 맛이 아주 그냥 엄마표다. 엄마표 해물탕이다."

"호호호, 엄마표는 아내표지, 어머, 말이 헛 나왔네. 그냥 친구표라고 하자."

"뭐어? 아내표? 카하하하, 네 눈에 내가 들어오냐? 하하하, 그래 여친표 해물탕이라고 하자."

영미는 무의식중에 그런 말이 튀어나와서 무안하기 짝이 없었다. 그래서 술기운이 아니라 무안해서 얼굴이 홍조(紅潮)를 띠었다.

"야야~ 볼이 복숭아빛으로 물드니 진짜 예쁘다. 당태종이 너를 봤다면 양귀비를 걷어 찾을 게다."

"뭐야? 너무 띄우지 마, 술이 좀 올랐나 봐, 좀 취했나. 도수 약한 소주인데."

"흐흐흐, 재미있다. 너 술 취했나 안 취했나 금방 알아낼 수 있다."

"어떻게?"

"간단해 내가 묻는 말에 대답만 하면 돼."

"그으래? 그럼 어서 해봐."

"놀부 알지?"

"그래, 심술궂은 놀부 모르는 사람이 어디 있어."

"놀부의 아들이 놀남이, 놀돌이, 놀철이 이고 놀부의 딸이 놀순이, 놀자, 놀희야.

그러면 놀부 동생 이름은 뭐게?"

"으응? 놀민이인가 놀식이인가."

"카하하하, 그럴 줄 알았다. 놀부의 동생은 흥부지. 너 진짜 취한 게 분명하다."

"뭐야? 하이고, 호호호, 내가 속아 넘어갔네."

"한 문제 더 내서 또 틀리면 너 꼴라가 된 거야. 그럼 내가 마음대로 한다. 알았지? 정신 똑바로 차려."

"호호호, 안 취했어. 절대 안 취했어. 어서 문제 내봐."

"여기 무거운 쇠 1킬로 그램과 가벼운 솜 1킬로 그램이 있다. 어느게 무거울까?"

이러면서 차리는 무거운 쇠는 손동작으로 크게 표시하고 가벼운 솜은 작게 표시했다. 손동작으로만 본다면 당연히 솜이 가벼운 모양새이다.

"아이구 그걸 문제라고 당연히 쇠 1킬로 그램이 무겁지."

"카하하하, 내 그럴 줄 알았다. 무게가 똑같지. 쇠 1킬로 그램과 솜 1킬로 그램이니까 무게가 똑같지, 어째서 쇠가 무거워?"

"하이고야 내가 지금 최면 들렸나, 판단이 안 되네. 호호호."

"이제 내 마음대로 한다."

"하이참, 나쁜 짓은 하지마."

"여기서 나쁜 짓 할게 어딨어. 걱정 마."

"아이참, 이상하게 오빠 말에 휘말려들었네."

둘은 웃다가 밥도 다 못 먹게 생겼다. 사실 둘은 식사량은 그리 많지 않아서 나머지는 냉장고에 넣고는 영미는 곧바로 후식으로 과일을 내왔다.

"이건 거실 소파에 앉아서 먹자. 텔레비전 무지하게 큰데 그거 한 번 틀어봐. 재미있는 거 할 거야."

"그러자."

이렇게 둘은 식탁에서 거실로 옮겨 앉고 차리는 채널을 이리 저리 탐색하다가 별 볼 것 없다면서, IPTV에서 '인디아나 존스'를 찾아서 보기 시작하였다.

"내가 제일 존경하는 해리슨 포드 형님 나오셨다."

"호호호, 종교네, 종교야. 저번에도 인디아나 존스 영화 얘기 하더니만 해리슨 포드가 신이네,"

"맞아, 나에겐 신(神) 같은 사람이야. 흐흐흐."

그런데 차리는 옆자리에 수탉이건 암탉이건 여자인 영미가 앉아있으니 기분이 이상야릇해지면서 가슴까지 설레는 듯하면서 울렁울렁해졌다.

차리는 벌떡 일어나더니 냉장고 문을 열고 투명한 양주병을 꺼내왔다.

"소주가 너무 약해. 기분이 업 상승했는데 이거 한잔 더 마셔야겠다."

"그게 뭔데? 양주잖아."

"응, 이게 바로 핑크 로즈 칵테일 만드는 보드카야, 금세 오르지만 뒤끝이 좋아."

"술 별로 안 마신다고 했잖아."

"평상시는 그런데 여신(女神)이 주신(酒神)을 부르잖아. 둘이

절친인데."

"뭐야? 호호호, 하여간 오빤 실없이 웃기는 데는 대가야, 개
그맨으로 나가야 성공 할 것 같아."

"하하하, 그 정도는 아니지만 임기응변은 좀 있지. 학교 다닐
때도 알아주었으니까."

"호호호, 귀엽다 귀여워."

차리는 글라스와 소주잔을 가지고 와서는 글라스에는 반잔
정도 따르고 소주잔에는 가득 따랐다.

"이걸로 원샷 하자. 좀 알딸딸해야 기분도 좋고 말이 술술 나
오지."

"이거 독하잖아, 칵테일도 아닌데 난 못 마셔."

"마실 만해, 약 마시듯 후딱 마시고 저기 수박 한쪽 먹으면
뱃속에서 칵테일 된다."

"호호호, 별난 칵테일이 다 있네."

"아까 약속했지? 내 퀴즈 못 맞추면 내 마음대로 한다고."

"아이참, 취하면 안되는데, 오늘은 들어가야 해."

"괜찮다니까. 그거로 한잔이면 소주 두 잔 정도밖에 안 돼.
그리고 금세 확 올랐다가 금세 깨."

차리가 별것 아니라고 채근을 하니 영미도 마음이 돌아섰
다. 둘은 원샷에 다 마시고는 수박 쪼가리를 입에 넣고 우적거
렸다.

"화아~ 뱃속에서 불났다. 화끈하다."

"호호호, 그런거 같아."

둘은 이러면서 몇 마디 대화중에 진짜 독한 술이 온몸을 휘젓더니 뇌를 헷갈리게 해서 앞뒤 사리분별을 못 할 지경이었다. 반 컵이나 마신 차리가 혀가 먼저 꼬부라졌다.

"너, 여기 온 목적이 따로 있지?"

"아까 말했잖아 오빠에게 신세도 지고 그래서 저녁 요리해준다고 그랬잖아."

"알아 알아, 그런데 내가 볼 때는 그건 주제가 아니라 부제야. 뭔가 하고 싶은 게 있을게 같아."

"아니, 없어, 왜 그래? 술 취했어?"

"아니 정신은 말똥거리는데 내가 용기가 없어서 술기운에 물어보는 거야. 너 김치녀지?"

"뭐라구? 내가 김치녀라고? 말 대했어?"

차리는 평상시 생각대로 영미를 김치녀로 몰아세웠다. 그런데 이런 말은 하지 말았어야 했다. 속으로 아차 싶었지만 주워 담을 수 없이 엎질러진 물이었다.

"생각해봐, 내가 처음에 없이 살고 궁색한 체했을 때는 거들떠보지도 않고 구박만 하다가 내가 살만한 집에서 산다니까 접근하는 거 아니야?"

"너 그 말이 진심이야? 내가 네 등에 빨대 꽂고 돈이나 빨아내는 술집 여자로 보여?"

영미는 쇳조각으로 유리창을 긁는 소리를 냈다.

"아이구 분해, 이런 자식을 털끝만큼이나 믿었다니. 아이구 분해."

영미는 진짜 크게 화를 내면서 벌떡 일어나서 현관문을 박차고 나가버렸다.

"어어~ 이게 아닌데. 내가 말을 잘 못 했나."

차리는 어안이 벙벙해지면서 그 자리에서 얼음이 되다시피 했다. 반사적으로 튀어나갔지만 현관문 밖엔 아무도 없다. 저 아래 계단에서 '탁, 탁'거리면서 뛰어내려가는 소리가 희미하게 들려왔다. 영미는 엘리베이터를 타려다가 금세 오지 않자 뜀박질로 계단을 내려가고 있었다. 여기가 8층이니까 한참을 내려가야 했다.

차리가 엘리베이터를 보니 바로 위층에서 내려오고 있는 중이기에 잠시 기다리다가 엘리베이터를 타고 내려가기 시작했다. 마음은 급한데 몇 층을 멈추고는 드디어 1층에 도달했다. 차리는 용수철이 튕기듯 아파트 현관을 지나서 밖으로 나가 보니 저 멀리 희미하게 짧은 머리에 짧은 바지를 입은 영미가 뛰다시피 걷고 있었다. 조금만 더 가면 찻길이다. 거긴 수시로 빈 택시도 다닌다. 차리는 심장이 터지라 결사적으로 뛰었다. 운동회 때도 이보다는 느렸을 것이다. 사력을 다해 뛰고 또 뛰었다. 차리는 가까스로 도로 앞에서 영미를 막아서면서 무릎을 꿇고는 영미의 다리를 붙잡았다. 뛰지 못하게 한 것이다.

"아이구, 영미야 내가 잘못했어, 술 취해서 헛소리 했어."

"이런 자식이, 나를 따르던 사내들이 얼마나 많은데, 이런 찌질이가… 가 봐, 임마."

영미의 수탉 같은 본성이 들어나서 욕보다 심한 말을 마구 내뱉었다.

"내가 잘못했어, 영미야, 한 번만 해명을 할 기회를 줘. 제발 한마디만 할게."

차리가 무릎까지 꿇고 비굴하게 구는 데다 주변에 사람들이 힐끗힐끗 쳐다보고 있기에 영미는 다소 목소리를 낮추었다.

"무슨 말? 김치녀? 나 그런 여자 아니야, 나 배울 만큼 배우고 엄한 부모님 밑에서 가정교육도 엄하게 받았어. 내 성격이 좀 지랄 맞아서 그렇지, 그래도 이 나이 먹도록 사고 한 번 안치고 순진하게 살아왔어. 뭐라고? 내가 네 돈 빨아먹는 김치녀라고? 그게 네 진심이냐?"

"아냐, 아냐, 내가 기가 막힌 사연이 있어서 무의식중에 나온 말이야. 들어가서 내 해명만 들어보고 가. 진짜야, 나 지금 숨 넘어갈 것 같아. 뛰어오느라고, 물 한 모금만 먹게 해줘"

"너 혼자 가서 마셔, 한 모금이 아니라 물 한 통이라고 다 마셔. 더 이상 상종도 안한다. 내일 그만두던지 모레 그만두던지 네 맘대로 해. 이 없으면 잇몸이라고 했고, 더 좋은 사람 와서

일하면 돼."

영미가 뜻을 굽히지는 않았으나 차리에게 붙잡힌 다리 한쪽
은 그대로였다.

"진짜야, 올라가서 물 한 잔만 마시고 내 해명을 들어보고
가. 그러면 피차 간에 엉뚱한 오해는 없을 거 같아."

"뭐가 그리 중하다고. 해명은 해명이야. 네 본성을 다 알아보
았고, 난 그런 여자 아니니까 됐잖아?"

"아니야, 그럼 한 가지만 먼저 말할게, 사실은 내가 전 여친
이 있었는데 김치녀를 만나서 혼났거든, 첫 번째 여친은 어쩌
다 보니 가깝게 지나게 되었는데 명품 백 오백만원짜리 뺏겼
어, 그리곤 헤어진 거야."

"그런 여자가 있었어? 그럼 잠자리를 함께 했다는 거야?"

"응, 그런 여자들 그게 순서야, 한 번 잠자리하고는 이 핑계
저 핑계로 돈을 빨아내고는 헤어지는 거야."

"이런, 그런 얘기 나도 듣긴 했는데 너도 참, 재수 지지리도
없다."

"그러니까 내 해명 좀 듣고 가. 십분만 줘. 똑같잖아. 지금
가나 십분 후에 가나. 제발 나 좀 살려줘, 숨 차고 목에 불나서
용가리 될 것 같아."

가끔 실없이 웃기는 소리하는 차리가 용가리 될 것 같다니까
영미는 속으로 '진짜 혼자 코미디 한다.'하고 마음이 조금 풀린
모양이었다.

"좋아 딱 십분 이다. 십분만 있다가 좋던 싫던 가는 거야. 오늘은 꼭 들어가야 하니까.

"응, 그래, 내가 택시 불러줄게."

이렇게 해서 차리는 가까스로 영미를 보금자리로 데려와서 소파에 앉혔다. 차리는 곧바로 커다란 일인용 소파를 끌어다가 문 앞에 두었다. 제멋대로 가버리는 것을 막기 위해서다.

"코미디 그만해. 그걸로 문 막았다고 못 나가나? 내원참."

"그래도 시간은 벌잖아, 아마 십초는 벌 거야. 내가 뒷다리 잡으면 몇 분은 버틸걸. 내가 남자이고 운동해서 너보다 힘도 세."

이어서 차리는 식탁 의자를 가져다가 영미 앞에 놓고 그 앞에 마주 보고 앉았다. 차리의 잔꾀로는 얼굴 보면서 말을 할 셈이지만 영미가 벌떡 일어서지 못하게 미리 방비하는 것이었다. 아마 영미가 충격을 받을 만한 무슨 말을 할 모양이었다. 차리가 그러는 중에 영미가 저쪽 구석을 쳐다보니 홈짐이 설치되어 있었고 그 옆에 몇 가지 운동기구들이 눈에 들어왔다.

"나 진짜 목에서 불나니까 맥주 한 잔만 마시자."

"마음대로 하셔."

차리는 냉장고에서 맥주 한 병을 꺼내와서 영미에게도 한 잔 따르고 자기 잔에도 따르고는 두세 번에 걸쳐서 한 잔을 다 비웠다. 뛰느라 갈증이 났던 영미도 한 잔을 다 마시었다.

"영미야, 내 말 듣고 더티한 놈이라고 몰아붙이지 말아. 이게 대한민국의 현실이니까."

"뭐가 그리 심각해, 벌써 십분 다 지났다."

"응, 알았어. 내가 말할게."

이렇게 해서 차리는 그간에 있었던 전 여친 이야기를 꺼냈다.

첫 번째 여친은 잠자리를 하고는 이러저러해서 명품 백 500만 원짜리를 받아내고는 소식이 끊겼는데, 이 여자도 당시 대학생이었다고 한다.

두 번째 여친은 사근사근해서 금세 친해졌는데, 역시 잠자리를 하고는 임신 핑계를 대고 난데없이 어떤 놈팽이까지 나타나서 괴롭혔다고 한다. 결국 두 번째 여친에겐 거금 천만 원을 뜯겼다고 한다. 이때는 어쩔 수 없이 집에 가서 사실대로 말하고는 부모님이 대 주셨다고 하면서 그때 크게 혼나기도 하고 스스로 각성도 했다고 한다.

세 번째 여친하고는 제일 오랫동안 교제를 했는데 칠개월 정도라고 했다. 차리가 복학 후에 혼자 카페에서 노트북을 꺼내어 리포트 준비를 하고 있을 때인데, 어떤 이쁘장한 여학생이 다가오더니 급한 일로 메일을 확인해야 하는데 잠깐만 쓸 수 있느냐고 물었다. 그래서 잠시 노트북을 빌려주고 이를 계기로 만나게 되었다는데 여학생이 단정하고 학구파 같아서 금세 친해졌다고 한다. 아마 일주일에 한두 번 정도 만났는데 한 달 가까이 되어서 만난 지 30일 기념으로 옷을 사달라고 했다. 비싼 명품이 아니라 그냥 캐쥬얼 옷을 사달라고 하여 별 부담도 되지 않아서 위아래 한 벌을 사주었다고 한다. 그리고 30일 기념으로 잠자리를 같이 했다. 그 후로도 이 여자는 소소하게 뭘 사달라고 했는데, 그게 모두 비싼 것이 아니어서 대부분 사주었다고 한다. 그러다가는 자기 노트북이 고장 났는데 오래되어서 고치지도 못하고 버리게 되었다면서 차리가 쓰던 노트북을 달라고 하는데, 차리는 차마 쓰던 것을 줄 수가 없었기에 노트북도 한 대 사주었다. 그런데 지나고 보니 이렇게 뭘 사주는 날은 보답해야 한다면서 으레이 잠자리를 같이 했다는데 이 여학생이 점점 도를 더해서 고가품을 요구하고 별 이상한 기념일마다 선물을 요구하고 급기야는 명품 옷, 명품 백을 사달라고 하질 않나, 방학 때 해외여행을 가자고 하는 등 모두 돈에 관련된 것을 요구하는데 속된 말로 몸 파는 창녀같이 여겨졌다는 것이다. 이런 느낌이 들자마자 차리는 그녀와 절교를 선언하고 전번도 차단했다고 한다. 결국 이번에도 수월찮게 돈을 뜯겼다고 했다.

네 번째 여친은 조금 친해지니까 잠자리를 같이 하자는 등으로 유혹 하다가, 차리가 거절을 하니까 어느 날 만났을 때 사실은 아버지가 병원에 입원해 있는데 수술비가 부족하다는 핑계로 몇백만 원만 융통해 달라고 하더라는 것이다. 이때 차리는 문자로 '나 그런 돈 없어.' 하고는 전번을 차단했다.

그래서 자기는 운 없게 모두 김치녀만 만나게 되어서 여자들에게 반감을 갖게 되면서 여자를 멀리하고 원래 자기가 세운 목표를 달성하기 위해서 여기까지 왔는데 처음부터 영미를 관찰해보니 영락없이 김치녀로 보였다는 것이다.

"내 본심은 그게 아냐. 나도 착한 여자 만나서 교제하다가 결혼하면 얼마나 좋겠어. 집에서도 그러셔, 좋은 여자 만나면 사귀다가 결혼하라고, 그러면서 어디 가서든 절대로 돈 있는 체하지 말라고 하셨어, 사람을 보라고, 내가 생각해도 그 말씀이 맞아. 그래서 여기에 왔을 때도 궁색을 떨었더니 네가 나를 더욱더 업신여기더라구, 그러다가 지난번 내가 여기 그만둔다고 했을 때 우리 집안이 살만한 집이라고 했더니 그때부터 네가 돌변 한 거잖아. 그러다가 아까 취해서 무심결에 김치녀 말이 나온 거야."

차리가 장황하게 말을 늘어놓았지만, 영미는 벌떡 일어서서 가버리는 것이 아니라 연민의 정인가 측은지심인가 눈물을 훔치고 있었다.

"정말 딱하네, 나도 그런 여자 아니지만. 여복이 없는 남자 처복이라도 있어야 할 텐데. 정말 눈물 나네. 눈물 나, 세상에 그런 여자들도 있는 것은 맞아, 일어탁수(一魚濁水)지, 세상에는 나쁜 사람 나쁜 여자도 있지만 모든 사람들이 그렇지는 않아, 좋은 사람 좋은 여자가 많기에 세상이 돌아가는 거야. 한 그릇의 밥에 돌이 몇 개 있으면 그 밥 전체가 돌밥으로 여기지만 그 돌 몇 개 걷어내면 맛있는 밥 인거야. 차린 진짜 운수 나쁘게 그런 돌 같은 여잘 만난 거야. 그리고 그건 자초한거나 마찬가지야, 생각해 봐. 대학생이 중형차 가지고 다니면서 우쭐대면 제일 먼저 누가 달려 들겠어? 그런 김치녀지."

"사실 그런 면도 있었지, 정숙한 여자들이 차보고 접근하겠어?"

"그렇다니까. 그리고 나 그렇게 나쁜 여자 아니야. 가정교육 받을 만큼 받았고, 밥상머리 교육도 충분히 받았어. 단지 내가 골목대장 기질이 있었어. 좋게 말하면 보스 기질이지. 그래서 어려서부터 수탉 소리를 듣고 자랐는데 난 그걸 자랑스럽게 생각했어. 그것도 따지고 보면 내 탓이지. 잘못된 것을 고치지 못하고 말야. 학교 다닐 때도 난 애들 앞에서 군림하다시피 하고, 애들은 나를 따라오질 못했어. 키도 크지, 얼굴도 반반하지, 노래도 잘하고 공부도 잘하지. 지난번에 말했잖아, 의과대에 갈 실력이었다고. 그러다가 한순간 외도하는 바람에 수의학과에 가게 되었는데, 거기서부터 인생의 첫 단추가 잘못 꿰어진 거야.

　내가 이런 생활하면서 외로움도 많이 느꼈어. 애들이 나를 따르는 체 하지만 어딜 놀러 간다면 나는 빼놓는 거야. 그래서 지난번 인도 배낭여행도 단체 팀에 나 혼자 합류해서 혼자서 돌아다닌 거야. 그때 보트가 뒤집혀 물에 빠졌을 때 차리가 나를 구해주었잖아. 지금 생각해도 기이한 만남이야. 꼭 누가 써 놓은 시나리오대로 연기하는 것만 같아."

　"나도 그런 생각하긴 했어. 아무튼 내가 여자에 대한 트라우마가 생겼나 봐. 진짜 미안해. 내가 사과할게."

　"내가 먼저 사과해야지, 순한 양 같은 차리에게 먼저 잘 대해 주었어야 하는데 수탉같이 군림하다가 이 지경이 된 거니까. 그래도 지난번 차리의 훈계를 듣고 각성해서 지금 많이 바뀌었어. 선배님들도 날더러 여자답게 변하니 더 이뻐졌다고 좋아하셔."

　"맞아, 날더러도 그랬어, 어떻게 했냐구, 아무 짓도 안했다고 했더니 영미 스스로 원효대사의 해골바가지 물을 먹고 깨달은 모양이라고 했어."

　"호호호, 내원참, 암탉이 된 게 잘한 거네. 지금 우리 물개 쇼 최고의 인기라는 거 알잖아. 팀장님이 커다란 포스터에 캐릭터로 '환상의 커플 차리와 영미의 물개 쇼'라고 쓰고 그 아래에 물개 두 마리 그려 넣었잖아. 봤잖아?"

　"그럼 대문짝만 하게 여러 군데 붙여놓았는데."

"윗분들도 대 환영인 모양이야, 엊그제 팀장님이 그러는데 8월 말에 우리 네 명 특별 보너스로 삼백만 원씩 지급할 예정이래. 팀장님이 기안했다고 하면서 나 혼자만 알고 있으라고 했어, 최종 결재가 나기까지."

"그랬어? 와아~ 인기가 있긴 있는 모양이다."

"맞아, 홈피 댓글에도 우리 칭찬 일색이야, 한번 검색해봐."

"그으래? 난 한 번도 접속 안 해보았는데."

"그러니까 좀 진정하고 자중해, 나 나쁜 여자 아니니까, 배우자감은 아니래도 있는 동안 호흡 맞추어서 잘 진행하자구."

"그래볼까."

차리는 영미의 말수단에 넘어가서 대답을 하고 말았다.

"아까 날더러 여기 온 목적이 뭐냐고 물었지, 맞았어. 요리는 부제고 주제는 무얼 물어볼 참이었는데 이런 사단이 났네."

"뭔데?"

"8월 말까지는 있을 거지, 그런데 직업 윤리라는 게 있잖아. 물개 쇼를 그만두려면 3개월 전에는 통보해야 후임을 교육시키지, 3개월은 아니어도 최소한 한두 달 전에는 말씀드리고 그만두어야지. 느닷없이 그만두면 여긴 어쩌겠어. 지금 최고로 인기를 달리고 있는데, 게다가 특별 보너스 삼백만 원을 받자마자 그만둔다면 오빠 죽일 놈이 되고 윗사람은 그야말로 개똥이 되는 거야. 그러니까 다시 한 번 심사숙고해봐. 내가 차리의 의지를 꺾으려는 것은 아니야, 언젠가 떠날 사람인데, 그때를 조율해보자는 거지."

영미가 일목요연하고 차근차근 설명을 하니 차리는 유구무언이었다. 즉흥적인 말대답은 잘 할지언정 기승전결로 말하는 영미의 말이 모두 옳았기 때문이다.

"그럼 내가 어떻게 해주면 좋겠어?"

"그야 차리 마음이지."

"으음, 어쩌나, 듣고 보니 백번 옳은 스피킹인데. 내가 잘못 처신하는 꼴이 되겠네. 이를 어째."

"뭐를 어째. 그만두더라도 당장 이번 달이 아니라 최소한 한 두 달 전에 미리 말씀을 드리라는 거지. 그러면 9월 말이나 10월 초라도 말씀드리고 12월 초에 그만두면 순리에 맞을 것 같아. 윗분들도 아쉬워하겠지만 어쩌겠어. 충청 감사도 제 싫으면 안한다는데."

"아이고야, 혼란스러워 미치겠다. 그럼 그때 말씀드린다고 하면 영미는 나에게 뭘 해줄 건데?"

"뭐야? 거래하자는 거야? 이게 무슨 거래야, 각자 생활이지."

"오호, 그러네. 아이참, 마음은 이미 떠났는데, 어딜 가야 하는데."

"어딜 가? 여행 가? 외국으로?"

"으응, 그럴려구."

"여행 가봐야 한 달 이내지. 어디로 이민 가나?"

"이민은 아니고 긴 여행, 아마 6개월 정도."

"어머나, 세계일주 하나?"

"아니, 어떤 나라 한 곳에서 머물 작정이야."

"어떤 나라가 그렇게 볼게 많아?"

"볼 것은 없어. 사업이지."

"아이고야 내가 미로에 빠지네. 사업차로 어떤 나라에 가서 육 개월이나 있을 참이야?"

"으응, 육 개월이 더 될지도 몰라. 미니멈(minimum)이지."

"하아참, 내가 궁금해서 미치겠다."

"안 미쳐, 당사자인 나도 안 미치는데 네가 왜 미쳐."

"아냐, 난 궁금해서 미치겠어."

영미와 차리는 몇 마디 더 하다가는 영미가 일어섰다. 차리는 일어서는 영미를 막아서지 않았다.

"아이고, 십 분이 한 시간 다 됐네. 마트에 갔다 온다고 하고선 함흥차사 되었네."

"벌써 그렇게 되었네. 내 얘기 들어줘서 고마워, 내 본심은 그게 아니었으니까."

"그래, 차리도 내 본성은 그렇지 않다는 것 알게 되었으니 피장파장이야."

차리는 일어서서 현관문을 막아놓았던 커다란 소파 의자를 치웠다.

"가기 전에 키스해줘."

차리가 보채듯 말하니 영미는 잠시 차리를 쳐다보다가 선 채로 키스를 했다. 둘은 한동안 그렇게 있다가 떨어졌다.

"고마워, 달래줘서,"

"아냐, 내가 차리의 도움을 받은 격이야. 나 이만 갈게. 나오지 마."

"차 불러줄까?"

"아니, 이 시간에 큰길에 가면 빈 택시 많아."

영미가 먼저 나갔으나 차리는 뒤를 따라 나가면서 빈 택시가 와서 영미를 태워 갈 때까지 기다렸다. 그런데 떠나기 전에 영미의 얼굴을 얼핏 보니 눈물을 훔치면서 차에 오르고 있었다.

영미는 지난 일이 주마등(走馬燈)처럼 스쳤다. 차리는 영미를 대하는 처음부터 일정 거리를 유지하고 있었던 것이다. 영미가 아무리 설쳐대도 다른 남자들 같으면 어떻게든 커피 한잔이라도 마시자고 하고 어디어디 맛집이 있으니 가보자는 등 허세에 찬 작업을 걸어왔는데, 차리는 이제껏 단 한 번도 그런 적이 없었다. 그런 차리를 보고 영미는 '저 남자는 여자 혐오증에 걸렸나?'하고 잠시 생각을 해보았을 뿐이다. 키도 크고 허우대도 좋으나 애시당초 조련사를 배우자감으로 생각지도 않았기에 더욱 핀잔만 주면서 하대를 했던 것이다. 그랬던 것이 지금 알고 보니 너무 착한 차리가 못된 여자들에게 걸려 들어서 여자에 대한 트라우마가 생긴 것이었다. 지난번 본의 아니게 술에 취해서 차리의 집에 하룻밤 자게 되었을 때 웬만한 남자라면 아니 어떤 남자라도 기습 뽀뽀를 하든지 아니면 살며시 입이라도 맞추기라고 할 터인데 차리는 뽀뽀는커녕 미리부터 '미투 하지 마!'라고 경계를 하면서 액션 카메라까지 설치하지 않았던가. 거기에 밤새 일어나는 일이 다 찍힌다면서. 차리는 또다시 김치녀에게 걸려 들어서 혼꾸멍이 날까 봐 겁을 먹고 있었던 것이다. 영미는 그게 안쓰러웠다. 수의학과 출신이지만 동물보다 먼저 사람인 차리를 치료해 주어야겠다는 마음이 생기었다.

"하아 참, 알 수 없는 여자네. 김치녀가 아닌 것은 분명한 것 같은데, 나를 좋아하나? 저 성격에 나 같은 사람은 눈에 안 찰텐데."

차리는 중얼거리면서 보금자리로 올라왔다. 갑자기 오싹하니 외로움이 온몸을 감싸았다. 조금 전까지는 티격태격했지만 여자인 영미가 있다가 없으니 적막감이 감돌았기 때문이었다.

결국 차리는 8월 말까지 다니고 특별 보너스로 삼백만 원을 받았다. 그리고 팀장님의 주선으로 저녁 회식을 하고 노래방에 가서 한 곡, 아니 여러 곡씩 뽑았다. 당연히 영미의 노래 솜씨가 월등했으나 차리도 만만치 않게 불러 제켰다. 과연 영미는 닭장 속의 수탉처럼 군림할 만한 실력이었다, 좋게 평가하면 다섯 명 중에 군계일학(群鷄一鶴)이었다.

9월 초,

성수기가 지나서 물개 쇼도 공연 횟수가 줄었고 그만큼 개인 시간도 많이 주어졌다. 점심 먹기 전 차리는 슬그머니 빠져나와 타조 우리 앞에서 서성였다. 먹이를 조금 구해서 타조에게 주고 기다란 목과 머리도 만져보고 있었다.

"띠롱, 띠롱."

문자 오는 소리가 나기에 스맛폰을 열었다.

"안뇽. 나 누군지 모르지? 영미야."

"어어~ 그래? 폰 번호 어떻게 알았어."

둘은 그동안 서로 간에 전번도 모르고 있었다, 아니 알려고도 하지 않았던 것이다.

"호호호, 팀장님에게 물어보았지. 급히 할 말 있다구,"

"어어, 그랬구나. 무슨 급한 일 있나?"

"아니, 지금 차리 타조 우리 앞에 있지."

"어떻게 알았어?"

"나? 천리안(千里眼)이거든, 호호호, 내가 그리로 갈까?"

"하하 그렇구나, 다 들켰네. 오고 싶으면 마음대로 해. 이삼십 여분 있다가 갈 테니까."

"그래, 내가 갈 테니 거기에만 있어."

"으응."

느닷없는 영미의 문자 메시지에 차리는 마음이 또 들떴다. 늘 혼자 와서 사색에 잠기던 장소를 들킨 기분이었지만 좋기는 좋은 거다.

곧바로 영미가 뜀걸음으로 와서는 해쭉 웃으면서 차리의 손을 잡았다.

"우리도 커플처럼 이러구 댕기자."

"어어, 그으래 좋지."

차리는 너무 놀라서 말까지 더듬었다.

"차리가 간다는 나라가 아프리카 쪽이야?"

"어엉, 어떻게 알았어?"

"아이참 내 눈이 천리안이라니까. 아프리카가 아니라면 왜 타조 우리 앞에 있겠어. 타조가 유럽에도 산다는 말은 못 들었으니까."

역시 조리 있게 설명하는 영미를 따라갈 재간이 없다.

"하하하, 그렇지, 타조는 아프리카에 살지. 아무튼 대단하다. 천리안이 아니라 독심술사 인가보다."

"독심술(讀心術)도 조금 한다구"

"진짜야?"

"그럼. 조금 아까 내가 차리 손을 느닷없이 잡으니까 살짝 놀랬잖아."

"하이참 그랬던가? 아이구야, 어떻게 알았어?"

"차리 눈빛을 보고 알았지, 당황하면서도 반갑고 떨리고 그 랬잖아. 여자의 손에서는 전기 뱀장어처럼 수만 볼트의 전기를 발생시키거든"

"뭐라고? 하하하, 너 진짜 대단하다. 공부 잘했다더니 학술 적이고 논리적인 말에 두 손 두 발 다 들었다."

"호호호, 그러니까 앞으로 나 무시하지 마, 내 하자는 대로 해야 돼."

이 말에 차리가 화들짝 놀란다.

"뭐라고? 또 내 앞에서 수탉 노릇을 하겠다는 거야?"

"아이참, 내가 말을 또 잘 못 했네. 잘 못 했어, 그런 뜻은 아 냐, 순리적이고 타당하게 행동하자는 거지."

"그런 뜻이야, 뭔지 모르지만 수탉 노릇만 안하면 되겠다."

"아이구 정말, 내가 그동안 너무 잘못했네. 여러 사람들이 이 랬을 테니 어떻게 속죄를 해야 하나."

"흩어진 사람들인데 어떻게 속죄를 해. 나에게 속죄하면 내 가 다 전할게."

"호호호, 말도 안 되는 소리다. 어떻게 속죄를 해?"

"으응, 간단해, 네이버나 다음 메인 페이지에 배너 광고 하나 넣으면 되지. '김영미에게 구박받은 사람들 모두 김영미가 속 죄하니 받아주십시와요.' 이러면 돼."

"호호호, 또 혼자서 개그 한다. 오늘 당장 개그맨 오디션에
참가해봐. 호호호."

"하하하, 그럴까? 재밌다. 하하하."

둘은 적당한 시간을 틈내거나 아니면 일과가 끝난 뒤에 사람
들 틈에 끼어서 데이트를 즐겼다. 더러는 놀이기구도 탔다.

이렇게 세월을 보내다 보니 어느새 9월 추석이 다가왔다. 그
해는 추석이 일러서 9월 중순이었고, 추석이 지나자마자 차리
는 팀장님에게 10월 말까지만 근무한다고 말씀드렸더니 팀장
은 매우 놀라고, 이어서 사무실 직원들도 마른하늘에 날벼락을
맞은 듯 크게 놀랐다. 지금 최고의 전성기를 누리고 환상의 호
흡으로 물개 쇼를 진행하는데 아닌 밤중에 홍두깨요, 마른하늘
에 날벼락치는 격으로 그만둔다니 땅이 꺼지듯 하늘이 무너지
듯 놀란 것이다.

"차리, 왜 그래, 지금 최고의 전성기인데. 지난번에 수고했
다고 특별 보너스도 지급했잖아."

"예, 고맙습니다. 그런데 제가 어려서부터 자유분방하게 살
아왔는데 지금 너무 구속되어 있어서 미칠 것만 같아요. 매일
같이 똑같이 반복되는 생활에다가 밖에 구경도 제대로 못하지
어디 놀러도 못가고 얽매어 있잖아요."

"그럼 어디 여행이라도 다녀오게?"

"예."

"그럼 휴가를 주면 될 거 아냐, 유급 휴가를 줄게. 넉넉히."

"아녜요. 그런 휴가가 아니라 외국에 나가서 오래 있다 오려구요."

"어딜? 그래 봐야 한두 달 아닌가?"

팀장님을 거의 애걸하다시피 차리를 달래고 있었으나 이미 마음의 결정을 차리의 마음을 되돌릴 수는 없었다. 결국, 차리는 10월 말이나 늦어도 11월 초에는 그만두어야 한다고 말했다. 그 사이에 신임을 뽑게 되면 자기가 최대한 빨리 교육을 시키겠다고 말씀드렸다.

곧바로 영미가 팀장님에게 불려나가서 차리가 나가게 된 이유를 말해보라고 하였다.

"제가 어떻게 아나요? 차리에게 물어보야야지, 저번부터 그만둔다는 것을 제가 만류해서 여기까지 왔어요."

"그랬어? 벌써부터 그만두려고 했다고. 어딜 가나?"

"예, 어딜 가나 잘 모르지만 아마 아프리카의 어느 나라로 갈 것 같아요. 차리가 한 말은 아니고 제 추측입니다."

"으음, 그랬군, 가서 오래 있는다고 하드만."

"예, 그런 모양이에요. 가서 눌러 살지는 않고 몇 달 동안 있을 모양이에요."

"아이구, 이거 날벼락이다. 날벼락."

팀장님과 직원들은 크게 놀라면서 할 수 없이 신임을 뽑기로 결정했다.

결국 차리는 10월 중순까지 다니기로 하였다.

10월 16일,
팀장님과 직원들은 울먹거리면서 송별연을 해 주었는데 영미는 밥도 제대로 못 먹고 연신 눈물만을 찍어내고 있었다.

"차리, 나 술 한 잔 사줘, 아니 내가 살게."
송별연이 끝나고 나오는 길에 영미는 차리 옆으로 가서 살짝 한마디 건넸다.
"그럴까? 어디로?"
"거기 칵테일, 핑크 로즈."
"알았어, 따로따로 가자. 나 여기서 대리운전으로 갈 테니 택시 타고 와."
"응."

잠시 후, 차리와 영미의 역사를 간직하고 있는 핑크 로즈 경양식집, 둘은 다소 어색하게 마주보고 앉았고, 핑크 로즈 칵테일과 과일 안주가 나왔다.
"차리, 진짜 어디로 가는 거야. 아프리카 맞지?"

"응, 아프리카야."

"아프리카가 얼마나 넓고 나라가 많은데, 어떤 나라인가 알려주면 안 돼?"

"왜? 거기까지 찾아오려구?"

"아니 알고나 있으려구, 혹시 또 모르지, 유에프오가 나타나서 데려다주면 가야지."

"하하하, 얘가 이제 날 닮아가네, 가끔 엉뚱한 소리 하는 게. 하하하."

"그럼 어때, 재밌는데."

"내가 말해도 잘 모를 거야. 빅토리아 폭포 있지, 그 근처 아니 위도 상으로 그쯤 되는 어떤 나라야. 진짜 말해도 몰라, 내가 알려주지도 않고."

"빅토리아 폭포면, 짐바브웨, 잠비아에 걸친 폭포잖아."

"오호, 그걸 다 아네."

"왜 몰라, 거기가 버킷 리스트에 올라간 폭포인데."

버킷 리스트란 죽기 전에 꼭 가봐야 할 곳으로 선정된 명소를 말한다.

"오호호, 진짜 학구파라 대단하다. 그 폭포가 세계 3대 폭포잖아. 미국의 나이아가라.

브라질 아르헨티나의 이과수, 그리고 아프리카의 빅토리아 이렇게야."

"맞아, 그럼 거기 폭포 근처에 뭘 할 거야?"

"아이참, 심문이 아니라 고문이네. 그 폭포하고는 무지하게 멀어, 위도가 그쯤이라는 거지."

"아항, 지도의 가로선 위도 말이구나. 그러면 굉장히 넓은 지역이네."

"그래, 그러니까 더 이상 묻지 말아. 내가 평생의 역작(力作)으로 가야 할 곳이니까."

"알았어, 그럼 어디 가는지는 아무도 모르겠네. 집에서도 모르겠네."

"집? 당연히 모르지, 몇 달 여행 갔다 온다고 하고 둘러쳐야지."

"그런 오지에 갔다가 죽어도 모르겠네. 아이구, 그런 델 왜 가."

"아이참, 집에서만 모르지, 그 나라에 사업하는 사장님과 다 연계되어 있어."

"사업하시는 분? 비즈니스로 간다더니 거기 가서 무슨 사업을 해?"

"아이구 자꾸 휘말려 들어가네. 그냥 돈이야. 돈."

"알았다 알았어, 돈과 동물과 관련 있구나. 동물과 교감을 하느니 조련 교육을 받느니 하더니만 동물과 돈이 관련된 어떤 사업을 할 모양이네."

"하하하, 질렸다. 네 비상한 머리에는 내가 졌다. 내가 졌으니 내가 뽀뽀해줄게."

"호호호, 이런 엉터리, 내가 호락호락 허락한대? 진짜 귀중한 정보를 말해주면 몰라두."

"그건 안 돼. 기업 비밀이 누설되면 난 끝장이야. 내 인생은 파국이야. 파국을 맞아."

"정말 그 정도야. 아이참 궁금해 죽겠네. 이거 한잔 다 마시면 술김에 말을 하려나."

"아니, 암튼 한잔 마시자."

영미는 무슨 내용인지 알아내보려고 하였으나 차리는 의외로 요지부동이었다. 할 수 없이 둘은 칵테일 한잔씩을 마시고 시시덕대야 했다. 차리는 뽀뽀 한 번만 해달라고 했지만 영미는 아무 얘기도 안 해주면 안 된다고 못을 박았다.

"이제 알았다, 알았어. 정답은 상아다. 코끼리 상아."

"큰일 날 소리하네. 요즘 상아 밀거래하다가 총에 맞아 죽기 십상이야. 공원 경찰들이 수시로 돌아다니면서 발각되면 즉시 사살해도 아무 말 못해, 그리고 상아를 구한다 해도 반출도 안 되고 전 세계 어떤 나라도 반입이 안 돼. 예전에는 중국에 수요가 많았는데 거기도 법이 엄해지니까 꼼짝 못해."

"오 저런 저런, 그렇구나. 연구 많이 했네. 동물과 돈 될 거면 상아가 분명한데. 오답이네. 그럼 코뿔소의 외뿔인가?"

"그것도 마찬가지야, 이제 그만 물어."

"내가 사또라면 주리를 틀어서라도 알아낼 텐데."

"크하하하, 너무 오버한다. 하하하."

"알았어, 그럼 여기 아파트는 어떻게 할 거야?"

"한 일 년 계획이면 전세를 주려고 했는데 육 개월 정도라 어중간하네. 복덕방에 알아보니 육 개월이면 사글세도 어렵다고 하드만, 누가 육 개월 살고 이사를 또 가냐구, 그냥 빈집으로 놔두고 경비실에 부탁을 잘해놓으면 집 봐줄 거라고 해서 그렇게 하려고 해. 그러면 돈이 문제야."

"왜? 돈 많다면서."

"진짜 큰돈이 필요해서 전세를 주고 그 돈으로 가려는데 그거 어그러지니까. 지금 낭패야. 내가 가지고 있는 현금이 얼마 안 되어서."

"호호호, 잘 되었다. 그러면 못 가는 거지 뭐."

"진짜로 경비 마련하기 어려우면 부모님에게 가야지, 애견샵 차린다고 거짓말을 하든가 아니면 다른 명목으로 거짓말을 하던가, 또 모르지 사실대로 말씀드리고 1억 정도만 융통해 달라고 하면 아마 들어주실 거야."

"어머나, 아프리카 여행에 1억씩이나, 정말 손 크다. 배짱이 대단해."

"그럼 사업차 가려는데 기본 자산이 있어야 현지에 가서 운영을 하지."

"아니 그래도 물가가 싼데 1억씩이나 들어?"

"맥시멈이야, 6개월인데. 여행 다녀보았잖아. 비상용, 예비용 경비가 충분해야 마음 놓고 다니지.”

“아무리 그래도 이해가 안가네.”

“또 혹시 모르지, 누가 스폰서를 설지, 아니면 경비를 대주고 나중에 배당을 받던지.”

“경비를 대준다면 투자잖아? 투자한 만큼 몫을 나눈다는 거 잖아. 사업에서.”

“응 맞아. 왜 관심 있어?”

“관심이 아니라 호기심이지. 호호호, 하도 황당해서.”

둘의 대화는 이 정도였다. 차리는 준비물 때문에 가끔 서울에 다녀오고 있었다.

영미는 궁금증 때문에 잠도 설치기 일쑤였다. 게다가 그동안 차리와 호흡을 척척 맞추면서 온갖 코믹한 멘트를 하며 관객을 사로잡았던 것이 혼자 하려니까 맥이 빠지고 귀찮기만 하였다. 이십분 공연 쇼가 한 시간 두 시간처럼 느껴지기 시작했다.

‘아이고야, 내가 차리에게 연정이 생겼나. 내가 왜 이래. 보고 싶기도 하고. 뭘 할까?’

영미는 자신도 모르게 이런 푸념이 터져 나왔다.

‘안되겠다. 궁금해서, 바람도 쐴 겸 만나자고 해보자.’

차리는 여전히 먼저 만나자고는 하지 않았던 것이다. 영미는 저녁 시간대에 맞추어서 차리에게 전화를 걸었는데, 서울에 있어서 밤늦게 내려간다는 것이다.

"그럼 내일 저녁은 시간 있어?"

"내일도 서울에 갔다 와야 해. 삼일 후 금요일 저녁때 어때?"

"오케이, 몇 시?"

"아무 시간이나 오후 6시, 괜찮지?"

"응, 로즈로 나갈게."

"오케이, 이쁘게 꽃단장 하고 와."

"호호호, 나 보고 싶었어? 그런 소리 하게."

"그럼 나비가 꽃을 찾는 게 당연하지 않아. 시든 꽃은 안 찾아."

"호호호, 알았어, 분장하고 나갈게."

"으응."

삼일 후 금요일 저녁, 핑크 로즈.

차리가 먼저 와서 기다리는데, 놀랍도록 변신한 영미가 들어섰다. 화장품과 은은한 향수 내음이 밀실을 가득 채웠다.

"와우~ 진짜 몰라보겠네. 행운의 여신인가, 유혹의 여신인가."

"호호호, 여자의 변신이 놀랍지?"

"으응, 생얼도 이쁜데 진짜 변신의 귀재다."

"호호호, 그러니 오늘은 내 말 잘 들어야 해."

"뭐라구? 또 그 소리야. 도망가야겠다."

"아이고야, 또 잘못 말했네. 또 명령조로 말했어, 미안미안, 호호호."

영미는 무의식중에 예전 말버릇이 또 튀어나왔기에 급히 수습했다.

"도망을 치려는데 오금이 펴지질 않는다. 너 보는 순간 얼음이 되었어."

"그거 잘되었네. 내가 마법을 풀어주지 않는 한 그대로 벌 받고 있어봐."

곧바로 웨이터가 왔고 차리는 배가 고프다면서 비프 스테이크를 주문하고 영미도 동의했다. 단골 메뉴인 칵테일 한잔과 맥주도 시켰다.

"차리, 진짜 궁금해서 그래, 지금 뭐 하러 서울에 다녀?"

"하이구, 또 심문 시작되네, 뭐가 그렇게 궁금해, 내가 어딜 간다는데."

"글쎄 말이야, 내일도 아닌데 왜 이렇게 궁금한지 모르겠네,"

"적당한 조건이 되면 말해 줄 수도 있지만 지금은 아니야, 전 세계에서 나만 알고 있는 기업 비밀이라서."

"그 얘긴 여러 번 들었어, 돈과 동물 이거잖아."

"아 그렇다니까."

"오늘은 내가 사또가 되어서 주리를 틀어서라도 알아내야겠어.”

“하하하. 애가 사극을 많이 보더니 별 흉내를 다 내네.”

영미는 핸드백을 열어서 작은 고무줄과 나무젓가락을 꺼내더니 차리 옆으로 옮겨 앉았다.

“너 이걸로 뭐하려고 그래?”

“주리를 튼다니까, 이리 손 내 놓아봐.”

“어어~ 뭐하려고?”

영미는 차리의 왼손을 끌어다가 중지와 약지 첫마디에 가느다란 고무 밴드로 칭칭 묶었다.

“어어~ 어렵쇼.”

그런 다음에 나무젓가락을 둘로 갈라서 손가락 마디 속에 끼워 놓으니 영락없이 다리로 주리 트는 모양과 똑같다.

“하하하, 애가 혼자서 원맨쇼 하네. 이게 주리 트는 거야?”

“이게 바로 손가락 주리 트는 거야. 빨리 말해봐, 아프리카 어디로 무엇 때문에 가는지 말 안 하면 지금 주리 튼다.”

“카하하하, 하하하, 아이구 배꼽부터 떨어져 나간다.”

차리가 웃거나 말거나 영미가 주리 트는 흉내로 손가락을 벌리니 약간의 통증이 왔다.

“이래도 말 안 할 거야.”

영미는 입을 삐죽거리면서 채근을 하는데 차리는 그 모습이 한없이 귀여워서 쪽쪽 빨아먹고 싶어졌다.

“아이구 주리 트는 게 아니라 웃음만 터져 나온다.”

"에잇~"

영미가 이제 제법 힘을 주어서 나무젓가락을 젖히니, 힘없이 "툭!"하고 부러지고 말았다.

"엄마나, 이게 그냥 부러지네."

"하하하, 하이구야. 세상에 웃겨서 미치겠다."

영미는 아쉬운 듯 부러진 젓가락을 쳐다보면서 여전히 입을 삐죽거렸다.

그 순간, 차리는 영미를 덥석 끌어안으면서 입술을 포개었다.

"우읍, 으음"

영미는 밀치는 체하다가 서로 끌어안고는 부드럽고 달콤한 맛을 음미했다.

"영미야, 네가 좋아지나 봐, 이게 사랑인가?"

"나도 차리 없으니까 너무 허전해, 공연을 해도 맥이 없고 흥이 안나. 이십 분이 한 시간 두 시간 같아."

"그럴 거야, 나도 공연 시간만 되면 시계를 보면서 영미 혼자서 힘들게 공연하겠네 하고 생각이 나더라고."

"차리가 여자에 대한 트라우마 있는 거 내가 고쳐줄게. 나 진짜 나쁜 여자 아니야."

"어떻게?"

"지금 이렇게 고치고 있잖아, 나를 믿어. 나 좋은 여자야. 학교 다닐 때 요양원에 가서 봉사 활동 많이 했다고 상도 받았어."

"오우? 그랬어, 할머니 할아버지들 막 부려먹지 않고."

"아이참, 나 그런 여자 아니라니까."

"하하하, 알았어, 너 만나니 마음도 편하고 기분도 좋아. 진짜 같이 살았으면 좋겠다."

"못할 것도 없지."

"아냐, 앞길이 첩첩산중 같아. 아직 뚜렷한 직장도 없잖아."

"아프리카 안 가도 집에서 가게 하나 차려준다면서."

"같이 동물 병원을 하면 어떨까? 나 수의사 자격증 있거든, 차리도 애완동물 좋아한다면서, 동물 병원도 오너(owner)가 되면 꽤 돈 벌어."

"맞아, 그런 소리 들었어. 근데 지금은 아냐, 나중이라면 몰라도, 이번엔 아프리카를 가야해."

"또 그 소리, 어딘지도 알려주지도 않고, 부모님에게도 말씀 안 드린다고 하고. 대한민국에서 행선지 아는 사람은 한 명도 없네."

"그래, 맞아."

"무슨 스파이로 가는가. 점점 오리무중이네."

"알 수 있는 사람도 있을 수 있어."

"뭐라구? 그럼 진작에 말을 해주지. 어렵지도 않구먼."

"아니, 어려워. 동행하는 사람에겐 말을 해주어야지."

"아이구야, 아프리카를 같이 가는 사람에게만 말해? 그것도 개고생을 6개월이나 할 텐데."

"그러니까 발설을 안 하는 거야. 그런데 그렇게 개고생 안 해, 날씨도 우리나라 여름인데 습도가 낮아서 견딜 만해. 무더위가 많은 우리나라가 숨이 턱턱 막히지, 거기도 지금 많이 발전해서 스맛폰도 되고 인터넷도 되어. 돈만 있다면 변두리라도 소형 발전기 사다가 전기 쓸 수도 있고 괜찮아. 차도 살 수 있어. 비싸서 그렇지."

"그런 데야? 난 또 사자 얼룩말들이 있는 초원의 오두막집에서 사는 줄 알았더니. 그냥 도시네."

"그렇지 그런 대도시에서 좀 떨어진 촌으로 가는 것만 달라."

"그렇구나. 그러니까 거기에서 생활할 것들을 모두 준비하자면 돈이 꽤 들어간다는 거네."

"맞아, 살림 일체를 준비하고 사파리용 랜드로버도 사야 하니까 이게 돈을 많이 잡아먹어."

"이제 감 잡았다. 이제 동행자만 있으면 좋겠다 이거지."

"아 당근이지, 영화 못 보았어? 남자 주인공 옆에 항상 미녀가 따라다니잖아."

"호호호, 그럼 내가 간다면 적격이네. 그럼 내가 간다고 치고 무슨 사업인지 말해주면 안 돼?"

"하이구, 네가 간다고 여권에 비자 발급받으면 최소한이라도 알려줄 수 있어. 지금 말했다가 어떻게 너를 믿고 내 인생을 망쳐. 절대로 안 돼. 돈이 걸린 사업인데."

"그런가, 아이참 점점 더 궁금해 미치겠네. 아참, 거기에 어떤 사장님 안다고 했지. 그쪽으로 간다구. 그 사장님이 무얼 하서? 이제야 정답 근처 왔다. 호호호."

"그 사장님, 원래 하시는 일은 한국에서 헌옷을 헐값에 수입하는 거야. 옷 컨테이너를 배에 싣고 와서 그 나라에 항구가 없기에 근처 어떤 나라에서 하역하고 거기에서 트럭 몇 대로 나누어서 그 나라에까지 운반한다고 하시더라고, 일 년에 두 번씩만 하시는 모양인데 마진이 엄청난 모양이야. 우리가 재활용품으로 그냥 버리는 거, 그거 알고 보면 공짜가 아니야. 수거업체에서 가져다가 쓸 만한 거 분리해서 최종은 컨테이너에 싣고서 아프리카나 남미의 가난한 나라들에게 가는 거야. 아마 열 배는 남는 모양이야. 그런데 일이 정형화되어서 크게 할 일이 없대. 거기까지 운반해오면 현지인들이 알아서 분배받고 대금을 치르니까. 크게 할 일이 없어서 작은 한국식당 차려서 한국 여행객들 맞이하여 소식이나 듣고 소일하는 격이지."

"오라, 그럼 그런 옷을 수출하려고 그래?"

"또 처음으로 돌아가네. 난 분명히 말했어. 동물과 관련 있다고 옷이 아니야."

"아이구야, 또 헛다리 짚었다."

"아 이제 그만해, 내 의중 알았으니까. 동행인 이외는 전 세계 그 누구도 비밀이야. 거기 사장님도 내가 뭘 하는지 몰라야 해. 알아서도 안되고."

"그 정도 시크릿(Secret: 비밀)이야? 알았어 감 잡았으니까 암말 안할게."

영미는 질문을 하면 할수록 궁금증과 의문이 연쇄 반응을 일으키듯 했으나 더 이상 물어볼 명분이 없었다. 동행하겠다고 여권이라도 맡기기 전에는 말이다.

둘은 이제 화제를 돌려서 물개 쇼 이야기도 하고 객(客)적인 이야기꽃을 피우다가 헤어져야 했다.

"너무 민감하게 생각하지 마. 어떤 사람이 금이 있는 금맥을 발견했다고 했을 때 아무에게나 말하겠어? 처음엔 아마 와이프에게도 말하지 않을 거야, 그러니까 너무 서운하게 생각하지 마."

"알았어. 아마 거금이 걸린 사업인 것은 눈치챘으니까 더 이상 안 물어볼게."

"그래, 그게 피차간에 마음 편하지, 다음 주 이 시간에 여기서 만나."

"그럴까? 또 서울 다녀?"

"응, 지금 그동안 구상했던 여러 준비물을 제작해야 하느라고 업체를 알아보구 다녀."

"제작? 뭘? 아이참, 오늘은 그만 물어볼게."

영미는 아쉬움이 너무나 많았지만 그만 물어보고 돌아와야 했다.

일주일 후, 핑크 로즈.

"차리의 계획에 돈이 걸린 것이라는 것은 알겠어. 그게 어떤 일인지, 그런데 만약 사업에 성공한다면 대략 얼마나 벌어?"

"아, 그거야 복불복이지, 투자라는 게 그렇잖아. 투자금 모두 날리는 수도 있고, 대박 맞아서 일확천금하는 수도 있고 말이야. 해저 유물 탐사하는 사람들을 보라고. 영화에도 가끔 나오잖아, 우리나라에서도 있었고. 아무것도 못 찾아내면 꽝이지 뭐, 보물을 찾는다면 왕대박 나는거고."

"그러네. 그럼 차리가 막연하나마 성공했을 때의 예상치는 얼마야?"

돈에 관심이 있는 영미가 이제 방향을 돌려서 결론부터 묻기 시작했다.

"하하하, 돈에 관심이 많다더니. 세 가지로 분류한다. 첫 번째, 수확물이 없으면 꽝,

두 번째, 어느 정도 성공했다고 가정했을 때 수십억. 세 번째, 진짜 하늘이 도와 대왕 대박 났다고 가정했을 때 수백억. 내가 예상하는 기대치야. 그러니까 비밀리에 진행하지. "

"옴마나, 그러면 그거 혹시 마약 같은 불법 아냐? 그렇게 큰 돈이 아프리카 어디에 있어?"

"엄밀히 따지면 불법일 수도 있지, 그러니까 이 세상 아무도 모르게 하려고 하잖아. 오죽하면 그런 오지에 나 혼자 가려고 했겠어."

"진짜 인디아나 존스네, 옆에 조수가 없으면 실패하겠는걸."

"하하하, 그럴지도 모르지, 조수가 있어야지. 외바퀴 자전거 보다 두 바퀴 자전거가 힘도 덜 들고 빨리 가는 이치야."

"한 가지만 더. 자금이 일억이나 들어간다면서 그 돈 마련했어?"

"아직, 엄마에게만 돌려서 말씀드렸지. 여기 조련사 그만두고 휴식 차 세계여행 다녀오겠다고."

"그래도 1억은 안 해 주실걸."

"그렇지, 내가 가진 돈 이천뿐이니까, 정 안되면 아파트 담보해서 오륙천을 빌려볼까 해."

"아이구 위험 부담이 너무 크다. 그러다 꽝이면 자칫하다가 아파트 날라가는 거 아냐?"

"그 지경이 되면 부모님이 어떻게 해 주시겠지."

차리는 정말로 태연했다. 어떻게든 1억은 만들 모양이었다.

"지난번에 투자하면 배당 있다고 했지? 그러면 얼마를 투자하면 배당은 얼마야?"

"하하하, 너 돈 없잖아. 결혼 자금 마련해둔 거 삼천뿐이잖아, 그거 날리면 평생 노처녀로 살려구 그래?"

"내 걱정은 말고 말해봐, 투자와 배당 관계를"

"좋아, 이거야말로 내가 정한 규칙이니까. 말한다. 꽝 되면 다 꽝이고, 만약 순수익 10억이라면 50%는 내 몫이야, 무조건. 내가 모든 것을 구상하고 준비하고 실행했으니까.

그러면 나머지 5억을 어떻게 나누냐. 이것을 10으로 나누어서 분배하려고.

즉 총 투자금이 1억이니까, 오천만씩 투자하면 5:5이다. 한 사람 앞에 2억 오천 만씩이고, 삼천만: 칠천만 투자하면 3:7이니까 1억 오천과 3억 오천이네. 배당금이. 만약 성공한다면 이 정도 분배이고, 이게 수확물이 이십억 아니 백억쯤 된다고 생각하면 삼천만 원이 15억이 되네."

"뭐라고? 야아~ 진짜 꿈이 야무지다. 야무져, 하기야 로또 사는 사람 1등 당첨을 바라고 사지 낙첨되길 바라고 사진 않지. 아무튼 대단한 발상이다."

"아, 그러니까 그 돈에다 너무 연연하면 안 돼. 복불복이라고 했잖아, 그냥 여행 가서 봉사활동 한다고 생각해야지, 선교사들은 몇 년씩 있기도 하잖아. 몇 년이 뭐야, 십년 넘는 사람들도 여러 명이라고 하더라고. 대학생들도 그런 아프리카에 가서 일 년 동안이나 봉사하고 오는데. 난 돈을 들여서 사업을 성공하느냐, 원주민들과 어울려 지내다 오느냐 그뿐이야. 투자금 생각하면 아무것도 못 해. 그 돈으로 여기서 편히 지낼 텐데. 안 그래?"

"호호호, 맞아, 사서 고생하는 격이지."

"자 그러면 차리의 모험 성공하기 위해 한잔 들어. 내가 건배할게."

"좋지 좋아. 너랑 술 마시면 진짜 기분 최고다. 바라만 보아도 흐뭇하니까."

"호호호, 그만 띄워. 또 날개 없이 추락할라."

둘은 또 시시덕대다가 칵테일 한 잔을 원샷했다. 이번엔 작은 잔으로 주문해서 그리 부담되지도 않았다. 술 취할 걱정도 없을 것이다. 하지만 기분은 금세 흥겨워져서 눈앞에 핑크빛이 어른거렸다. 이런 기분이 들 때면 언행(言行)도 다소 과감해지기 시작하는 법이다. 술이 가진 마력이다.

영미는 차리가 모르게 살며시 핸드백을 만지작거리다가 입을 열었다.

"만약 투자 없이 동행하면 어떻게 되는데?"

"너 따라갈 셈이야? 백 프로 불가 할 텐데. 시집 안 간 처녀가 미래가 불확실한 돈키호테 같은 남자와 동행한다고 말도 안 된다."

"아이참, 그 얘기 말고 투자 없이 동행하면 어떻게 되느냐고?"

"뭐 그냥 들러리지, 아무것도 아니지, 왜냐하면 투자를 하지 않고 동행만 했다가 가서 보니 불확실하고 개고생만 하면 어떻게 하겠어. 그냥 혼자서 되돌아오는 거지. 그러면 난 어떻게 해, 동행자의 몫까지 모든 준비물 다 챙겼다가 닭 쫓던 개 되는 셈이야. 그러니 처음부터 아예 동행하지 않는 게 나아, 내가 혼자 가긴 하지만 현지에서 원주민을 고용할 셈이야."

"하긴, 그 말이 맞네. 오늘따라 진짜 논리적으로 말 잘한다. 내 치료 효과가 있나봐."

"카하하하, 트라우마 치료해 준다고 하더니 아무것도 한 것도 없는데 치료가 되었어? 크하하하"

차리는 너무 심하게 웃다가 기절할 뻔했다.

"차리, 정신치료가 대단한 것 인줄 알아? 수술이 아냐, 수박통 만한 수액 주사 맞는 것도 아냐. 같이 대화하고 옆에 있어만 주어도 치료야, 우울증 걸린 사람들 애견 치료라는 게 있잖아, 아마 배웠을 걸?"

"으응, 기억나, 반려동물로 정신치료 한다구."

"맞아, 차리에겐 지금 내가 아주 중요한 반려자 겸 치료사인 걸 몰라? 내가 앞에서 대화를 해주니까 차리의 기가 살아났잖아, 아니면 또 여자에게 옴팍 덤탱이 쓸가봐 벌벌 떨걸? 안그래?"

"호오, 그런가, 그렇다면 고맙다, 나를 구제해준 구세주네. 고맙다 고마워."

이러면서 영미는 핸드백을 열어서 뭘 꺼냈다.

"이거 내 여권이야, 여기 비자 받을 사진도 있어."

"너 진짜 같이 갈 셈이야?"

"으응, 따라갈래. 그래서 여권 가져왔잖아."

"아~ 세상에 이런 일이. 영미 네가 같이 가겠다구, 믿기지 않아. 집에서 허락하지 않을걸"

"허락은 무슨 허락, 내 나이가 몇인데 내가 하면 하는 거지."

"오~ 세상에, 천지신명이 도왔구나. 나도 사실 너랑 동행했으면 좋겠다고 수도 없이 기원했는데."

차리는 너무나 감명을 받아서 눈물까지 찍어내니 영미가 옆으로 다가앉아서 차리를 끌어안았다.

"차리, 나도 진짜 인생 모험하는 거야. 이제 바톤은 차리에게 넘어갔어. 차리의 그림자처럼 따라다닐게. 그리고 트라우마도 치료해야지."

"그래 정말 고마워, 나도 사실 용기가 없어서 그랬지 너랑 동행했으면 좋겠다고 생각했어, 아마 천지신명이 내 소원을 들어준 모양이야."

차리는 북받치듯 눈물을 흘리면서 고마워했다, 영미는 손으로 눈물을 닦아주면서,

"차리, 이제 괜찮아, 세상에 좋은 사람이 더 많아. 걱정하지마."하고 달래주었다.

"그런데 우리 결혼도 하지 않았는데 같이 가도 될까? 집에서 반대할 걸."

"괜찮아, 내 인생 내가 사는데 수탉같이 싸워야지."

"크크, 이번에 진짜 수탉이 되어야겠다. 흐흐흐."

"그래, 한 번만 더 수탉 노릇해서 싸워 이길 거야."

"동물원은?"

"내일 가서 그만둔다고 말해야지, 더 이상 혼자서 공연 못하겠다고, 언제쯤 출발이야?"

"응, 그래야겠네. 늦어도 11월 말이나 12월 초에는 떠나야 해. 건기 때 가야하거든."

"알았어, 그때 맞출 테니까 비자하고 항공권 먼저 구매해. 그런데 여행 비자가 대개 한 달인데 육개월 짜리를 어떻게 내나?"

"응, 최 사장 사업체로 취업 비자 1년짜리 낼 수 있어, 가라 (가짜)지 뭐."

"고마운 사장님이네. 그래도 무슨 명분이 있어야 할 텐데."

"다 생각해 두었어, 현지에 가서 다큐멘타리 촬영한다고 하려구. 여기에서 명함도 만들 거야. 약간 오지로 가는데 누가 터치할 사람 없다고 하더라구. 그리고 부패가 많아서 몇십 달러 아니면 백 달러 정도면 만사 오케이야."

"으응, 그렇구나."

"그런데 아프리카에 가려면 예방주사를 맞아야 해, 황열병 예방주사."

"그런 게 있어? 미리부터 겁나네."

"괜찮아. 혹시 모르니까 예방접종 요구하는 거야. 그 나라 입국할 때 노란색의 예방 접종 증명서를 보여 달라고 하거든, 이걸 여권과 함께 보여주면 돼."

"그래? 그 주사 아무데서나 맞지 않을 것 같네."

"응, 을지로에 국립의료원이라고 있어, 거기 인터넷 검색하면 다 나와, 여권 가지고 가서 예방주사 먼저 맞아. 주사가 몇 개 되더라구. 주사 맞고 나면 약간의 몸살 기운이 있는데 별거 아냐. 정 아프면 동네 병원 가면 돼. 아참, 말라리아 약도 타오 고. 거기가면 알아서 다 해줘."

"오빠 맞았어?"

"난 작년에 아프리카 갈 때 맞았지. 이게 효력이 몇 년 간다구 하대. 십년인가 잊어먹었다. 아무튼 난 이번에 안 맞아도 돼."

"으응, 그렇구나, 진짜 아프리카 가기 어렵다."

차리가 말하는 황열병은 사하라 사막 이남의 중부 아프리카, 중남미지역에서 황열 바이러스 매개체인 모기에 물려 감염되 는 급성 바이러스성 출혈열이다. 모기에 물린 지 3~6일 후에에 고열, 두통, 구토, 오한 등의 증상이 나타나며 수일 후에 증상이 가라앉기도 하지만 약 25~50% 정도가 사망하는 무서운 병이다 그래서 아프리카 지역을 갈 때에는 반드시 황열병 예방접종을 맞아야 된다. 황열병 예방접종 후 10일이 지나야 항체가 생기므로 출국 10일 전에는 예방접종을 맞아야 한다. 한 번접종 하면 10년 정도 유효하며, 국제공인 예방접종 증명서도 십 년간 유효하다. 증명서 분실 시 여권을 가지고 국립중앙의료원을 방문하면 재발급이 가능하다.

"그래서 이 여권 다시 줄 테니 내일 예방접종 맞고 저녁때 다시 만나."

"응,"

이렇게 해서 다음날 영미는 황열병 예방접종을 맞고 저녁때 차리를 만나서 여권을 주었다. 차리는 비자 받기에 조금 늦었다면서 서둘러야 한다고 했다.

그러는 동안에 영미는 진짜로 11월 중순에 그만둔다고 말했다. 당연히 팀장님과 직원들은 마른하늘에 날벼락 맞은 듯 크게 놀랐다. 팀장은 어떻게든 달래보려고 하였으나 이미 마음을 굳힌 영미는 단호했다. 핑계는 차리와 비슷하게 감옥살이 같은 생활에 질려서 그만둔다고 하고, 어디 해외에 가서 몇 달이라도 푹 쉬고 싶다고 말했다.

팀장은 기겁을 하면서 윗분들에게 여러 차례 상의를 하고는 약간의 휴가비와 6개월 휴직을 권했다. 영미는 망설망설하다가 그렇게 하겠다고 수락했다. 그러니까 차리는 사표를 내었고 영미는 6개월 휴직이 된 것이다.

일과가 끝날 지음에 차리로부터 카톡이 왔다.

방콕 경유해서 남아공 요하네스버그 가는 항공편과, 홍콩 경유해서 요하네스버그 가는 항공편이 있다는데, 홍콩을 경유하면 하룻밤을 보내고 다음 날에 연결된다고 한다. 홍콩 경유는 항공사에서 호텔과 석식 다음 날 조식까지 무료로 제공한다고 하면서, 홍콩을 가보지 않았으면 여기가 좋겠다는 내용이었다. 영미는 홍콩 경유가 좋겠다고 답변을 보냈다.

그런 다음에도 영미와 차리는 몇 차례 더 만났으나, 영미는
더 이상 물어보지 않았다. 따라가겠다는데 괜히 심적인 불편만
줄 것 같아서였다. 그리고 전 재산이나 마찬가지인 삼천만 원
을 차리의 계좌로 보냈다.

2. 반대하는 부모와 격려하는 형부

D시의 참마루 아파트 405호.

평상시엔 사람이 사는지 모를 만큼 조용하기만 했는데 오늘 밤은 시끌거리고 고성이 오가고 있었다.

"뭐라고? 혼자서 아프리카를 6개월이나 여행한다고? 여자 혼자서?"

"갈 수 있어요. 지난번에 인도 여행도 혼자서 갔다 왔잖아요."

영미의 아빠가 호통 치듯 물으니 영미가 둘러대기 시작했다.

"인도 여행은 너 혼자가 아니잖아. 단체 배낭이라고 했잖아."

"예,"

"그럼 이번도 단체 배낭으로 가냐?"

"아네요. 혼자 가요."

"아이구야, 아이고 얘가 귀신에 씌었네. 이를 어째."

옆에 있던 엄마는 큰 걱정을 했다.

"언니, 진짜야? 어떻게 여자 혼자서 아프리카를 가? 유럽이나 미국, 캐나다처럼 치안이 어느 정도 유지되는 나라도 사건 터지던데. 잘 생각해봐."

영미보다는 유순한 여동생이 근심 어린 목소리로 물었다.

"괜찮아, 가기로 결정했어, 지금 되돌릴 수도 없어."

"얘가 지금 귀신에 씌웠네. 너 지금 그게 말대답이냐. 부모님
께 허락도 받지 않고 네 멋대로 결정해?"

"저도 이제 나이 먹을 만큼 먹었어요. 스물일곱이예요. 제 앞
길 제가 알아서 하니까 걱정 마세요."

"하이구야, 이거 큰일 났다. 아무 놈팽이라도 사내가 있다면
몰라도."

영미 아빠의 이 말에 단순하고 잔머리 굴릴 줄 모르는 영미는
즉답을 해야 했다.

"사실은 혼자가 아녜요. 남친이 있어요."

이 말에 영미의 엄마와 아빠, 여동생은 불에 데인 듯 깜짝 놀
라면서 두 눈을 탁구공 만하게 떴다.

"뭐야? 너 그동안 마음 터놓을 여자 친구도 없고, 남자 친구
는 한 명도 없다고 했잖아. 지랄 맞은 성격 때문에 애들이 따르
지 않는다고."

"그랬지요. 그런데 지금은 성격 많이 바뀌었어요. 여자처럼
변했어요."

"하하, 하이구, 얘가 혼자서 원맨쇼 하네. 그럼 어떤 남자 친
구야?"

영미의 아빠는 진짜로 크게 놀라고 화가 나서 미칠 지경이었다. 냉장고를 열어서 먹다 남은 소주 반병을 꺼내더니, 컵에 따르고는 맹물 마시듯 벌컥벌컥 마시고, 이에 놀란 엄마는 준비한 안주도 없어서 게맛살 하나를 얼른 주면서 "아이고 정신 차려요. 이런다고 해결되는 게 아녜요."라고 말하면서 아빠를 달래고 있었다.

아빠는 너무 화가 나서 영미의 뺨이라도 한 대 때릴 기세로 거실로 왔다. 그 사이에 적막감이 감돌았다. 태풍 전야처럼 고요했다.

"너, 이제 보니 내가 잘못 길렀구나. 그래, 결혼도 하지 않고 남자 친구랑 아프리카 여행을 육개월이나 한다고? 그게 말이 되냐?"

"여행이 아녜요. 일종의 모험이죠."

영미의 이 말에 집안 식구들은 아까보다 더 뒤집혀서 물에서 건져낸 물고기처럼 퍼덕였다. 잔꾀를 부릴 줄 모르는 영미가 또 직설적으로 말을 해버린 것이다.

"혹시 선교 활동이냐?"

엄마가 진정하면서 물었다.

"아녜요. 일종의 봉사와 모험 겸 사업이예요."

영미는 최대한 자중을 하면서 말대답을 했는데, 여전히 적당히 둘러댈 줄 모르고 직설적으로 대답을 했다.

"그럼 누구랑 가니? 혹시 장래 배우자감이냐?"

"아직 결정은 안 했지만 배우자가 될 수도 있어요. 같이 근무하던 조련사예요."

"뭣이라고? 식당 한다던 꺼벙한 조련사랑 같이 간다고? 아이고, 집안에 망조가 들었네. 곱게 곱게 키운 딸자식이 늑대 입으로 들어가네."

아빠가 자탄(咨嘆)을 하였다.

"그 청년, 집안이 궁색하게 산다고 했잖아. 비전도 없고."

엄마 역시 낙심에 빠져서 한마디 했다.

"그땐 그랬지요. 그런데 알고 보니 살만한 집이예요. 엄청 부자예요. H시에 있는 강촌 설렁탕이라고 무지하게 큰 모양이에요. 인터넷 검색하면 다 나와요. 그 청년도 대학교 때부터 중형차 끌고 다녔어요. 뭔가 알지 못할 포스와 비전이 있어요."

"뭐여? H시에 강촌 설렁탕이라고?"

"예."

영미가 대답을 했고, 이어서 엄마가 아빠에게 물었다.

"왜 그 집 아시우? 표정이 그러게."

"알긴 알지, 아주 큰 식당이야, 사장도 괜찮아. 사람은 좋아. 그럼 그 청년이 그 설렁탕집 자식이란 말이냐?"

"예. 아들 둘에 막내랍니다."

"아무튼 결혼도 하지 않은 주제에 둘이서 아프리카 여행은 절대 안 된다. 만약 네 멋대로 간다면 그때쯤 가서 출입국 관리소에 신고할 테다. 납치되어서 반강제적으로 출국한다고. 이러면 그 즉시에서 출국 금지야. 해명될 때까지."

"왜 그러세요. 제 앞길 제가 챙길 테니 걱정 마세요."

"너, 안된다면 안 되는 줄 알아. 더 이상 아무 말 하지 마, 동물원은 어떻게 하고."

"6개월 휴직했어요. 마음 편히 쉬다가 오라고 했어요."

"그래도 안 돼."

"아빠, 저에게 분명히 말씀하시었지요. 혼수 비용 네가 벌어서 시집가라구, 지금 돈 벌러 갑니다."

영미가 또 불쑥 이렇게 말하니 부모님과 여동생은 진짜 총에 맞은 듯이 놀랐다. 여자가 아프리카에 가서 무슨 돈을 벌겠다는 것인가. 살기 좋다는 이 나라에서도 여자가 돈 벌기 어려운데. 셋은 막연한 불안감에 싸이면서 온몸에 소름이 끼칠 정도였다.

"아이고, 제발 정신 차려라. 너 돈 벌어서 낭비하지 말고 저축하라는 말이었어. 너 시집가면 혼수 다 해줄 테니 제발 마음 돌려라."

아빠의 목소리가 낮아지면서 애원조로 말을 하고, 엄마도 동조했다.

"그래, 아빠 말이 맞아. 네 언니 시집갈 때도 언니가 얼마나 준비했어? 얼마 안 돼, 엄마가 다 해주었잖아. 그런 걱정 마.

시집갈 나이가 넘었는데 그런 엉뚱한 소리 말아라.”

“엄마 아빠가 무슨 말씀을 하시던 전 이미 결정했어요. 비자도 곧 나와요.”

“이런 이런, 어려서부터 제멋대로 하기에 수탉 같다고 했더니 그 고질병이 또 도졌네. 도졌어.”

“수탉이건 암탉이건 제가 결정해요. 가서 나쁜 짓 하지 않을 거예요.”

평행선을 긋는 대화는 어느 한 편으로 꺾지도 못하고 꺾이지도 않았다.

“가고 싶으면 당장 나가라, 이년아!”

마침내 아빠는 고성을 지르고, 영미는 반사적으로 일어나서 그동안 주섬주섬 챙겨놓았던 커다란 캐리어 트렁크와 배낭을 메고 나섰다.

“저런 저런, 애지중지 키워놓았더니 배은망덕한 년이네, 어서 가거라! 앞으로 다시는 오지 말아!”

“아이구, 애한테 그런 심한 말을 해요. 자초지종도 다 알아보지도 않고. 아이구 흐흐흑.”

보다 못한 엄마가 울음이 터져 나왔다.

“안녕히 계세요. 그동안 키워줘서 고마워요.”

영미는 단호한 표정으로 한마디를 남기고는 현관문을 나섰다.

"언니, 언니 어디로 가려구 그래, 지금 밤인데."

"아무 데나 가야지."

"남자 친구네로 가나?"

"아니, 거기로 못 가."

"그럼 어디로?"

"갈 데 없으면 찜질방이나 모텔로 가야지. 아이참, 일이 꼬인다 꼬여."

"언니가 잘못했어, 남친이 착하다면 부모님께 처음부터 이해를 시키고 설득을 시켜야지, 느닷없이 그러면 누가 이해하겠어."

"아이 난 몰라. 내 인생 내가 살겠다는 데 왜들 그래."

"언니, 진정하고 KTX 타고 큰언니네로 가. 내가 전화해 놓을 테니. 거기 빈방 있잖아."

"……."

"큰언니네로 가는 게 순리야. 아무 데나 가봐, 진짜 일 터져."

"그럴까, 형부가 이해할까?"

"이해가 뭐고 간에 일단 그리로 피신을 하라구. 혹시 알아, 언니가 마음 변해서 아프리카 안 갈 수도 있잖아, 그러니까 거기 가서 좀 생각을 해봐."

"마음은 안 변해. 식구들이 나를 이해 못해서 그렇지."

"그렇다고 치고, 빨리 택시 타고 역으로 가. 지금 가면 열차 있어."

"으응, 고맙다. 보미야."

이렇게 해서 영미는 서울에 있는 언니네로 향할 수밖에 없었다. 그래도 영미 편이라고 볼 수 있는 여동생 보미가 캐리어를 끌고 와서 택시에 실어주었다.

"언니, 기죽지 말고 힘내. 좀 더 생각해보고. 다 언니를 위해서 그런 거야."

"으응, 그래, 고마워. 열공해서 꼭 시험에 붙어."

"으응."

택시를 타자마자 영미는 느닷없이 눈물이 쏟아져 내려 주체할 수가 없었다.

그렇게 영미는 울어가면서 서울에 도착했고 택시를 타고 승봉동 다박솔 아파트에 도착했다. 밤늦게 찾아간 언니와 형부는 반갑게 맞이하긴 했지만, 영미에겐 어색하기만 했다. 언니가 아니라 남남처럼 느껴졌기 때문이다.

"처제, 어서 와, 어른들과 무슨 트러블이 있었던 모양인데 여기서 며칠 푹 쉬어가며 생각해 보자구."

"예, 고마워요. 형부."

"뭔지 몰라도 네가 너무 성급했던 모양이다. 혼자서 아프리카에 간다고 했다가 남자 친구와 같이 같다고 하고, 아직 결혼도 하지 않았는데 말도 안 되는 소리 하니까 집안 분란이 난 거야."

언니가 차분하게 질책했다.

"그렇긴 해. 하지만 난 갈 거야."

"알았어. 일단 자고 내일 저녁에 얘기 좀 들어보자."

"응, 언니 미안해. 나 때문에 온 집안 식구들에게 쓰나미가 덮치네."

"호호호, 애가 말은 잘하네. 알았어 알았으니까 일단 자."

다음날 저녁,

영미와 언니인 수미와 형부가 거실에 둘러앉았다. TV는 켜놓고 음소거를 해 놓았다. 그러니 온갖 사람들이 나와서 입만 벙긋벙긋하는 벙어리가 되어 버렸다.

"처제, 다시 한번 생각해 보고, 도대체 무슨 이유로 그 먼 나라인 아프리카로 간다는 게야. 골머리 아프면 동남아에 가서 쉬는 게 훨씬 좋은데."

"아이참, 백번 말해도 이해 못하세요. 여행 겸, 모험 겸 돈 벌러 간다니까요."

"그러니까 차근차근하게 말해봐."

언니도 답답해서 미칠 지경이었다.

"나도 그 사람 처음에는 어리벙벙한 줄 알았는데, 알고 보니 인생 계획이 대단한 사람이야, 십 년 전부터 구상을 하고, 그 것 때문에 일부러 조련학과를 다니고, 아프리카 여행도 다녀오고, 조련사 교육도 받았대. 이제 준비가 다 되어서 떠난다는 거야.”

“뭔가 굉장한 계획이 있긴 있는 모양이다.”

“처제, 그러면 그 청년은 아프리카의 무슨 동물을 이용해서 일확천금을 꿈꾸는 모양이야, 안 그래?”

“맞아요.”

“그게 어떤 동물일까? 물개는 아닐 테고.”

그때 영미의 머리에 번개처럼 스치면서 떠오르는 동물이 있었다.

“맞아요. 물개는 당연히 아니고 타조 같아요. 그 사람이 구체적인 말은 안했어도 타조가 맞을 거예요.”

“흐흠, 타조 농장을 해서 돈을 벌었다는 얘기도 듣긴 들었는데, 혹시 대규모로 타조를 길러서 판매하려고 그러나?”

“그것까지는 몰라요. 아무 얘기를 하지 않으니까요.”

“그럴 테지. 십 년 전부터 구상했다는데 아무에게나 말을 하겠어? 안하지, 나 같아도 안 해.”

이들은 한동안 이런저런 이야기를 나누었으나, 차리에 대한 궁금증만 더욱 증폭되었다.

“처제, 내가 한번 그 청년을 만나볼까? 우리 같이서 말이야. 그 청년 이름이 뭔가?”

“차리에요. 그냥 닉네임으로 차리라고 불러요. 공연할 때도 차리라고 불렀어요."

"오호, 멋지네. 국제적인 이름이야. 어떻게 만나서 대략 얘기라도 할 수 없을까?"

"만나긴 해도 사업 얘기는 안 해요. 저도 모르니까요. 저도 반신반의하다가 차리가 확신에 차 있다는 것을 믿고서는 동행하려는 거예요."

"알았어. 동행하는 걸 말리는 건 아니고 그 전에 우리 넷이 만나서 대화나 해 보자고, 내가 근사하게 저녁 낼 테니."

"내가 나오라면 나오긴 할 겁니다. 요즘 서울 다니느라 무지 바쁜 모양이에요."

"서울? 여기가 서울인데 오히려 잘되었네. 늦은 저녁도 좋으니까."

"그럼, 그래 볼까요?"

영미는 가족 중에 누구 한 명이라도 자기 편을 만들어야 했는데 형부가 관심이 있는 듯하니 조금이나마 반가웠다. 언니는 아직 떨떠름하게 앉아 있었다.

곧바로 영미는 스맛폰을 꺼냈다.

"나야, 영미."

"으응, 그래 잘되었어. 수탉처럼 싸워서 이긴다더니, 이겼어?"

"아니, 졌어, 져서 쫓겨나다시피 집을 나왔어."

"어엉? 그래? 그럼 지금 어디야?"

조용한 분위기에 대화를 하고 있었으니, 옆에 있던 언니나 형부도 대화 내용을 다 듣게 되었다. 형부는 수탉 소리가 나오니 피식하고 웃음을 감추지 못하고 있었다.

"언니네야, 시집간 서울 언니네."

"저런, 이를 어째. 출발도 하기 전에 난관에 부닥치네."

"그래서 말이야, 형부와 언니가 오빠 만나보고 싶다고 하는데, 나올 수 있어?"

"으응, 그러지 뭐. 어디서?"

"여기 서울이야. 요즘도 서울 다니지? 시간 된다면 여기 형부가 저녁 시간으로 약속장소 정한대. 근사한 맛집으로 한대."

"하하하, 그래, 언제쯤?"

이런 대화를 듣고 있던 형부가 옆에서 "내일, 내일"이라고 말했고, 영미는 그대로 전했다.

"내일 저녁."

"좋지 좋아."

"그럼 또 연락할게. 아니면 톡 보낸다. 아참, 차 가지고 오지마, 술 마실지 모르잖아."

"걱정 마. 요즘 서울 주차하기 힘들어서 대중교통으로 올라다니니까."

"그거 잘 되었네."

둘은 몇 마디 더 하다가 전화를 끊었다. 영미가 더 이상 설명하지 않아도 되었다. 옆에서 다 듣고 있었으니까.

"그럼 처제, 일식 어때? 깨끗하고 룸도 있는 일식집이 있는데."

"전 아무 데나 괜찮아요."

"알았어. 내가 아는 일식집으로 예약해서 내일 아침에 문자 보낼게."

"예, 고마워요, 형부."

영미는 어제보다는 마음이 조금 가라앉았지만, 그 한편으로는 불안감도 없지 않았다. 지금 하는 짓이 잘하는 짓인지 못하는 짓인지, 아니면 그저 충동적으로 저지르고 후에 크게 후회하게 될지 알 수가 없었다. 다만, 타고난 성격대로 고집이 세고, 한번 필(feel)이 꽂히면 주위에서 뭐라고 하건 말건 불도저처럼 밀고 나가려는 성격이었다. 엄밀히 말하면 차리가 추진하는 일에 결사적으로 반대 붙는 격이었으나, 영미는 조금도 후회하지 않았다.

그리고 형부는 어떤 사람인가. 언니인 김수미와 형부인 정동환은 학교가 다른) 선후배 사이이다. 정동환은 S대학 보다는 한수 아래인 T대학 무역학과 출신이고, 언니는 E대학 무역학과 출신이다.

둘은 젊은이들이 다 그렇듯 무역회사에 취업하여 해외로 돌아다니면서 바이어들과 만나고 상담을 하고 저녁때면 파티장에 나가서 무도회를 즐기는 그런 꿈을 가지고 있었다. 하지만 그것은 영화 속의 내용이고, 현실은 그리 녹록치 않았다. 언니가 이를 깨달았을 때가 대학교 1학년 가을쯤이라고 했다.

"아이고야, 이거 번지수를 잘못 짚었네. 엄마 말대로 교대나 갈걸."

그러나 이미 엎질러진 물이었고, 지난 세월을 되돌릴 수도 없었다. 다만 당시의 선배나 교수님의 말씀에 혹시 모르니 교육학을 이수하면 중등교사 자격증을 준다고 하면서, 자격증이 있으면 교원 임용고사에 합격하면 중, 고등학교 사회 교사로 나갈 수 있다고 하였기에 대부분의 학생들이 교직과목을 수강 중에 있었다.

형부인 정동환도 유사한 케이스인데, 이 사람은 교직 과목도 이수하지 않고 태만하게 배낭여행이나 다니다가 졸업 무렵 어떻게 하다 보니 여기 중생은행에 입사하게 되었다. 먼저 입사한 정동환이 이년쯤 지나서 여행원이 입사하여 바로 옆자리에 앉게 되었는데, 그게 바로 언니였다고 한다.

당시에 정동환은 사귀던 여친이 있었다는데, 언니를 보자마자 혼이 뺏겨서 사귀던 여친과 헤어지고, 언니에게 온갖 공을 들여서 결혼을 하였다고 한다. 후배로 들어온 언니가 은행 업

무에 대하여 잘 모르자 바로 옆에 있는 동환에게 물어보기 시작했고, 동환은 그걸 핑계로 말 한마디라도 더 건네면서 가까워지려고 무지하게 애를 썼다고 했다.

그때 언니도 말동무 정도의 남친이 있었다는데 장래까지 약속은 하지 않았다고 한다. 그 남친이 졸업 후 백수로 있게 되고, 정동환은 은행원으로 적극적으로 다가오고 있던 상황이었다.

그래서 언니는 고민 끝에 어느 날 부모님께 말씀드렸더니, 부모님은 두 손을 모두 들어 정동환과 교제를 하라고 하여 언니 역시 마음이 돌아서서 남친과 헤어지고 정동환과 결혼하게된 것이다. 아무튼, 둘은 지금은 지점은 다르지만 중생은행의 행원으로 성실하게 근무하고 있다.

이런 한편으로, 정동환은 미래가 불확실하다고 판단하고 있었다. 가끔 언니와 대화를 하는 중에 "어디어디에 있던 지점들이 다 없어졌고, 올해도 몇 개의 지점이 통폐합된다고 하더라"는 말을 하곤 했다.

"우리가 거의 막차 탄 거야. 운이 좋았지. 어느 날 어느 지점이 통폐합되거나 폐쇄될지 몰라."

정동환이 하는 말이었고 언니 역시 동조했다. 그래서 동환은 이제나 저제나 호기(好機: 좋은 기회)가 오면 이직(移職)을 생각하고 있었고, 언니는 교원 임용고사 시험 준비를 하느라고 틈틈이 공부를 하고 있었다. 이런 동환은 다소 외향적인 성격에 말을 하는 것이 서글서글하고 시원시원 하였다.

  다음날 오전 11시경,

  형부에게 카톡이 왔다.

  "친친동 사거리, LG 전광판이 있는 그쪽 건물 3층에 오션 (ocean) 일식. 오후 6:30분."

  "네, 고마워요."

  영미는 이 내용을 즉시 차리에게 톡을 보내고 또 전화를 걸었다.

  "나야."

  "응, 톡 봤어. 무슨 일 있나?"

  "아니, 내가 생각해보니 집에서처럼 불쑥불쑥 말했다간 또 낭패당할 것 같아. 지금 아군이 하나도 없는 셈이야. 사방이 적이네. 하이고 내원참, 사면초가라고."

  "그래서?"

  "내가 집에선 눈치코치 없이 아무렇게나 말했는데, 이번엔 조금 거짓말이라도 해야 할 것 같아. 그러니 내가 무슨 말해도 잠자코 듣기만 해."

  "무슨 말? 나쁜 말은 아니지?"

  "응, 우리 둘 사이 관계를 물어볼 거야, 보나마나. 그리고 아프리카에 가서 무슨 일을 할 것인가 물어볼 거야. 나도 잘 모른다고 하긴 했어. 그러니까 오빠에게 직접 또 물어보면 어떻게 할 거야?"

"이거 큰일 났네. 비슷하게라도 둘러대야겠네. 너무 걱정
마. 아참, 그리고 거기에서 오빠라고 하지 마. 우리 둘이 있을
때 만 오빠라고 말하고 그냥 차리라고 불러."

"응, 알았어, 거기 찾기 쉬우니까. 늦지 않게 와. 언니와 형
부는 퇴근 후에 오니까. 우리가 조금 일찍 만날 수 있을까?"

"그래, 내가 조금 일찍 나갈게. 요즘 서울 다니느라 무지 바
쁘다. 지금도 서울이야."

"잘 되었네. 볼일 보고 저녁때면 딱이네 딱."

"알았어. 이따 봐."

"으응."

그날 저녁, 오션 일식,

영미가 먼저 와서 초조하게 차리를 기다렸으나 차리는 일찍
오지 않았다. 차리는 6시 30분이 다 되어서야 헐레벌떡 나타
났다. 시내에서 택시를 타고 오는데 길이 막혀서 간신히 시간
맞추어 왔다고 했다. 영미는 차리를 보자마자 눈물 나게 반가
웠다.

안내된 룸에 들어가 보니 온통 일본풍의 장식에 두 개의 탁자
에 하나만 네 명의 식사준비를 세팅해 놓았다. 둘은 어떻게 앉
을까 하다가 잠시 서성이기로 했다. 아주 윗분은 아니지만 최
대한 예의를 갖추기로 한 것이다.

곧바로 언니와 형부가 들어섰다.

"어어~ 먼저 왔네. 앉읍시다."

영미의 형부가 웃음 띤 얼굴로 대했다.

네 명은 자리를 잡고 앉았다. 영미와 차리, 언니와 형부

"안녕하세요. 차리라고 합니다."

"예, 얘긴 들었어요. 난 정동환이라고 합니다. 영미의 형부지요."

"말씀 낮추세요. 더 거북합니다."

"하하하, 그런가 그럼 말 놓겠네. 차리라고 했지?"

"네, 그냥 차리라고 부르시면 됩니다."

"차리, 하하하, 좋아, 글로벌 시대에 걸 맞는 호칭이구먼. 본명은 뭔가?"

"차기수입니다."

"오호, 성씨만 따서 차리로 했구먼, 기발한 생각이네. 하하하."

정동환은 헛웃음인지 무슨 웃음인지 모를 표정을 지으며 웃었다. 넷은 잠시 이러저러한 이야기를 했는데, 곧바로 여종업원이 와서 주문을 받으러 왔다.

동환은 일행에게 여기 마구로(참치) 스시(초밥)가 유명하다면서 마구로 스시를 시키고, 반주로 사케(일본 정종)를 주문했다. 한국 사람들은 차게도 마시기도 하지만, 원래는 따끈하게 데워서 마시는 것이 풍미가 있다.

잠시 후, 음식이 차려져 나오고, 정동환의 제안으로 따끈한 사케로 건배를 했다. 따끈한 사케는 한두 모금만 들어가도 온몸에 열이 확 오르면서 술기운이 퍼진다. 물론 독하지는 않지만, 사케의 특징이 바로 그렇다.

여자들은 반 잔 정도, 동환은 한 잔을 거의 다 비웠고 차리도 거의 한잔을 다 비웠으니 순식간에 기분이 알딸딸해졌다.

"차리, 자네라고 불러도 되겠나?"

"아 괜찮습니다. 그냥 편하게 부르세요."

"그런가, 그럼 임의롭게 자네라고 부름세. 형제는 몇인가?"

"나이 차 나는 형이 있어요. 저보다 여섯 살 위입니다."

"어 그래? 지금 몇 살인데."

"제가 지금 스물일곱이니까 서른셋이네요."

"그럼 범띠 아닌가?"

"예, 범띠예요."

"하하핫, 이런 우연히 있나. 나도 범띠인데 나랑 동갑이네. 그럼 형처럼 대하게."

"그러세요? 신기하네요. 영미하곤 동갑인데."

"어머, 그래요?"

"네."

영미의 언니도 놀랍다는 듯이 되물었다. 진짜 묘한 나이 차이다. 언니는 영미보다 세 살 위이고 형부는 언니보다 세 살 위이니 총 여섯 살 위인데, 그 나이가 차리의 형 나이와 같은 것이다. 이것 때문에 그들은 털끝만큼이나마 친밀감을 느끼게 되었다.

"자, 사나이끼리 건배!"

약간 허세를 떠는 정동환의 제안에 차리는 장단을 맞추어주어야 했다. 사실 앉은 자리가 바늘방석이나 마찬가지인데도 말이다. 이를 아는지 동환은 사케 한 잔씩을 또 주문하고 건배를 제안했다. 따끈한 사케 두 잔이 들어갔으니 순식간에 머리가 핑 도는 듯 하면서 술기운이 올랐다.

"자네 말이야, 우리 처제가 보통내기가 아냐. 어려서부터 수탉이라고 불렀다는 구먼."

"알고 있습니다."

"성격이 대단했다고 해. 그런데 어딜 같이 가려구 그래"

"그래서 제가 시달리다가 못해 한번 크게 들이받고 그만두려다가 이렇게 되었지요."

"들이받았어? 하하하, 용기가 대단하네. 그래서?"

"수탉이 꽁지를 내렸어요."

"카하하하. 꽁지를 내려서 암탉이 되었나?"

"네, 그래요. 저 이제 마음 많이 바꾸었어요. 온순한 암탉이 되었어요."

영미가 한마디 거드니 언니가 두 눈을 크게 뜨고는 반신반의 한다.

"어머어머, 너 그게 진심이야."

"하하하, 뭘 했기에 아주 크게 각성한 모양이야. 하하하, 좋은 현상이야. 그럼 그렇게 수탉을 암탉으로 만들어서 어디 아프리카를 데리고 가나?"

"예, 데리고 가는 것은 아니고 따라 온답니다."

"그랬어? 아무튼 동행은 동행이지. 그런데 결혼도 않고 어떻게 데리고 가. 남들 이목도 있지."

"앞으로 결혼할 거예요."

영미가 얼른 말대답을 했다.

"허락만 해주신다면 식을 올릴 수 있습니다."

"그래? 지금 처가에선 벌집 쑤셔놓은 듯 난리 났는데 자네들은 태연하네. 태연해. 정 그렇다면 출발 시기를 몇 달 미루고 식을 올리고 가는 게 어때?"

"안됩니다. 지금 가야 적기입니다. 건기 때 가야 해요."

"오호 맞아, 무슨 동물을 이용한다고 했지?"

"타조예요. 타조."

영미가 또 얼른 대답을 했다.

"그래 타조를 이용해서 무슨 사업을 하고 돈을 벌려고 한다면서 맞아?"

"네, 이론상 그렇지요."

"내가 듣기론 자네 집안이 큰 식당을 운영하는 부자라는데 왜 그렇게 사서 고생을 하려고 하나?"

"그건 부모님 돈이지, 제 돈은 아닙니다. 저도 자립을 하려구요."

"그거 좋은 말이네. 그럼 타조 사업으로 예상되는 수입이 얼마나 되길래 그리 목을 매려고 그래."

"글쎄요."

"처제는 알아? 처제는 왜 사서 고생을 하면서 거기까지 따라가려고 해. 그럭저럭 있다가 시집가도 집에서 도움 줄 텐데."

"아녜요. 조련사도 답답해서 더 이상 못하고 야생마처럼 바람을 쏘이려고요. 그리고 혼수비용도 마련하려고요."

"하이구, 이거 진짜 단단히 세뇌되었네."

"얘, 너 정말 정신 차려라. 이 나라에서도 돈 벌기 어려운데 아프리카까지 가서 무슨 돈이야. 목숨이나 부지하면 천만다행이다."

듣고 있던 언니가 마지못해서 한마디 하는데 근심 어린 목소리였다.

"언니, 걱정 마, 내가 한몫 잡아서 언니를 도와줄게."

"하하하, 지금 둘 다 방금 산 로또가 1등 당첨된 줄 알고 있네. 하이구야. 차리, 그래서 예상 수입을 얼마나 계획하고 있는 거야?"

"글쎄요. 재수 없으면 그냥 꽝이죠. 운이 좋다면 수십억, 아니 수백억이 될 수도 있구요."

"뭐라구?"

"뭐라구요?"

이 말에 언니와 동환은 정신이 퍼뜩 들면서 술이 다 깨고 온몸이 흥분되었다.

"아니, 그게 말이나 돼, 아프리카 어디에 금덩이를 숨겨놓았나?"

"아닙니다."

"아하, 아까 처제가 타조와 관련 있다구 했지? 내가 어렸을 때 듣기에 타조가 다이아몬드 원석을 주워 먹고 어떤 사람이 타조를 잡아먹다가 뱃속에서 다이아 원석을 발견했다는 소리를 어디서 들었나, 어린이 잡지에서 봤나. 그런 거 같은데 이게 맞는 모양이야. 타조와 다이아몬드. 그럼 타조를 잡으러 가나?"

"타조가 맞긴 맞는데, 지금 야생 타조도 별로 없지만 자칫하다간 현지 원주민에게 총 맞아 죽어요. 거긴 성인들 대부분 총을 가지고 다닙니다. 그리고 만약 타조에게서 다이아 원석을 발견했다면 정부에 신고하고 보상금으로 코딱지만큼 받는답니다. 우리나라 골동품 문화재 발견해도 국가 소유이잖아요. 그와 비슷해요."

"으흠, 그럴 만하네. 아무튼 타조와 관련 있지?"

"예."

"그럼 어떤 방법인가?"

"더 이상 말할 수 없습니다. 제 인생이 걸린 문제이고 이 세상 그 누구도 알아서도 안 됩니다."

"하하하, 그런가."

"그런데 만약 꽝이라면 어떡하나요? 큰 돈 들여서 가는 모양
인데."

"큰돈이라지만 그리 큰돈은 아닙니다. 어른들 덕분에 먹고살
만한 기반은 마련할 수 있습니다.

언니의 질문에 차리가 대답했다.

"맞아요. 그거 다 꽝되어도 집에서 동물 병원 차려준다고 했
답니다."

영미가 기선을 제압하듯 말했다.

"동물 병원? 그것도 제대로 차려야지 구멍가게 수준으로 했
다가는 말아 먹기 십상이야. 요즘은 뭐든 대형화해야 운영되는
세상이라. 아마 오륙 억은 투자해야 할 걸, 사람 다니는 병원
이나 똑같더라구, 엑스레이, 초음파 기계도 있어야지, 각종 수
술 도구, 약품등 돈이 꽤 많이 드는 모양이야."

"맞아요. 그런 거 다 차리 부모님이 대주신다고 했어요."

영미는 다급한 마음에 차리를 한번 힐끗 쳐다보고는 이리저
리 둘러대기 시작했다.

"얘는, 너보고 안 물었다. 여기 네 친구에게 물었지."

"맞아요. 그 정도 충분히 도와주십니다. 어쩌면 건물까지 사
주실 수도 있습니다."

차리가 이렇게 대답을 하니 언니와 형부는 의외라는 듯이 영

미와 차리를 쳐다보았다. 맞벌이해서 1억 모으기도 버거운 데 오륙 억은 그냥 도와줄 수 있다니 얼마나 부자인가 놀랍기만 한 것이다.

"난 아무리 그래도 도대체 이해가 안가. 어떻게 타조로 돈을 버는지."

언니와 형부가 계속 궁금해 하니까 차리가 입을 열었다.

"그럼 제가 아주 눈꼽만큼만 설명을 할 테니 모두 핸드폰을 여기에 올려놓고 전원을 끄세요."

이러면서 자기의 핸드폰을 꺼내어 전원을 껐다. 이에 모두들 똑같이 핸드폰의 전원을 끄고 식탁에 올려놓고는 차리의 입만 쳐다보기 시작했다

차리는 목소리를 약간 낮추어서, 자기가 십여 년 전부터 구상해온 것으로, 작년에 아프리카에 답사 여행도 하고 이번에 동물 조련을 배우면서 교감하는 방법도 어느 정도 터득했다고 했다. 내용은 어린 타조를 훈련시켜서 다이아몬드 원석을 주워 먹게 하는 것이다. 그런 다음에 원석을 직접 반출할 수 없으니 현지에서 야메(비합법적인 방법, 뒷거래)로 처분해 통장에 입금 시키면 된다.

물론 현지에서 이런 티를 내면 안 되니까 처음부터 사막, 타조, 원주민 다큐멘타리를 찍는다고 비디오카메라를 가지고 가고, 신분증 비슷하게 명함도 다큐멘타리 제작하는 업체라고 제작해 휴대할 생각이었다.

계획은 대략 6개월을 목표로 하고 있지만, 일정은 약간 조정될 수도 있다. 6개월 동안의 총 투자금은 약 1억 원으로, 현지에서 사파리 차량인 랜드로버를 구입하고, 엉성한 원주민 집에서 생활하기 어렵기에 시멘트 벽돌이나 돌과 흙으로 직접 집을 짓는 예산도 포함되어 있었다. 또한, 소형 발전기를 구매해 전기제품과 에어컨을 가동하며 문명적인 생활 환경을 마련할 계획이었다.

이런 얘기를 듣고는 셋은 충격과 감동을 받았다. 영미도 처음 듣는 이야기라 놀라움을 감추지 못했다.

"어머, 그런 계획이었어?"

"응."

"영미 너도 처음 듣니?"

"응, 말을 안 해주니 알 수가 있나, 여기에서 처음 말하네. 내원참."

"야아~ 진짜 대단한 계획이네. 그런데 조류들은 새대가리라고 지능이 낮아서 훈련시키기 어려울 텐데, 어떻게 훈련시키나?"

"대부분 그렇게 알고 있지요. 하지만 새도 새 나름입니다. 앵무새 같은 경우는 거의 어린아이 지능을 가지고 있답니다. 그래서 따라 하기만 하는 게 아니라 어떤 상황에서는 자기의 의사표현을 말로 한다고 합니다."

"맞아 맞아, TV에서 봤어. 영락없이 사람이더만."

"그래요. 타조도 꽤 영리합니다. 사람들 다 알아봐요. 그리고 대부분의 동물들이 주인을 알아보고 주인의 눈치를 살핍니다. 이를 이용하는 거지요. 이게 동물과의 교감이라는 것입니다."

"오호, 진짜 대단한 청년이네."

"그러게요. 현대판 콜럼버스네."

언니와 형부는 진심으로 감탄하며 연신 칭찬했다.

"아무리 그런 계획을 세웠다 해도 타조가 그렇게 쉽게 조련이 가능할까?"

동환이 재차 물었다.

"그렇지요. 기존의 방법으로는 어림없습니다. 제가 구상하고 고안한 방법이 있어요. 21세기 최첨단 방법을 동원합니다. 이런 거 준비하는데 천만 원 이상 들어가요. 지금 용역을 발주하는 중입니다."

"야아~ 이게 진짜 장난이 아니네. 실화네 실화."

정동환이 기겁을 하다시피 놀라며 사케를 마시었다. 이에 영미는 두 눈을 동그랗게 뜨고는 차리가 하는 말을 모두 머릿속에 새기고 있었다.

"그럼 그것 때문에 일부러 조련학과에 들어가고 물개 쇼를 배웠다는 것인가?"

"예, 그런 셈이죠. 작년에 아프리카 답사도 다녀왔다고 했잖아요. 현지에서 도움받을 만한 사람도 이미 다 물색해 놓았습니다."

"히야~ 정말 하늘이 놀라고 땅도 놀랄 일이네. 그렇다고 치고 그렇게 해서 다이아 원석을 발견했다고 하면 그 처분은 어떻게 하나? 반출은 어림도 없을 텐데."

"그렇지요. 자칫하다가 총 맞아 죽기 십상이죠. 현지에서 암암리에 처분해서 통장에 넣으면 됩니다. 거기도 국제은행이 있으니까요. 현지에서 사업하는 최 사장도 그렇게 한다고 했어요."

"호오 그래? 하지만 현지에서 사업체를 운영하는 사람과 자네처럼 뜨내기가 가서 거액을 송금했다가는 국내에서 붙잡혀. 그런 큰돈은 백프로 범죄 자금으로 오인받거든, 그러다 보면 경찰의 수사를 받게 되고, 불법이라는 것을 알게 되면 알짜 없이 돈 몰수지. 혹시 그 나라 정부에서 알게 되어 환수를 할 수도 있고 말이야. 내가 은행에 다녀서 잘 알아."

"예에? 그래요? 난 거기까지 생각지 않았는데."

"그랬을 테지, 보물 찾는 영화를 봐. 주인공이 천신만고 끝에 발견해서 보물을 찾으면 악당 놈들이 알고선 가로채 가잖아. 그거랑 마찬가지야."

"아이구, 진짜 생각해보지 않은 난관이네."

"하하하, 이제 포기할 텐가?"

"아닙니다. 포기는 못해요. 지금 준비도 거의 다 되었는데, 무슨 방법을 찾아야지요."

차리는 정말로 어쩔 줄 몰라 하면서 쩔쩔매었다. 그 옆에 있던 영미도 심정은 마찬가지였다. 이들은 마치 눈앞에 수십 수백억이 있는데 운반 방법을 모르고 있는 거나 마찬가지였다. 아직 허상의 돈을 어떻게 운반하느냐 꿈속에서 꿈을 꾸는 격이었다.

"그리고 엄밀히 따지면, 그 나라에선 위법일 텐데."

"그렇지요. 그렇게 따지면 역사적으로 볼 때 콜럼버스 같은 사람이 최대의 범죄자입니다. 인디언 땅을 통째로 날름 먹고 그들을 죽이고 다 쫓아냈으니까요. 영국, 독일, 프랑스, 스페인, 일본 등의 범죄도 다 마찬가지지요. 원주민을 마구 학살하고 문화재 다 뺏고는 땅까지 차지했으니까요. 법의 잣대를 어떻게 해석하느냐에 달려있습니다."

"그렇기도 하지, 법이라는 게 따지고 보면 약자를 지배하려는 강자의 논리니까."

"맞아요. 만약 내가 아닌 누구라도 큰 원석을 발견해서 그 돈이 정부로 들어갔다고 가정해보세요. 원주민들은 단돈 1달러도 혜택받지 못하고 모두 정치하는 놈들 입으로 다 들어갈 겁니다."

"그럴 거야, 아프리카 정치 개판이니까. 온갖 부정부패로 뭉쳤어."

"그렇다니까요. 그러나 제가 만약 성공한다면 암암리에 그

나라에 도움을 주려고 합니다. 우선 교육 시설, 우물, 질병 예방, 병원 등을 지원하려고요. 큰돈이 생긴다면 말입니다. 이렇게 따지고 보면, 위법도 국민을 위한 길일 수 있습니다."

"호오, 대단한 계획이네. 교육 시설이라면 학교 말인가?"

"예, 차리 프라이머리 스쿨(Chari Primary Scool: 차리 초등학교)이라고 할 것입니다."

"옴마나, 내 이름도 넣어야지, 영미."

"하하하, 너무 진도를 앞서간다. 하하하."

"호호호, 호호호."

형부와 언니가 참다못해 웃음을 지었다. 아무튼 차리가 일목요연하게 설명을 하니 더 이상 질문할 거리도 없어졌다.

차리가 이러는 사이에 영미는 뭔가 골똘히 생각을 더듬고 있었다.

"맞아, 영화에서 보면 어떤 계좌로 보내기로 했어. 비밀이 보장되는 계좌. 아 맞다 맞아, 스위스 계좌네. 거기로 보내면 돼."

"어엉? 스위스 계좌? 맞아 영화에서 그렇게 나와."

영미는 대발견을 했고 차리는 큰 환호를 했다.

"하이구야. 똘똘한 처제에게 다 들켰네. 들켰어. 하하하. 그럼 스위스 계좌 만들 줄 알아? 처제?"

"그건 몰라요. 인터넷 검색해서 알아봐야지요."

"그거 쉽지 않아, 아무나 계좌 안 만들어줘. 우리 같은 전문인이면 몰라두. 게다가 우리나라엔 지점도 없어.”

“그래요? 그래도 무슨 방법이 있을 거예요.”

“어렵다니까 그러네. 차리, 내가 계좌 만들어주면 배당금을 줄 텐가?”

“네에? 배당금은 아니지요. 사례금이라면 몰라두, 배당금은 투자에 대한 배당입니다.”

“하하, 그런가. 그럼 사례금은 줄 텐가”

“복불복입니다. 성공하면 드리고 실패하면 그것도 없지요.”

“그건 맞는 말이야. 그런데 투자금이 얼마라고 했지?”

“1억이요. 준비금이.”

“그럼 그 1억에 대한 투자한 만큼 배당을 받는다는 말인가?”

“네. 꽝이면 다 꽝되는 것이고, 10억의 수익이 생겼다면 그 중 50%인 5억은 제 몫입니다. 그리고 나머지 5억은 1억에 대한 투자 비율대로 나눕니다. 천만 원을 한 구좌라고 생각하세요. 천만 원 투자했으면 배당이 오천만 원, 삼천만 원 투자했으면 1억 오천입니다.”

“호오, 그래, 투자 대비 거액 배당이네.”

“형부, 저도 삼천만 원 투자했어요.”

“뭐라고? 얘가 미쳤나 보네.”

영미의 언니가 두 눈을 크게 뜨고 영미를 노려보았다.

“너 시집간다고 모아둔 돈 삼천만 원을 투자했다구, 아이고야 미쳐도 단단히 미쳤다."

"왜 그래? 확실한 투자인데. 만약 실패해도 우리 결혼한 다음에 동물 병원 차려 주신다는 데 뭐가 미쳤어. 이럴 때 투자해야지."

"하이고 얘가 완전히 빠졌네 빠졌어."

둘이서 옥신각신하니까 차리는 뭐라고 해명도 못하고 두 손을 잡고 만지작거렸다.

"혹시 먹튀하는 거 아녜요?"

언니가 물었다.

"먹튀할게 뭐 있나요? 아프리카 가는데 투자하는데. 그 정도 돈은 큰돈 아닙니다. 제가 살고 있는 아파트도 2억이 넘어요. 2억 3천에 샀는데 지금 2억 5천 정도 간답니다. 이게 일 년도 안 되어서 저절로 그렇게 올랐어요."

"그래요?"

차리의 대답에 더 이상 항변할 수도 없어졌다.

차리가 워낙 당당히 나오니까 동환이도 마음이 쏠리기 시작했다.

"알았네, 차리, 일단 성공 여부를 떠나서 내가 스위스 계좌 만드는 데 도움을 주고, 나도 약간만 투자하겠어."

"예에? 그러시면 고맙지요. 사실 그 1억은 아파트 전세를 놓고 마련하려고 했는데 기간이 6개월이라 전세도 안 되고 사글

세도 안 된다고 해서 궁여지책으로 이런 방법이라도 경비를 마련하는 중입니다. 집에다가 잘 말씀드리면 그 돈은 해주실 텐데 그냥 6개월 여행이라고만 했거든요. 그래도 집에서 아마 여행경비로 도와주실 겁니다."

"와아~ 진짜, 부럽다. 남자라면 이렇게 한 번 모험을 해보아야는데. 아무튼 계좌 불러봐. 내가 천만 원만 투자할 테니."

"뭐라고요? 지금 자기도 미쳤어요?"

언니가 펄쩍 뛰면서 반대한다.

"아이참, 그러니까 조금만 투자해 본다고 그러잖아, 없는 셈치고, 처제도 삼천만 원 투자했다는데. 걱정 마."

"아이구, 그 돈이라면 마음 편히 여행을 다니겠네."

둘이 그러거나 말거나 차리는 계좌를 알려주었고, 동환은 스마트폰으로 천만 원을 차리의 계좌에 이체했다. 차리가 생각하길 1억은 다 안 쓸 테지만 일단 준비금으로 마련해 두어야 한다면서 영미 삼천만, 영미 형부 일천만, 자기 돈 이천만이니까 육천만이다. 사천만은 어떻게 집에 가서 융통해보면 될 것이다. 만약 이것도 안 되면 아파트를 저당 잡히고 대출을 받으면 해결된다. 이런식으로 계획하니 준비금은 해결된 것이다.

이들은 차리의 모험 사업을 성공하는 의미에서 건배를 하고는 한동안 잡담을 하다가 헤어졌다. 영미는 언니네로 가고 차리는 택시, 버스를 타고는 아파트로 돌아왔다.

3. 아프리카로 고고씽

우군(友軍: 자기와 같은 편인 군대)이 생긴 영미는 기운이 났다. 그래서 그 고마움에 조금이라도 보답해야 했기에, 집안일도 거들고 청소도 하고 혹시 저녁때 늦더라고 9시 이전에는 꼭들어왔다. 예전에 집에서는 손가락 하나 까딱하지 않고 언니나동생을 부려먹다시피 했을 텐데, 이제는 제 스스로 알아서 처신을 하고 있었다.

"차리가 처제에게 조련 교육을 받았다고 했잖아?"

"네, 그랬대요."

"교육을 너무 잘 시켰어."

"그게 무슨 말이예요?"

"생각을 해봐, 처제에게 물개 조련을 배운 차리가 역으로 수탉 같은 처제를 조련시켜서 꼼짝 못하게 하고 있잖아."

"호호호, 그러네요. 그 청년 대단하네요."

"맞아, 얼핏 보기엔 좀 꺼벙하게 보이는데, 말하는 것 보니까 속이 꽉 찼어. 진짜 왕대박 터칠 것이야. 뭔지 모를 포스가 숨어있어."

"그러게요. 외유내강(外柔內剛: 겉으로는 부드럽고 순하게 보이나 속은 곧고 굳셈.)한 인상이더라구요."

"맞다니까. 그러니까 땍땍거리든 처제가 꼼짝 못하고 있지."

"호호호, 진짜 천생연분 짝인 모양이네."

"맞아, 왕대박 나면 오히려 우리가 의지(依支)하게 될지도 몰라."

"하이구, 그 정도는 아닐 거예요. 무사히 다녀나 오면 되었지."

형부와 언니는 돌변한 영미의 행동에 칭찬과 격려를 아끼지 않았다.

차리는 서울에 자주 올라 다니면서 여러 가지 준비를 하고 있었는데, 그 내용이 뭔지 알지 못하였다. 영미와도 가끔 만났지만 별다른 이야기를 하지 않고 있다가 어느 날 의약품은 영미더러 준비하라고 했다.

"무슨 의약품?"

"아 그냥, 일상적인 약 있잖아, 배탈, 설사, 두통, 기생충약, 안약, 외상에 바르는 연고, 소독약 같은 거. 그리고 붕대, 대일밴드, 아참 수의사라니까 대충 사람도 진찰하겠네. 청진기도 있어?"

"있어, 그런데 집에 있는데."

"그럼 집에 가서 가져와."

"아이참, 부모님과는 지금 휴전 중인데 갔다가 무슨 일을 당하려구, 학교 때 장만한 진료 기구가 한 가방이나 되는데."

"아직도 냉전이네. 그럼 여동생에게 택배로 보내달라고 해봐. 그것은 괜찮잖아."

"오~ 맞아, 여동생도 내 편이나 마찬가지야, 호호호."

영미는 즉시 전화로 보미에게 전화를 했다. 어디어디 가방에 진료 기구 있으니 그거 통째로 택배로 보내라고 했고, 보미는 별말 없이 보낸다고 했다.

"참, 약 있잖아, 일반 약 말고 전문약, 의사들이 처방하는 마이신 같은 전문약을 구할 수도 있나?"

"쫌 어렵기 하지만 구할 수 있을 거야. 왜?"

"어디 많이 아플 때, 장염이나 크게 다쳐서 곪았을 때는 마이신 같은 전문약이 잘 듣지 일반 약을 잘 안 듣잖아. 그래서 구해서 가져가려구."

"으응, 내 친구 두 명이 약대에 가서 지금 약사로 근무하고 있는데 한번 알아볼게."

"친구들이랑 사이 별로 안 좋다면서."

"아이참, 그렇다고 원수지간은 아니야. 내가 만나서 저녁이라도 사주면서 부탁해야지. 그리고 암탉 되었다고 하고."

"크하하하, 암탉이라, 하하하, 아무튼 꼭 구해봐. 일반약은 나도 쉽게 구하는데 전문약이 문제야. 돈 걱정 말고 많이 가져가, 아참 효과 좋은 안약, 이거 꼭 필요하다. 열 개 정도. 모든 약은 한 개씩이 아니라 열 개 이상 아주 넉넉하게 준비해야돼."

"으응, 그럴게."

둘은 이런 대화를 하고 헤어졌다. 이제 일주일만 있으면 출국 날이다.

드디어 출국 날, 그날은 12월 3일 첫째 화요일이었다.

비행기가 오전 비행기라 새벽부터 출발해야 했다. 차리와 영미는 따로따로 출발해서 인천공항에서 만나기로 했다. 형부와 언니는 걱정스러운 마음이 가득했으나 애써 참아가면서 영미를 배웅했다.

"영미야, 마음 단단히 먹어, 이왕 결심했으니 거기 가서도 뭐든지 열심히 해. 원주민들과도 잘 어울리고. 아프면 치료도 해줘."

"응, 고마워, 언니, 형부도 고마워요. 그동안 신세 많이 졌어요."

"그래 처제. 힘내."

"언니, 가서 자리 잡으면 연락할게. 폰도 된다고 했는데 확실치 않아. 인터넷은 되는 데가 있는 모양이야. 멜 보낼게. 아마 한 달쯤 지나면 자리 잡을 거야."

"알았어, 무소식이 희소식이라고 잘 다녀와. 절대 좌절하지 말고. 흐흐흑."

언니와 영미는 눈물을 글썽이면서 작별 인사를 했다.

영미는 택시를 타고 서울역에 와서 인천 공항행 전철을 타고 출발했다.

인천 공항 약속된 장소에 가보니 차리가 엄청나게 큰 트렁크를 세 개씩이나 카트에 싣고 있었다.

"아이구야, 이게 뭐야? 이걸 어떻게 다 보내."

"괜찮아, 몇 가지 물품 반출신고하고 추가 요금 내면 다 보낼 수 있어."

"남들이 보면 이삿짐인 줄 알겠네."

"거의 이삿짐 수준이지. 현지에서 구하기 어려운 것들은 가지고 가야 하니까."

"으응, 그러네."

배낭여행 경험이 있던 둘은 부지런히 돌아다니면서 출국 수속을 마치고, 기내 반입 가능한 배낭을 메고 홍콩행 비행기 올랐다.

한편,

수미는 집에다가 전화를 걸어서 영미가 남자 친구와 함께 떠났다고 전했다.

"뭐어? 오늘 새벽에 갔다구? 아이구, 그년이 전화 한마디 없이 갔네. 아이구."

엄마는 서운해서 안타까워하다가 마침내 울음소리를 내고야 말았다.

"너무 걱정 마세요. 제 앞가림은 하는 애니까, 잘 지내다 올 거예요."

"그래야지, 알았다."

전화를 내려놓은 엄마는 소리 내어 훌쩍이기 시작했다.

"아니, 뭐가 아쉬워서 그래. 내 자식도 아닌걸."

아빠가 그치라는 듯이 한 말인데 이 말은 기폭제가 되고 말았다.

"당신이 사람이우? 내 자식이 이역만리 타국 땅 아프리카에 갔다는데 걱정도 안되냐구요? 자식이 죽을죄를 지었어도 감싸는 게 부모인데. 걔가 지금 죽을죄를 지었나요? 개 돼지도 제 새끼를 보듬는데 어떻게 그런 말을 하나요? 걔가 성격이 괄괄해서 그렇지 큰 인물 될 거라고 담임선생님이 그랬잖아요."

영미가 여고 2학년 때 학교에 무슨 모임으로 엄마가 갔을 때 담임선생님과 몇 마디 대화를 하게 되었는데 남자 담임선생님이 영미를 크게 칭찬을 하였다. 성격이 남자 같아서 그렇지 난세에 태어났으면 여걸이 될 거라면서, 이담에 크게 될 자질이라고 추켜세웠던 것이다. 그때 영미는 학급 반장을 하고 있었는데 반 애들이 꼼짝 못하고 있었다. 얼굴도 예쁘지, 키도 크지, 공부도 잘하지, 게다가 태권도를 한다니까 급우들이 미리 겁을 먹고 있었다. 가끔 시범이라면서 교실 뒤에서 발차기를 해 보이면 애들이 경악하곤 했었다. 그러니까 저절로 학급 반장이 반짱이 되었고 다른 반 애들도 영미를 우습게 보질 못하고 있었다. 이렇게 혼자서 군계일학처럼 행동을 하니 애들이 따르는 체하면서도 진짜 친한 친구는 거의 없었던 것이다.

엄마가 큰소리로 항의를 하니 아빠도 유구무언으로 듣고만 있었다.

"요즘 세상이 바뀌어서 동거하다가 애 낳고 결혼하는 사람도 많습니다. 남자 친구도 괜찮다고 사위가 그러잖아요. 번듯한 데다 키 크고 허우대도 좋고 집안도 잘 사는 집이라고, 그리고 아프리카에 다녀오면 동물 병원을 차려주겠다고 했다잖아요. 그러면 되었지, 우리가 뭘 더 바라고 사람을 대역죄인 취급해요. 내 자식인데. 아이구, 아이구, 흐흐흑, 영미야, 영미야. 무사히 다녀오기만 해라."

엄마는 봇물 터지듯 말을 하고는 참았던 울음보가 터지고야 말았다.

"사위도 여행비로 쓰라고 천만 원 주었다고 합니다. 우린 부모로써 죄인처럼 몰아붙이기만 했으니 우리가 죄인이 된 셈이요."

사위는 사실 천만 원을 투자한 셈인데 남이 들으면 너무 황당한 얘기 같기에, 처가에게 말하기는 여행비로 주었다고 한 것이다.

"아이참, 그만해, 알았으니까."

마침내 아빠가 큰소리로 제지를 했으나 엄마는 사설을 늘어놓으면서 울음을 그칠 줄 몰랐다. 예로부터 '자식 이기는 부모 없다.'고 엄마는 안타까워서 어쩔 줄 몰라 했다.

"아 그만해, 죽으려고 간 것처럼 왜 그래, 정 그러면 무사하길 기도해야지."

아빠가 1도 만큼이나 각도가 기울었다.

그날 퇴근 후 저녁때쯤,

영미의 엄마와 아빠는 가끔 가던 가까운 절을 찾았다.

"스님, 우리 딸애가 남자친구와 함께 멀리 아프리카 여행을 떠났는데 무사히 돌아오게 기도 좀 해주세요."엄마는 이렇게라도 해야 속죄가 될 것 같았기에 시주 돈을 얼마 내고는 스님에게 기도를 부탁했다.

"예, 이름과 생년월일을 말해보세요."

"남자 친구 생년은 모르는데 이름은 '차리'라고 하고 스물일곱이고, 우리 딸애는 김영미 스물일곱 양력으로 5월20일이예요. "

이에 스님은 육갑을 따지고 만세력을 뒤져서 폭이 좁고 긴 화선지에 이름과 생년월일을 세로글씨로 적었다. 그리곤 곧바로 독경에 들어갔고, 영미의 엄마와 아빠도 그 옆에 앉았다. 독경은 쉽게 끝날 줄 알았는데 한 시간 가까이 되었다.

"딸애가 사주가 좋습니다. 크게 될 인물입니다."
"예, 감사합니다. 어려서부터 그런 소리 들었어요."
스님은 영미의 음력 생일이 4월 초파일인 것을 알게 된 것이다. 부부는 그렇게 기도를 하고는 저녁을 사먹고 집에 들어왔다.

그러는 한편으로
영미와 차리는 그날 오후 4시가 조금 못되어서 홍콩에 도착했다. 둘은 처음 소풍 나온 어린이처럼 들떠 있었다.

"오빠, 너무 좋다."
"나도, 깐깐한 너를 들이받고선 그만둔다는 게 연인으로 발전했네. 하하하.
"호호호, 나도 그래. 이렇게 될 줄 몰랐어. 내가 졌지 뭐. 아무튼 고마워, 나를 여자로 만들어주어서."
"하하하, 애초에 넌 여자였어. 잠시 사내 노릇을 흉내 냈을 뿐이야."
"호호호, 그러네. 여장 여자지. 호호호. 근데 너무 마음이 설레이네. 우리 그동안 매번 경양식집에서만 만나다가 이렇게 밖에서 만나다니. 그것도 홍콩까지 와서 말이야."

그러고 보니 둘이 밖에서 만남은 처음이었다.

"으응, 나도 마찬가지야. 여기에서 시간은 오늘 저녁밖에 없으니까 어딜 갈까? 홍콩 하면 일 순위로 야경을 뽑던데."

"내가 다 알아놓았어. 야경 포인트가 저 산 위에 있는 빅토리아 피크와 여기 바닷가에서 보는 데가 있대. 침사추이에 있는 영화의 거리라고 거기가 바닷물에 반영되는 야경이 끝내준대. 레이저 쇼도 한다고 소개되었어."

"그랬어? 난 준비물에 바빠서 검색을 못 했는데. 그럼 바닷가 그리로 가자."

"응, 호텔에 먼저 안가?"

"호텔에 가도 금세 나와야 하는데, 배낭 무겁지 않으니 메고 다니다가 밤에 잘 때나 들어가자."

"오케이. 그게 좋겠다."

이렇게 해서 둘은 리무진 버스를 타고 시내에 들어와서 또 택시를 타고는 바닷가에 조성해 놓은 영화의 거리로 갔다. 아직 해가 넘어가지 않았기에 노점상에서 파는 길거리 음식을 사 먹으면서 폰카 사진도 두루두루 찍었다.

"아이구야, 이소룡 형님이 여기 계시네."

"호호호, 진짜 포즈 끝내준다. 당장 한 대 얻어맞게 생겼다."

"와아~ 정말 이 디테일봐. 이게 청동상인데 꼭 밀가루 반죽
으로 빚어놓은 것 같다."

"맞아. 맞아."

둘은 마냥 좋아서 시시덕대고, 그 외 다른 청동 조각상도 살
펴보며 사진도 찍고 그랬다. 오징어 굽는 냄새가 나기에 강아
지처럼 찾아가 보니 한국식 오징어 구이를 팔고 있었다. 둘은
물어볼 것도 없이 한 마리씩 사서 입에 물고 돌아다녔다.

그들은 거기서 나와서 근처에 있는 씨푸드 식당에 가서 저
녁을 먹고는 택시를 타고 호텔에 왔다. 항공사에서 제공된 호
텔은 홍콩 건물이 대부분 그렇듯이 방망이처럼 길쭉한 빌딩이
었다.

"하이구야, 이런 데서 살면 어지럽겠다."

"그러게, 땅이 좁으니 하늘로만 치솟네."

"여기 호텔 건물은 38층이네. 왜 38층으로 지었을까? 우리나
라 같으면 40층으로 세울 텐데."

영미가 다소 의아하듯이 혼잣말처럼 물었다.

"아 그거, 중국 사람들 특징이야, 중국 사람들이 8자를 좋아
하거든"

"8자를 좋아해? 3자나 9자가 아니고?"

"응, 8자면 최고야. 돌아다니다 보면 전화번호가 유별나게 8
자가 많아. 왜냐하면 8자의 발음이 '八(빠)'인데, '발전(發展:파

짜안)'의 '발'자와 발음이 유사하거든, 그러니까 8자는 발전을
한다는 의미야, 확대 해석하면 돈을 많이 벌어서 부자가 된다
는 뜻이야. 그래서 8자를 좋아하는 거야."

"옴마나, 그런 건 어떻게 알았어?"

"하하하, 전에 중국 여행 갔을 때 가이드가 설명해주더라
구."

"호호호, 그랬어?"

"하하하, 모처럼만에 나도 아는 체했다. 하하하."

"하여간 시험이 안 나오는건 잘도 아네."

"사회에서 성공하려면 시험에 안 나올 것들을 많이 알아야 성
공하는 거야. 남들도 다 알고 있으면 그게 돈이 되겠어? 요리
나 기술이나 남들이 갖지 못한 어떤 노하우를 가져야 돼, 그게
바로 특허지. 난 그런 특허가 아니라 나만이 가지고 있는 인생
목표와 노하우를 가지고 있어. 이번에 그걸 실행하러 가는 거
야."

"오우, 정말 인생 철학이 확고하네. 그건 그렇고 중국 어디어
디 가봤어?"

"한국 사람들이 제일 많이 간다는 장가계, 계림 가봤지."

"그랬어? 거기 여행 상품 많이 나오던데 정말 그렇게 좋아?"

"좋기야 좋지, 우리나라에 없는 희귀한 자연경치야. 정말 놀
라운 광경이야."

"그 정도야? 나도 가고 싶은데 기회가 없네."

"기회가 없으면 안 가도 돼. 내가 설명을 아주 잘할 테니 잘 들어봐, 듣고 나면 가고 싶은 마음이 없어질 거야."

"호호호, 말도 안 되는 소리다. 얼마나 설명을 잘하면 안 가도 되냐구. 눈으로 본 것을 귀로 들은 것으로 대신할 수는 없지. 내가 맹인이 아닌 다음에야 두 눈으로 봐야지."

"그러니까 내 말을 잘 들어보라구, 가고 안 가고는 네 마음이니까."

"그렇다고 치고 어서 설명을 해봐."

"계림 있잖아. 거기부터 설명을 할게. 거긴 가운데에 '이강' 이라는 강이 흐르는데, 여행객들은 그 강에서 유람선을 타고 양쪽에 도열해 있는 산을 구경하는 거야. 그 산으로 말할 것 같으면 물컵 뒤집어 놓은 듯하고 밥공기를 뒤집어 놓은 듯한 산들이 양쪽으로 쭈욱 늘어서 있거든. 그런 산들을 구경하는 것이 바로 계림이야."

"호호호, 그거야? 산들이 모두 뒤집힌 컵과 밥공기처럼 생겼어?"

"아 그렇다니까. 인터넷 이미지 검색해봐, 진짜 그런 모양이야. 우리나라에는 없는 산들이지."

"그럼 산 아래는 뭐야?"

"산 아래? 대부분이 논농사 혹은 밭이고 거기에 마을이나 도시가 들어서 있었어."

"듣고 보니 가고 싶은 마음이 없어지는 것이 아니라 더 가고 싶당. 호호호."

"그건 알아서 결정하구. 그리고 장가계 있잖아?"

"으응, 거긴 뾰족산들더만, 아바타 촬영지라는데."

"맞아, 뾰족산이 아니라 뾰족 바위들이야. 거긴 각종 방망이, 야구 방망이, 다듬이 방망이, 빨래 방망이, 부러진 장작들을 여기저기 마구 섞어서 세워 놓고는 그 광경을 위에서 쳐다보고 옆에서 쳐다보고 아래에서 올려다보는 거야."

"호호호, 진짜 비유를 잘하네."

"하하하. 그러니까 장가계는 방망이 바위들을 구경하는 거야. 그런데 진짜 보면 아주 장관이야. 그런 모양의 거대한 바위들이 나열해 있는 곳은 전 세계에서 장가계뿐이라고 하더라구. 얼마나 기이했으면 아바타 촬영지가 됐을까. 사실 촬영지는 아니고 그런 뾰족 바위들을 배경으로 썼지."

"나도 그런 얘기 들었어."

"이래도 가 볼 테야?"

"거기도 듣고 보니 더 가고 싶어. 앞으로 꼭 갈 테야."

"하긴 그래. 백문불여일견(百聞不如一見)이라고 백 번 들어봐야 한 번 보는 것만 못해."

"하이구야. 오빠 진짜 말 많이 들었다. 유식한 문장이 마구 쏟아지네."

"카하하하, 오늘은 말이 저절로 잘 되네. 하하하."

"아무튼 오빠는 겉보기와는 달라."

"그런가? 하하하."

영미가 한마디 하자 차리는 매우 유쾌해졌다.

12월 초지만 홍콩은 위도가 낮아서 더웁기에 온몸이 땀으로 젖었다. 호텔 룸은 36층이었다. 영미가 먼저 샤워하고 나오고 차리가 다음에 샤워하고 나왔고, 둘은 저절로 자석처럼 이끌리어 키스를 하였다.

"오늘이 신혼 첫날밤이야."

영미가 느닷없이 이런 말을 하니 차리가 깜짝 놀라며 되물었다.

"너, 순결은 신랑에게 최고의 선물이라고 했잖아. 결혼 전까지는 순결을 지켜야 한다고."

"그랬지. 그런데 그날이 바로 오늘이야."

"뭐어? 그럼 우리 결혼식 했나?"

"호호호, 아니야. 결혼은 두 가지 종류가 있어, 사실혼과 법률혼이야. 법률혼은 정식으로 결혼하고 동사무소에 가서 혼인신고를 하는 것이고, 사실혼은 혼인신고 없이 동거생활처럼 혼인 관계를 유지하는 거야. 그러니까 우린 지금 정식으로 결혼은 하지 않았지만 사실혼 관계로 결혼 첫날밤을 보내는 거야. 게다가 오빤 아직 여자에 대한 트라우마를 치료해야 하잖아."

영미가 쫑알쫑알 거리며 법률 지식을 꺼내들었다. 전 같으면 아는 체하고 우쭐대는 게 눈과 귀에 거슬렸는데, 이번에는 한 없이 귀엽고 예쁘고 사랑스러워서 차리는 심장이 쿵쾅거리더 니 그 기운이 금세 배꼽 아래로 전달되어 외눈박이 애완동물이 킹콩만큼이나 커졌다.

"어어~ 그런거야? 나 트라우마 다 나았어."

차리는 영미를 담쑥 안아서 침대로 갔더니 영미는 서슴지 않 고 속삭였다.

"나 숫처녀야."

영미가 나즈막히 말했으나 차리는 천둥소리처럼 들려왔다.

"으응, 난 노총각이야."

"아닌데? 아직 서른 살도 안 되었는데."

"노총각(老總角)이 아니라 영어로 NO 총각이라구"

"호호호, 웃겨, 정말."

둘은 시시덕거리면서 거사를 일으켰고, 여자와 잠자리 경험 이 있었던 차리는 온갖 테크닉을 구사하기 시작하였다.

지난번에 영미의 손에서 수만 볼트의 전기를 발생시킨다고 했는데, 이번엔 차리의 입술과 혀, 손과 외눈박이에서 수만 볼 트의 전기가 발생하여 영미의 몸에 닿기만 해도 온몸이 감전되 듯 짜릿짜릿한 전율을 일으켰다. 영미는 태어난 후 처음으로 느끼는 이상야릇한 쾌감이 터져 나오면서 온몸이 꽈배기처럼 꼬여졌다. 그러니 영미의 입에서는 "꼬끼오~"라는 소리가 나오질 않고 "아으으~음~, 아으으~음~"이라는 환타지 동물 소리가 터져 나왔다.

38층 건물의 36층 호텔방에 있던 그들이 움직이자, 방망이같이 길쭉한 호텔 건물이 메트로놈처럼 좌우로 흔들거리기 시작했다.

4. 사막 국가 모히부카(아프리카)

둘은 다음날 오후 3시경에 공항으로 나와서 남아공으로 가는 비행편에 몸을 실었다.

비행기는 장장 13시간 넘게 비행하여 다음날 남아공 시간으로 오전 11시경에 요하네스 버그에 도착했다. 여기에서 4시간을 더 기다렸다가 최종 목적지인 모히부카 나라의 수도인 '나하부(Nahabu)'에 가는 것이다.

"아이구야, 비행기를 너무 오래 탔더니 온몸이 쑤시네."

"맞아, 허리도 아프고 무릎도 아파."

영미는 일어서서 몸을 이리저리 움직이면서 근육을 풀고 있었다.

"이번만 견뎌 봐, 갈 때는 비즈니스 석에 앉아 갈 테니."

"호호호, 꿈도 야무지다. 그렇게만 되면 얼마나 좋겠어."

"진짜야, 진짜 그렇게 될 거야."

차리가 호언장담(豪言壯談: 호기롭고 자신 있게 말함)을 하였으나 영미는 그 소리가 싫지 않았다. 아니 그렇게 되길 바랐다.

차리는 남방 윗호주머니에서 뭘 꺼냈다.

"이거 명함이야. 잘 간수해둬."

"명함? 무슨 명함인데?"

영미가 물으며 명함을 받아들었다.

```
┌─────────────────────────────────────┐
│                                      │
│     CGS Documentary Production       │
│                                      │
│                                      │
│           Young Mi, KIM              │
│                                      │
│        YoungMi@google.com            │
│                                      │
│          000-0000-0000               │
│                                      │
└─────────────────────────────────────┘
```

"옴마나, 이게 우리 명함이야?"

"응, 형식적으로 다큐멘터리 촬영하는 거야."

"그럼 비자는?"

"비자? 그건 최 사장님 사업체 앞으로 냈어. 그 사장님이 도와주셔서 직원으로 취업비자를 냈어, 1년짜리야. 취업비자라 매달 세금도 내야 해."

"오호, 그래? 와아~ 진짜 오빠 치밀하다."

"이렇게 안 하면 1달 짜리 여행 비자밖에 안 나와."

"그럼 입국 수속할 때 혹시 물어보면 뭐라고 해?"

"취업비자라고 했잖아, 그냥 버벅거리면서 Job 이라고 말하면 통과될 거야. 나도 처음이라 잘 모르지만, 별거 안 물어봐."

"그럼 오빠도 똑같은 명함이야?"

"똑같지, 앞에 PD라고만 더 쓰여 있어."

차리는 자기의 명함도 보여주었는데 과연 똑같은 형식에 'PD'라는 직함만 더 쓰여 있었다.

"호호호, 진짜 인디아나 존스 모험이 시작되네. 가슴이 떨려."

"떨 것 없어. 가보면 다 거기도 사람 사는 데고 우리나라 시골쯤 되는 풍경이래. 도시는 돈만 있으면 전기제품 다 쓰고, 아주 시골에 가면 태양 전지를 쓰던지 더 돈이 많으면 소형 발전기를 가동해서 가전제품 다 쓸 수 있다고 하더라고."

"오호 그렇구나, 우리가 가는 데는 아주 시골이라면서."

"응, 시골이야, 차 타고 서쪽으로 삼십분만 나가면 사막이니까. 그 마을에 예전에는 40가구가 넘게 살았다는 데, 지금은 20여 가구밖에 안 남았다고 하더라구. 거기도 이촌향도(離村向都: 농촌을 떠나 도시로 향(向)한다는 뜻.) 현상이 생겨서 젊은이들 대다수가 도시로 빠져나간대."

"누가? 거기도 가봤어?"

"아니, 선교사랑 이메일 주고받았어."

"그럼 그 선교사가 거기서 선교 활동하나?"

"아니, 그 선교사는 나하부 근처의 조금 떨어진 도시에 있고

거길 몇 번 가 보아서 족장도 알고 있다고 해서 그리로 정한거
야. 사막도 가깝고."

"오빠, 진짜 치밀하다. 첫인상은 꺼벙해 보이더니."

"하하하, 외유내강이지 뭐."

"호호호, 맞아 맞아. 오빠 최고."

영미는 엄지 손가락을 들어 보였다.

이러는 사이에 그럭저럭 시간이 흘러서 영미와 차리는 '나하
부'에 가는 비행기에 올랐다. 나라가 작아서 공항이 하나뿐이
라고 하였다. 공항에 도착하여 별다른 일 없이 입국 수속을 마
치고 여러 개의 트렁크를 카트 세대에 싣고 밖으로 나가니, '차
리'라고 쓴 피켓을 들고서 어떤 중년 남자가 기다리고 있었다.
현지에서 사업을 한다는 최 사장이다.

"안녕하세요."

"오느라 고생 많았지? 이 아가씨가 여친 인가?"

"예, 약혼자랑 같이 왔어요. 영미 인사드려, 말씀드렸던 최
사장님이야."

"안녕하세요. 김영미예요."

"김영미? 컬링의 김영미인가?"

"호호호, 이름만 같아요."

"하하하, 그런가. 똑같이 이쁘구만. 하하하."

"고맙습니다."

최 사장님은 12인승 봉고차를 가지고 와서 이들을 데리러 왔다.

"식당에 가면 아마 김 목사님이 와 계실지도 몰라. 차리가 오는 시간 맞추어 오신다고 했거든."

"아 그래요? 그거 아주 잘 되었네요."

"그런데 말야, 김 목사님에게 도움을 받게 되는데 헌금을 조금 내야 할 것이야. 기부금이지. 여기까지 와서 운영도 힘든데."

"아 그래야지요. 얼마나 드리면 될까요?"

"글쎄, 그분도 고물차 타고 다니시는데 휘발유 값이라도 드려야지, 그리고 현지인과 대화도 그분 아니면 어려워. 원주민 중에 영어를 몇 마디 하는 사람도 있는데 그냥 단순한 내용이라서 별 도움이 안 돼. 뭘 진행하려면 현지어를 알아야 하거든, 김 목사님은 선교 활동하느라 마당발이고 언어소통도 수준급이야."

"그렇지요. 제가 큰 도움을 받겠습니다. 몇 백 달러면 될까요?"

"글쎄. 나도 처음인데 적어도 오백 달러 이상, 여유 있다면 천 달러 정도 기부하면 매우 좋아하실 거 같아. 천 달러면 한국 돈으로 백만 원 정도이나 이 나라에선 큰 돈이거든. 도시야 물가가 비싸지만, 오지에 나가면 하루 일당이 1~2달러 정도니까."

"그렇군요. 그럼 천 달러 드리겠습니다."

"아무튼 알아서 하게.

이런 대화를 하면서 봉고차는 적당한 속도로 달렸다.

삼십 분 정도 가서 영화에서 본 듯한 약간 낡은 건물들과 아스팔트, 지저분한 거리가 눈에 들어왔고 그렇게 얼마간 가서 비교적 깔끔하고 단정한 모습의 상가들이 나타나고, 어느 가게 앞에 섰다.

"한국 식당"이라고 한글로 표시하고 영어로도 써 놓았다. 최 사장이 운영한다는 한국 식당이다. 식당은 1층뿐이고 2층과 3층은 게스트하우스 비슷하게 숙박업을 겸하고 있다. 4층은 최 사장의 살림집이다. 주로 아내가 한국과 여길 오가고 최 사장은 특별한 일이 아니면 한국에 잘 가질 않는다고 하였다. 이와는 별도로 나부야 변두리에 큰 의류 창고가 있다고 하였다. 여기에서 한국에서 수입한 헌옷을 재분류하여 등급을 매기고 현지 의류 소매상에게 넘기는 곳이다. 처음에는 최 사장이 직접 판매도 하였다는데 너무 손이 많이 가고 힘이 들어서 지금은 상근(常勤) 직원을 두고 도매만 하고 있다고 한다.

이들이 짐을 풀고 식당에 앉아서 시원한 열대 과일 음료를 마시고 있는데 사십 대 초반 정도의 약간 까무잡잡한 남자가 들어와서 최 사장에게 반갑게 인사를 했다.

"어이, 차리. 이분이 김 목사님이셔."

"예에? 아이구, 처음 뵙겠습니다. 차리입니다."

이들은 최 사장의 소개로 인터넷 이메일로만 소식을 주고받았기에 대면(對面: 서로 얼굴을 마주 보고 대함.)은 처음이었다. 둘은 아주 반갑게 악수를 하고 영미도 소개했다.

"다큐멘터리를 찍는다고 했지?"

"예, 타조의 일생을 찍어보려고 합니다."

"그런데 지금 야생 타조 거의 멸종이라고 하더라구, 아주 오래전에 타조 뱃속에서 다이아몬드 원석이 나왔다는 소문이 있어서 다 잡아갔어. 그래서 정부에서도 야생 타조를 잡지 못하게 엄한 법을 만들었다는 데 어떻게 찍으려고 하나?"

"지금 아프리카 전 지역이 그런 모양입니다. 야생 타조는 거의 씨가 마른 모양입니다. 그래서 저는 타조 농장에서 새끼 타조를 사서 기르면서 사막에 데리고 나가서 몇 컷씩 찍어보려고 합니다."

"야~ 진짜 기발한 생각이다."

김 목사, 최 사장, 영미까지 두 눈을 크게 뜨면서 놀라워했다.

"그러면 되겠네. 집에서 길들였으니까 멀리 도망가지도 않을 거야."

"그렇지요. 그래서 타조 농장도 알아봐 달라고 했던 것입니다. 새끼 타조가 많이 비쌀까요?"

"별로 안 비쌀 걸. 이 나라가 공산품은 비싸지만, 농산물은 따지고 보면 싼 편이야. 그럼 몇 마리나 사려나?"

"열 마리요. 실제 촬영에 필요한 타조는 서너 마리면 족한데 얘들이 내 마음대로 움직이지 않을 것입니다. 그래서 여러 마리를 풀어놓아야 앵글을 잡지요. 그리고 혹시 아프거나 죽을 수도 있구요."

"그렇지, 위험 부담이 있어. 츠브야(cheubeuya) 마을에서 삼십 여분 떨어진 곳에 '상카(Sang Ka)'라는 작은 도시가 있는데 거기에서 나하부로 오는 길로 삼사십 분 정도 가면 타조 농장이 몇 개 있어. 거기에서 타조 키워서 여기 고급 식당에 납품도 하고 가죽은 다른 데로 판다느먼. 여긴 가죽 가공할 능력이 없으니까."

"그럴 테지요. 그보다 먼저가 사막 가까운 마을에 숙소를 정하는 것입니다."

"그것도 내가 이메일로 보냈다시피 적당한 시골이 있어. 방금 말한 '츠브야'라는 마을이야. 내일 같이 가볼까?"

"예, 그래야지요."

"우리가 가려는 사막 이름이 뭔가요? 길은 있나요?"

"사막 이름은 데칼리하라(Dekalihara)인데 사막 안쪽으로 깊숙이 들어가면 길이 없어져. 아주 오래전에 낙타 대상(隊商)들이 다녔었다는 데, 지금은 낙타 대상도 없어진 데다가 가끔 모래 폭풍이 불어서 길이 없어진 모양이야.”

차리가 묻고 김 목사님이 대답했다.

“그럼 길이 완전히 없어져서 사막 언덕뿐인가요?”

“글쎄, 나도 가보지 않아서 모르는데 길의 흔적은 있는 모양이야. 그런 길이 쭉 이어지다가 사막 깊숙한 곳으로 가면 그 흔적조차 없어졌다고 하더구만. 길은 사람이나 짐승이 나다녀야 길인데 아무도 안 가니까 모래에 덮여서 없어진 거지. 그래도 예전에 길 흔적은 조금이라도 남아있을 것 같아. 없어진 데는 아주 없어졌지만.”

“아, 그렇군요. 그래도 길 흔적이라도 있으니 다행이네요.”

“길 없으면 안 가는게 상책이야. 사막에서 조난당하면 아차 하다가 저승길이라고.”

“예, 잘 알고 있습니다. 무리하게 투어는 하지 않은 셈입니다.”

이들은 만나자마자 주요 안건을 먼저 협의하고는 이런저런 이야기를 시작했다. 입이 달싹거리는 영미는 조용히 있고, 주로 차리가 한국 이야기를 하고, 김 목사님과 최 사장님은 현지 이야기를 주로 했으니 서로 간에 귀를 쫑긋하고 듣고 있었다. 아무튼 오늘은 여기에서 자고 내일 아침에 출발하기로 했다.

“차리가 부탁한 사파리 차도 사서 개조해 놓았으니 내일 그걸 타고 가게나.”

사파리 차는 뒷좌석이 두줄, 혹은 세 줄이나 되는 4륜 구동

(4WD) 짚차를 말한다. 이런 차에 여행객들을 태우고 사파리 투어를 하는데 밖을 잘 보기 위해 지붕을 개폐 형식으로 만든 것이다. 차리는 여기에 오기 전에 뒷좌석이 세 줄인 사파리 차의 뒷좌석과 지붕을 뜯어내어서 타조를 싣고 다닐 수 있게 해 달라고 부탁했던 것이다.

"예에? 벌써 사 놓으셨어요. 아이구 감사합니다. 그런데 길을 잘 모르는데요."

"하하하, 인간 내비게이션 김 목사님이 같이 가신다는데 뭘 걱정해."

"그런가요? 하하하."

"그리고 휴대폰 가져왔지? 그거 여기서 못쓰니까 여기 모바일로 사, 각시꺼 하고 두 대를 사야겠네. 그런데 변두리로 가면 잘 안 터지니까 소형 무전기도 사고."

"어참, 그렇군요. 그건 내일 모레에 사야겠네요. 내일 시골에 갔다 오려면."

"아무 때나 사면 돼. 여긴 이 나라 수도라 있을 건 다 있어. 요즘은 원주민들도 모바일 가지고 다니는 사람들 많아. 내일 간다는 거기 족장도 모바일 있을 거야."

"있어요. 구형폰 가지고 있어요"

김 목사님이 부연 설명했다.

"그렇게 보면 딱히 아프리카라고도 볼 수 없네요. 문명의 혜택을 다 받고 있으니까."

"아 그럼, 돈만 있으면 다 돼. 완전 깡촌도 돈만 있으면 소형 발전기 사서 돌리면 가전제품 다 써. 용량 큰 발전기면 에어컨도 쓴다고. 그냥 전기 발전소야. 물도 전화만 걸면 물차가 온다니까. 좋은 세상이지. 그런데 그게 다 돈 이라구."

"와아~ 그럼 돈만 있다면 한국 생활이나 별 다를 게 없겠네요."

"아 그럼, 위성 TV 연결하면 전 세계 TV 다 보고 인터넷도 하고 아무튼 좋은 세상이야."

이런 대화에 영미가 두 눈을 크게 뜨고는 반가워하는 눈치가 역력하였다. 사실 차리도 마찬가지다. 넉넉하게 돈을 가져왔으니 그런 시설을 다 갖추어야겠다고 생각했다.

"아참. 총도 사야할 걸?"

"예에? 치안 좋다고 했잖아요."

"치안은 아주 나쁘지는 않은 편인데, 그런 오지에는 가끔 사나운 동물이 나타난다고 해. 들개나 하이에나 같은 놈들인데 이것들이 떼로 지어 돌아다닌다고. 그래서 그런지 이 나라는 총 없는 집이 없어. 변두리 오지에 가도 집집마다 총이 있어. 도시에선 가끔 총기사고 나고. 그러니까 총기 구입이 아주 쉬어. 전 세계 총들의 마지막 처분 장소가 아프리카니까. 아주 오래전 단발총도 있어. 여기 사람들은 총이 과시용이야. 연발되는 고급 총 가지고 있으면 미리 쫄아."

"아이구야, 그 얘긴 처음 듣네요. 난 군에 있을 때만 사격해

보았는데.”

“그럴 테지, 아무튼 필수는 아니고 선택이니까 알아서 해.”

이런 대화가 오가니 영미는 놀란 기색이 역력하여 두 눈을 두리번거렸다.

“총은 안 살 랍니다. 일단 지내다가 꼭 필요하면 사지요.”

“하하하, 그래, 나도 총 있지만 한 번도 쏴보질 못했어. 아니 한번 저기 사막에 가서 연습용으로 쐈지. 하하하. 너무 겁먹지 말게나.”

“예.”

영미와 차리는 서로 쳐다보면서 말없이 수긍했다.

“사장님, 여기에도 쌀은 있지요?”

“그럼, 쌀농사 짓는 데가 있어. 보리쌀은 없고 밀, 옥수수도 있어. 여기 원주민들 주식이 옥수수야. 옥수수로 막걸리 비슷한 술도 만들어. 맛은 막걸리보다 못해. 부식도 웬만한 것 다 있더라구. 제일 흔한 고기는 염소고기, 쇠고기, 돼지고기도 있고, 양배추도 있고 아무튼 웬만한 것들 다 있어. 열대과일 종류도 많아. 겉보기엔 못생겨서 맛이 없을 것 같은데도 맛있는 열대 과일이 많아.”

“그럼 우리나라 마트에 있는 거 다 있는 셈이네요.”

“하하하, 그 정도는 아니지만 먹거리는 충분해. 돈이 들어가서 그렇지.”

"아하, 그렇지요. 어딜 가든 돈이 있어야지요."

"그렇다네."

이런 대화를 듣고 있는 영미의 얼굴 모습이 매우 밝아 보였다.

그날 저녁,

김 목사님은 집으로 갔고 내일 아침에 온다고 하였다.

차리와 영미, 그리고 최 사장 내외는 저녁 식사를 같이 하면서 세상 돌아가는 이야기를 했다. 사모님은 여기 식당의 주인이나 마찬가지이다. 요리도 하고 서빙도 하고, 심심풀이로 한다고 했다. 차리는 열악한 생활인데 한국으로 돌아갈 의향이 있냐고 물었다

"지금은 못가, 이제 자리를 잡았는데 더 벌어야지. 아니 혹시 또 모르지, 어떤 놈이 치고 들어와서 쫓아낼지. 지금은 수입이 짭짤한데."

"아 그러시군요. 수입이 대단한 모양이에요."

"여기 이런 업종이 여러 군데야. 미국 쪽, 유럽 쪽, 일본도 있는데 한국 옷이 최고야. 품질도 최고고 값도 싸니까. 그래도 열 배는 남는 장사니 이런 사업이 어디 있겠어?"

그러니까 최 사장의 말에 따르면, 천만 원을 투자하면 거의 1억은 남는다는 것이다. 정말 마진으로 따지고 보면 엄청난 수익이다. 이걸 일 년에 두 차례씩 진행하는 것이다.

"내가 그래서 한국인 직원을 못 써, 처음에는 한두 명 1년 기

간으로 썼다가 사업 노하우가 노출될까봐서 지금은 현지인 두 명 쓰고 있어, 둘 다 대학까지 나왔고 영어도 잘하고 이젠 한국말도 잘해. 따지고 보면 난 서류와 전화만으로 돈을 버는 셈인데 세상에 이런 장사가 어디 있어."

"와아~ 정말 대단하십니다."

"혹시 차리도 내 사업 넘보지 마, 이런 얘기도 처음 하는 거야."

"아이구, 전 여기서 오래 못 삽니다. 지금 계획도 6개월인데 두려움이 앞섭니다."

"하하핫, 그럴게야. 물설고 낯선 데다가 밤에 새까만 사람들 보면 좀비인가 기겁을 한다니까."

"맞아요. 무서워요."

차리가 최 사장을 알게 된 것은 정말로 우연이었는데, 어쩌면 어려서부터 아프리카 타조에 관해서 관심이 있던 차에 매치(match)가 된 것이다.

차리는 막연하지만 '예전에 타조가 다이아몬드 원석을 주워 먹고, 이를 사람이 발견한 적이 있다더라.'라는 이야기를 신봉하고 있었던 것이다. 즉, 다이아몬드 원석을 타조가 주워 먹었으니 타조를 훈련시켜서 원석을 찾겠다는 정말로 허무맹랑한 계획을 가지고 있었다. 너무나 황당해서 아직 아무에게도 이런 말을 해본 적이 없었다. 그저 모든 것이 막연한 계획이고 망상이나 다름없었다.

그러니까 졸업 후 1년 차에 아프리카 단체배낭 여행을 신청하였는데 여기 모히부카의 나하부까지 오게 되었다. 배낭 여행객은 14명이었는데 모두 남자였다. 스케줄이 여자가 따라다니기엔 무리였던 코스였다. 그렇게 여기까지 오게 되었는데, 계약된 게스트하우스에 룸이 부족해서 4명이 여기 최 사장님 가게로 오게 되었다. 룸은 두 명씩 사용하는데 차리도 이때 자기보다 후배격인 대학생과 룸메이트를 하게 되었다. 그러다가 저녁때가 되어서 다들 나가서 시내 구경을 한다고 하는데, 사실 대부분 상가들이 문을 닫았기에 별 볼 것도 없었지만 야식을 팔고 맥주도 파는 곳이 있다고 하여 다들 그리로 몰려갔다. 그때 차리도 따라가려다가 몸이 피곤하기도 하고 여기 최 사장님과 맥주를 한잔 하는 것이 현지 사정을 좀 알게 될 것이라고 하여 남아 있다가 최 사장님과 대화를 하게 된 것이다.

최 사장님은 이런 이야기를 해주었다.

"여기에서 서쪽으로 두 시간 넘게 가면 끝없는 사막이 나타나는데, 사오십 년 전만 해도 거기에 타조들이 살았다고 하데. 그러다가 우연히 어떤 사람이 야생 타조를 잡았는데 뱃속에서 다이아몬드 원석이 나왔다는 거야. 그 사람은 횡재한 거지."

"그랬어요? 저도 그런 얘기를 어려서 잡지에서 봤어요. 타조가 반짝 돌을 주워 먹었는데 그게 다이아몬드 원석이었다구요."

"맞아, 그런 모양이야. 아무튼 그런 소문이 퍼지니 야생 타조가 남아나겠나. 일 년도 안 되어서 현지 원주민들과 외지인들이 몰려가서 타조들을 싹쓸이했지. 지금은 아마 거의 멸종했을 거야."

"그랬겠네요. 그래서 원석을 발견했나요?"

"작은 거 한두 개 발견한 사람도 있었나 봐. 돈에 눈이 멀어서 애꿎은 타조만 절멸했지. 안타까운 일이야."

"그러네요. 그럼 그 사막에 원석이 있었다는 거네요."

"그렇지, 그래서 사람들이 몰려가기도 했었는데 개고생만 하고 그냥 온 모양이야. 그게 사람 눈에 쉽게 띄나? 수시로 모래바람이 불어서 있던 것도 모래 속에 파묻히고 말지. 타조는 사람보다 수십 배 눈이 밝다니까 아주 멀리서도 보고 쏜살같이 달려가서 주워 먹을 테지만 사람들은 어림없어."

타조의 시력은 동물 중에 으뜸이라고 한다. 사람의 최고 시력이 2.0이라면 타조는 25라고 하는데 3~4km 전방의 물체도 쉽게 식별할 수 있다고 한다. 그런데 타조는 반짝이는 물체에 호기심이 많아서, 멀리서 반짝이는 것이 보이면 주저하지 않고 달려가 물체를 주워 먹는 습성이 있다. 사람도 작은 거울 조각이 햇빛을 반사하면 멀리서 알아볼 수 있지만, 눈이 훨씬 밝고 뛰기를 잘하는 타조는 뛰어가서 주워 먹고 보는 것이다.

"맞아요. 사람들이 타조를 따라간다는 발상이 조금 어리석네요."

"그렇다네."

이런 대화를 한 것이다. 이때 차리는 속으로 이미 결정했다. 여기 사막 지역에 다이아몬드 원석이 있고 타조를 훈련시켜서 찾을 수 있을 것이란 확신이 선 것이다. 차리가 남들이 알아주지 않은 조련학과를 나온 것도 이것 때문이 아닌가. 차리는 속으로 쾌재를 부른 것이다. 그리고 귀국 후 일부러 물개 조련을 더 배우고 본격적으로 준비를 해서 여기까지 온 것이다.

물론 이 계획을 최 사장은 알 리가 없다. 다만 타조에 대한 다큐멘터리를 찍으러 왔다고 한 것이다. 이번 일정에도 최 사장이 많은 도움을 주었다.

첫째는 최 사장님의 사업체 명의로 차리와 영미가 1년짜리 취업 비자를 받을 수 있었고,

둘째는 사파리 차를 구입해 개조까지 해주었으며, 그 외에 자잘한 도움을 많이 주었다.

다음날,

아침을 먹고 난후 김 목사님이 다소 낡은 지프차를 타고 왔다.

"아무래도 먼저 여기 휴대폰을 사야 할 것 같아. 그래야 무슨 연락이라도 하지."

"그런가요? 그럼 그렇게 하시지요."

차리와 영미는 김 목사님이 잘 알고 있다는 모바일 가게에 가서 현지 휴대폰 두 대를 구입했다. 물론 번호도 새로 받게 되었고, 우선 급한 대로 최 사장님과 김 목사님의 전번을 저장해 두었다.

차리의 사파리 차 앞자리에 세 명이 앉아서 곧바로 차를 출발해서 서쪽으로 향하였는데, 삼사십 분 정도 지나니까 사람들이 살지 않는 준 사막(모래사막에 듬성듬성 풀들이 자라고 있는 사막)으로 변모하였다. 저 멀리 드문드문 마을이 눈에 들어왔다.

"목사님, 여기도 차에 내비게이션을 달 수 있나요?"

"그럼, 나하부는 한국이나 비슷해, 공산품은 가격이 좀 비싸서 그렇지, 사파리 투어하는 차들도 다들 내비 달고 다녀. 나도 있고, 차리가 달고 싶으면 오늘 츠브야 마을 갔다 와서 내일 달면 돼. 한 시간이면 다 다니까."

"아하 그렇군요. 마을 이름이 츠브야인가요?"

"응, 츠브야, 족장 이름은 또프(Ttopeu)이고, 이 사람은 비교적 우호적이어서 친하기 쉬울 거야."

"족장하고 추장하고는 다른가요?"

"아니, 같은 의미야. 영어로는 치프(Chief)라고 하는데, 굳이 우리식으로 구분한다면 추장은 조금 옛스러운 전통적인 의미이고 족장은 현대적인 의미라고 할까. 그런데 지금은 그 말도 잘 안 써. 그냥 '선생님'을 뜻하는 '써(sir)'라고 불러. '또프 써'라고 하면 다 알아들어. 영어가 보급되면서 영어식 명칭으로 바뀐 셈이지."

"아하, 그렇군요. 저도 그럼 '또프 써'라고 하면 족장님이 알아듣겠네요."

"아, 그럼. 또프는 약간 영어도 하니까 큰 불편은 없을 거야. 그런데, 혹시 담배 사왔어? 족장을 방문하려면 꼭 선물이 있어야 하는데, 여기 관습이지. 빈손으로는 못가."

"예, 최 사장님이 담배 두 보루 사오라고 해서 가져왔어요. 두 보루 다 드릴까요?"

"아니, 한 보루면 충분해, 외국 담배 한 보루면 만사 오케이야. 혹시 여자와 애들 줄 것도 사왔나?"

"큰 봉지에 든 사탕 3봉지 사왔어요."

"응, 잘했네, 잘했어. 그것도 우선 한 봉지만 드려. 나머지는 후에 또 쓸 일이 있을 거야."

"예, 예."

"차리, 각시가 영미라고 했지?"

"예."

이제껏 듣고만 있던 영미가 얼른 대답했다.

"가서 놀라지 말라구 미리 말하는 거야."

"예에? 무슨 놀랄 일이 있나요?"

"하하하, 우리가 보면 놀랄 일이지, 그네들이겐 일상이지만."

"뭔데요?"

영미가 두 눈을 크게 뜨면서 물었다.

"따지고 보면 별것도 아닌데. 문명인이 보면 쫌 망측해. 여기 원주민 여자들은 가슴 가리개가 없이 다 내놓고 다녀. 어린애나 어른이나 할 것 없이 맨몸이야. 다만 아래는 치마를 입었고. 아주 오래전에는 풀잎으로 만든 치마를 입었다는데, 지금은 모두 천으로 만든 치마야. 원색과 꽃무늬를 좋아해서 형형색색의 치마들이 많아."

"어머, 그래요? 망측하네요. 우리가 그런 동네에서 살아야하는데 이를 어쩌나."

"하하하, 괜찮아, 외지인들이 와서 가릴 거 가리고 옷 다입고다녀도 뭐라 하진 않아. 다만 우리가 볼 때 원주민 여자들이 망측해 보이지만, 그것도 처음에만 그래. 며칠 지나다 보면 그게 그거야. 그리고 대부분 볼륨도 크지 않아. 하하하."

"호호호, 그런가요. 다행이네요. 저도 벗고 다녀야 하는 줄알고 깜짝 놀랐어요. 남자들도 웃옷은 없겠네요."

"당연하지. 여긴 아예 웃옷은 없다니까."

"하이구, 맞아요. 전에 아프리카에 왔을 때도 그렇게 옷 안입은 여자들 많이 봤어요. 시골에 갈수록 더 그렇더군요. 그런데 가슴이 볼품이 없어요, 길쭉하게 쭈욱 늘어진 가슴이 많데요."

차리가 경험담을 말하였다.

"여기 사람들 대부분 그래. 아니 다 그래, 탱탱하던 가슴도
애만 낳으면 늘어지는 모양이야. 어쩔 수 없지. 하하하."

"맞아요. 하하하."

그들은 이런 담소를 하면서 츠브야 마을로 갔다.

"목사님, 츠브야 마을엔 가보셨어요?"

"전에 여러 번 가봤어."

"이번에는요?"

"이번엔 안 가고 또프 족장에게 전화만 했지. 타조 몇 마리
기를 만한 집이 있느냐구 물었더니, 그런 집 여러 채 있다고 하
더라고. 요즘 다들 고향을 버리고 도시로 몰려가서."

"맞아요. 여기도 60년대 우리나라처럼 이촌향도 현상이 일어
나고 있다고 들었어요."

"그렇다니까. 시골에 가면 다 늙은이뿐이야. 아니면 나약한
여자들이고."

"또프 족장을 뭐라고 불러야 하나요? 영어가 조금 통하는지
궁금하네요."

"아까 말했잖아, 그냥 '또프 써(Sir)'이러면 돼. 나는 한국말로
'김 목사'라고 부르게 했어. 그게 피차간 편해."

"아하, 그랬지요."

"아주 단순한 영어는 알아듣긴 해. 하지만 중요한 대화라면

현지어를 써야지.”

“그럼 목사님은 현지어를 잘 아시나요?”

“잘 알지는 못하지만 여기저기 돌아다니면서 귀동냥으로 얻어들은 실력으로 대충 의사소통은 돼. 차리가 원주민 집을 빌린다면 서류도 작성해야 돼. 그냥 영어로 대충 작성하고 서명하면 돼. 이들도 자기들은 영어를 모르지만 알 만한 사람에게 부탁해서 읽어달라고 한다느먼. 겉보기보다 똘똘해, 손해 보려 하지 않아. 하지만 인심은 좋아서 외지인들 보면 매우 반가워하더라고.”

“그렇군요. 그럼 지금 우리가 가면 타조 농장으로 쓸 만한 집도 볼 수 있을까요?”

“그럼, 마을 끝에 있다는데 차로 가면 금세 갈 거야.”

이런 대화를 나누는 사이에 츠브야 마을이 보이는 곳까지 왔다. 마을의 집들은 나무로 지은 움막집이 아니라, 흙과 돌과 지은 집, 시멘트 벽돌로 지은 집, 지붕이 있는 집, 옥상으로 된 집 등 삼십여 채 정도가 흩어져 있었는데 이중에 사람이 사는 집은 이십여 채뿐이라고 했다.

커다란 마당이 있고 그 한편으로는 꽤 오래된 바오밥 나무가 서 있었다.

“또프 써! 또프 써!”

시멘트 벽돌집 앞에 서서 김 목사님이 족장을 불렀다.

잠시 후 새까맣고 깡마른 남자가 나타났다.

"김 목사, 김 목사!"

족장인 모양인데, 매우 반가워하면서 악수를 나누었다.

목사님은 현지어로 몇 마디 대화를 하고는 차리와 영미를 소개했다.

"잠보!(jambo: 안녕)"

"잠보!"

"잠보!"

족장이 먼저 인사를 하면서 악수를 청하기에, 차리와 영미는 맞인사를 하며 악수를 했다.

"차리, 타조를 기를 만한 집이 저쪽 서쪽에 있다는데 같이 가볼까?"

"예, 당연히 같이 가셔야지요."

이렇게 해서 영미는 짐칸에 앉아 있게 되었고, 앞자리엔 차리, 목사, 족장이 탔다. 몇 분 가지 않아서 차를 멈추었는데, 마을에서 떨어진 허름한 흙과 돌로 벽체를 세운 집이었다. 그 옆으로 커다란 우리가 있는데 예전에 염소를 길렀다고 한다. 지금 염소가 일곱 마리 있는데 근처의 다른 사람이 와서 먹이를 준다고 하였다. 이 집주인은 칠팔개월 전에 도시로 떠나면서 집과 약간의 땅, 염소 일곱 마리를 또프 족장에게 떠맡기다시피 팔고 갔다고 한다. 마을에서는 이런 식으로 남아 있는 마

을 사람들에게 헐값에 팔고 도시로 떠난 집이 여러 채 있다고
하였다. 또프 족장은 이 집 말고도 잉여(剩餘) 집이 여러 채 있
다고 하였다.

"목사님, 여길 6개월만 빌리려고 하는데 집세가 얼마나 될까
요?"

"집세? 이런 오지에 집세가 얼마나 갈지 모르겠네. 한 번 물
어봐야지."

김 목사는 곧바로 또프 족장과 현지어와 영어를 섞어가면서
대화를 하였다.

"차리, 여기 염소 일곱 마리를 사면 집세는 안 받는다고 하
네. 여기 살던 사람의 염소 일곱 마리를 떠맡았는데, 지금 돌
볼 사람이 없어서 자기 집으로도 데려가지 못하고 마을의 어떤
사람이 와서 먹이를 준다고 해. 그 사람들도 공짜는 아니지,
그리고 여긴 염소가 꼭 있어야 하는 데야. 돈도 되지만 매일같
이 염소 젖을 먹어야 하니까. 단백질이 부족한 이 사람들에겐
생명수나 마찬가지야."

"아, 그렇군요."

차리와 영미가 생각해 보니 합당한 말이었다. 그래서 염소
일곱 마리를 40달러씩 280달러에 사려는데, 차리가 후하게
300달러를 주었더니 족장은 하얀 치아를 들어내면서 매우 기뻐
하였다. 이들에겐 300달러는 매우 큰돈이었다. 게다가 염소를
일곱 마리씩이나 사갈 사람도 없었다. 예전 같이 사람들이 많

이 살 때는 염소를 사고 파는 것이 예사로웠지만, 지금은 염소를 키울 만한 노동력이 없기 때문이다.

얼마 후에 알게 된 사실이지만, 또프 족장은 두 아내와 함께 세 식구였다. 자기 집에 기르는 염소들은 두 아내가 키우고, 더 이상 염소를 들일 여력은 없었다.

영미가 먼저 살아야 할 집으로 들어갔다가 나오는데, 코를 막고 있었다. 퀘퀘한 냄새와 채광이 되질 않아서 암흑같이 어두웠기 때문에 매우 실망한 눈치다.

"어때?"

차리가 영미에게 물었다.

"아이고, 저 안에서 살긴 어려워, 내가 돼지가 되기 전에는."

"그 정도야?"

차리가 놀라서 급히 들어가 보니 그 말이 맞았다. 무슨 냄새인지 모를 악취가 머리를 띵하게 하고, 숨쉬기도 거북했다. 게다가 햇빛이 들어오지 않아 토굴처럼 어두웠다. 햇빛이 들어와야 소독도 되고 공기 순환도 될 터인데, 햇빛이 들어오지도 않고 사람이 살지도 않으니까 각종 곰팡이만 창궐한 모양이었다.

"아이구 진짜다. 이거 큰일이다. 저런 데서 살다간 병 걸리겠어."

"맞아, 이를 어쩌지?"

"할 수 없지. 족장과 목사님께 부탁해서 집을 짓는 수밖에 없을 것 같아.”

　이에 차리와 영미는 이러한 사실을 목사님께 전하고 족장과
의논을 했다.
　“그거 어렵지 않다고 하네. 여기에서 차 타고 삼십 여분 가면
‘상카’라는 작은 도시가 있는데 거기에 가면 시멘트 벽돌도 팔
고 집 지을 인부도 있으니까. 거기 가서 물어보라고 해. 여기
에다 집 짓는 것은 상관없다고 해.”
　“그랬어요? 집 짓고 6개월 정도 살다가 드린다고 해 보세
요.”
　“그럴까.”
　목사가 이런 얘기를 전하니까 족장은 입을 크게 벌리고 웃으
면서 좋다고 하는 모양이었다. 차리는 족장을 집에 데려다주
고, 미리 준비한 담배 한 보루와 사탕 한 봉지를 드리니까 “땡
큐”를 연발하더니만 안에다 대고 소리를 쳤다. 곧바로 아내로
보이는 여자 둘이 나타났고 그녀들에게 사탕을 주니까 매우 좋
아하였다. 물론 이 여자들도 앞가슴을 다 내놓고 있었는데 차
리와 영미에게 고맙다고 뭐라고 말을 하는 모양이었다.

　어찌 되었든 여기의 일은 순조롭게 시작되어, 셋은 차를 타
고 인근 도시인 ‘상카’로 갔다. 거기에 가서 시멘트 벽돌집을 짓
는다고 하고, 창문도 크게 하고, 주방, 욕실까지 만든다고 하

면서 급히 그린 대강의 도면을 보여주었다. 언어는 잘 통하지 않아도 도면을 보니까 대충 눈에 들어왔다. 한마디로 서양식 집 한 채를 짓는 것이다. 커다란 물탱크도 올리기로 했다. 전화만 하면 물차가 와서 물을 채워준다는 것이다. 이러면 주방은 물론이고 샤워까지 할 수 있다.

타조를 기를 우리에는 지붕도 얹고, 앞마당에는 기둥과 지붕을 세운 후, 그 아래에 한국식 들마루를 만들어 놓기로 했다. 집을 짓는 데는 총 일주일이 걸린다고 하여 간단한 서류를 작성하고 계약금을 지불한 후 돌아왔다.

누구보다도 기뻐한 사람은 당연히 영미였다. 이런 오지에 와서 큰 고생을 할 줄 알았는데 한국처럼 생활할 수 있다니 매우 만족스러웠던 것이다.

이렇게 해서 셋은 나하부의 최 사장 가게로 다시 돌아왔다. 김 목사님은 일주일 후쯤 집이 완공되어 타조를 사러 가게 되면 연락하라고 했다. 차리는 최 사장님이 미리 언질을 준대로 목사님에게 천 달러를 주니까 마지못해서 받기는 하는데 좋아하는 표정이 역력하였다.

"고마워. 차리. 지내다 불편하거나 어려운 점 있으면 전화하고. 아참, 츠브야 마을은 모바일이 잘 안 터져. 거기 살 집은 잘 모르겠네. 잘 안 터지면 아까 갔던 도시 쪽으로 나오다 보면 안테나 잡힐 거야."

"족장님이랑 휴대폰 통화하셨다고 했잖아요."

"아참, 그랬지. 족장 집 근처는 터지는 모양이네. 아무튼 통신 상태가 안 좋아."

"아 그렇군요. 아직 그 마을엔 중계 안테나가 없는 모양이지요?"

"응, 없어. 걔들도 뇌물을 조금 주면 달아 줄 텐데. 그게 안되네. 전기가 없어서 그런가."

"그렇기도 하겠네요. 전기가 들어오면 달아주려나요?"

"모르지. 일차적으로 전기가 들어와야 할 텐데."

"최 사장님 말로는 소형 발전기를 사서 돌리면 웬만한 가전제품을 쓸 수 있다고 하시던데요."

"그거? TV용이야, 냉장고 못 돌려."

"그래요? 하이참, 낭패네. 전기 쓸 일이 많은데."

"아까 갔었던 상카에 가면 전기회사가 있을 거야. 거기 가서 한번 문의해보게."

"예, 한번 알아봐야겠습니다."

둘은 이런 대화를 끝으로 헤어졌다. 차리와 영미는 앞으로 여기 최 사장 식당 이층을 숙소로 정하고 적어도 일주일은 묵어야 한다. 그러니까 여기에서 숙식을 모두 해결해야 하는 것이다.

일주일 후,

집을 완공했다고 연락이 왔고, 대금은 새로 지은 집에서 치른다고 했다. 차리와 영미는 우선 급한 대로 몇 가지 가재도구와 주방기구를 사서 사파리 차에 싣고 여기까지 가지고 온 커다란 트렁크도 모두 실었다. 이러니 사파리차 뒤 칸이 가득 채워졌다. 거리로 보면 구십 키로 정도 일 텐데 노면 상태도 좋지 않아 뒤에 실은 짐 때문에 조심조심 운전을 하다 보니 거진 세 시간이나 되어서야 마을에 들어섰고 곧바로 새로 지은 집이 눈에 들어왔다.

"엄마나! 저게 우리 집이야?"
"어렵쇼, 집이 아니라 창고네, 창고."
"호호홋, 창고 집이다."
시멘트 벽돌 집을 지을 때 아주 구체적으로 지시하지 않고, 원룸 형식에 화장실 겸 욕실, 물탱크 등을 설치해달라고 했더니, 아주 크게 창고처럼 집을 지어놓은 것이다. 일하는 인부들은 여기에 외국인이 와서 산다니까 외국인들은 키도 크고 체격도 크니까 크게 만들었고 사장은 사장대로 건축비를 조금 비싸게 불렀는데 차리가 순순히 응하니까 눈꼽만큼이나 양심이 있었던지 자재를 더 투입해서 크게 만든 것이다. 타조를 기를 우리도 슬레이트 비슷한 자재로 크게 지붕을 얹었다. 집 뒤에는 커다란 물탱크도 설치되었고, 앞마당에는 사방이 휑하니 뚫린 지붕을 올리고 그 아래에 한국식으로 들마루를 만들어 놓았다.

차리와 영미가 차에서 내리니, 흑인 사장과 인부 두 명이 반갑게 인사한다. 이들은 약간의 영어로 대화가 가능하였다. 현관문을 열고 보니 넓은 공간이 마치 텅 빈 교실 같다. 바닥은 시멘트로 마감을 해 놓아서 아직 냄새도 다 빠지지 않았다. 방 뒤쪽으로 화장실 겸 욕실이 있었다. 하지만 침대나 가재도구가 하나도 없으니 창고와 다름없었다. 둘은 매우 어색하였는데, 후에 이렇게 넓은 방은 아주 요긴하게 쓰이게 되었다.

차리는 수고했다면서 잔금을 달러로 모두 주니 세 명은 고개를 연신 숙이면서 고맙다고하였다.

"땡큐, 땡큐."

"그런데 침대나 가구는 어디서 사야 하나요?"

차리가 사장에게 물었다.

"그건 인근 도시 상카에 가면 됩니다. 집까지 배달해 줍니다."

"아 그렇군요."

상카는 지난번에 갔다 온, 여기에서 제일 가까운 작은 도시다. 이들과 몇 마디 인사 겸 대화를 하고, 차리와 영미는 짐을 몇 개 내리고 곧바로 상카로 갔다.

"오빠, 저길 봐. 전깃줄이 저렇게 쭈욱 늘어서 있어."

"어디? 어디?"

"밖을 보라구."

밖이 잘 보이지 않던 차리는 차를 멈추고는 밖으로 나와 보았다. 그러고 보니 길 옆으로 전봇대와 전깃줄이 쭈욱 늘어서 있어서 상카 도시 쪽으로 연결되어 있었다.

"잘하면 전기도 들어오게 할 수 있을 것 같아. 저기에서 전깃줄을 끌어오면 되는데 왜 안 해줄까. 내가 보기에 전봇대 몇 개만 세우면 될 것 같은데."

"글쎄 말이야. 어쩌면 전기를 가설해도 원주민들이 전기를 제대로 쓸 것 같지 않으니까 안 해줄지도 몰라. 그네들이 가난하니까. 지금 당장 꼭 전기가 필요한 사람은 없을 거야. 부자로 사는 족장님이나 꼭 필요할 것 같아."

"아하, 그 말이 맞다. 전기 가설을 해봐야 전기를 쓸 가정이 없으니 안 해주는 것 같아. 우리가 가서 설득해 보자구."

"우리만 가면 신임을 안 할 걸. 외국인이 언제 와서 어느 날 가버릴지도 모르잖아, 전기가 필요한 주민 몇 명을 데리고 가거나, 아니면 족장님이라도 데리고 가야 그들이 이해할 거야."

"오호, 역시 공부 잘한 영미가 최고다. 그게 정답 같다. 아냐, 정답이다. 정답! 하하하."

"하이고, 또 띄우네, 이치가 그렇잖아."

"아무튼 잘 될 것 같아, 소형 발전기 돌려서 전기를 쓰려 했는데."

"타타타하는 소형 발전기? 그거 작던데."

"맞아, 작아도 노트북이나 핸드폰 충전은 되잖아."

"TV는?"

"조금 큰 발전기 사야지. 클수록 비싸."

"그럼 냉장고나 에어컨은 못 쓰겠네."

"아, 당연하지. 아마 그 정도의 전기 쓰려면 중형급 발전기 사야 할 걸. 여기에 그렇게 큰 발전기를 팔지도 않을 거야, 한국에서도 아마 수천만 원 갈 거야."

"그렇게 비싸?"

"그럼, 그러니까 어떻게든 전기를 끌어와야 돼. 여기에서 살기 위해선 필수야."

"그런 셈이네. 그럼 언제 가? 전기회사."

"일단 오늘은 침대하고 잠금장치 잘 되는 캐비넷 등을 사고, 저녁때 또프 족장을 만나서 얘기를 해봐야겠어."

"으응, 그러면 되겠다. 그렇게 해서 내일 족장님이랑 같이 가보면 되겠네."

"으응, 그게 딱 맞는 순서인데, 별일 없다면."

상카는 그리 멀지 않아서 곧바로 도착했다. 여기는 인근에 흩어져 있는 여러 부족들에게 중심 도시였다. 여기에 오면 대도시에 파는 웬만한 것들은 다 팔고, 없으면 구해다 주고, 배달비가 추가되지만 집까지 배달도 하고 설치도 해준다. 따지고 보면 한국에서 읍이나 작은 시 정도의 기능을 하고 있는 도시이다.

차리와 영미는 가구점에 들려서 침대와 소파, 책상, 진열장, 철제 캐비넷, 싱크대, 찬장, 가스렌지 등의 가구를 사서 오후 세 시경에 츠브야 마을 끝에 있는 창고 같은 건물로 가져오라고 했다.

사장은 입이 귀에 걸리도록 좋아했다. 왜냐하면 외국인이기에 약간의 바가지를 씌워서 팔았으니 그럴 만했다. 차리와 영미는 상가를 돌면서 생필품을 사고 쉽게 열리지 않는 자물쇠도 샀다. 지금 현관문에 달려 있는 도어락이 쉽게 열릴 수 있기 때문이다.

차리와 영미가 먼저 집에 가서 서성이고 있는데, 오후 세 시가 다 되어서 저편에서 모래 먼지를 내면서 작은 트럭이 다가오고 있었다. 가재도구를 실은 차이다. 아까 낮에 본 사장과 흑인 두 명이 와서 총 세 명이 순식간에 설치하고 싱크대에 수도까지 연결하고 가스렌지에 가스통을 연결하니 금세 파란 불꽃이 일어났다. 차리는 잔금을 모두 주니 좋아서 죽으려고 한다. 다음엔 전화만 하면 다 배달해 준다고 하였다.

차리와 영미도 너무 좋아서 침대에서 펄쩍 뛰어보기하고 뒹굴 거리기도 하면서 즐거워하였다. 이제 전기만 들어와서 TV를 설치하고 냉장고, 에어컨만 있으면 한국 생활과 별다름 없을 것이다. 위성 TV를 신청하면 업자가 와서 접시 안테나도 다

달아준다고 하니 참 좋은 세상이라고 생각했다.

차리와 영미는 사파리 차에서 짐을 끌어내어 집 안으로 옮기고 중요한 것들은 캐비넷에 넣고 잠갔다. 그러는 중에 영미는 재빨리 라면을 끓여 내왔다. 정말 꿀맛, 아니 진짜 라면 맛이었다.

잠시 휴식을 취한 둘은 또프 족장을 찾아갔다. 오백여 미터 밖에 떨어지지 않아서 금세 오게 되었는데, 또프는 바오밥 나무 아래에서 플라스틱 의자에 앉아 한가롭게 담배를 피우고 있다가 차리가 오는 것을 알아채었다.

"안녕하세요. 또프 써."
"안녕, 차리, 영미"
또프는 매우 반가워하면서 악수를 청하였다. 기억력도 좋아서 지난번에 소개할 때의 이름을 다 기억하고 있었다. 또프는 지난 이십 여전만 해도 위엄(威嚴)이 있었으나 어느 때부터 점차 그 위엄이 사라지기 시작했다. 사람들이 도시에 오가면서 생긴 현상이다. 이전 같으면 누가 아프기만 해도 족장이자 주술사인 또프가 가서 주문도 하고 치료도 하고 의식도 했건만 지금은 아파도 잘 부르지도 않는다. 그 대신에 외국에서 들여온 신식 약을 찾기가 일쑤이다. 뿐만 아니라 예전에는 염소를 많이 기르면 부자였는데 지금은 염소 대신 돈이었다. 이 나라는 원래 자국 화폐가 있었으나 통화 관리를 잘못하여 지금은 주로 미국 달러나 남아공의 화폐인 랜드화를 쓰고 있었다.

  마을 사람들도 하나둘씩 도시로 가더니만, 한때는 사십 가구가 넘게 살아서 부족민들이 이백여 명 가까이 되었으나 지금은 이십 가구만 남았다. 그중에 젊은 사람들은 도시로 몰려가서 부족민이 얼마 되지 않아 칠십여 명이나 될까 말까 하다. 그러니 족장의 권위와 위엄은 사라지고, 돈의 권위와 위엄이 대신하고 있었다.

  "족장님, 전기가 필요하지 않으세요?"
  "필요해, 그런데 전기를 가설해 주지 않아."
  "왜요?"
  "돈을 내래. 그리고 전기 가설해 주어도 전기 쓸 집이 많지 않다는 거야."
  차리와 영미가 영어 몇 마디와 손짓, 발짓으로 대화를 시작하였다. 역시 예상했던 대로였다.
  "모바일은 어떻게 쓰나요?"
  "햇빛."
  족장은 그러면서 지붕에 설치된 태양 전지판을 손가락으로 가리켰다,

"족장님, 내가 전기회사에 가서 전기 가설해 달라고 부탁해 볼 테니까 오늘 저녁에 어느 집이 전기를 쓸 것인가 알아봐 주세요."

"그러면 고맙지, 내가 알아볼게. 그런데 돈이 들어간다는데."

"돈은 제가 부담할 테니 걱정 마시고요. 전기 쓸 집만 몇 집이나 되는지 알아보면 됩니다."

"알았어, 고마워, 차리"

일이 순조롭게 될 것만 같았다. 족장은 담배 맛이 좋다면서 칭찬을 잊지 않았다. 또프 족장은 사십 칠세라는데 다 늙은 할아버지 형상이다. 깡마르고 키도 그리 크지 않아서 영미보다도 작다. 여기 종족이 다 작은 편이다. 부인이 다섯 명이었으나 세 명은 아이를 데리고 도망가서 지금은 늙은 부인 두 명만 남아 있고, 자식들은 모두 도시로 떠나서 없으니 늘그막에 섧고 쓸쓸하게 살고 있었다.

"부인 세 명이 모두 도망갔어요?"

영미가 물었다.

"허허헛, 셋이 모두 도시로 이사 갔어. 아이들 교육 때문에 간다나."

"그럼 도망은 아니잖아요."

"따지고 보면 그런 셈인데, 나에겐 도망이나 마찬가지여."

조금 더 대화해 보니 다섯째 부인이 아이가 다섯 살 때 도시로 갔는데, 그 뒤를 이어서 둘째, 넷째 부인이 아이들을 이끌고 도시로 떠났다. 그전에 첫째 부인의 자식 셋은 저희들끼리 도시로 돈 벌러 갔다는데, 그 뒤를 이어 다 큰 다른 부인(부인들의) 자식들도 모두 도시로 가서 돈을 번다고 했다. 그러니 지금 여긴 첫째 부인과 셋째 부인만이 남아 있게 되었다.

"그럼 여기 고향집에는 아무도 안 오나요?"
"왜 오긴 오지. 일 년에 한 두차례씩 오긴 오는데, 맨날 시간이 없다고 해. 그렇다고 내가 채근할 수도 없어. 다들 저 먹고 살기 바쁘다는데, 내가 뭐라고 해. 세상이 변하는데 사람도 변해야 목구멍에 풀칠이라고 하지."
이런 얘기를 주고받으면서 차리와 영미는 또프가 매우 측은하게 생각되었다. 족장의 후계자도 없다고 했다. 맏아들이 족장의 후계자가 되어야 하는데, 맏아들도 일찌감치 도시로 나갔으니 또프 족장이 마지막 족장이 되는 셈이었다.

"족장님, 너무 서운하게 생각하지 마세요. 시대가 이렇게 흘러가는 것을 막을 수가 있나요. 물 흘러가듯이 같이 지내야지요."
"그럼 그럼, 그래도 서운해. 마을 사람도 하나둘 떠나고, 아내도 떠나고, 자식도 다 떠났으니 너무 외로워."
마침내 족장은 눈물을 훔치고 있었다. 그것은 마치 어린아이가 엄마를 보고 싶어서 우는 모습과 흡사했다. 이런 눈물은 전염성이 강해서 차리는 코끝이 찡해졌고, 영미는 손으로 눈물을 훔쳐내고 있었다. 족장은 저녁을 먹고 가라고 했지만, 차리는 집에 가서 정리해야 할 것이 많다고 하고는 돌아섰다. 내일 아침 먹고 다시 올 테니 꼭 전기 쓸 집을 알아보라고 재차 부탁했다.

다음날 아침.

차리와 영미는 족장을 찾아갔다. 족장은 또 매우 반기면서 어젯밤에 조사를 해 보니 열두 집이 전기를 쓰겠다고 했다.

"그 정도면 충분합니다. 족장님도 우리와 함께 전기회사에 가시죠."

"나도 가야 하나? 돈 달라고 할 텐데."

"돈은 제가 부담한다고 했잖아요. 일단 가서 알아보지요. 전기가 들어오면 여기에 모바일 중계탑도 세워서 모바일도 잘 쓰게 할 겁니다."

"그래? 고마워, 차리."

이렇게 해서 셋은 사파리 차를 타고 상카에 있는 전기회사로 갔다. 이들은 사무직이라 그런지 약간의 영어가 통했다. 차리와 영미가 영어로 설명하고 족장이 부연 설명하였다. 직원은 또프 족장을 잘 알고 있었다. 전에도 족장이 전기를 가설해 달라고 하였으나 돈을 내라고 해서 그만두었던 것이다.

"마을에 열두 집이 전기를 쓰겠다고 했고, 내가 사는 집은 마을에서 오백여 미터 떨어진 마을 끝자락인데, 내가 전기를 많이 쓸 겁니다. 대형 TV, 냉장고, 에어컨, 컴퓨터 등에 전기를 많이 쓸 것입니다."

차리가 이렇게 자신 있게 주장을 하니까 직원들도 어느 정도 수긍을 하는 모양이다. 그 직원은 윗사람으로 보이는 사람에게 다가가서 현지 말로 뭐라고 하더니 다시 왔다.

"그렇게 하면 오백 달러 정도를 내야 합니다. 전봇대와 전선 값이죠."

생각보다는 다소 많은 금액이었지만, 선택의 여지가 없었다.

"오케이. 오늘이나 내일부터 공사를 시작하나요?"

"그건 상의해 봐야 합니다. 먼저 오백 달러를 내야 합니다."

이래서 차리가 오백 달러를 내려고 하니까 영미가 옆에서 옆구리를 꾹 찌른다.

"돈 다 주지 마. 돈 다 받고 나면 일을 질질 끌거야. 분명해, 1/3 정도만 준다고 해봐."

"어엉? 그러네. 여기 사람들 일 처리 늦는다고 했어."

그래서 차리는 오백 달러를 보여주면서 말했다.

"여기 오백 달러 있는데, 지금 다 주면 언제 일을 시작할지 모릅니다. 그래서 지금 이백 달러만 주고, 두 군데 작업이 모두 끝나면 제가 옆에서 지켜보다가 즉시 나머지 금액을 드리겠습니다."

이렇게 제안을 했다.

직원은 또 윗사람에게 다가가서 뭐라고 말을 하더니 되돌아
왔다.

"좋아요. 일 끝나는 대로 받겠습니다."

이렇게 대화를 하니까 족장은 너무 감탄해서 어쩔 줄 몰라 하
고 차리와 영미도 마찬가지였다. 주위에 아무도 없었다면 펄쩍
펄쩍 뛰었을 것이다.

다음으로 찾아간 곳은 모바일 회사이다. 여기도 예상했던 대
로, 전기가 들어오지 않아서 중계기를 설치하지 못했다고 한
다. 전기가 들어오면 무료로 설치해 준다고 하니, 이번에도 족
장은 입을 하마처럼 벌린 채 닫을 줄을 몰랐다, 왜냐하면 중계
기를 설치하는 데도 돈이 들어가는 줄 알았기 때문이다. 모바
일 회사는 꼭 츠브야 마을뿐만 아니라 거리상으로 볼 때 그곳
에 중계기를 설치해야 했기에 한편으로는 차리에게 고마워하
고 있었다.

돈의 힘은 막강했다.

다음 날 새벽부터 전기회사의 어제 그 직원이 인부 열 명 정
도를 데리고 와서 나무 전봇대를 세우고 전선을 가설하여 원하
는 집마다 연결해 주었다. 전등은 각 가정이 사다가 달기만 하
면 되는 것이다. 이들은 무료로 집집마다 멀티 콘센트도 달아
주었다. 이제 여기에 전기 기구를 꽂기만 하면 되는 것이다.

이러니 마을은 느닷없이 축제 분위기로 돌변했고, 모든 공을 족장과 차리에게 돌렸다.

차리의 창고 집에도 전기가 가설되기 시작하는데 차리는 곳곳에 콘센트를 더 달아달라고 부탁했더니 추가 설치에는 비용이 더 든다고 하자, 추가 비용을 지불하기로 하고, 실내외 곳곳에 여러 개의 콘센트를 설치했다. 전기 공사는 신속히 이루어져서 저녁 무렵에 다 마무리되었고, 차리는 나머지 금액 삼백 달러에 오십 달러를 더 얹어주었다. 직원들은 고마워하며 "땡큐!"를 연발했다.

다음 날,
차리와 영미는 상카로 가서 이번에는 가전제품을 사야 했다. 한국과 똑같이 LED 전등, 냉장고, 대형 LED TV, 위성 안테나 및 인터넷 연결, 에어컨, 커피포트 등을 샀다. 가전제품 판매점 사장은 이른 아침부터 외국 손님이 와서 한 트럭 분량의 가전제품을 팔게 되어서 두 눈이 휘둥그레졌다. 그리고 그날 오늘 중으로 에어컨까지 다 설치해 주겠다고 했다.
그날 오후, 가전제품 기사 네 명 와서 모든 제품을 설치했다. 이제 창고 같던 집은 방이 큰 최고급 펜션쯤으로 둔갑을 했으니 그 기쁨은 이루 말할 수 없었기에 차리와 영미는 너무 좋아서 얼싸안고 뽀뽀까지 했다.

이제 남은 일은 어린 타조를 입양하는 것뿐이었다. 며칠 후에는 모바일 중계탑이 세워지면서 차리의 창고 집에서도 휴대폰이 펑펑 터지었다. 차리는 이 기쁜 소식을 김 목사님과 최사장님께 알렸더니, 두 분다 "좋은 일했다"며 크게 칭찬해 주었다.

5. 어린 타조 입양

그럭저럭 날짜가 흘러서 열흘이 넘고 보름 가까이 되었다. 어린 타조를 적어도 3개월 정도 훈련을 시켜야 했기에 차리는 지체 없이 김 목사님께 전화를 했다.

"목사님, 이제 집도 다 짓고 타조 우리도 손을 보아서 말끔해졌어요. 어린 타조를 분양받아야 하는데 어디로 가야 하나요?"

"응, 거기 있잖아, 상카라는 도시, 거기에 가면 나하부로 가는 길목에 있어, 아마 상카에서 삼십여 분 정도 가면 좌우로 타조 농장이라고 다 보여, 타조 그림도 있고. 나랑 같이 갈까?"

"지금 어디 계시는데요?"

"지금 나하부 근처인데 가려면 꽤 시간 걸리는데."

"그러세요? 그럼 우리끼리 한번 가 볼게요. 상카가 여기에서 가까우니까."

"그래, 어차피 한동안 정착 생활해야 하니까 현지인들과 교섭해 봐. 잘 될 거야."

"사료도 팔까요?"

"타조 농장에서 사료도 파는가 모르겠네. 아마 상카에 가면 있을 거야. 나하부까지 오지 않아도 돼. 타조 농장이 근처니까 상카에서 팔 거야."

"예, 그렇군요. 고맙습니다. 목사님."

"어, 그래, 잘 지내고 또 연락해. 아참, 기를 줄 알아?"

"예. 어깨너머로 배웠어요. 특별히 어려운 것은 없는 모양입니다. 관리하고 사료 주고 예방약 먹이더군요. 노트북에 다 정리해 두었습니다."

"그런 모양이더라구. 양계장보다 관리가 쉽다고 하더라구. 아무튼 잘 키워서 작품 찍어."

"예."

영미가 옆에서 대화를 다 듣고 있었다.

"일이 잘되려나 보다. 난 또 아주 멀리 가서 타조를 사오는 줄 알았는데."

"그러게. 아침 먹고 바로 출발하자."

"응."

둘은 아침을 먹고 곧바로 출발했다. 상카를 지나서 나하부로 가는 길목이라니까 그냥 길 난대로 가기만 하면 된다.

상카에 들어서서 시내를 빠져나가는데,

"차리, 저기 봐! 저기가 타조 사료 파는 곳인가 봐."

"어 그래? 어디?"

"저 앞쪽으로 타조 그림 간판 보이잖아."

"어, 그러네. 야 진짜 일이 수월하게 되었다. 타조 새끼만 사면 되겠다. 여기에 오면 타조 사료, 예방약 등 다 있을 거 같다."

"응, 여기가 타조 거점 도시네."

"하하하, 그렇다, 타조에겐 거점 도시(據點都市)다."

앞으로 조금 더 가까이 가보니 타조, 닭, 염소 등이 그려진 간판이 걸려 있고, 사료 포대를 쌓아놓고 있었다. 그러고 보니 대부분의 간판에 그림이 그려져 있었다. 문맹률이 높은 이 나라에 아주 적합한 간판이었다.

"이따가 타조 사 오다 들려서 사료 사면 되겠네."

"맞아, 그게 순서야."

둘은 벌써 이 나라에 적응된 듯했다. 담소를 하면서 나하부가는 길에 들어서서 얼마 되지 않았는데, 저편에 커다랗게 울타리를 두른 타조 농장이 보였다. 멀리서도 타조들이 언뜻언뜻 보였다. 방목하는 타조인지 아니면 우리가 운동장만큼 큰지 분간하기 어려웠다.

차리는 첫 번째 타조 농장을 지나 두 번째 타조 농장으로 진입했다.

곧바로 두 명의 경비원이 총을 들고 서 있다가 가까이 왔다.

"어린 타조를 사러 왔습니다. 키워 보려구요."

"그런가요. 잠시 기다리세요."

흑인 두 명은 별 다른 말 없이 기다리라고 하더니 인터폰으로 어디론가 연락하고 있었다.

"저기 앞에 보이는 건물로 가세요."

"예. 고맙습니다."

경비원은 양쪽으로 여닫는 커다란 철조망 문을 열어주었고, 차리와 영미는 천천히 건물로 다가갔다. 서른 살이 채 안 되어 보이는 흑인이 문 앞에서 기다리고 있었다.

"안녕하세요. 어린 타조를 사러 왔습니다."

"아, 그러세요. 타조를 키워 보셨나요?"

"처음인데, 사육법은 조금 압니다."

"크게 어렵진 않아요. 몇 마리나 사렵니까?"

"열 마리요. 오륙 개월 정도 된 어린 타조로 사야 합니다."

"정확히 오륙 개월은 맞추기 어렵고, 어림짐작으로 그 정도 되는 어린 타조를 고를 수는 있습니다. 암수 비율은 어떻게 할까요?"

"아 그렇군요. 수놈 2마리에 암놈 8마리면 괜찮을까요?"

"괜찮아요. 그럼 그렇게 골라오겠습니다."

이십 분도 채 안 되어 커다란 수레에 타조를 싣고 왔다. 타조가 성장 속도가 매우 빠르다고 하더니 오륙 개월 밖에 안 되었는데도 키가 거의 1m나 8~90cm 정도로 보였다. 타조의 머리가 차리의 배꼽 아래쯤에 있었던 것이다. 차리와 영미는 타조를 안아서 사파리 차 뒤 칸에 실으려는데, 매우 묵직하였다. 아마 삼사십여 키로는 나가는 듯했다.

"하이구야, 얘들이 생각보다 무겁네."

"그러네. 난 힘들어서 잘 못 들겠어."

"요령이 있어야 돼. 바싹 끌어안고 허리에 힘을 줘야 해. 그냥 들어 올리려고만 하면 더 힘들어."

"으응, 그런가."

차리는 체육관에서 운동하던 요령을 생각해서 말을 건넸다. 사람 손에 큰 타조들이라 그런지 별로 발버둥 치지도 않고 소리도 내지 않고 있었다. 다만 커다란 눈을 껌벅거리며 두리번거리면서 서성였다.

그렇게 어린 타조 한 마리에 80달러, 열 마리에 800달러(약 96만 원 정도)를 주고 사서 곧바로 되짚어 나왔다. 농장 주인은 덤으로 사료 한 포대를 주며, 상카에 가면 사료 가게가 있다고 알려주었다. 의외로 타조를 사는 일은 매우 쉬웠다. 여기까지 오기가 번거로울 뿐, 시장에서 물건 사는 것과 비슷했으니 말이다. 이 나라의 시세로 봤을 때 싸게 산 것인지 비싸게 산 것인지는 알 수 없었지만, 차리는 매우 만족스러워했다.

"타조 사기 엄청 쉽네."

"그러게, 크기만 컸지 닭 사는 거나 마찬가지네."

"호호호, 그러게 말야."

둘은 어린 타조를 뒷칸에 싣고 천천히 이동했다. 처음 타는 차라 그런지 타조들은 커다란 눈을 두리번거리며 어리둥절해 있었다. 타조의 눈은 정말 예쁘다. 눈도 클 뿐만 아니라 속눈썹이 길게 나 있어서 눈만 본다면 천진난만해 보인다. 그런 눈을 껌벅거리며 두리번거리고 있는 것이다.

"차리, 내가 운전해 볼까?"
"너, 장롱면허라고 했잖아, 1종이야, 2종이야?"
"1종 보통. 이런 차까지는 운전할 수 있어. 국제 운전면허증도 받아왔어."
"오우, 그랬어? 그거 아주 잘 되었다. 어차피 사막으로 들어가려면 혼자서 운전은 너무 피곤할 텐데. 아주 잘되었네."
차리는 차를 멈추고는 운전대를 영미에게 넘겼다. 그리곤 수동이니까 이리저리 하고 기어 변속을 어떻게 하는 등 비교적 세세하게 알려주고는 출발했다. 영미는 운전면허를 딸 때도 1종이라, 이렇게 생긴 작은 트럭 같은 차로 운전했다면서 별일 없이 서서히 주행을 시작했다.
"오우, 잘한다. 어린 타조가 있으니 그냥 천천히 가면 돼. 조금 가다가 힘들면 내가 할게. 운전도 처음엔 신경을 많이 쓰거든."
"알았어, 지금 괜찮아. 오가는 차도 거의 없고, 길을 벗어나도 그냥 평지길이니까 문제 될 것 없어. 안심해도 돼."

영미는 정말 눈썰미가 좋아서 운전을 비교적 매끄럽게 했다. 그렇게 해서 상가 시내로 진입하였는데, 거기엔 오가는 사람들, 자전거, 오토바이, 차들이 뒤섞여 있었다.

"괜찮겠어?"
옆에 앉았던 차리가 물었다.
"그냥 이대로 천천히 가면 되지 뭐."
"그래, 그냥 무조건 천천히 가."
그 말이 끝나자마자
"끼익~"
하고 영미가 급브레이크를 밟았다. 영미와 차리가 앞으로 쏠리었고, 차리는 반사적으로 뒤에 있던 타조를 바라보았다. 타조들도 일제히 앞쪽으로 쏠리면서 쓰러지고 주저앉았다.
"아이고, 큰일 날 뻔했네."
"왜? 무슨 일이야?"
"갑자기 오토바이가 끼어들었어."
영미가 천천히 가자, 뒤따라오던 오토바이가 추월하여 영미의 앞을 지나 쏜살같이 추월한 것이다.
"괜찮아?"
"난 괜찮은데, 타조들이 앞으로 다 넘어졌어. 지금 일어나긴 하는데, 맨 앞에 있던 녀석이 괜찮을지 모르겠네. 안 되겠다. 너무 천천히 가면 추월하려고 끼어드는 인간들이 많아. 내가 운전할게."

"응."

이렇게 해서 차리가 다시 운전을 하기 시작하는데 뒤에 타조 한 마리가 일어서질 못하고 주저앉아 있었다.

"에효, 한 마리가 다친 모양이네."

"아이구야. 집에 가서 치료해야지, 어디 부러졌나? 내 잘못이다."

영미가 안타깝게 말을 하였다.

집에 돌아온 차리와 영미는 급히 어린 타조를 안아서 내려 타조 우리에 넣고 물과 사료를 주었다. 그러나 아까 다친 타조는 아직도 제대로 서질 못하고 비실거렸다. 영미가 타조를 이리저리 만져보면서 살펴보았으나 특별히 발견되는 외상은 없어 보였다.

"이상하네. 어디 부러진 곳도 없는데 맥을 못 추네."

"아마 다른 녀석들이 모두 넘어지면서 애가 골병이 든 모양이야. 순간적으로 압사당할 뻔한 거지"

"아이참, 큰일이네. 어떻게 해야 하나."

"무슨 뾰족한 방법이 없을 것 같아. 제 스스로 일어나는 수밖에 없어."

"그러게, 아이참 불쌍하다."

영미는 타조를 끌어안고 머리를 쓰다듬고 몸도 쓰다듬었으나 녀석은 가쁜 숨을 헐떡이며 애처롭게 커다란 두 눈을 껌벅이고만 있었다. 물은 조금 먹었으나 사료를 주어도 고개를 내저었다.

결국, 삼일 후 아침에 그 타조는 일어나질 못했다. 영미는 눈물을 흘려가면서 안타까워했으나, 어쩔 도리가 없었다.

"할 수 없지 뭐, 고의는 아니니까. 그리고 아홉 마리도 충분하니까 너무 안타까워하지 마."

"으응, 그래도 너무 불쌍해. 얘를 어떡하나?"

"저기 모래 둔덕 아래에 묻어주자. 원주민들 같으면 잡아먹을 텐데."

"그래야겠어."

둘은 안타까운 마음을 금치 못하며 삽으로 모래를 1미터 정도 파서 타조를 묻었다.

6. 놀라운 타조 훈련

타조를 사온 지 4일째 밤이다.

차리는 영미에게 타조 훈련에 대해 처음으로 입을 열었다. 앞으로 어떻게 타조를 훈련시킬 것인지 설명한 것이다. 그동안 영미도 궁금하긴 했지만, 차리가 때가 되면 알려주겠다며 극비라고만 했기에 더 이상 묻지 않고 오늘까지 기다렸다.

"파블로프의 조건반사 실험 알지?"

"응, 개에게 먹이를 줄 때 종소리를 들려주었더니 나중에는 종소리만 들어도 침을 흘렸다는 거잖아."

"맞아. 난 그걸 이용해서 다이아 원석을 찾을 거야."

"옴마야, 종을 쳐서 다이아 원석을 찾는다고? 하이고 말도 안 돼."

"하하하, 종을 치다니. 21세기의 첨단 과학기술을 이용해야지."

"그으래? 그게 뭔데?"

"종을 치면 개가 먹이를 주는 줄 알고 침을 흘리는 거잖아. 난 지금 두 가지로 계획을 세웠어. 어떤 소리는 '반짝 돌(원석) 을 주워 먹어라'이고 또 다른 소리는 '먹이를 먹으러 오라'는 소리야."

"그게 가능한가?"

"가능하지. 동물들이 소리를 구분하는 능력이 사람보다 뛰어나잖아. 시골에서 놓아 기르는 닭들도 모이를 줄 때, '구구구~'하면 쏜살 같이 쫓아와. 내가 집에서 열대어를 기르는데, 얘들도 소리를 다 들어. 어항을 톡톡 두드리면서 먹이를 주었더니 그 소리만 나면 몰려들어. 그뿐만 아니라 어항 밖의 사람도 다 알아봐. 퇴근하고 현관문을 열면 먹이 달라고 우르르 몰려들어."

"그건 맞아. 애완동물들도 먹이 주는 신호는 다 알아. 따지고보면 파블로프의 조건반사는 아무 이론도 아냐. 남들도 다 알고 있는 것을 체계적으로 정리한 것뿐이야."

둘 다 동물에 관해서 관심이 많았던 터라 대화가 주거니 받거니 하면서 잘 진행되었다.

"그러니까, 먹이를 주는 신호는 아무것도 아니고, 어떻게 하면 반짝 돌을 주워 먹도록 훈련할지가 관건이야."

"그렇겠네. 그게 쉽지 않을 텐데."

"그렇지. 쉽지 않아, 그래서 타조와의 교감이 필요한 거야. 어느 정도 교감이 형성되면 얘들이 눈치껏 알아서 할 것 같아."

"그렇겠네. 물개도 그랬잖아. 자기들하고는 전혀 상관없는 인간들의 지시에 따르잖아."

"맞아, 타조도 그렇게 할 수 있어. 타조가 인간보다 시력이 좋고, 천성이 반짝이는 물체는 주워 먹는다고 하잖아."

"나도 그런 얘기 들었어. 그럼 시력이 얼마나 좋다는 거야?"

"내가 여기저기에서 수집한 자료에 따르면, 인간의 최고 시력이 2.0일 때 타조의 시력은 25.0이나 된다고 하데. 즉 인간보다 열 배 이상 뛰어난 시력인 거야. 고성능 망원경과 다름없지."

"아이구야, 감이 안 잡힌다. 시력이 25면 도대체 얼마나 잘 본다는 거야?"

"대략 4km 정도 떨어진 곳의 토끼를 본다고 할까? 인간이라면 4km 정도 떨어져 있으면 그곳에 사자가 있는지 얼룩말이 있는지 아예 보이질 않을 텐데, 타조는 다 알아본다는 거야. 그래서 먼 곳에 사자나 하이에나 같은 포식 동물이 나타나면 그냥 냅다 뛰어서 도망치는 거지, 공격 무기가 없으니까 삼십육계 줄행랑을 치는 거야."

시력이 좋다는 독수리나 매도 3km 정도 떨어진 곳의 토끼를 알아보고 사냥한다는데, 타조의 눈은 그야말로 천리안인 격이다. 십 리 밖의 토끼를 알아본다는 것이다.

"호호호, 그거 말 되네. 아주 멀리서 적이 나타나면 그냥 도망치면 살아남을 수 있겠네."

"그런 셈이야. 그렇게 해서 여태껏 살아남은 거야."

"아무리 그래도 그렇지, 도망치다가 그곳에서 포식 동물을 만나면 어떻게 해?"

"타조의 마지막 비장의 무기는 발차기라고 나와 있더라고. 발가락이 두 개뿐인데 발톱이 강해, 강철 같아, 정통으로 발차기에 맞으면 사자의 배도 뚫을 정도라는 거야."

"오우, 정말 대단하다. 백오십 킬로나 되는 몸무게로 발차기를 하면 진짜 뱃가죽이 찢어지겠어."

"그런 모양이야. 그런데 타조의 최대의 천적은 사자나 하이에나가 아니라 인간이야."

"맞아, 모든 동물의 최대 천적은 인간이야. 대학교 때 교수님도 여러 번 그런 말씀을 하셨어"

"아무튼 그건 그거고 타조의 시력을 이용해서 반짝이는 돌인 다이아몬드 원석을 찾는 거잖아."

"응, 타조의 천성이 반짝이는 물체를 잘 주워 먹는다고 하더라고. 그래서 그런 특성을 이용해서 훈련하는 거야."

"와아~ 진짜 놀라운 이론이네. 이제 극비 사항을 말할 때가 되었네. 타조를 입양했으니 곧바로 훈련에 들어가야잖아."

"맞아, 그래서 오늘 밤에 말하는 거야. 이 얘기는 이 세상 어떤 사람에게도 전파되어선 안 되는 거야."

"알았어, 오빠."

차리는 침을 한번 꿀꺽하고 삼키더니, 극비 사항인 타조 훈련법에 대하여 말하기 시작했다. 어린 타조에게 특수하게 제작된 전자 장비를 다는데, 목 아래와 양쪽 날개 사이 등에 엑스자(X자) 모양의 벨트로 장착한다. 그 안에 특수 장비가 있고 배터리가 들어있다. 이 배터리는 한번 충전하면 2주 정도는 지속되는데, 그럴 필요 없이 훈련된 타조는 아침에 데리고 갔다가 저녁때 데려온다는 것이다.

차리는 일어나서 캐비넷을 열고는 무엇인가를 꺼내 왔다. 작은 직육면체인데 마치 예전 핸드폰인 폴더폰 같기고 하고, 납작하고 길쭉한 세수 비누 모양 같기도 하였다.

"이게 뭐야?"
"이게 바로 첨단 기기야. 타조를 훈련시킬 기기야."
"그으래? 까맣게 생기고 아무것도 안 보이는데."
"그렇지. 외형으로 볼 때는 그냥 까만 플라스틱 덩어리 같지, 하지만 여기에 두 가지 기능이 있어."
"무슨 기능? 그게 첨단 기능인가?"
"하하하, 따지고 보면 엄청 첨단 기능은 아냐, 이건 휴대폰에서 두 가지 기능만 살린, 말 못하는 휴대폰이나 마찬가지야. 따지고 보면 휴대폰 기능도 아니야. 라디오 기능이나 마찬가지야."

"그럼 어디다 써?"

이어서 차리는 설명을 하기 시작했다. 이 기기의 이름을 타뮤(TaMu)로 정했다는데 타조의 'Ta'와 '음악(Music)'의 'Mu'를 합성하여 TaMu로 정했다. 두 가지 기능 중 한 가지는 구글을 기반으로 한 위치 추적 시스템이다. 이걸 장착하고 돌아다니면 어디에 가든 위치 추적이 가능하다는 것으로 지금 스마트폰에 있는 GPS 기능과 똑같다.

두 번째는 음악을 들을 수 있는 기능으로, 스마트폰에 있는 것처럼 작은 스피커가 있고 골전도 스피커 시스템도 있다고 했다. 골전도 스피커 시스템은 뼈를 이용하는 것으로, 진동으로 소리를 전달하는 시스템이다. 이것도 지금 시판 중에 있는데 골전도 이어폰을 팔고 있다고 하였다. 음악은 컴퓨터로 바꿀 수도 있는데 지금 두 가지 음악이 세팅되어 있다. 한 가지 음악은 부드러운 첼로 음악으로 이 음악을 들려주면서 '반짝이는 돌을 주워 먹어라.'라는 훈련을 할 것이고, 또 다른 하나는 경쾌한 피아노 음악으로, 이 음악은 '빨리 와서 먹이를 먹어라.' 라는 신호라는 것이다.

즉, 훈련 방법은 두 가지뿐이다. 먹이 먹는 음악은 본능적으로 반응할 것이므로 별 어려움이 없을 것이다. 하지만 '반짝이는 돌을 주워 먹어라.'라는 음악은 타조와 눈을 마주치면서 교감하고 반짝 돌을 먹게끔 유도해야 한다. 반짝이는 돌은 동글동글한 아크릴 조각으로 만들어 놓은 것도 있고 이베이에서 동글동글한 크리스털 비즈(beads)를 구해놓았다는 것이다.

"와아~ 듣고 보니 진짜 놀라운 이론이네. 이런 기기를 만들기도 어렵겠지만, 굉장히 비쌀 텐데."

"만들기 어렵지만 내가 만들 수 있나. 청계천 전자상가에 가서 용역을 주었지. 이론은 단순하잖아, 휴대폰에서 두 가지 기능만 살려서 만드는 거니까."

"그래도 새로 회로를 만들어야잖아, 프로그램도 만들고."

"그래, 그래서 비싸. 이 조그만 게 스마트폰 한 대보다도 비싸. 한 대당 120만원이야, 프로그램까지. 여분까지 총 12대를 만들었으니까 1,440만 원인데 1,400만 원에 거래했어."

"그래서 준비하는데 경비가 1억이나 들어간다고 그랬구나. 아무튼 배포가 크다. 굉장해."

"남의 머리를 좀 빌리는 거지. 돈이 들어가서 그렇지만, 이제 그 돈을 불려서 회수하는 일만 남았어."

"호호호, 진짜 대단하다. 꼭 성공할 것 같아. 우리가."

"필승이야."

"그럼 제어는 어떻게 해?"

"응, 태블릿이나 노트북으로 해, 구글 기반이니까 인터넷만 연결하면 다 되어. 아니, 음악 신호는 엄밀히 따지면 라디오 기능이라 아까 그 송신기로 하면 돼."

"사막에 나가면 안 되잖아, 인터넷이."

"아, 그래서 첨단 장비가 또 준비되었지. 작은 접시 안테나로 인공위성에서 신호를 받을 수 있어. 이것도 위성 TV와 유사한 원리야. 그리고 전파를 발신할 수 있는 송신기도 있고, 이건 라디오 원리로 프로그램된 음악이 나가는 거야. 크기는 옥수수만 해. 사막에 나갈 때나 집에서 훈련할 때 여기에서 음악이 나가게 하는 거야."

"야아~ 아무튼 대단하다. 존경스러워. 그럼 언제부터 훈련을 하나?"

"당장 내일부터 하려구. 물개 조련해 봐서 알잖아, 어릴 때부터 해야 얘들이 각인(刻印)을 하지."

"응, 맞아. 그럼 시간은 얼마 동안이나 하나?"

"내 계획은 아침결에 반짝이 돌 주워 먹는 훈련을 하고 저녁엔 먹이를 주는 훈련을 하려고. 먹이 주는 훈련은 별로 할 것이 없으니까 오전에만 신경 쓰면 돼. 시간은 삼십여 분 정도 하고, 십 분 정도 쉬었다가 이삼십여 분 정도 진행하면 될 것 같아. 이걸 삼 개월 정도 하면 얘들도 다 기억할 거야."

"그 정도면 될 것 같아, 타조가 예상외로 영리하다고 하잖아."

"맞아. 의외로 영리해."

영미는 정말로 크게 감탄을 했다. 그렇게 둘은 도란도란 이야기를 하다가 잠이 들었다.

다음 날 아침을 먹으면서 영미가 또 묻기 시작했다.

"오빠, 그럼 타조가 원석을 먹었다고 하면 어떻게 꺼내? 배를 갈라보나? 옛날에는 배를 갈라서 꺼냈다면서."

"그랬을 거야. 그 시대에는 그 방법밖에 없으니까. 그게 최선이었겠지. 타조를 몇 달이나 훈련시켜서 일회용으로 죽여 버리면 폭망하는 거지. 뱃속에 뭐가 들어 있는지도 모르고 말이야. 그래서 내가 준비한 게 또 있어"

"그게 뭔데?"

"내시경이야. 기다란 내시경, 사막에 가서 풀어놓은 타조들을 대략 사오일 정도의 간격을 두고 뱃속을 살피는 거야. 내시경으로, 그 안에 플래시가 있어서 뱃속 모래주머니 속이 훤히 다 보인다구. 그래서 원석 같으면 작은 집게로 끄집어내는 거야."

"오호, 진짜 첨단 기술이네. 모래주머니라면 닭똥집 같은 건가?"

"맞아, 모든 조류는 이빨이 없잖아. 그냥 통째로 먹고 뱃속으로 들어가서 먹이를 잘게 부수어야 하는데, 이때 바로 작은 돌이 필요한 거야. 그 돌로 먹이를 잘게 부수어서 소화를 시키는 거지. 타조는 닭 같은 모래주머니는 없지만 그런 역할을 하는 위장이 있어. 여기에서 먹이와 작은 돌이 있어서 잘게 부순다고 하더라고."

조류는 치아가 없고 모든 먹이를 통째로 삼키고는 모래주머니 속에서 잘게 부순다. 이 모래주머니 속에 조류에 따라서 모래나 작은 돌이 들어가 있는 것이다. 타조도 이와 유사한데, 전위(前胃)라고 하는 첫 번째 위장에 먹이를 모아 두었다가 근위(筋胃) 또는 사낭(砂囊: 모래주머니)이라고 하는 두 번째 위가 있다. 이 두 번째 위에 모래나 작은 돌이 들어 있는 것이다. 성숙한 타조의 사낭에는 대략 1.5kg이나 되는 많은 양의 돌이 있다고 한다.

"응, 나도 알아, 그런데 타조는 유별나게 반짝이는 돌을 잘 찾아서 주워 먹는 거잖아.

그런데 삼킨 원석을 금세 배설하면 어떻게 하나?"

"아 그거. 나도 궁금해서 자료를 많이 찾아보았는데, 한 번 타조 위 속으로 들어간 돌들은 배설이 잘 안 된다고 하더라구. 죽을 때까지 뱃속에 있는 건데, 다 그런 것은 아니고 모래주머니 속에서 돌끼리 서로 부딪혀서 갈리고 닳게 되어 크기가 아주 작아져서 콩알만 해졌을 때는 먹이와 함께 창자로 이동하였다가 배설이 된대. 만약 무른 돌을 삼키면 쉽게 닳아서 뱃속에 돌이 부족해지는 거지. 아마 소화가 잘 안 될 거야. 이럴 때 타조들은 본능적으로 뱃속에 돌이 부족하다는 것을 알고는 돌을 찾아 먹는데, 유별나게 반짝이는 돌을 보면 곧바로 삼킨다는 거야.”

차리가 말한 것은 두 번째 위인 근위(모래주머니)에서 아주 잘게 부서진 먹이는 다음 단계인 십이지장으로 이동해야 하는데, 십이지장의 입구인 유문(幽門)이 매우 좁아서 아주 작은 먹이나 모래, 물등은 통과하지만 1cm 이상 되는 것들은 통과하기가 어렵다. 이러니 경도가 10인 다이아몬드 원석이 한번 타조의 위 속으로 들어가면 닳아질 리가 없으니 타조가 죽을 때까지 타조 위 속에 있게 되는 것이다.

“오호, 오빠 진짜 연구 많이 했다.”

“아 그럼 일생일대의 모험이자 사업인데 이 정도는 연구해야지.”

“그럼 오빠 말대로 타조를 훈련시켜서 반짝 돌을 찾아서 주워 먹게 하면 되겠네.”

“그래, 그런 특성을 이용하되 훈련은 21세기에 걸맞은 첨단 기술을 응용하는 것이야.”

“어머어머, 정말 갈수록 첨단이네. 그런데 타조 뱃속을 뒤지려면 마구 발광할 텐데.”

영미는 차리의 얘기를 들을수록 흥미진진해서 두 눈을 동그랗게 뜨고 대화를 이어나갔다.

“그렇지, 그래서 할 수 없이 마취를 조금 시켜야 돼, 주사 마취 있잖아, 동물에게 쓰는 거.”

“아항, 블루건(blow gun)에 쓰는 마취약.”

“응, 그거야.”

“그럼 그런 것들 다 준비했어?”

“아, 그럼. 여기에 온 목적이 뭔데. 빈틈없이 준비했어.”

“어쩐지 짐이 엄청 많더라. 아무튼 오빠가 자랑스러워. 꼭 성
공할거야.”

“하하하, 성공해야지. 네가 삼천만 원 투자했는데 삼십억쯤
배당을 줘야지.”

“호호호, 꿈이 커도 너무 크다. 3억만 줘도 황공하옵니다.
호호호.”

“하하하, 하하하”

차리와 영미는 정말로 부푼 꿈에 빠졌다.

다음 날 아침부터 차리와 영미는 타조 훈련에 들어갔다. 차
리와 영미는 타조 우리에 들어가서 앉았다. 영미의 말대로 눈
높이를 맞추어야 한다는 것인데, 아직 어린 타조라 키가 1m 정
도였기 때문이다. 이 녀석들은 사람을 무서워하질 않아서 안아
주고 머리를 만져주어도 가만히 있었다. 차리는 타뮤를 목 아
래 등 쪽에 장착하고 첼로 음악을 들려주면서 손바닥에 반짝
돌을 올려놓고 먹으라고 했더니 어떤 녀석은 물었다가 놓기도
하고 어떤 녀석을 먹기도 하였다.

"오빠, 근데 한 가지 빠졌어."

"뭐가?"

"반짝 돌을 먹은 타조에게 보상을 해 주어야지. 물개도 잘할 적마다 꽁치를 주었잖아."

"아항, 그러네. 사료 말고 특식으로 무슨 과일 같은 것을 사와야겠다."

"과일이 너무 크지 않을까? 땅콩이나 캐슈넛 같은 견과류는 어때?"

"땅콩이나 캐슈넛? 그거 좋지, 애들은 뭐든 잘 먹으니까. 이따 오후에 상카에 가서 뭐가 있나 보고 사와야겠어."

"응, 그렇게 해야 돼. 반짝 돌을 주워 먹으니까 간식을 주더라, 애들이 그런 생각을 가져야 한다구."

"역시 물개 조련 선배님이라 다르다. 하하하."

차리는 매우 기분이 좋아졌다. 출발이 아주 순조롭게 시작되고 있기 때문이다.

그날 오후, 차리 혼자서 상카에 가서 여러 가지 견과류와 크기가 작은 무슨 열매 종류를 사고 차리와 영미가 먹을 열대 과일도 사왔다.

저녁때는 어려울 것이 없었다. 송신기로 피아노 음악을 들려주면서 사료를 주었더니 곧바로 와서 먹기 시작했다.

이런 식으로 매일매일 타조 훈련이 반복되었다. 영미는 타조에게도 각각 이름을 붙여주어야 한다고 했다. 이름을 붙여도 암수 구별 정도밖에 안 되니, 목에다 매직으로 숫자를 쓰고 이름을 부르자고 한 것이다. 차리도 크게 동의하고 타조 이름을 짓기 시작했는데, 그게 쉽지 않아서 별의별 이름이 다 나왔다. 마침내 아홉 마리의 타조 이름이 정해졌다.

1. 하니	6. 여희 – 가장 영리하다. 후에 탁구공만한 다이아 원석을 물고 온다.
2. 두순이	7. 칠수(숫놈)
3. 삼희	8. 팔팔이
4. 사돌이(숫놈)	9. 구기자 – 하이에나가 잡아먹음
5. 오미자	

타조들은 의외로 영리해서 일주일 정도 지냈을 때 음악을 구분하여 동작을 할 줄 알게 되었다. 첼로 음악을 들려주면 바닥에서 반짝 돌을 찾아보고 먹기도 하였으며, 피아노 음악을 들려주면 당연히 먹을 것(사료)을 주는 줄 알게 된 것이다.

아침마다 차리와 영미는 타조와 눈을 맞추면서 첼로 음악을 들려주고 반짝 돌을 주워 먹으면 보상으로 견과류를 주었다.

7. 현지 전통 결혼

기수와 영미가 츠브야 마을에 온지 이십여 일이 지나고 있었다. 오자마자 집을 짓고 어린 타조를 분양받아서 매일 같이 훈련을 하고 있는 중이었다. 이제 얼마 되지 않는 부족민들과 안면이 있게 되었다. 몇몇 사람들은 타조 우리에 와서 구경도 했는데 어떤 어린이들은 처음 본다면서 매우 신기해 하였다.

기수의 계획대로라면 이런 식으로 3개월 정도 훈련시킨 후 사막으로 데리고 나간다고 하였다. 생활도 이제 여기에 맞게 정착되었다. 펜션같이 있을 것은 다 있었고, 가까운 상카에 가면 생필품, 타조 사료, 주유소 등 웬만한 것들은 다 구할 수 있었기에 부족함이 없었다. 기수와 영미는 별천지에 와서 신혼생활을 보내듯 하였으니 집 생각도 나질 않았다.

그러던 어느 날 밤, 아마 밤 8시경이었을 것이다.

둘이서 한가롭게 소파에 앉아서 위성 TV를 보고 있는데 밖에서 부르는 소리가 났다.

"차리, 차리."

"어엉? 누가 날 부르네?"

차리가 급히 일어나서 밖을 나가보니 족장의 아내가 밖에서 서 있었다. 이 여자가 족장의 두 부인 중 한 명 인 것만은 아는데, 영어를 족장보다 잘 몰라서 의사소통이 어렵고 그저 눈인사나 나눌 정도였다.

"무슨 일이요?"

이에 그 족장 부인은 "또프, 또프"를 말하면서 배를 끌어안는 시늉을 하였다. 옆에 있던 영미가 이를 눈치채고

"또프가 아픈 모양이야."

라고 말하면서 비슷한 동작을 해 보였다. 대강 어림짐작해보니 또프 족장이 배가 아파서 토하고 설사도 하는 모양이었다.

"영미야, 약 챙겨 가지고 가보자. 청진기 가져왔지?"

"응, 한번 어서 가보자, 큰 병 났으면 어쩌지?"

"그 정도는 아닐 거야."

이렇게 해서 기수는 영미와 또프의 아내를 차에 태우고 족장 집으로 갔다. 족장 집으로 들어가기는 이번이 처음이다. 나무로 만든 움막이 아니라 흙과 돌로 벽을 쌓고 지붕을 올린 원주민 가옥이다. 여기도 채광이 되지 않는 구조인데, 지금은 밤이

라 전등불을 켜 놓고 있었다.

"안녕하세요? 또프 써."

그러지 않아도 깡마른 또프는 두 눈이 퀭하게 들어간 채 누워 있다가 겨우 머리만 들어서 인사를 했다.

"안녕, 차리, 내가 아파, 아파."

"어디가 아픈가요?"

"여기 배가 아파. 토하고 설사를 해."

영미가 청진기를 꺼내어 배를 진찰해보니 뱃속은 전쟁이 터진 듯 우르릉거리고 있었다. 무얼 잘못 먹고 탈이 난 것으로 생각되었기에, 두 부인과 족장과 어려운 대화를 해야 했다. 한참 동안 손짓 발짓으로 알게 된 것은, 무슨 고기와 전통술(옥수수로 담근 막걸리 비슷한 술)을 먹고 난 후 얼마 지나지 않아서 배가 아프다고 구토와 설사를 반복하고 있다는 것이었다.

"차리, 어쩌지? 이 정도라면 한국에선 병원에서 수액 주사를 맞아야 할 텐네. 지금 딜수 증세가 왔이. 얼굴을 봬. 핏기 없이 곧 죽을 것 같잖아."

"상카에 가면 신식 병원이 있을까?"

"병원은 못 보았는데, 약국은 보았어도."

"아참, 그랬지. 지난번에 오가다가 '여기도 약국이 있네' 했었지. 그럼 약 없어? 내가 장염약 부탁했었잖아."

"그건 가지고 왔어. 여기 가방에 있어."

"그거라도 먹게 하자. 여기 사람들 신식 약 먹어보질 않아서 한 번만 먹어도 단방에 낫는다고 하더라구, 인터넷 배낭 여행자 카페에서 보면."

"그럴지도 모르겠네, 아무튼 장염약하고 지사제, 소화제, 진통제를 제조해서 먹으라고 해야 할 것 같아."

"응, 그 방법밖에 없네."

둘은 이렇게 간단하게 대화를 한 후에 따뜻한 물을 가져오라고 해서 약을 먹게 했다. 족장은 미안하기도 하고 죄송하기도 한지 '땡큐' 소리만 연발해야 했다.

"그럼 우리는 가 봐도 될까?"

"조금만 기다려. 족장이 조금 나아질 거야. 잠이 들던지."

"응, 그래야겠네."

족장은 복통이 조금 가라앉았는지 눈을 감더니 잠이 들었다.

그런데 이때, 두 부인이 눈물을 찍어내면서 손짓발짓으로 말을 걸었다. 족장이 너무 불쌍하다는 것이다. 지금 47살인데 저렇게 아파도 누구 하나 찾아보는 사람도 없다는 것이다. 원래 족장은 지위가 매우 높은 신분이었다. 정치적으로 부족민을 통치하고 재판도 하고, 아프면 주술사에 치료사 노릇도 하고, 결혼식 때는 족장으로 주례 역할도 하는 등 이 마을에서는 최고의 권위를 누릴 수 있는 위치였다.

그런데 십몇 년 전부터 마을에 변화가 생기고 사람들 마음도 변하기 시작했다고 한다. 족장은 다섯 명의 부인이 있었는데 제일 늦게 들어온 젊은 여자는 아이도 낳기 전에 도시로 도망가고, 이어서 세 번째, 네 번째 부인은 아이가 있었는데 그 아이까지 데리고 도망갔다는 것이다. 자기들은 늙어서 도망 가봐야 일도 못 하고 구박만 받을 것이 뻔하기에 그냥 여기에 살고 있다는 것이다. 자식들이 있는데 돈을 벌려고 도시로 나갔다는데, 그중 몇 명은 나하부에도 있다고 하였다.

한때는 부인 다섯 명에 자식 여덟 명, 족장, 이렇게 해서 열네 명이나 여기서 살았는데, 지금은 족장과 자기들 둘뿐이어서 전에 살던 집들은 모두 텅텅 비었다고 하였다.

말이 통하지 안 해서 의사소통은 더디고 답답하기만 했는데, 의외로 영미가 잘 알아듣고 기수에게도 설명해 주곤 했다. 타고나길 여자가 남자보다 언어 감각이 뛰어나다고 하더니만 그 말이 맞는 말인 모양이었다.

그러는 중에 잠깐 잠들었던 족장이 깨어났다.

"아이고, 영미 고마워. 배 아픈 게 많이 가라앉았어."

"다행이네요. 큰 병이 아니어서."

"뭘 잘못 먹었나 봐."

"그러신 거 같아요. 절대로 상한 음식을 먹으면 안 됩니다. 자칫하다간 목숨을 잃을 수도 있어요."

"응, 고마워."

이에 두 아내가 얼른 다가와서 이마를 짚어 보며 살펴보았다. 까만 얼굴이지만 아까보다는 혈색이 돌았다. 두 아내 역시 고맙다고 연신 고개를 숙이고 있었다.

"이제 우리 시대는 다 갔어."

족장이 입을 열었다.

"내가 마지막 족장이야. 세상이 하루가 다르게 변하는 것을 내가 막을 수 있나."

"그러게요."

그러다가 영미가 우연히 고개를 돌려서 위를 쳐다보았는데, 그곳에는 아프리카 전통 결혼식을 올린 사진이 액자에 넣어 있었다.

"족장님, 저 사진 족장님 가족 맞지요. 저기 족장님도 있네요."

"응, 맞아. 우리 결혼식도 저게 마지막일 거야."

"누구 결혼식인가요?"

"둘째 부인의 둘째 아들이야. 그때 전통 결혼식을 했지. 이제 젊은이들은 신식으로 해. 말도 안 들어."

"그렇겠네요. 그럼 저때가 언제예요?"

"그때가 아마 칠팔 년은 되었을걸."

이에 기수가 일어나서 유심히 살펴보았다. 온몸에 물감으로 얼룩덜룩한 문양을 그리고, 전통 옷이라고 볼 수 있는 풀잎으로 만들거나 무슨 노끈 같은 것을 꼬고, 가죽 조각으로 치마와 같이 만들었고, 머리에는 깃털로 장식했다. 손과 발에는 팔찌와 발가락지를 여러 개 끼웠으며, 남녀 모두 상의는 없이 알몸이었다. TV에서 보던 아프리카 전통 결혼식과 복장이 유사했다.

"족장님, 저런 옷차림 지금도 할 수 있나요?"

"있지, 사람들이 떠날 때 마구 버렸는데, 쓸 만한 것들은 내가 간수했어, 아마 열 벌은 될 거야."

"그래요?"

이때 영미가 황당한 제안을 했다.

"오빠, 우리 여기서 전통 결혼식 올리자."

"여기서 결혼식을 올려?"

"응, 재밌잖아. 이색적이고, 아프리카 전통 결혼식도 다 끝났다는데, 우리가 마지막으로 해봐."

"하하하, 진짜 코메디하려구 하네."

"아니야, 난 해보고 싶어, 우리가 이렇게 사는데 결혼식 안 올릴 거야? 법률혼을 해야지."

"카하하하, 또 나온다, 사실혼 법률혼."

둘이서 이렇게 웃어가면서 말을 하니, 다들 어리둥절해하며 기수와 영미의 얼굴을 번갈아 쳐다보았다. 영미는 더 이상 물어볼 것도 없이 마음의 결정을 내렸다.

"족장님, 옷하고 장신구 있다구 했지요?"

"응."

"우리가 진짜 마지막으로 아프리카 결혼식을 하겠어요. 저렇게 똑같이 옷 입구요."

"뭐요? 당신들은 외국인인데 저런 결혼식을 한다구요?"

"예, 돈 들어가는 거 우리가 낼게요. 날짜만 정하세요. 여기 마을에 있는 사람 다 합해야 칠십여 명 이라고 했지요. 그 사람들 다 불러서 맛있는 음식 대접하세요. 제가 음식 값 다 낼 테니까요."

"어허, 이거 횡재했네."

이 말에 족장은 힘이 나는지 일어나 앉아서 대화를 시작하였다. 목소리에 힘이 들어가는 걸 보니 금세 다 나은 모양이었다. 결혼식을 하면 족장의 권위가 잠시나마 살아있게 되기 때문이다.

영미가 이렇게 먼저 앞 질러서 결정을 하니까, 기수는 옆에서 헛웃음을 짓다가 수긍하고야 말았다. 고집 센 영미를 쉽게 꺾을 수도 없거니와 달리 생각하면 전통 결혼식을 올리고 사진도 찍고 동영상도 찍으면 아주 큰 기념이 될 것이기 때문이다.

그래서 느닷없이 족장과 전통 결혼식에 대하여 상의를 해야 했다.

날짜는 다가오는 보름날, 양력으로 1월 5일 오후 3시경 시작되어 밤까지 진행된다. 식을 이렇게 오래하는 것은 대부분의 시간이 몸을 흔드는 춤이기 때문이다. 즉, 혼례 자체는 간단한데 음식을 먹고 춤을 추느라 시간이 많이 드는 것이다. 그런데 지금은 그렇게 오래 춤을 출 사람이 없을 것이라면서, 아마 일찍 끝날 수도 있다고 했다.

예식에 들어가는 모든 비용은 차리가 댄다. 거금이지만 소한 마리를 잡기로 했다. 이들은 염소 고기는 더러 먹지만, 소는 워낙 귀하고 비싸서 일 이년에 한 번이나 먹어볼까 말까였다. 지금 이 마을엔 소도 없어서 다른 마을에 가서 사와야 한다. 왜냐하면 소를 키울 만한 젊은이들이 없기 때문이다. 술은 막걸리 비슷한 아프리카 전통주가 있긴 한데, 담그기가 번거롭고 일손이 부족하다고 하여, 맥주를 사오기로 했다. 그 외에도 먹을 것들을 사 온다. 즉, 혼례에 관한 준비는 족장이 주선해서 하되 식음료는 기수가 내는 것이다.

족장은 매우 기뻐했고, 두 부인도 덩달아서 기뻐했다. 영미는 두 번 더 먹을 약을 족장에게 주고는 나왔다. 금세 다 나은 족장과 두 부인이 따라 나와서 배웅해 주었다.

"오빠, 나 잘했지?"

"하하하, 잘했는지 모르겠다. 아무튼 큰 추억은 될 것 같다."

"에이, 잘한 거야. 겸사겸사 마을 사람들 실컷 먹이면 그네들도 우릴 좋게 볼 거야. 점수 따는 거지."

"그렇기는 해. 여기서 몇 개월이라도 살려면 좀 친하게 지내야 돼."

"맞아, 맞아."

집에 돌아온 영미는 매우 들떠 있었다. 이색적인 아프리카 전통 결혼식에 애착이 갔기 때문이다.

"여기서 결혼식 올리면 나중에 한국에 가서는 식 안 하나?"

"뭘 또 해? 여기서 한 번만 하면 되었지."

"와아~ 그래도 여긴 일가친척도 없고 친구도 없는데."

"난 상관없어. 얼마나 이색적이고 좋아, 영원한 추억이지, 사진도 찍고 동영상도 찍을 거야."

"누가?"

"젊은 사람에게 시켜야지, 아니면 상카에 가면 사진사 있을 거야. 거기서도 신식 결혼식한다고 했잖아, 족장님이 그랬어."

"응, 그렇기는 하네. 진짜 우리가 여기에서 전통 결혼식 올리면 마지막이 되겠네."

"그렇다니까, 그러니까 여기 격식에 맞추어 잘해야지. 호호호, 얼굴 화장을 어떻게 하나?"

"화장? 얼룩덜룩하게 뭘 바르는 거 아냐? 아까 사진에서 봤잖아, 웃옷은 안 입고 풀잎 치마 입었잖아."

"어머낫, 그랬던가. 하이고야, 난 가슴은 못 내놔. 창피해서."

"이럴 때 자랑해야지, 여기 여자들 애만 낳으면 가지처럼 축

늘어져 있던데. 탱글탱글 수박 같은 가슴 자랑을 해야지."

"뭐어? 오빠 진심이야? 호호호."

"크하하하. 생각만 해도 재미있다."

이러면서 며칠이 지났는데, 족장님이 여기까지 왔다. 아픈 몸은 하루 만에 다 나았고 지금 전통 결혼식 준비를 하느라 심신이 바빴다.

"차리, 5일 날 일찍 시작해야겠어. 오후에 시작해서 밤늦도록 춤추고 놀아야 하는데, 그럴 만한 사람들이 없어. 오전 11시경에 시작해서 점심으로 잔치 음식 먹고 조금 놀다가 오후 두세 시 정도에 끝내야 할 것 같아."

"아, 그러세요? 괜찮아요. 밤늦도록 춤추는 것 보다 훨씬 쉽네요."

"그리고 소 살돈을 미리 줘야겠어, 다른 마을에 가서 몰고 와야 하니까. 다른 음식 재료는 어떻게 하나?"

"그럼 소 살 돈을 드리겠어요. 그리고 음식 재료는 상카에 가야 하니까 우리가 사 올게요."

"오케이. 그러면 더욱 좋지, 우린 차도 없으니까."

이렇게 해서 기수는 넉넉히 500달러를 주었고, 족장이 필요하다는 식자재를 메모해 두었다. 그런 식자재와 함께 추가로 맥주만 더 사면되는 것이다. 족장은 고맙다면서 돌아갔다.

1월 3일.

소 한 마리가 와서 성스럽게 죽어야 했고, 마을 사람들은 고기를 분류해내었다. 이날부터 본격적으로 잔치 음식 준비가 시작되어서 남녀 여러 명이 여러 가지 음식을 만드는 모양인데 종류는 그리 많지 않았다. 족장이 자기가 키우던 염소 두 마리를 내놓아서 그 염소들도 성스럽게 죽어야 했다.

1월 5일.

차리와 영미는 아침 일찍 족장 집으로 올라가서 치장을 시작했다. 족장의 부인 한 명과 또 다른 중년 여자가 와서 치장을 도왔다. 영미는 브래지어를 벗을 수가 없기에 그대로 입기로 했다. 머리띠를 두르고 몇 개의 깃털도 꽂았다. 하객으로 참석하는 마을 사람들은 두 부류로 색실 치마를 입은 사람과 그냥 평소 복장을 입은 사람들이다. 색실 치마는 예전에는 풀잎 치마였지만, 색실이 유입되면서 색실 치마를 입게 되었다고 한다. 색실을 여러가닥 꼬아서 가느다란 줄로 만든 다음에 허리쪽만 가지런히 묶으면 치마가 되는 것이다. 그러니 재질만 바뀌었지 풀잎 치마와 생김새는 똑 같았다. 남녀 모두 곱게 자수를 놓은 머리띠를 하고 몇 명은 거기에다 깃털을 꽂았다. 이런 모습에 여자들은 치렁치렁한 목걸이를 두르고 남자들은 간단한 목걸이를 둘렀다.

족장은 '이제 족장으로 전통 결혼식을 하는 것은 마지막일 것이다.'라고 생각하면서 아주 정성스럽게 치장을 했다. 족장은 깃털이 많이 꽂히고 여러 장식이 달린 모자를 쓰고, 많은 목걸이를 둘렀다. 그리고 족장의 위엄을 상징하는 기다란 창을 들고 허리에는 칼을 찼다. 족장은 색실 치마가 아니라 가죽 치마를 입었다. 이 정도면 걷기에도 불편할 것이나, 어디까지나 상징적이고 위엄을 나타나는 장식이었기에 족장은 만감(萬感)이 교차하더니만 눈시울이 뜨거워졌다. 달리 해석한다면 족장의 권위도 없어질 것이라고 생각한 것이다.

오전 11시 조금 지나자, 마을 사람 칠십여 명이 모였는데 족장의 말대로 젊은이는 몇 안 되었고 주로 늙은이뿐이었으며, 아이들도 십여 명 남짓하게 모인 것 같았다. 몇몇 남자들은 전통 복장에 창을 들고 왔다.

족장은 근엄한 전통 복장을 하고 결혼 축사를 하는 것 같더니, 그게 아니라 사진을 먼저 찍는다고 말했다. 한국과는 정반대이다. 한국은 식이 끝나고 사진을 찍는데 여긴 먼저 사진을 찍는다. 기수와 영미는 해괴한 복장으로 서 있기만 하였다. 둘다 색실 치마를 입고 목걸이를 하고 손목과 발목에 고리를 찼다. 기수는 남성의 상징인 기다란 창을 들고 서 있어야 했다. 이와 같은 복장을 한 사람들이 남녀 십여 명이 넘었다.

기수와 영미는 이들과 함께 기념사진도 찍고 둘만 찍기도 하고, 족장과 셋이서 찍기도 하였다. 나중에는 마을 사람들 모두 모여서 단체사진을 찍었다. 이러고 보니 전통 결혼식이 아니라 사진 찍는 행사로 돌변하고 말았으나, 모두들 즐거워 하였다.

이어서 족장은 차리와 영미를 앞에 세워 놓고 결혼 축사를 했지만, 원주민 말이라 하나도 알아들을 수 없었다. 하객들이 크게 박수를 치는 것을 보아 축사가 다 끝난 모양이었다. 그다음으로 기수와 영미가 서로 안으라고 지시했다. 둘은 서로 포옹하였는데, 아마 이것이 둘이 결합한다는 의미인 모양이었다. 이어서 우리나라 전통 결혼식의 합환주처럼 술잔 두 개에 술을 따르고 팔을 엇갈려서 마시는 '러브 샷'을 하게 했다. 이게 원래 여기 부족의 전통인지, 아니면 서양의 신식 문화에서 유입되었는지는 모른다. 차리와 영미는 시키는 대로 했다.

둘이 합환주를 다 마시자 이제 결혼식은 모두 끝나고, 그 다음으로는(곧이어) 축하연이 시작되었다.

이 모든 과정은 상카에서 온 사진사가 처음부터 사진도 찍고 비디오도 찍었다.

기수는 여기 올 때 가져왔던 담배 두 보루 중에서 한 보루는

이미 족장에게 주었고, 나머지 한 보루를 가지고 와서 마을 사람들에게 한 개비씩 골고루 나눠 주었다.

담배를 피우는 이들은 남자뿐 아니라 여자들도 많았는데 이들은 그 담배의 맛과 향기에 너무 좋아했다. 그리고 아이들에게는 사탕을 골고루 나눠주었는데 아이들 역시 매우 기뻐하였다.

이어서 하객들은 맥주를 마시면서 음식을 먹고, 일부는 마당에 나와서 춤을 추기 시작했는데, 그저 몸을 마구 흔들면서 괴성을 질러대는 것이었다.

아프리카의 어느 부족인가는 춤이라는 게 제자리에서 펄쩍펄쩍 뛰기만 하던데, 여긴 그렇지 않고 그저 마구 흔드는 것이다. 어떤 여자들은 궁둥이를 오리처럼 내밀고 요란하게 흔들어대어서 웃음이 저절로 나왔다. 정해진 격식 없는 그들만의 막춤이었다.

이런 막춤을 보는 또프 족장은 매우 안타까운 표정을 짓고 있었다. 왜냐하면 예전에는 정형화된 율동이 있었지만, 그게 전수가 되질 않으니까 저렇게 막춤을 추게 되는 것이기 때문이다.

기수와 영미가 서 있다가 힘이 든다고 하자, 족장은 사람을 시켜서 플라스틱 의자 두 개를 가져오게 하였다. 팔걸이가 있

는 커다란 의자였는데, 한국에서도 종종 볼 수 있는 똑 같은 의
자였다.

그런데 영미가 저편을 보니까 어떤 여자애가 그냥 앉아만 있
는데, 얼굴이 매우 아픈 표정으로 일그러져 있었다. 모두들 맛
있게 먹고 아이들도 춤을 추는데 그 여자애는 그냥 앉아만 있
었다. 영미는 무심결에 그 아이에게 갔다.

"너 이름이 뭐니?"

"알리샤(alisa)."

"어디 아파? 고기 먹었어?"

"고기 조금 먹었어요. 아파요, 다리가 아파요."

알리샤는 왼쪽 다리를 보여주었는데, 종아리가 퉁퉁 부어서
터질 것만 같았다.

"아이구야. 이거 왜 이래? 다쳤어?"

"안 다쳤는데 아파요."

영미가 달래가면서 묻자, 알리샤는 마침내 눈물을 흘리기 시
작했다.

"여기가 너무 아파요. 밤에 잠도 잘 못 자요. 살려주세요."

"아이고, 이를 어째. 뭣 때문에 이렇게 되었나."

영미가 손으로 만져보니 금세 터질듯하다. 종아리 속이 곪아
있거나 림프액으로 가득 차 있는 것이다.

"아프겠다. 조금만 참아. 내일 내가 치료해 볼 테니. 내일 아

침에 저기 바오밥나무 아래에서 기다려."

"네, 고쳐주세요."

"아참, 너 몇 살이니?"

"열두 살이에요."

"응, 그래 알았어. 내일 보자."

영미는 이렇게 하고선 기수 옆에 돌아왔다. 기수가 무슨 일이냐고 묻자, 다리가 아픈 여자애를 보고 왔다고 했다.

피로연은 오후 세 시경에 끝났다. 뜨거운 햇살도 견디기 어렵지만 펄펄 뛰다시피 하는 춤도 지쳤기 때문이다. 족장의 부인 두 명과 어떤 여자들이 나서서 남은 고기와 음식을 골고루 나눠주었는데 모두들 돌아가면서 족장과 차리, 영미에게 감사의 인사를 전했다.

집에 돌아온 영미는 노트북 앞에 앉았다. 급히 두 가지 할 일이 있었기 때문이다.

하나는 집에 안부 메일을 보내는 것이고, 또 하나는 알리샤의 부어 있는 다리가 무엇 때문인가 알아야 했다.

영미는 그동안 찍어두었던 사진을 대충 정리해서, 창고집 건물 외관과 실내, 타조, 전통 결혼식 사진 몇 장과 동영상을 선별했다. 그리곤 잠시 망설이다가 언니에게 이메일을 보냈다.

언니, 나 영미야.

그동안 넘 바빠서 연락 못해 미안해.

시멘트 벽돌집 짓고, 어린 타조 분양받아서 키우고 있어.

그리고 여기에서 아프리카 전통 결혼식을 올렸어.

차리도 잘 있어.

엄마, 아빠에게 대신 안부 인사 전해줘.

이렇게 간단하게 쓴 후에, 선별한 사진과 동영상을 보냈다.

이메일을 받은 언니는 너무 기쁘기도 하고 황당하기도 하여서 눈물을 찔끔거렸다. 언니는 곧바로 엄마에게 카톡으로 사진과 동영상을 보내고 전화로도 말씀드렸다.

잠시 후,

사진과 동영상을 확인한 부모님은 크게 놀랐다. 아빠는 너무 놀란 나머지 턱이 '덜커덕!'하고 빠졌다가 한 시간 후에 겨우 닫혔다고 하고, 엄마는 '옴마낫~'하고 놀라면서 뒤로 넘어져 뒤통수가 깨졌다나 어쨌다나.

이어서 영미는 인터넷을 검색해 보았고, 알리샤의 다리가 부어 있는 것이 아프리카 풍토병인 무슨 기생충에 감염된 것 같았다. 기생충이라기보다는, 어떤 곤충이 다리에 알을 낳고 그 알이 부화하여 종아리 속에서 애벌레로 자라고 있는 것으로 보였다. 치료 방법은 칼로 절개해서 애벌레를 꺼내고 곪은 부분을 짜낸 다음 소독을 하면 된다는 식으로 나와 있었다.

다음 날 아침을 먹고, 차리는 타조에게 훈련을 시키고 영미는 진료 가방을 들고 차를 운전해서 족장 마을로 올라왔다. 바오밥 나무 아래에는 알리샤와 어떤 여자가 있었는데 엄마로 보였다.

"안녕, 알리샤."

"안녕,"

"안녕하세요. 알리샤 엄마예요. 알리샤를 치료해 준다고 해서 왔어요."

"예, 치료를 해 봐야지요."

영미는 진료 가방을 열어서 아주 작은 주사기에 마취약을 넣고는 알리샤의 종아리에 주사를 놓았다. 이 정도로 작은 양이면 국소 마취 효과가 있는 것이다.

그리곤 그 자리를 꼬집어보면서 "아파?"하고 물어보니 알리샤가 "안 아파."라고 대답을 했다. 국소 마취가 된 것이다. 영미는 지체하지 않고 의료용 메스를 들고 종아리에서 도드라진 부위를 3cm 정도 절개했더니 불그스레한 물이 터지듯 쏟아져 나오기 시작했다. 옆에 있던 엄마가 기겁을 하고 있었고, 알리샤는 너무 놀라서 비명을 질렀다.

"알리샤 엄마, 얘를 반대로 안고 있어요. 여기를 보지 못하게 하세요."

"예."

알리샤 엄마는 알리샤의 얼굴을 감싸 안고 반대로 앉았다. 영미는 힘껏 종아리를 짜내는데 뭔가 안에서 살아서 꿈틀대는 느낌이 들었다. 영미는 다시 메스를 들고 다소 깊고 길게 절개를 했는데, 아뿔싸 그 안에는 네 마리나 되는 쌀벌레 같은 애벌레가 꿈틀거리다가 기어 나오고 있었다.

영미는 처음 보는 광경에 저절로 "아악~"소리를 지르고야 말았다. 이 바람에 고개를 돌리고 있던 알리샤 엄마가 고개를 돌리고 이 모습을 쳐다보고는 동시에 "아악~"하고 비명을 질렀다.

정말로 영미는 대범한 여자였다. 학교 시절 동물 실습을 할 때도 이런 상황은 없었는데 어디서 그런 용기가 났는지 살을 째고 헤집으면서 벌레를 찾았다. 이윽고 더 이상 아무것도 없자 소독약으로 소독을 하고 낚시 바늘 같은 수술용 바늘로 살을 꿰매고는 붕대로 감아주었다.

영미의 얼굴에 땀이 송글송글 맺히었다.

"이제 다 되었어요."

"땡큐, 땡큐. 우리 애를 살려주셨어요."

"아마 더러운 물속에서 놀다가 벌레에 감염된 것 같으니, 앞으로는 더러운 물속으로 들어가지 말아야 합니다. 그리고 여기약을 줄 테니 아침저녁으로 꼭 먹이세요."

"예, 예."

안겨있던 알리샤도 일어나서 종아리를 쳐다보는데 얼굴이 눈물범벅이 되어 있었다. 아파서라기보다 놀랐기 때문이다.

"알리샤, 이제 나을 거야. 내일부터 우리 집으로 와, 우리 집 알지?"

"예."

"천천히 걸을 만할 거야, 내일이면 훨씬 덜 아플 거야, 매일같이 치료를 더해야 한다. 일주일 정도만 우리 집으로 와서 치료받아."

"예, 닥터."

알리샤는 영미더러 닥터라고 불렀는데 이후로도 닥터라고 불렀고, 후에는 마을 사람들이 이 소식을 듣고는 모두들 "닥터"라고 부르게 되었다. 그래서 이때부터 "차리와 닥터"가 되었다.

다음 날 아침 무렵, 알리샤가 엄마와 함께 왔다. 알리샤의 종아리에 감았던 붕대를 풀어보니 염증 없이 잘 아물고 있었다. 약을 모르고 살아왔던 사람들이라 항생제에 금세 아물기 시작한 것이다.

알리샤 엄마의 이름은 비키타(Bikita)인데 영미보다 한 살 아래였다. 남편이 있었는데 2년 전에 다른 마을에 가서 술을 먹다가 사소한 시비가 붙어 싸우다 총에 맞아 죽었다고 했다. 그래서 과부가 되어서 알리샤를 혼자서 키우고 있었다. 알리샤 아래로 아들이 하나 있었는데 이 아이는 첫돌을 넘기고 무슨 병에 걸려서 죽었다고 했다. 듣고 보니 매우 불쌍한 여자였다. 흑인 여자치고는 얼굴도 예뻤는데 험하게 살아가고 있었다. 하루하루 먹고 살기도 힘든 모양이었다. 이런 오지에 돈을 벌 만한 일이 거의 없었다. 그저 염소 십여 마리를 키우면서 젖을 내어 먹고, 남의 집에서 기르는 염소를 돌봐주거나 옥수수밭에 가서 품삯일을 해주는 게 유일한 돈벌이나 마찬가지였다. 도시로 가보고 싶은데 아는 사람도 없고 알리샤 때문에 함부로 움직이기도 어렵다고 했다. 이런 얘기들 들은 영미는 가슴만 아프지 해줄 수 있는 것이 없었다. 당장 알리샤의 종아리를 치료하는 것이 유일했다.

다음 날부터는 알리샤 혼자서 와서 치료를 받고 돌아가거나 잠시 놀다가 갔다. 타조 우리에 가서 물끄러미 타조를 바라보기도 하고, 혹은 혼잣말을 해보기도 하였다. 마을에 돌아가 봐야 딱히 놀 만한 친구들도 없는 모양이었다. 영미는 그런 알리샤에게 영어를 몇 마디씩 가르치기 시작했더니, 알리샤는 너무너무 좋아하였다. 그래서 때로는 점심이나 저녁도 먹고 가게 되었다.

"알리샤, 너 친구 없어?"

"있어요."

"그런데 왜 너 혼자만 우리 집에 오니? 친구랑 같이 오지."

"애들이 닥터를 무서워해요"

"뭐? 나를 무서워해? 왜?"

"닥터니까요. 닥터는 무서운 거예요."

"호호호, 애 좀 봐, 나 무서운 사람 아니야. 너 내일 올 때는 친구들 같이 데리고 와. 너는 내가 안 무섭잖아, 내가 너를 치료에 주었는데 그게 왜 무서운 거야, 네가 나를 안 무서운 것처럼 친구들도 나를 안 무서워할 거야. 그러니 내일 올 때는 친구랑 같이 와. 친구 몇 명이야?"

"두 명이예요."

"이름이 뭔데?"

"쥬니하고 치치코예요."

"오, 그래? 이름이 너무 예쁘다. 여기서 너 혼자 놀기보다 친구랑 같이 놀면 더 재미있잖아. 그러니까 내일은 올 때 쥬니하고 치치코랑 같이 와. 알았어?"

"예."

다음날 아침결에 알리샤는 쥬니와 치치코와 같이 왔다. 쥬니(Juni)는 알리샤 보다 한 살 더 많은 열세 살이고 치치코(Chichico)는 알리샤와 같은 열두 살 이였다. 셋은 별로 무서워하는 기색이 없이 방긋 웃으면서 차리와 영미에게 인사를 했다.

알리샤 혼자 놀기보다는 여러 명이 노는 것이 훨씬 더 재미가 있어서 저희들끼리 깔깔대며 웃기도 하고 타조에게 먹이도 주면서 놀았다. 영미는 너무 기특해서 같이 놀아주기도 하고 비상식량처럼 남겨 두었던 사탕을 꺼내서 아이들에게 나눠주니 너무너무 행복해하였다. 그 애들은 너무 순진해서 그 사탕을 다 먹지 못하고 집으로 가져가서 엄마와 동생에게 준다고 했다.

지난번에 족장을 치료하고, 이번에는 알리샤를 치료해 준 것이 마을 주민들이 다 알게 되어서 영미는 자연스럽게 "닥터"가 되었다. 즉, 주민들은 "차리"라는 이름은 몰라도 "닥터"하면 당연히 영미로 알게 된 것이다. 아무튼 이런 일이 있은 후로, 가끔 환자들이 영미를 찾아와 치료를 받거나 약을 받아 갔다. 영미는 이런 일에 매우 보람 있다고 생각했고, 차리 역시 덩달아서 기분이 흡족하였다.

8. 도난당한 노트북

이러는 중에 차리와 영미는 집을 함부로 비울 수가 없어서 곤란할 때가 많았다. 둘 중에 한 명은 늘 집에 붙어 있어야 했기 때문이다. 집 안에 고가의 여러 장비도 있었고 우리에 타조와 염소도 있었다.

"집 볼 사람이 없어서 돌아다닐 수가 없네."
"그러게, 집을 봐줄 만한 사람 없을까?"
"글쎄 말야."
이날도 상카에 가서 몇 가지를 사와야 하는데 둘 중에 한 명은 집에 있어야 하기에 이런 말이 저절로 나온 것이다.
"상카까지 가까우니까 잠시 문을 잠그고 갔다 와."
"그럴까."
차리와 영미는 이렇게 대화를 하고는 상카로 갔다. 가서 점심도 사 먹고, 식자재도 사고, 생필품도 사서 돌아오는데, 다 떨어진 반바지만 입은 남자아이가 길가에서 구걸을 하고 있었다. 구걸하는 걸인이 드문드문 보이기에, 그동안은 대수롭지 않게 여겼는데 오늘은 뭔지 시선이 멈추게 되었다.

"오빠, 쟤를 데려다가 집을 보게 하면 어떨까? 집도 없이 저렇게 구걸하는데 데려다가 먹여 주고 재워 주면 집을 잘 볼 것 같아."

"그럴까."

둘은 차를 세우고 그 남자아이에게로 갔다.

"애, 너 몇 살이니?"

"열세 살이예요."

"이름은?"

"무스타파(Mustafa)."

"집 있어?"

"없어요."

"너 집도 없고, 먹을 것도 없구나, 그러면 우리 집에 가서 집을 보아줄래? 먹고 자게 해줄 테니."

"예, 고맙습니다. 고맙습니다."

그 남자애는 머리를 땅에 닿도록 숙여가면서 고맙다고 했다. 그래서 손쉽게 그 아이를 태우고 집에 와서 씻기고 원주민이 살던 집에서 있도록 했다.

"너, 별로 할 일 없다. 여기 집을 보고 타조만 보면 돼. 어떤 사람들이 가져가면 안 되니까. 아주 쉬운 일이야."

"예."

차리와 영미는 대만족했다. 여기 와서 사막 안쪽으로 답사를 가봐야 하는데, 아직 멀리 가보지 못했기 때문이다.

다음 날 아침 무렵, 알리샤가 와서 간단히 치료를 해주고는 둘은 사막으로 떠났다. 점심으로 먹을 것과 음료수 등을 싣고, 적어도 2시간 정도 안쪽으로 들어가 사막 지형을 살펴볼 예정이었다.

"무스타파, 오늘 우리가 사막에 다녀올 테니 집 잘 보고 있어. 점심은 차려 놓았으니까 먹고, 할 일 없으면 그냥 낮잠이나 자."

"예."

그 녀석은 대답을 하고 잘 다녀오라고 인사도 했다.

차리와 영미는 해방감에 취해서 "룰루랄라~"하면서 사막 안쪽으로 들어갔다. 준사막 지형에서 안쪽으로 갈수록 사막이 전개 되었다. 풀 한 포기 찾기 어려운, 오로지 모래뿐인 사막이었다.

"예전에 이런 데서도 타조가 살았을까. 먹을 것이 아무것도 없을 텐데."

"먹을 것이 아무것도 없다면 타조는 못 살아. 그런데 지금 온난화 때문에 사막화가 가속된다잖아. 매년 사하라사막도 넓어진다고 하고 말야. 아마 이 지역도 몇 백 년 전이나 몇 천 년 전에는 약간의 풀이나 관목이 있었을 것 같아. 그렇다면 거기에 곤충도 있고, 어쩌면 아주 더 오래전에는 준사막이나 사바나 지역이었을지도 모르지. 그러면 타조뿐만 아니라 다른 동물들도 많이 살았을 거야.”

“오호, 역시 오빠가 연구 많이 해서 전문가네. 그럼 이 지역이 그렇다면 타조도 살았을 거야.”

“그래. 지금 사람들은 이해 못하겠지만 저 안쪽으로 더 깊이 들어가야 해.”

“맞아, 맞아.”

이렇게 나름대로 평가를 하면서 사막 안쪽으로 들어갔다. 하지만 그곳도 사막의 아주 깊숙한 곳은 아니었다. 차를 가지고 며칠을 가도 사막이 계속 펼쳐지는 곳이었다. 아주 오래전 낙타 대상들이 다니던 길인데, 지금은 낙타 대상도 없어져서 그냥 방치된 길이었다. 길도 보였다가 안 보였다 했다. 바람이 모래를 움직였기 때문이다. 오가는 차들도 거의 없었다. 어찌 되었던 둘은 시간으로 두 시간쯤 와서 차를 멈추고는 주변을 살폈다.

“여긴 너무 뜨거워. 타조도 너무 더우면 견디기 어렵다던데.”

“그래서 새벽에 출발해서 아침결에 타조를 풀어놓았다가, 뜨거워지면 차로 불러야 해. 차 옆에 커다란 그늘막을 설치하면 타조들이 와서 쉬게. 사막은 건조해서 기온이 올라가도 그늘 속에만 있으면 좀 시원해."

"응, 그렇구나, 그러다가 돌아오나?"

"돌아오던지, 아니면 저녁 무렵에 타조를 다시 한 번 풀어놓는 거야. 훈련된 타조라면 첼로 음악을 듣고는 반짝이 돌을 찾으러 다닐 거야. 그런 다음에 불러들여서 먹이도 주고 집으로 오는 거지."

"으응, 역시 치밀하게 생각했네."

둘은 눈을 뜬 채로 장밋빛 꿈을 꾸고 있었다. 그렇게 한동안 주거니 받거니 대화를 하다가 영미가 문득 말을 돌린다.

"집 괜찮을까?"

"어엉? 왜? 문 잠갔잖아."

"도어락만 잠그고 자물쇠는 안 잠갔잖아."

"왜? 무스타파가 의심되나?"

"그냥… 아냐, 의심도 돼. 길에서 살던 애라 신원을 알 수 없잖아. 오빠, 암만해도 안 되겠어, 어서 집에 가보자."

"어엉? 그런가, 도어락은 쉽게 열리던데. 아이구야."

"방에 뭐 중요한 거 꺼내놓았어?"

"노트북이지, 다른 것들은 캐비닛에 넣고 잠갔잖아."

"어서 가보자."

사람이란 한번 의심이 들면 걷잡을 수가 없다. 당장 두 눈으로 확인하기 전에는 의심이 풀리지 않는 법이다.

먼저 영미가 운전석에 올라서 한 시간 정도 운전을 하고 다음엔 차리가 운전을 하여 집에 도착하는데, 어째 기분이 탐탁지 않았다. 저 멀리에서 보아도 집과 타조 우리가 다 보이는데, 별 할 일이 없다면 무스타파가 마당 그늘막에서 낮잠이라도 잘 터인데 그림자도 보이질 않는다. 집 앞 마당에 차를 멈추자마자 반사적으로 현관을 쳐다보았다. 현관문이 완전히 잠기지 않고 비긋이 열려 있었다.

"아이고야, 당했다. 현관문이 열려 있어."
"어머낫, 그 새끼가 도둑이네."
둘은 너무 황당해서 용수철이 튕겨 나가듯 뛰어 내려가서 현관문을 열어 제키니, 책상 위에 있던 노트북이 보이질 않는다.
"아악~ 노트북! 그 안에 프로그램과 데이터가 다 들어 있는데."
"으앗~ 노트북이 없네."
차리가 먼저 비명을 지르다시피 하고, 영미도 너무 놀라서 저절로 비명을 질렀다.
둘은 서로 얼굴을 마주 보며 혼이 나가버렸다.
"어쩌지? 거기에 프로그램 들어 있다면서."
"큰일이다."

"찾아야지! 그놈이 분명히 어느 컴퓨터 상가에다 팔았을 거야."

"맞아, 상카로 갔을 거야. 상카에 컴퓨터 상가 있었던가?"

"있잖아, 컴퓨터, 핸드폰, 위성 TV 파는 샵 두 곳 봤어."

"그런가? 얼핏 본 것 같아."

"빨랑 가봐. 사료 가게 못 미쳐서 약간 대각선 방향으로 두 집 봤어. 아마 거기다가 팔았을 거야."

"웅, 일단 가보자."

차리는 혼이 달아나 있었다. 차를 마구 몰아서 상카로 왔다. 과연 저만치에 컴퓨터 상가 두 군데가 들어왔다.

"영미야, 차를 중간에 댈 테니까, 네가 오른쪽 샵으로 가, 내가 왼쪽 샵으로 갈 테니. 그리고 노트북이 있으면 길가에 나와서 소리 질러! 막 뛰어 갈 테니까."

"응, 그게 빠르겠어."

혼이 빠진 둘은 차에서 내리자마자 뛰어서 각각 샵으로 들어갔다. 차리가 들어간 샵은 오래되어 낡은 노트북이 몇 대 있었고, 영미가 들어간 샵은 맨 앞에 차리의 노트북을 디스플레이 해놓았다. 영미는 두근거리는 가슴을 억제하고는 밖으로 나와서 차리를 부르려는데, 차리가 뜀걸음으로 여기로 오고 있었다.

"오빠, 이 집에 있어! 노트북을 어떡하지? 도난품이라고 하고 찾을 수 있을까?”

“하이고, 그러면 안 돼. 얘들이 그렇게 한다고 순순히 돌려줄 것 같아? 어림없지. 돈 주고 사야지. 그 새끼도 아마 헐값에 팔았을 테니까. 임자 만났다면서 옴팍 뒤집어 씌울 거야.”

“그러네, 순진하다던 아프리카가 도둑들이 극성인 모양이야.”

“그럼, 그럼.”

차리가 영미와 함께 들어가 보니, 한눈에 보아도 차리의 노트북이다. 차리는 짐짓 모르는 체 하고는 신품 노트북을 찾는다고 했더니, 주인은 지체 없이 그 노트북을 꺼냈다.

“얼마인가요?”

“천오백 달러요.”

천오백 달러면 180만 원 정도이다. 한국에서 이백 만 원 넘게 주고 샀으니 그보다는 싼데, 자기 노트북을 말 못하고 또 돈 주고 사려니 억장이 무너지는 듯하다.

영미가 너무 비싸다며 눈을 찡긋거리면서 깎아 볼 요량으로 사장과 몇 마디 대화를 나누었으나 단돈 1달러도 내려가지 않는다. 그놈은 아예 노트북을 진열장 안으로 다시 넣었다.

“이게 신품이라 이천 달러가 넘는 것이요. 여기 모델 번호만 봐도 다 알아요. 인터넷 검색하면 가격도 다 나옵니다.”

이놈은 장물을 사들이면서 인터넷 가격 검색까지 철저히 해둔 모양이었다. 이러니 영미와 차리는 더 이상 흥정해봐야 쓸

데없는 짓이라는 것을 알고는 울며 겨자 먹기로 천오백 달러를 주고는 자기 노트북을 사야 했다.

예상치 않았던 거금이 나가서 속이 쓰렸지만, 마음만은 애드벌룬처럼 부풀었다. 그 안에 각종 프로그램, 자료, 계획 등이 다 들어있기 때문이다. 주인 놈은 무스타파에게 단돈 100달러에 사서 천오백 달러를 받았으니 일 년 치 장사를 하루에 다 한 셈이다. 왜냐하면 이 나라에서 보통 봉급쟁이들의 연봉이 천오백 달러 정도밖에 되질 않았기 때문이다.

"아이구야. 십년 공든 탑 무너지는 줄 알았네. 집에 가서 프로그램과 데이터도 네 노트북에도 깔아야겠어."

"응, 진작에 그랬어야 하는데, 아무튼 십 년 감수했어."

둘은 너무나 기진맥진해서 근처의 식당에서 저녁을 사 먹고 집에 돌아왔다. 배고픈 타조와 염소가 주인을 보자 반갑다고 고개를 갸웃거리면서 서성이고 있었다.

이후로 차리와 영미는 둘 다 집을 비울 수 없었다.

9. 여성 할례

알리샤를 치료한 지 5일이 지났다. 이제 이틀만 지나면 봉합(縫合)했던 실밥을 풀기만 하면 치료가 다 끝나는 것이다. 그런데 이날은 알리샤의 얼굴에 그늘이 져 있었다.

"알리샤, 어디 또 아파?"
"아니에요."
"뭐가 아냐? 지금 아파 보이는데, 혹시 배가 아프니?"
영미는 혹시 알리샤가 초경이 시작되었나 의심되어서 물었다.
"닥터, 무서워요."
알리샤가 느닷없이 이런 말을 하면서 영미를 끌어안았다.
"왜? 무슨 일 있어? 괜찮아, 괜찮아, 여기 내가 있잖아."
알리샤는 무엇에 놀란 사람처럼 떨면서 울기 시작했다.
"왜 그래? 엄마가 아프니?"
"아니예요. 아니예요. 엄마는 안 아파요."
"그럼 왜 그래? 뭐가 무서워? 어서 말을 해봐."

"닥터, 나를 살려주세요. 한 번만 더 살려주세요. 나 시집가야 돼요. 시집가기 싫어요. 시집가기 전에 할례를 해야 되요. 그게 무서워요."

"뭐어? 할례?"

영미는 순간 방망이로 뒤통수를 얻어맞은 기분으로 정신이 멍해졌다. 아프리카에 여성 할례가 있다는 얘기만 들었지 구체적으로 그게 어떤 것인지 알지 못했기 때문이다. 여성 생식기의 일부를 제거한다고만 들었을 뿐, 아직 인터넷 검색도 한번 해보지 않았다. 그런데 이렇게 어린 나이의 여자애를 할례를 하고 시집을 간다고 하니 정말 충격이었다.

알리샤 말에 의하면 작년에도 여자애가 할례를 받고 나서 피를 너무 많이 흘리면서 앓다가 죽었다고 했다. 그러니 알리샤가 지금 겁을 먹지 않을 수가 없었다. 울면서 매달리는 알리샤를 간신히 진정시키고 집으로 돌려보낸 영미는 인터넷을 검색하여 아프리카의 할례에 대하여 대강이나마 알게 되었다.

"차리, 아프리카에 여성 할례라고 들어봤어?"

"들어봤지, 무슨 국제단체에서 여성 할례를 금지하자고 운동도 한다고 그러잖아."

"그랬어? 난 관심이 없어서 그런지 잘 몰랐네. 알리샤가 할례를 받고 얼마 후에 시집을 가야 한다고 하는데 안타까워."

"그래? 아이구야, 불쌍하다. 우리로 보면 초등학교 5학년인데 그런 애가 시집을 가. 그리고 여성 할례가 끔찍하다던데."

"그러게 여성 생식기 일부를 잘라낸다고 인터넷에 나와 있더라구. 끔찍해."

"맞아, 나도 그렇게 알고만 있어. 그나저나 여기 풍습인데 말릴 수도 없고 불쌍하네. 자칫하다가 죽기도 한다는데."

"맞아, 알리샤가 그러는데, 작년에도 여자애 한 명이 할례를 받고 죽었대. 그래서 지금 알리샤가 겁먹고 있어. 나를 붙잡고 살려달라고 울면서 애원을 하더라구. 아이참, 눈물 나서 죽을 뻔했어."

"하이구, 큰일 났다. 섣불리 나섰다가 부족민들 들고 일어날 텐데. 여기 관습이라구 말이야."

"아이참, 이를 어쩌나. 대책이 없네."

차리와 영미는 알리샤가 불쌍해서 어쩔 줄을 몰랐지만, 뾰족한 해결책은 없었다. 어떻게든 이를 막아보려고 마음은 먹었으나, 그 방법은 전혀 몰랐다.

아프리카의 여성 할례는 인류 문화의 악습 중에 악습이다. 남성 할례는 귀두를 덮고 있는 표피만을 간단하게 잘라내면 그만인데 여성에겐 가혹한 형벌이나 마찬가지로 심할 경우 목숨까지 잃게 된다.

여성 할례(FGM: Female Genital Mutilation and Cutting, 여성 성기 절제)는 아프리카, 중동 지역에 관습으로 아직까지 남아있어서 매년 300만 명 정도의 여자아이들이 할례를 강요당하고 있다. 이러한 악습을 바로잡고자 유니세프는 매년 2월 6일을 '여성 할례(FGM) 철폐의 날'로 지정하고, 세계적으로 여성 할례를 근절시키기 위해서 노력하고 있다.

여성 할례는 주로 나이 많은 여자나 산파(産婆)가 시행하며, 아래와 같이 크게 세 가지로 분류되는데, 전 과정은 모두 마취 없이 진행된다고 한다.

첫째는 클리토리스(clitoris, 陰核)만을 잘라내는 것이다.

둘째는 클리토리스를 제거하고 소음순도 잘라낸다.

세 번째는 최악의 경우로 클리토리스, 소음순을 잘라내고 대음순을 절개해서 양쪽을 봉합시킨다. 그리곤 소변이 나올 수 있게 작은 구멍만을 남기고 생리를 할 수 있게 역시 작은 구멍만을 남겨둔다. 이렇게 대음순을 꿰맨 여성들은 행동도 부자연스럽다. 뿐만 아니라 결혼 초야에 신랑이 꿰맨 곳을 칼로 다시 절개해서 성관계를 할 수 있도록 한다는 것이다.

클리토리스만을 잘라내기는 매우 어렵다. 왜냐하면 소음순이 모자처럼 위를 덮고 있기 때문이다. 그래서 이들은 얇은 가죽에 작은 콩알만한 구멍을 뚫고 그 가죽을 여성의 클리토리스 위에 덮어서 그 구멍 사이로 클리토리스만을 빼낸 다음 칼로 자른다고 한다. 이때 쓰는 칼은 되는대로 쓰는데 가장 각광을 받는 칼이 바로 남성 면도용인 도루코 면도날이다. 이걸 두고두고 쓰니까 녹이 슬고 그로 인하여 감염(파상풍이나 패혈증)이 생겨서 큰 고생을 하다가 심하면 죽기도 하는 것이다. 이런 면도칼이 없던 시절에는 유리 조각이나 그냥 아무 칼이나 사용했다고 하니 이 얼마나 끔찍한 일인가. 칼로 절개한 피부는 아카시아의 가시로 구멍을 뚫고 실로 꿰매어 봉합한다고 하니 그 고통이 너무 끔찍하여 일부 여자애들은 정신병까지 생기기도 한다는데, 이들은 이런 악습을 자랑스럽게 생각하는 것이다.

어찌 되었던 근심과 걱정 속에서 시간이 흘러가서 알리샤는 칠 일째에 후, 붕대를 풀고 실밥도 풀렀다. 회복 속도가 워낙 빨라서 다 나았다며 아프다고도 하지 않고, 정상인처럼 걷고 뛰어다녔다.

그로부터 며칠 지나지 않아서였다. 아마 4~5일 정도 지나서였는데, 차리와 영미가 아침을 먹고 타조 우리에 가서 첼로 음악을 들려주면서 반짝 돌을 주워 먹도록 훈련도 하고 교감 형성도 하고 있었다.

이때, 누군가 마구 뛰어오는 소리와 함께 다급한 목소리가
났다,

"닥터! 닥터!"

알리샤였다.

영미와 차리는 직감적으로 '할례를 하는 날이 왔구나' 라고 생
각했다.

그래서 급히 타뮤(TaMu)의 전원을 끄고 마당으로 나오자마
자, 알리샤가 영미의 다리를 끌어안고는 울면서 살려달라고 애
원을 했다. 엄마도 같이 와 있었다.

"닥터! 나를 살려주세요. 무서워요."

"왜 그래? 무슨 일이야?"

"지금 할례를 해야 하는데 도망쳤어요."

"뭐라고? 도망쳤다구?"

"애들은 하기 싫다는데 어른들이 무조건 할례를 시키려고 해
요. 그래서 나와 함께 도망쳤어요."

알리샤의 엄마인 비키타도 역시 눈물을 흘리면서 설명을 했
다. 약간의 설명을 듣고 보니 오늘 여성 할례를 하는 날이어서
알리샤보다 한 살 더 먹은 13살 쥬니가 먼저 할례를 받았다는
데 그 옆에서 기다리던 알리샤가 비명 소리를 듣고는 느닷없이

도망치고 엄마도 따라 나섰다는 것이다. 쥬니는 알리샤, 치치코와 함께 영미에게 여러 번 놀러온 여자애였다.

알리샤는 이미 겁을 많이 먹고 있던 상태인데 이런 비명을 듣게 되니까 혼비백산해서 무조건 영미에게 달려온 것이다. 하지만 영미도 난감하기는 마찬가지였다.

옆에 있던 차리도 뭐라고 위로도 못하고 그렇다고 어디로 피신시켜 줄 수도 없는 노릇이어서 가슴이 답답하기만 하였다.

그런데 오래 생각할 겨를도 없었다. 시커먼 원주민 남자 십여 명이 달려오는데 창을 들거나 총을 들고 있었다.

"아이구야, 이거 큰일 났다."

"엄마나, 이를 어째, 저들을 어떻게 막아."

"엄마, 닥터, 살려줘요. 살려줘요"

"아악~ 아이구머니! 닥터, 우릴 살려줘요."

네 명은 울음소리로 제각각 한마디씩 했다. 차리와 영미는 일단 알리샤와 엄마를 원주민이 살던 집으로 피신시켰다,

곧바로 주로 20대의 젊은 남자들이 다가오더니

"애를 내놓아라!"

"알리샤를 내 놓아!"

라고 큰소리로 위협을 주기 시작했다.

그런데 저 멀리서 이번에는 여자들이 나타나기 시작했다. 이들도 십여 명이 넘었다. 곧바로 이들은 남자들과 합세했는데 가만히 보니 세력이 달랐다.

할례의 고통을 아는 여자들은 이제 할례를 그만두어야 한다는 쪽인 모양인지 남자들과 말다툼을 하고 있었다. 이에 다소 용기를 얻은 영미가 이들 앞에 나섰다. 그동안 얻어들은 원주민 언어와 영어를 적당히 섞어가면서 마치 웅변하듯 목에 힘을 주어 말하기 시작했다.

"여성 할례는 인류 문화 중 최고의 악습 중의 악습입니다. 이제 이런 악습은 폐지해야 합니다. 여기 아프리카 보다 잘사는 나라들을 보세요. 미국이나 영국, 일본 그 어느 나라들도 여성 할례는 없습니다. 할례를 해야만 잘 살게 되나요? 해마다 할례를 받다가 죽기도 한다는데 작년에도 이 마을에서 여자애가 죽었다고 합니다. 오늘 할례를 받은 여자애도 살지 죽을지 어떻게 아나요? 할례는 없어져야 합니다."

이렇게 말을 하니까 자기들끼리 웅성거리듯이 있다가 어떤 젊은이가 입을 열었다.

"남자와 여자의 할례는 우리 종족의 고유한 풍습입니다. 할례를 해야만 성인 남녀가 되고, 그래야만 결혼을 할 수 있습니다. 만약 할례를 받지 못하면 평생 혼자서 살아야 합니다."

"그럼 선진국 여자들은 모두 할례를 받고 결혼을 하나요? 아닙니다. 단 한 명도 할례를 받지 않아요. 여러분들 염소와 소를 키우는데, 애들도 새끼를 가지려면 사람처럼 결혼을 해야 하는 것이나 마찬가지입니다. 그럼 암염소와 암소도 할례를 하고 어른 염소, 어른소가 되었다고 수컷에게 짝짓기를 하나요?

영미는 어디서 이런 말을 생각해냈는지 청산유수 격으로 반박을 이어갔다. 그 말에 일부 남성들은 수군거리기 시작했고, 여자들은 더욱 거세게 반격했다.

"할례가 무슨 개짓거리이냐, 조상들이 했다고 우리도 똑같이 따라하느냐, 세상이 바뀌고 시대가 바뀌었으면 거기에 맞게 살아야지. 과거에 얽매어서 사느냐? 늬들 가지고 있는 모바일 다 버려라! 우리 조상들 그런 거 없었다. 그리고 차도 타지 말거라! 조상들처럼 걸어서 다녀라!"

여자들 여러 명이 이런 식으로 반박하자, 남자들도 다소 움츠러드는 지 잠잠해졌다.

그때였다. 또프 족장이 나타나는데 지난번 전통 결혼식 때 보았던 전통 추장 옷을 입고 칼을 차고 창을 들고는 급한 걸음으로 오고 있었다. 껍데기뿐이지만 아직은 족장의 권위가 손톱만큼이나 남아 있었다. 족장이 이런 복장으로 나타나자 모여 있던 사람들이 길을 내주었다. 족장은 차리와 영미가 서 있는 앞에 멈춰 섰다.

"내가 족장으로 마지막 말을 하오. 우리가 이 지경으로 못살게 된 것은 따지고 보면 조상 탓이요. 조상들이 잘못한 것들을 바로잡지 못하고 매번 흉내만 내다보니까 단 한 걸음도 발전이 없는 것이오. 우리보다 잘사는 나라들을 보시오. 그 나라 사람들 중에 할례 하는 사람은 한명도 없소이다. 미국이나 영국, 프랑스, 호주 등 잘사는 나라 사람들이 여성 할례를 했나요? 이제 시대가 바뀌었으니 우리도 바뀌어야 살아남습니다. 여자들에게 고통만 주고, 심지어는 죽기도 하는데 그건 살인죄와 다름없소. 작년에도 한 명이 죽었지요. 오륙 년 전에도 할례를 받은 여자가 걷지도 못하고 시름시름 앓다가 죽었는데 우리가 죄인이요 살인자입니다. 지금 이 나라 법에 의하면 살인자는 사형입니다. 그렇다면 우리 모두 사형당해야 옳소이다. 내가 나이가 먹어 얼마나 더 살지도 모르고, 족장의 권위도 다 없어졌소. 그러나 족장으로 마지막 말을 남깁니다. 이제부터 우리 부족에게 할례는 없습니다."

이렇게 근엄하게 연설을 하니까, 여자들이 박수를 치며 환호했고, 몇몇 남자들도 수긍하는 듯했다.

잠시 후, 알고 보니 오늘 할례를 적극 주선한 사람은 인근의 다른 부족의 한 남자였다. 이 사람은 돈(염소)이 있는 사람으로 알리샤를 세 번째 부인으로 데려가려고, 지참금으로 염소 열 마리를 알리샤 엄마에게 주었던 것이다. 이것도 거의 강제로 이루어진 것으로 보통 염소 스무 마리를 지참금으로 주는데,

과부라고 얕잡아보고는 열 마리만을 반강제적으로 준 것이다.
그러나 아직 미성년자를 데려갈 수 없으니 하루빨리 할례를 해
서 성인으로 만든 다음에 데려가려고 하는 것이다. 지금 그 사
람이 여기까지 와서 총을 들고 서 있는데 상황이 이렇게 전개
되니 매우 난감해졌다. 같이 온 친구들도 강제로 알리샤를 데
려갈 수도 없는 노릇이었다. 그는 친구들과 몇 마디 상의를 하
더니 불쑥 입을 열었다.

"나한테 시집오기로 했소, 염소도 열 마리나 주었는데, 할례
를 못하면 결혼도 못하니 염소 열 마리를 돌려주시오."

이렇게 말을 하는 게 아닌가.

"아, 그렇군요. 그럼 그 열 마리는 어디에 있나요?"

이에 차리가 얼른 나서서 되물었다.

"알리샤 집에 있지요."

"알았어요, 알리샤 엄마에게 말해서 그 열 마리도 돌려주고,
내가 키우던 염소 두 마리도 더 주겠어요."

"뭐라구요? 두 마리를 더 준다고요?"

"예, 염소 두 마리를 더 주면 총 열두 마리나 됩니다."

"좋소이다."

이러니 모여 있던 사람들 모두 웅성거리고 잠시 후에 삼삼오
오 흩어져서 마을로 돌아갔다. 차리는 돌아가려던 족장을 불러
염소 두 마리를 주면서 직접 끌고 가라고 했고, 알리샤의 집에

가서 열 마리도 돌려주라고 했다. 족장은 너무 고마워하며 차리의 두 손을 꼭 잡았다.

이로부터 마을 여자들이 대폭적으로 차리와 닥터(영미)를 우러러 보면서 여자를 구해준 구제주라고 칭찬이 자자했다. 이렇게 여러 우여곡절이 있었지만 이때부터 츠브야 마을에서 여성 할례는 없어지게 되었다.

한편,
원주민 집에 피신해 있던 알리샤와 엄마는 사람들이 다 가고 나왔다. 밖에서 일어나는 일을 다 알고 있기에 고마워서 어쩔 줄 몰라하면서 생명의 은인이라고 머리를 숙였다.

"이제 원만하게 해결되었으니, 집에 가셔도 됩니다."
긴장이 풀린 영미가 비키타에게 말했다.
"아닙니다, 닥터. 집에 못가요. 무서워요. 저 놈들이 앙심을 품고 있을 겁니다."
"예에? 그럼 어떡하나요."
"흐흐흑, 저도 몰라요. 어디론가 가야 해요. 여기서는 더 이상 살 수가 없어요… 흐흐흑."
비키타가 울면서 말을 하니까, 알리샤도 덩달아 눈물을 흘리고 있었다.

"지금 잘 해결된 것 같은데요. 무슨 일이 또 있나요?"

"지금은 없지만, 더 큰일이 닥칠 것 같아요."

"뭐라구요?"

차리와 영미가 동시에 놀라며, 무슨 더 큰일이 닥칠지 미리 걱정이 되었다. 비키타는 그동안 서러움에 북받쳐서 한동안 흐느끼고 나서 입을 열었다.

이 년 전, 자기 남편이 이웃 마을로 놀러 갔다가 도박을 하였는데, 거기서 시비가 붙어서 싸움이 벌어지고 급기야는 남편이 총에 맞아 죽었다고 했다. 너무 억울하고 분해서, 비키타와 족장이 가서 항의를 했으나, 그놈들 세력에 밀려서 말도 제대로 못 부치고 왔다는 것이다. 게다가 도박 빚이 있다면서 집에서 기르던 염소가 삼십여 마리 있었는데, 막무가내로 스무 마리를 끌고 가버려서 열 마리 밖에 남지 않았다.

그뿐만 아니라 채소와 옥수수를 심었던 작은 밭도 있었는데 네 남편이 빚을 지었다면서 모두 강탈해갔다. 지금은 남의 집 염소를 돌봐주고 밭일을 해주면서 근근이 살아가는데 가끔 족장이 양식을 보내주어서 연명하고 있다. 이런 중에 그 부족 마을의 어떤 남자가 강제적으로 알리샤를 데려가려 하면서 억지로 염소 열 마리를 주었다. 싫다고 해도 염소 우리에 집어넣고 갔다. 그렇게 해서 이번에 할례도 강제로 받게 되었다가 도망쳤다고 한다.

남편이 죽고 한 달도 채 안 되어서 남의 옥수수밭에 가서 일을 해주고 있는데, 벌건 대낮에 이웃 마을 남자들로 보이는 세 놈이 복면을 하고 나타나서 겁탈당했다고 하였다. 당시에 너무 분하고 억울해서 죽으려고 몇 번이나 마음을 먹었으나 알리샤 때문에 죽지 못하고 울면서 하루하루를 보내고 있다고 했다. 그렇게 또 한 달인가를 지났는데 이번에는 밤에 그 마을 놈들로 보이는 복면을 한 세 놈이 살며시 와서 총과 칼로 위협하여 비키타를 끌고 나가서 차례로 욕을 보였다고 했다. 그러니까 젊고 이쁘장한 여자가 과부로 있게 되니까 제멋대로 일을 저지른 것이다.

그 이후로 비키타는 문을 이중삼중으로 걸어 잠그고 밖에 깡통을 주렁주렁 매달고 끈으로 이어서 여차하면 끈을 흔들어서 미리 대비를 하긴 하는데, 이러다 보니 매일 밤잠도 제대로 자지 못하고 있다고 하였다. 그것 말고도 과부라고 깔보고 겁탈도 여러 번 당했다. 여기서 혼자 사는 여자의 인권은 없었다. 특히 과부는 공동소유처럼 생각하고 있었다.

그뿐만 아니라 여기 부족에서는 남편 없는 여자는 보이지 않게 무시를 하기 때문에 살기가 어렵다는 것이다. 기회만 되면 도시에 가서 살고 싶은데 아는 사람도 없고 알리샤 때문에 이동하기도 어렵다고 했다. 비키타는 눈물범벅으로 이런 이야기를 했고, 차리와 영미도 눈물을 훔치면서 들어야 했다. 비키타는 영미보다 한 살 아래로 지금 27살이다. 그러니까 작년 겨울에 영미가 여기로 왔고 새해가 되면서 영미는 28살이 되었다. 친구 또래인데 벌써 세상의 온갖 험한 꼴을 당하고 있으니 가슴이 찢어질 듯 쓰라리기만 했다.

"세상에 이렇게 불쌍한 여자가……"
"아프리카라면 순진한 사람들만 있는 줄 알았는데, 알고 보니 알려지지 않은 범죄 소굴이었다. 밖으로 얘기가 전해지지 않았을 뿐이구나."
차리와 영미는 한탄해야 했다.

"정말로 불쌍하네. 우리가 어떻게 도와줄 수 있을까?"
"그러게. 방법이 없네. 난감해. 일단 오늘밤은 여기서 보내라고 하고 생각 좀 해 보자구."
"그래야겠어."

차리와 영미는 비키타에게 오늘 밤은 여기서 자고, 내일 아침에 올라가서 염소 열 마리를 족장에게 주라고 했다. 나머지 염소 열 마리는 먹이를 주고 괜찮으면 낮에는 집에 갔다가 밤에만 내려오라고 했다. 이렇게 제안을 하니까 비키타는 매우 고마워하면서 그렇게 하겠다고 했다.

다음 날 아침.

비키타 혼자 집에 가서 비키타 소유의 열 마리 염소를 돌보고 족장에게 인사를 갔다. 족장도 비키타를 매우 측은하게 생각하고 있었지만, 달리 도울 방법이 없었기에 혼자서 가슴앓이를 하고 있는 중이었다

이날, 차리는 김 목사님에게 전화를 해서 알리샤와 비키타의 딱한 사정을 전했다. 김 목사님도 크게 동감을 하면서 정 있을 데가 없으면 자기 교회에 와서 있다가 어디 다른 데를 알아본다고 하였다. 차리는 김 목사님에게 정말로 고맙다고 했다.

비키타와 알리샤가 여기로 내려와서 잠을 잔 지 나흘이 지난 후, 아침 일찍 올라갔던 비키타가 얼마 후에 숨이 넘어갈 듯하게 뛰어오고 있었다.

"아이구야. 밤새 무슨 일이 또 있었나. 어젯밤에 여기서 잤는데."

차리와 영미가 큰 걱정을 하였다.

"닥터! 닥터!"

"또 무슨 일 있었나요?"

"아이구 재산이라고는 염소 열 마리밖에 없는데 밤사이에 도둑맞아서 한 마리도 없어요."

"뭐라구요?"

"아이구야, 범죄 소굴이네. 혼자 사는 여자가 가지고 있던 염

소를 다 훔쳐가다니."

"분명 이웃 마을 놈들 짓이에요. 그놈들이 앙심을 품고 있어
요. 아이구 흐흐흑."

"진정하세요. 찾을 방법은 없을까요?"

"못 찾지요. 그놈들 사는 마을에 들어가지도 못하니까요."

"이런, 이러니 총이 필요하다고 최 사장님이 말했구먼."

차리와 영미는 울고 있는 비키타를 달래고 또 달랬으나 한번
터진 울음보는 그칠 줄 몰랐다. 얼마 후에 진정이 되자, 차리
가 먼저 제안을 했다.

"이제 집에 갈 일도 없네요. 꼭 필요한 것만 챙겨서 이리로
가져오세요. 여기서 있으면서 타조하고 염소를 돌보세요. 그
리고 내가 김 목사님에게 부탁해서 어디 기거할 데를 알아보고
있으니까 운이 좋으면 사람 살만한 곳으로 가게 될 것입니다."

이러니 비키타와 알리샤는 또 눈물을 흘리기 시작했다. 태어
난 고향을 버리고 떠나야 하는 그 심정이 얼마나 비통한가.

한참 후에 마음을 가다듬은 비키타는 알리샤를 데리고 집에
가서 꼭 필요한 것들만 챙겨서 머리에 이고 손에 들고 내려왔
다. 이제 족장이 사는 마을에서 또 한집이 빈집으로 남게 되
었다.

다음날, 김 목사에게 연락이 왔다.

"내일, 츠브야로 가서 알리샤와 엄마를 데려올 테니 준비시키게."

"아이구 감사합니다. 그렇게 빨리 주선이 되었나요?"

"그건 아니고, 우선 우리 교회에 머물면서 거처를 알아봐야겠어."

"그러시군요. 아무튼 감사합니다. 어디에서 기다릴까요?"

"족장 집이지, 마침 최 사장님이 재고 옷이 있다면서 갖다 주라고 해서 족장님도 만나볼 겸 겸사겸사 가게 되었어. 기회가 딱 맞아 떨어진 거야."

"족장님이 무지 좋아하시겠어요. 그래서 김 목사, 김 목사 그러셨군요."

"하하하, 그렇지, 가끔 헌 옷이라도 갖다 주면 아주 좋아해. 족장님의 권위도 다 없어졌는데 부족민들에게 옷 한 가지라도 나눠주게 되면 둘 다 좋은 거지."

"맞아요. 마지막 족장이라고 아주 서운하게 생각하시더라고요. 저번에 울기까지 했어요."

"그럴 거야. 시대가 바뀌는데 어쩔 수 없어, 거기 큰아들이 족장이 되어야 하는데 일찌감치 도시로 나갔다고 하더라구."

"네, 그러시더군요. 그럼 내일 12시경에 알리샤를 데리고 가겠습니다."

"오케이."

차리는 즉시 이 기쁜 소식을 듣고 비키타와 알리샤에게 전하고 전화로 족장님에게 알렸다. 족장도 떠나게 되어 섭섭하지만 알리샤를 위해서는 잘 될 일이라고 말씀하셨다.

드디어 알리샤와 비키타가 떠나는 날이다.

작은 마을에 소문은 금방 퍼졌기에 벌써부터 족장님 마당에서 여러 사람들이 나와서 서성이고 있었다. 차리와 영미는 알리샤와 비키타를 차에 태우고 족장집 앞마당에 도착했더니 마을 사람들이 우르르 달려들어서 아쉬워하다가 누군가 하나둘씩 눈물을 훔치기 시작하더니 순식간에 울음바다로 변하고야 말았다. 겉보기엔 새까만 사람들이라 희로애락 감정도 없는 것 같았는데 어디서 그렇게 많은 눈물이 나오는지 마당이 눈물바다를 이루어 배를 띄울 지경이 되었다.

잠시 후,

김 목사님이 오셔서 족장님과 인사를 하고 헌 옷이 들어있는 박스를 건네었다. 한국에선 헌 옷이지만 여기에선 새 옷이나 마찬가지였다. 족장님도 고맙다고 인사를 하면서도 알리샤가 떠난다기에 너무 아쉬워서 몇 마디 말씀하시다가 고개를 외면하고 말았다. 목이 메어서 말이 나오질 않았기 때문이다.

마을 사람들은 손에 손에 뭘 들고 있다가 비키타와 알리샤에게 건넸다. 먹을 것인 삶은 옥수수도 있고, 다른 무슨 간식거리도 있고, 더러는 약간의 달러도 건네주는 모양이었다.

"비키타, 가서 마음 단단히 먹고 잘살아."

"네, 감사합니다."

"알리샤, 어딜 가서라도 꼭 공부해, 공부해야 성공한다."

"예, 너무 감사합니다."

이들은 울음소리를 내면서 작별인사를 했다. 알리샤는 그동안 영미와 담뿍 정이 들어서 손을 붙잡고 눈물을 그칠 줄 몰랐다.

"닥터, 닥터,"

"알리샤, 어디 가서든 열심히 살아."

영미도 쏟아지는 눈물을 주체할 수가 없이 흘러내렸다. 차리는 김 목사님에게 차비로 쓰라면서 오백 달러를 주었더니 너무 고마워했다.

잠시 후,

김 목사님은 알리샤와 비키타를 태우고 출발했고, 알리샤와 비키타는 울음 범벅된 얼굴로 뒤를 돌아다보면서 손을 흔들었다. 마을 사람들도 울면서 차가 안 보일 때까지 손을 흔들고 있었다.

10. 죄 지은자의 말로(末路)

한편,

알리샤의 아빠가 총에 맞아 죽은 사건은 무엇인가?

비키타의 말로는 이웃 부족에 놀러 가서 도박을 하다가 사소한 싸움이 발단이 되어서 총에 맞았다는 말을 했는데. 사실은 구체적인 내막을 모르고 있었다. 소문에 소문으로 그렇게 들었을 뿐이다.

그러니까 알리샤가 10살 때이니 지금으로부터 2년 전이다. 비키타의 아빠인 파르사(Parsa)는 이웃 부족 마을인 카르야로 혼자서 놀러 갔다. 걸어서 삼십 여분 거리이어서 마을 사람들이 왕래도 하여 서로 잘 알고 있었다. 그 마을엔 어려서부터 잘 알고 지내던 친구들이 있었기에 찾아간 것이다.

그날은 카르야 마을의 하짐(Hasim), 이스라(Israr), 마카로(Makalo)와 츠브야 마을에서 온 파르샤 이렇게 네 명이 어울려서 막걸리 비슷한 전통술을 마시면서 저녁 한때를 잘 보냈다.

그러다가 대개의 순서가 포커 판이 벌어지기에 이들도 포커를 시작했다. 처음에는 1달러로 시작해서 얼마 후에는 10달러로 판이 커졌다. 10달러면 그 마을에선 큰돈이다. 하루 일당이 1~2달러니까 꽤 큰돈이다. 이것도 여러 번 하게 되면 백 달러가 넘어서게 되는 것이다.

그런데 마카로는 평상시 다혈질 성격 소유자이고 유별나게 총에 관해서 애착심이 많았다. 돈이 생기기만 하면 어떻게든 좋은 총을 가지려고 해서 지금은 탄창식 권총 한 자루와 역시 탄창식 AK소총(아카보 소총-북한군의 주 개인화기)을 가지고 다니면서 늘 자랑을 하곤 했다. 단발 명중도 잘되지만, 연발 사격이면 마을 사람들도 오금을 펴지 못할 정도였다. 그러니까 마카로는 더욱 신이 났고 기고만장하게 되었다. 이렇게 해서 마카로는 족장 아닌 족장 노릇을 하면서 마을 사람들 위에 군림하려고 하였다.

사건 당일,

처음엔 술잔도 주고받으면서 포커를 재미있게 하다가 세력이 양분되다시피 했는데 마카로와 파르샤였다. 이래서 마카로는 파르샤에게 둘끼리 붙어보자고 제의를 했고 한판에 10달러로 올렸다. 처음엔 시소게임처럼 하다가 점점 마카로가 게임에서 지면서 백 달러를 넘게 잃었다. 마카로는 이대로는 안 되겠다

싶어서 속임수를 쓰기로 했는데 언제 준비했는지 늘 그래왔는지 패를 몇 장 가지고 있다가 적시에 카드를 뒤집으니 파르샤는 여지없이 당하고야 말았다. 그런데 이때 모두들 술에 어느 정도 취해서 그 모습을 잘 보질 못했는데 자꾸만 이상한 패가 나오자, 파르샤가 유심히 관찰해보니 속임수를 쓰고 있었다.

파르샤는 이대로 당할 수가 없었기에 속임수를 쓰는 순간, 마카로의 손을 나꿔채니 그 손바닥 안에는 퀸 한 장이 숨겨져 있었던 것이다. 이것을 시발(始發)로 말다툼이 벌어졌는데 마카로는 원래 가지고 있던 것이라면서 우기고 있었다. 이에 두 친구들은 이러지도 못하고 저러지도 못하고 다만 마카로가 속임수를 쓰는 것을 보지 못했다고 발뺌만을 하고 있었다. 가재는 게 편이라고 같은 마을 친구인 마카로를 두둔한 것이다.

"야~ 이 자식아, 얘들도 내가 속임수를 쓰지 않았다는데 왜 우기냐?"

"이런 개자식이, 그럼 네 손바닥에 있던 퀸 한 장은 어디서 나왔냐?"

"원래 있었어."

"그래 좋다. 확인해보자."

파르샤는 즉시 모든 카드를 수습하여 정리해보니 정말로 퀸 한 장이 더 나왔다.

"이래도 거짓말할 테냐?"

"거짓말 아니다. 그게 내가 가지고 있던 카드가 맞는데 방금 네가 퀸 한 장을 이 속에 넣은 모양이다."

"뭐라고? 이런 자식을 보았나?"

이렇게 해서 싸움이 벌어졌는데 다혈질인 마카로가 더 이상 참지 못하고 허리에 차고 있던 권총으로 파르샤를 쏘고 말았다. 파르샤는 그 자리에서 절명하고 말았다. 마카로는 친구들에게 함구하라고 하면서 이슥한 밤이 되어서 카르야 마을에서 떨어지고 츠브야 마을로 가는 길옆에 내다 버렸다.

"야, 늬들 죽어도 입을 다물어야 한다. 이렇게 해놓으면 누구 짓인지 몰라. 경찰이 와도 그냥 둘러보고 말거야."

"응, 알았다."

다급해진 마카로는 입막음 조로 친구들에게 100달러씩 주었다.

다음 날 아침에 마을이 발칵 뒤집혔는데 츠브야 마을의 파르샤가 총에 맞아 죽어서 길가에 버려졌다는 것이다. 이 소식은 즉시 츠브야 마을로 전해지고 알리샤, 알리샤 엄마(비키타)에게도 전해져서 시신을 수습하긴 했는데 범인은 알 수가 없었다.

시신을 집에 데려오고 나서야 또프 족장이 상카에 있는 경찰서에 연락을 했다. 경찰은 금세 오지도 않고 점심때가 지나서야 와서는 이것저것 묻고 돌아갔다. 그 후로 범인을 잡았다는 연락이 없었다. 이러니 비키타는 자기 남편이 어떻게 죽었는지도 모르고 있다가 소문에 의하면 포커를 하다가 죽었다는데 누가 총을 쏘고 시신을 버렸는지는 몰랐다.

한 달쯤 지나서

기고만장해진 마카로는 친구 두 명을 데리고 츠브야 마을에 와서 대낮에 옥수수밭에서 일하고 있던 비키타를 겁탈하고, 얼마 후에는 밤에 찾아와서 잠자던 비키타를 총과 칼로 위협하여 끌어내어 또 겁탈하였다. 이때 이들은 모두 복면을 하여 얼굴을 가리었다.

마카로는 이제 친구 두 명을 완전히 손아귀에 넣고 종처럼 부리려고 하였다. 자기 명령 한마디에 무조건 복종해야 하는 것이다. 하지만 옛말에 '지렁이도 밟으면 꿈틀한다.'라는 말이 있다.

알리샤와 비키타가 눈물로 작별을 하고 츠브야 마을을 떠나는 그 날 밤이었다. 카르야 마을에서는 잔치가 열려 마을 사람들 수십 명이 모여 저녁을 먹고, 술도 마시고 춤도 추고 있었다. 술에 취한 마카로는 여전히 총의 위세만을 믿고는 나대기 시작했고, 이는 마을 사람들의 눈에 가시처럼 거슬렸다.

"야 그만 좀 해라, 네가 여기서 대장이냐?"

마카로의 친한 친구인 하짐이 먼저 제지를 하고, 이어서 이스라도 '좀 가만있어. 어른들도 많은데 이 자리가 너를 위한 자리 아니잖아.'라고 말하면서 진정시키려고 했다.

"늬들 뭐라고 했어?"

"이 자리는 마오잠(Muazzam) 할아버지 생일잔치잖아. 그러니까 조용히 좀 있으라구."

"생일이면 생일이지, 늬들이 대장이냐? 이래라 저래라 하고. 어엉?"

술이 들어간 마카로는 마치 하늘을 찌를 듯한 용기가 마구 솟아나고 있었다. 주위에 있던 여러 사람들도 술에 취한 마카로를 달래보았으나, 그럴수록 더욱더 기고만장하고 안하무인이었다.

"너 자꾸 말 안 들으면 다 말해버린다."

참다못한 하짐이 이렇게 말했다.

"뭘?"

"뭐긴 뭐야, 네가 츠브야 마을 사람 파르샤를 총 쏴서 죽였잖아."

술에 취해 있던 이스라의 입에서 저절로 나온 말이다. 이러니 마을 사람들이 크게 놀라면서 비명을 지르고 난리가 났다.

"뭐라구? 이 자식들이 죽으려고 환장을 했네."

마카로는 아카보 소총을 들고는 연발로 "드르르륵~"하고 쏘니 바로 코앞에 있던 하짐과 이스라는 물론이고 그 옆의 사람들 십여 명이 비명도 제대로 못 지르고 절명하고 말았다. 오늘이 생일인 마오잠 할아버지도 즉사했다. 잔치는 아수라장이 되었고 일제히 도망치기 바빴다. 마카로는 탄창에 남아있던 14발을 다 비우고 권총을 꺼내 들었다.

그 순간,

"탕!"

소리와 함께 마카로는 쓰러졌다. 근처에 있던 마을 청년이 이를 보고 조준 사격을 해서 마카로의 머리를 단 한 방에 맞추었는데 그 위력이 얼마나 센지 마카로의 머리는 수박 터지듯 터지면서 선혈이 낭자하였다. 이렇게 해서 그날 밤의 아비규환(阿鼻叫喚)은 끝이 나고 말았다.

11. 부시맨 아저씨

"아유~ 머리가 이게 뭐야, 산발(散髮)한 미녀가 되겠네."

긴 머리를 별로 좋아하지 않아 늘 단발머리를 하고 다니는 영미가 거울을 들여다보면서 혼잣말을 하였다.

"차리, 머리 손질하러 가야겠어."

"그러게. 나도 좀 커트를 해야겠어. 어디로 갈까? 가까운 상카로 갈까?"

"상카에 있는 미용실은 꼬질해 보이던데, 나하부로 가는 게 좋겠어."

"그럴까? 마침 쌀하고 라면도 떨어지고 부식도 떨어졌는데, 삼겹살하고 소주 한잔이 그리우니 최 사장님 식당으로 가자."

"오케이. 오래간만에 이심전심이 통했네. 호호호."

"그랬어? 하하하. 잘 되었다."

기수는 모바일을 들고는 최 사장님에게 전화를 걸었다.

"최 사장님, 접니다. 차리예요."

"어엉, 그래 잘 있었어. 김 목사에게 대충 얘기 들었어, 진짜 좋은 일 하고 있더만."

"아이고, 예상지도 않았던 일들이 가끔 터져서 죽을 맛입니다. 그래서 갈팡질팡 해결하려는데 의외로 좋은 결과가 있었지요."

"속담에 '소 뒷걸음치다 쥐 잡는다.'라는 말이 있잖은가. 좋게 해석해, 어찌 되었든 잘 되었어."

"예, 감사합니다."

"또 다른 일은 없나?"

"또 다른 일 생기면 안 돼요. 사장님."

"하하하, 그런가. 알았어."

"사장님. 라면하고 소주 들어왔나요?"

"하하하, 소주 생각이 간절하지. 아직 안 들어왔어, 내일 저녁때 입고될 것 같아."

"그럼 모레 가면 되겠네요. 식당에서 삼겹살 구이도 하지요?"

"그럼, 삼겹살은 여기 돼지라 일 년 내내 있어. 삼겹살에 소주 한잔이 간절할 거야."

"예, 그래서 가보려구요."

"하하하, 좋지, 좋아. 모레 점심때쯤 오면 딱 맞겠네"

"예, 그럼 모레 뵙겠습니다."

기수는 최 사장과 이렇게 대화를 하고는 기분이 매우 들떠있었는데 곁에 있던 영미도 마찬가지였다. 그런데 또 걸림돌이 있었다. 집을 봐줄 만한 사람이 없는 것이다.

"아이참, 간다고 말은 했는데 집 봐줄 사람이 없네."

"오빠, 혹시 족장님이 도와주시지 않을까?"

"족장님더러 와서 집 보라고? 안될걸?"

"아니 그게 아니라 족장님 부인이 두 명이잖아, 둘 중에 한 명이 내려와서 집 봐달라고 하면 허락하실 거야. 한 분은 족장님 시중을 들어야 할 테니까."

"오우, 그거 기발한 생각이다. 역시 임시변통식 사고는 여자가 낫다니까."

"호호호, 나도 잘 할 때가 있어야지. 호호호. 여기 와선 오빠 때문에 주눅 들어 살다시피 하잖아."

"주눅 들어? 지난번 할례 말할 때는 웅변가인 줄 알았는데."

"호호호, 그랬어?"

"진짜야, 아, 그때 폰카라도 찍어두어야 했는데."

"나도 모르겠어, 그냥 입에서 막 나오데, 그때 내가 잠시 학급 반장이 된 기분이었어. 사람들도 그냥 듣고만 있었잖아."

"그랬지, 놀래서, 하하하. 자칫 반항하다가는 저 여자 발차기에 맞아 죽는다고 생각 했을 거야."

"호호호, 호호호."

영미에게는 알지 모를 카리스마가 있었다.

"또프 써. 차리예요."

"오우, 지난번에 고마웠어, 괜히 마을 일에 끼어들어서 곤경을 치렀잖아."

"괜찮아요. 족장님의 말씀 한마디로 좋게 끝났잖아요."

"허허허, 그런가. 아무튼 고맙네, 고마워."

"별말씀을요. 족장님 부탁이 있는데요."

"뭔가? 말해보게."

"내일 저희들이 나하부에 가려는데 집 봐줄 사람이 없어요. 그래서 족장님의 마담(부인) 한분이 내려와서 집을 봐주셨으면 합니다."

"그거야? 마담 하나가 아니라 둘을 보내야지, 혼자 가라고 하면 안 갈 거야. 둘이 가야 하루 종일 수다를 떨지."

"하하하, 그래요. 전 상관없어요."

"무슨 말이 그리 많은지, 천 번 만 번은 한 말을 또 하고 또 하니 귀가 아파, 내일 둘 다 내려보내면 내 귀가 좀 쉬겠네. 하하하."

"하이구야. 그 정도예요? 집도 따로따로 있다면서요."

"따로따로면 뭘 해, 제 발로 걸어서 모이는걸. 어찌 되었던 사이좋게 지내니 좋지. 어떤 마담들은 자기들끼리 싸워서 남편이 골머리를 앓는다고 하던데, 그러고 보면 난 팔자 좋은 거야."

"그러네요."

"몇 시까지 가면 돼?"

"아침 먹고 8시 30분경까지 내려오시면 됩니다. 점심은 우리가 준비해 놓을게요."

"알았어. 아주 좋아할 것이네. 이국 음식 맛볼 테니까."

"아이구, 그런 별다른 음식 없어요."

"알았네, 알았어."

이렇게 해서 간단하게 내일 집 볼 사람이 생겼다. 영미와 기수는 너무 좋아서 끌어안고 뽀뽀를 해야 했다.

다음 날 아침을 먹은 후 족장의 두 마담이 왔다. 이들은 오자마자 웃는 낯으로 반갑게 인사를 하였다. 부족의 여자들을 구해준 구세주이기 때문이다. 언어 소통이 잘 안되어 불편했지만, 영미가 보디랭귀지로 대화하고 이미 족장님에게 얘기를 들은 터라 별말 없이 집을 봐준다고 했다. 마당에 있는 그늘막에서 쉬고 타조는 먹이를 안주어도 되고 염소는 사료를 조금 주라고 했다. 타조 먹이는 저녁때 준다고 한 것이다. 두 마담은 의외로 신이 나 있는 표정이었다.

이에 기수와 영미는 곧바로 차에 올라서 나하부로 향했다. 두 시간 조금 넘게 운전하여 최 사장님 식당으로 왔다. 최 사장님은 아주 반갑게 맞이하였다.

"어이, 차리, 어서와"

"안녕하셨어요?"

"안녕하세요."

기수와 영미도 공손히 맞인사를 했다.

"별일 없고? 잘 지냈지?"

"별의별 일이 다 생깁니다. 꼭 두더지 잡기 같아요. 여기서 불쑥 저기서 불쑥 튀어나와서 망치로 때리는 것 같아요."

"하하하, 그 정도야?"

기수는 노트북 도난 사건은 말하지 않고는 빗대어서 사건이 많이 생긴다고 했다.

"그래도 아직까지 무난하게 지냈잖아."

"예, 진짜 앞으로는 별일 없어야 할 텐데요."

"하하하, 희망 사항이지. 나도 처음엔 죽을 것 같더라고, 어려울 때는 악재만 겹쳐. 엎친 데 덮친 격으로 말이야. 그 고비 넘기면 다 추억이야."

"그랬으면 좋겠어요. 오늘은 부식도 살 겸 머리 좀 식히려 나왔어요."

"그래 잘했어, 여기서 점심으로 삼겹살 구워 먹고 어디로 가게?"

"글쎄요. 아직 정하진 않았는데…"

"저기 여기도 극장이 있나요?"

영미가 물었다.

"있지, 좀 꼬질 해서 그렇지, 하지만 이색적이니까 한번 가봐, 지금 무슨 액션 영화 하는 모양이야."

"그럴까? 그럼 점심 먹고 영화 보고 나면 돌아갈 시간이 딱 맞을 거 같네."

"응, 우리 한번 가보자."

그러고 보니 한국에 있을 때 둘은 흔해 터진 극장도 한번 못 가보았다.

이들은 점심으로 삼겹살을 구워 먹었다.

"최 사장님, 시간이 있고 해서 시내 구경 좀 하고 오려고요. 가지고 갈 부식을 박스에 미리 담아놓으세요. 이따 갈 때 가져 가렵니다."

"아, 좋도록 해. 여기도 있을 것은 다 있어. 극장도 있고 당구장, PC방도 있어."

"예. 이 나라 극장 구경 좀 하려구요."

"좋지, 좋아. 저 건너편에 있으니 그냥 걸어서 가."

"예, 그럼 갔다 오겠습니다."

둘은 최 사장님 식당에서 나와서 "룰루랄라~"하면서 근처에 있는 극장으로 갔다. 여기서는 일류극장인 셈인데 한국으로 치면 오래전 3류 극장 수준으로 2층은 없고 경사진 1층이었다. 관람객은 반도 차지 않았다.

미국 영화로 총격전과 추격신이 나오는 전형적인 액션물인데, 이들은 박수를 치고 소리를 지르면서 영화에 몰입해 있었기에 기수와 영미는 어리둥절했다. 우리나라에서 축구나 야구 경기장 비슷한 분위기였기 때문이다. 그리고 보니 우리나라 사람들이 영화 관람 시에 너무 감정을 억제하고 있었다. 차리가 인도 여행을 갔을 때도 인도 극장에 간 적이 있었는데 그들도 이들처럼 영화에 빠져서 열광하고 손짓을 하고 소리를 지르는 것을 보고 매우 의아해했었다. 아무튼, 둘은 이색적인 경험에 매우 만족했다.

영화 관람이 끝나고 걸어서 오는 길에 어느 길에 들어섰는데 거리가 매우 잘 정돈되고 깔끔한 거리였다. 고급 의상실, 쥬얼리샵, 가전제품 등을 팔고 있는 고급상가 거리였다.

"오호, 여긴 홍콩이네."

"그러게, 나하부에 이런 상가도 다 있네."

둘은 그렇게 아이 쇼핑(eye shopping)만을 하다가 영미가 어느 옷가게에 들어가기에 기수도 따라 들어갔다.

"옷을 사려면 긴팔 남방 같은 것을 사야 돼, 여기처럼 반팔로는 못 다녀."

"왜?"

"사막에 가면 옷으로 가려서 그늘을 만들어야지. 맨살이면 화상 입어. 여름철 해수욕장 같잖아, 아니 그보다 더 강렬해."

"그렇구나, 알았어. 내가 오빠 것도 골라줄게."

영미는 쇼핑하는 재미에 빠져서 한참을 이것저것 골라서 기수 남방과 바지를 사고 자기 몫으로는 남방 2장에 바지도 사고 속옷도 몇 벌 사는 모양이었다. 이런 나라도 카드 결제가 가능하니 참으로 편한 세상이었다.

기수와 영미는 옷을 사서 밖으로 나와서 잠시 두리번거리다가 미장원을 찾았다.

"염색도 하나? 시간이 부족할 텐데."

기수가 영미에게 물었다.

"염색이 아니라 브릿치야. 약간 탈색하는 거. 그런데 시간이 걸려서 커트만 하려구."

"그렇구나. 나도 조금 잘라야겠어."

곧바로 미장원이 눈에 띄어서 들어갔는데 의외로 규모가 큰 편이어서 여섯 명이 머리 손질을 하고 있었다. 흑인 머리가 심한 곱슬인 속칭 라면 머리라 시간이 많이 걸린다더니 그런 모양이었다. 어떤 여자는 레게 머리를 땋는데 보기만 해도 질렸다. '저런 머리를 언제 다 레게머리로 땋나.'이런 생각이 들었다.

미용사도 여러 명이라 기수와 영미가 앉자마자 바로 커트를 시작했고, 십 분 정도 만에 다한 모양이었다. 여긴 머리를 감겨주는 것이 아니라 각자가 알아서 감는 것이어서 기수와 영미는 대충 되는대로 머리를 감고 나왔다. 둘은 의외로 시간이 절약되었다면서 주변을 두리번거리다가 눈에 띄는 커피숍으로 들어갔다. 그들은 오래간만에 해방감에 젖어서 여기가 아프리카인 줄도 잠시 잊어버리고 잡담 삼매경에 빠졌다.

그렇게 한동안 떠들고 나와서 최 사장 집으로 가려는데, 바로 앞에 남루한 차림의 흑인 한 명이 쪼그리고 앉아서 연신 "원 달러, 원 달러."를 말하면서 두 손을 내밀고 구걸을 하고 있었다.

영미와 기수는 그 사람을 얼핏 보고 그냥 지나치려는데 갑자기 영미의 마음속에 유기견 생각이 떠올랐다. 길가에 버려져 먹지도 못한 채 병들고 야윈 개들의 모습이 겹쳐졌다. 영미는 뒤를 돌아서서 그 사람을 다시 쳐다보았으나 그 사람이 또 유기견처럼 보였던 것이다.

"저 사람 봐, 유기견 같아."

"뭐어? 유기견이 아니라 사람이야."

그런데 기수가 조금 자세히 살펴보니 여기 있는 아프리카 사람이 아니라 영화에서 보든 부시맨과 거의 똑같이 생겼다. 체격도 작고 얼굴도 말라서 양 볼이 움푹 들어가고 광대뼈가 조금 튀어나왔다. "부시맨" 영화에서 보듯이 쪼그리고 앉아 있는 모습이 영락없는 부시맨이었다. 여기서 부시맨을 본 적이 없기에 기수는 호기심이 나서 그리로 갔다.

부시맨은 인사를 하듯 고개를 숙이고 손을 내밀면서 여전히 "원 달러, 원 달러."라고 말했다. 기수는 호주머니를 뒤져서 마

침 원 달라 동전 한 닢을 부시맨에게 주었다

"당신이 부시맨이요?"

"예."

기수는 영화에서 보던 사람이 직접 눈앞에 나타나니 호기심이 생겼다. 영미 역시 마찬가지였다. 그러던 중, 영미는 문득이 불쌍한 사람에게 따뜻한 한 끼라도 대접해야겠다는 생각이 들었다.

"오빠, 이 사람 너무 불쌍하다. 우리가 최 사장님 댁으로 데려가서 뭘 사줄까?"

"그럴까, 너무 말랐어. 여기 사람이 아니라 부시맨이라는데 어떻게 여기까지 왔을까."

"그러게. 아주 멀리서 온 것 같아."

둘은 이런 얘기를 하면서 잘 통하지 않는 대화를 몇 마디 했다.

"배가 고픈가요?"

"예, 배고파요, 오늘 아무것도 먹질 못했어요."

지금 시간이 오후 네 시가 되었는데, 이제껏 아무것도 먹질 못했다는 것이다.

"밥을 줄까요?"

"예에? 아이구 감사합니다."

부시맨은 고맙다고 벌떡 일어섰는데 그 몰골은 참혹하여 이루 말할 수가 없었다. 작은 체구에 앙상하게 드러난 갈비뼈, 마른 손과 팔다리는 뼈가 고스란히 드러날 정도였다. 그는 허름한 가죽으로 만든 팬티 같은 옷 한 장만 걸친 채 서 있었다.

"우리가 데려가서 집 보게 하면 안 될까?"

"그걸 말이라고 해? 지난번에도 무스타파 그 쪼그만 놈한테 당한 거 벌써 잊었어?"

"아니, 그건 아닌데 이 사람은 그럴 사람이 아니야. 이 사람은 정말 아무것도 모르는 사람이야 저것 봐, 버려진 유기견 같잖아. 우리가 거두지 않으면 며칠 내로 죽을지도 몰라, 사람이 짐승보다 사람을 먼저 구해야지."

"아참, 아무리 그래도 그렇지."

"우리가 오래 있어 봐야 육 개월 계획으로 왔는데 다만 한 달이라도 저 사람을 잘 먹이면 살아날 것 같아, 너무 불쌍하잖아, 두 눈이 퀭하니 들어가고 뼈만 앙상해, 그냥 부서져 내릴 것만 같아."

"아이참. 진짜 고민이네. 살아있는 송장 좀비 같다. 이러다가 우리에게 병이라도 옮기면 어떡하려고 그래, 그냥 못 본 체하자."

"아냐, 병은 없어 보여. 지금 영양실조라 그래, 내 마음이 너무 아파, 정 안되면 최 사장님 식당에 데려가서 씻기고 뭘 사먹여야 해. 아무것도 못 먹었다잖아."

"아이참, 정 그러면 그렇게라도 해야겠네."

이렇게 기수와 영미는 몇 마디 하다가 일단 데려가서 씻기고 밥을 먹이기로 결정했다.

"우리를 따라오세요."

기수와 영미는 몇 마디 대화를 하면서 최 사장 집으로 들어갔다.

"아니, 왜 이런 걸인을 데려왔어?"

예상했던 대로 최 사장이 깜짝 놀랐다.

"그냥 너무 불쌍해서요. 아무것도 먹지 못해서 금방 굶어 죽을 것 같아요."

"그래도 그렇지, 걸인이 어디 한두 명인가."

"이 사람은 여기 사람이 아니고 부시맨이라는데 어떻게 멀리서 여기까지 와서 혼자서 구걸하는지 모르겠어요. 너무 불쌍해서 밥이나 사주려고요."

"그랬어? 그럼 어떻게 하나, 냄새가 심해서 식탁에 앉히기도 어려운데."

"화장실에 데려가서 목욕하라고 하면 될 것 같아요."

기수가 의견을 말했다.

"그럼 그렇게 하지, 일단 씻겨야 사람 몰골이라도 나지."

"예, 고맙습니다."

기수는 부시맨을 데리고 화장실에 가서 몸을 깨끗이 씻고 때도 잘 닦으라고 했다.

부시맨은 그러지 않아도 작은 키에 죄인처럼 굽신거리기만 했다. "쯔쯔"거리면서 무슨 말을 하긴 하는데 부시족 언어인 모양이었다.

최 사장은 작은 반바지를 가지고 와서 기수에게 건네면서 가죽 쪼가리는 버리고 이 옷으로 갈아입히라고 했다. 기수는 고맙다고 말하고는 화장실에 가서 부시맨에게 전달했다.

잠시 후,

부시맨이 나오는데 꼬질한 때가 벗겨지니 까맣게 윤택이 조금 났다. 하지만 온몸은 피골이 상접하여 뼈의 개수가 몇 개인지 셀 정도였다.

최 사장은 부시맨을 불러 앉혔다.

"당신이 부시맨인 모양인데 어디서 왔소?"

"예, 부시족입니다. 나는 아주 멀리 사막을 건너서 왔습니다."

현지어를 어느 정도 구사하는 최 사장과 부시맨의 문답식 대화가 시작되었다.

"혼자서 왔소?"

"예, 혼자서 왔습니다."

"왜? 혼자요. 가족은?"

"우리가 살던 땅이 오륙 년이 넘게 가뭄이 들어서 모든 식물이 말라 죽고, 동물도 죽고 사람들도 굶어 죽었어요. 게다가 무슨 병이 돌기 시작하여 마을 사람들 대부분 죽었습니다. 내 아내도 죽고 아이들도 다 죽어서 나 혼자만 살았지요. 최후까지 살아남은 사람은 11명이었는데, 그중 6명은 동북쪽에 있다는 마을로 떠났고, 5명은 동쪽의 대도시로 떠났는데, 여기에 나도 있었지요. 세 명은 부부와 사내아이가 있는 가족이었고, 나머지 두 명은 나와 또 다른 남자였습니다. 동쪽으로 오다가 어느 마을에 들러서 구걸하면서 쉬고 있었는데, 그 마을 족장이 우리를 받아주겠다는 겁니다. 그래서 가족 세 명은 거기서 눌러서 살기로 했고, 나와 동료는 또 무작정 동쪽으로 걷기 시작했는데 너무 뜨거운 사막에다가 물도 없고 먹을 것도 없어서 죽을 곤경을 치르다가 마침내 동료는 탈진해서 쓰러졌고, 끝내 일어나질 못하더니 죽고 말았습니다. 이렇게 혼자 길을 떠나, 운 좋게 사람이 사는 마을을 만나면 도움을 받고, 그렇지 않으면 풀, 뿌리, 곤충 등을 먹으며 간신히 나하부까지 오게 되었습니다. 그런데 여기에 와서 보니 공짜로 먹을 것은 하나도 없습니다. 준사막에만 가도 먹을 것이 있지요. 연한 풀, 뿌리, 선인장, 먹을 수 있는 벌레 등이 있는데 여긴 아무것도 없어요. 돈이 있어야지요. 그래서 돈을 구걸하고 있습니다."

부시맨은 감정이 북받치어서 눈물을 흘려가면서 설명했다. 듣고 보니 최 사장도 딱한 모양인지 손등으로 눈을 훔치고 있었다. 이런 이야기를 듣게 된 차리와 영미도 가슴이 아프긴 마

찬가지였다. 다 같은 사람으로 태어나서 먹지 못해 굶어 죽어
야 한다니 비통(悲痛: 몹시 슬퍼서 마음이 아픔)한 일이었다.

부시맨이 살던 곳은 데칼리하라(Dekalihara) 사막의 서쪽 끝자
락 쯤에 있는 힝마카리(Hingmakari)라는 마을인데, 전 세계적
으로 사막화가 가속화되면서 부시맨 마을도 사막이 되고 말았
던 것이다. 이러한 사막화 현상은 지구 곳곳에서 진행되고 있
으며, 최근 백 년간에 사하라사막이 자그마치 미국 영토만큼이
나 확장되었다고 하는데 이것은 또 다른 인류의 재앙이다.

"차리, 우리가 저 부시맨 데려가자."
"글쎄, 무스타파처럼 좀도둑은 아닌 것 같은데."
"데려가서 원주민 집에 있게 하고 타조를 돌보게 하면 되잖
아, 집도 봐주고, 아마 타조 관리도 우리보단 나을 거야. 진
짜야."
"그렇기도 한데 선뜻 마음이 안 내키네."
차리가 망설망설하니까 영미가 몇 번이고 거듭 설득했다.
"절대로 우리에게 해 안 끼쳐. 우리에게 도움을 주면 주었지.
무스타파 같은 양아치 아니야."
"그럼 그렇게 하자. 밥이나 먹이고 데려가자."
"응, 고마워."
영미는 느닷없이 측은지심(惻隱之心: 불쌍히 여기는 마음)이

생겨서 부시맨이 안쓰러워서 어쩔 줄 몰라 하고 있었다.

잠시 후,

삼겹살 한 접시가 구워져서 나왔고, 밥과 반찬이 차려졌다. 부시맨은 두 눈을 휘둥거리면서 숟가락으로 입에 마구 퍼 넣었다. 사람처럼 씹는 것이 아니라 타조처럼 그냥 입에 들어갔다가 목으로 넘기고 있었다.

"천천히 먹어요. 누가 안 뺏어 먹으니까, 너무 빨리 먹다가 배탈 납니다."

최 사장이 한마디 하니까 그제야 조금 천천히 먹는 것 같은데 여전히 숟가락 놀림이 빨라서 마치 새가 날개 짓을 하는 것 같았다. 부시맨은 밥 세 그릇을 비우고 내온 반찬도 한 점도 남기지 않고 다 먹어치웠다.

"아참, 당신 이름이 뭐요?"

"알사란(Arsalan)입니다."

알사란이란 '정글의 라이온 킹'이란 의미이다.

"우리가 부르긴 어렵네."

곁에서 이를 듣고 있던 영미와 차리도 같은 생각이었다.

"최 사장님, 이 사람을 집으로 데려가려고 합니다. 집 볼 사람이 필요하거든요. 타조도 관리해야 하고."

"괜찮겠어? 불쌍하긴 하지만 떠돌이 사람이라서 선뜻 믿음이 안 가."

"괜찮을 겁니다. 우리가 외출할 때는 현관문을 이중으로 잠그거든요. 원주민이 살던 집에서 지내라고 하면 됩니다."

"아무튼 좋도록 하게나. 사람은 순진해 보여. 너무 불쌍해. 몇 달 걸쳐서 사막을 어떻게 건너왔을까? 정말 대단한 생존력이네. 아마 배울 점도 있을 거야. 이들은 무슨 풀만 보아도 먹을 풀인지 못 먹을 풀인지 다 알고, 벌레도 먹는 벌레인지 못 먹는 벌레인지 다 알아. 아마 그런 것들을 먹어가면서 여기까지 온 모양이야. 하이참, 대단하네, 아까 얘기 듣다가 나도 모르게 눈물 나더라고."

"예, 봤습니다."

"그럼 데려간다고 말해볼까?"

"예, 그렇게 해 주세요."

최 사장은 부시맨에게 저 젊은이들이 부시맨을 집으로 데려가서 타조를 돌보게 할 것이라고 말한 모양이었다. 이에 부시맨은 그 자리에 무릎을 꿇고는 머리를 바닥에 닿도록 인사를 하면서 뭐라고 말을 했다. 혀를 끌고 차는 듯한 말인 부시맨 언어였다.

"이름이 뭐라고 했지요?"

차리가 다시 한 번 물었다.

"알사란 입니다."

"부르기가 너무 어려워요. 그냥 엉클(Uncle: 아저씨)이라고 부를게요."

"예, 예."

"난 차리라고 부르고 내 와이프는 영미라고 부르면 돼요."

부시맨은 차리와 영미를 올려다보면서 연신 고개를 숙이고 있었다.

"괜찮아요. 일어나서 의자에 앉아요."

그제서야 부시맨은 의자에 앉았다.

"몇 살이예요?"

"서른셋입니다."

33살이면 차리가 지금 한국 나이로 28살이니까 겨우 다섯 살 위였지만, 부시맨은 육십 노인네 형상을 하고 있었다.

"여기에 온 지 얼마나 되었나요?"

"일 년 조금 넘었어요."

"그럼 그동안 구걸해서 살았나요?"

"예, 구걸도 하고 쓰레기를 뒤져서 먹을 것을 찾았습니다."

들으면 들을수록 가슴이 아픈 사연이었다. 어찌 되었던 차리와 영미는 깊은 고민 끝에 부시맨을 데려가기로 결정했다.

최 사장에게 미리 부탁했던 쌀, 라면과 부식 등을 박스에 담아서 차에 싣고 부시맨도 차에 태웠다. 집에 도착한 부시맨은 너무 어려워하고 황공해서 어쩔 줄 몰라 했다.

그것은 마치 로빈슨 크루스가 처형 되려던 흑인을 구해주고 이름을 프라이데이라고 불렀는데, 그 프라이데이가 자기 목숨을 구해준 로빈슨 크루스에게 목숨을 바쳐서 복종하는 것과 유사했다. 차리는 원주민이 살던 그 집에서 부시맨이 살도록 했다. 할 일이라곤 특별히 없었다. 염소 다섯 마리와 타조를 돌보는 것인데 사실 타조는 차리와 영미가 다 돌보고 있는 것이나 마찬가지였으니 그냥 집만 보고 청소나 조금 하는 것뿐이었다.

늦은 저녁 식사시간이 되어서 영미는 부시맨에게 같이 먹자고 하였으나 절대로 같이 먹지 않겠다고 떼를 써서 별도로 식사를 차려줘야 했다. 별도라고 해도 별 어려움은 없었다. 납작한 쟁반에 밥과 반찬이면 되었다. 그런데 이 부시맨은 그 쟁반을 땅바닥에 놓고 여전히 쪼그리고 앉아서 먹고 있었다.

"편하게 앉아서 먹지, 왜 쪼그리고 앉아서 먹나요?"
차리가 의아해서 물었다.
"우린 이게 익숙해요."
쪼그리고 앉는 것이 익숙하다는 것이다. 후에 알게 된 내용이지만 책상다리를 하고 앉아 있다가 급히 도망칠 경우에는 빨리 일어서질 못한다는 것이다. 쪼그리고 앉아 있으면 금세 일어나서 도망칠 수 있다는 것이다. 부시맨은 야생에서 그렇게 적응하여 살아왔던 것이다.

늘 주변의 경계를 하면서 언제 어느 때 도망을 쳐야 했기 때문이다. 아무튼 부시맨은 그동안 먹질 못해서 그런지 밥을 아주 많이 먹었다. 그러다 보니 불과 며칠 되지도 않았는데도 불구하고 살이 오른 것처럼 아니 살이 올라서 움푹 들어갔던 배와 양 볼이 조금 도드라졌다.

엉클이 온지 십여 일이 지나서 저녁 무렵에 김 목사님에게 낭보(朗報: 기쁜 소식)가 들려왔다. 지난번 데려간 알리샤는 국제 단체에서 지원하는 학교에 다니게 되었고, 오갈 데 없는 엄마(비키타)도 그 학교에서 조리원으로 근무하면서 방을 하나 제공받았다고 했다. 그 방에서 알리샤와 비키타는 숙식을 하면서 학교에도 다니게 된 것이다.

이 소식을 들은 영미가 전에 했던 말을 또 했다.

"세상엔 나쁜 사람들도 있지만, 좋은 사람들이 더 많기 때문에 세상이 돌아가는 거야."

"맞아, 맞아."

차리와 영미는 이렇게 츠브야 마을에서 적응도 하고 개선도 하면서 살아가고 있었다.

12. 사막 투어

그런 소식이 들려온지 며칠이 지난 어느날이었다.

"차리, 차리! 타조를 저렇게 키우면 안 됩니다."

"예에? 그럼 어떻게 키우나요?"

차리와 엉클은 손짓 발짓으로 겨우 대화를 하기 시작했다.

"타조 우리에 그늘막이 너무 큽니다. 그늘에만 있으면 타조가 약해지고 아파요. 햇볕을 쬐어야 합니다."

차리는 타조가 더울까 봐 아주 커다란 차양막(遮陽幕)을 쳐서 햇빛을 가리고 키우고 있었는데, 엉클이 그렇게 하면 안 된다는 것이다. 그렇게 키우면 타조가 아프다는 것이다. 타조가 건강해지려면 햇볕을 충분히 받아야 한다고 했다.

"그럼 어떻게 하나? 그늘막을 모두 치우나?"

"아니요, 그늘막을 더 작게 만들고, 우리는 아주 크게 만들어야 합니다."

"우리를 크게?"

"예, 우리를 크게 만들어서 타조들이 뛰어다니게 해야 합니다. 저렇게 하루 종일 서성이면 타조의 다리 힘이 약해집니다."

"오호, 맞다, 맞어. 엉클의 말이 맞다."

차리는 엉클의 지적에 크게 깨닫고 곧바로 차양막의 넓이를 반 정도 줄였다. 위를 걷어낸 것이다. 그리고 셋이서 타조 우리를 크게 확장하기 시작하여 삼일 만에 기존보다 다섯 배 정도, 거의 축구 경기장 크기의 반 정도로 확장했다. 이러니 타조들은 어리둥절하다가 본능적으로 뛰어보기도 하고 여기저기를 겅중겅중 걷기도 하였다.

타조의 운동은 엉클의 몫이었다. 하루에 두세 차례 우리 안에 드나들면서 가느다란 막대로 타조를 쫓으니 타조들은 얻어맞지 않으려고 우리를 마구 뛰어다녔다. 며칠 후에는 타조들이 엉클만 보면 마구 뛰었다. 차리는 이 진귀한 광경을 캠코더에 담았다. 그렇게 운동을 한 타조들은 헐떡이면서 물과 사료를 아주 잘 먹었다.

그뿐만 아니라 타조들이 사료만 먹어서는 안 된다면서 칼과 망태기를 들고 나가더니 어디에서 구했는지 풀과 무슨 열매를 한 망태기 가져와서 타조들에게 주었다.

타조들은 어안이 벙벙해졌다.

"저 말라빠진 남자가 우리를 괴롭히더니 특별 간식을 가져왔네."

"그러게 말이야, 나쁜 사람은 아닌 것 같아. 먹을 것을 주는 것 보니까."

"맞아, 맞아."

아홉 마리의 타조들이 이구동성으로 이렇게 수군댔다.

"내 말이 맞았지? 엉클이 우리에게 도움을 주고 있잖아."

"그러게. 난 이제껏 우리에서 키우는 타조만 생각했네. 하지만 훈련이 끝나면 야생인 사막으로 데려가야 하는데, 엉클이 야생에서 살아봐서 잘 아는구먼."

"체격은 작아도 일은 아주 다부지게 잘하잖아. 시키지 않아도 알아서 하고."

"응, 그래. 우리가 잘 데려왔어."

차리와 영미는 엉클의 예상치 못한 활약에 감탄하며 흐뭇하게 미소를 지었다.

엉클이 이렇게 하니까 타조들의 다리 근력도 좋아지고 전체적으로 근육도 더 붙게 되었다. 한편, 차리와 영미는 매일 오전 타조들에게 첼로 음악을 들려주면서 반짝 돌을 주워 먹는 훈련을 시키고 저녁때는 빠른 피아노 음악을 들려주면서 먹이를 먹으러 오게 했다. 이 과정은 바로 옆에 있어도 모른다. 타조의 몸에 부착한 타뮤에서만 소리가 나오니까 사람들은 모를 수밖에 없었다. 훈련 중에는 엉클도 가까이 오지 못하게 했다.

사실 엉클은 이런 거에는 관심도 없었다. 차리와 영미는 가끔 캠코더를 들고 나와 타조들이 노는 모습을 찍기도 했다.

　이제 일상은 매우 단조로워졌다.

　오전에 한차례 타조와 교감 및 훈련을 하고, 오후에는 타조에게 피아노 음악을 들려주면서 먹이를 주었다.

　타조들은 사람들이 알기 보다 훨씬 영리해서 2주 차에 음악 소리를 구분하여 알아듣게 되었다. 첼로 음악을 들려주면 땅바닥에 반짝 돌을 찾는 시늉을 하고 차리와 영미가 던져놓은 작은 반짝 돌(아크릴, 크리스털)을 주워 먹기도 하였다. 이런 타조는 꼭 보상으로 맛있는 캐슈넛이나 땅콩을 주거나 작은 과일을 주었다. 이런 열대 과일과 견과류는 상카에 가면 살 수가 있었기에 공급에 큰 어려움은 없었다.

　엉클은 하루도 빠지지 않고 타조들을 운동시켰고, 풀을 베어와서 먹였다. 이러니 어린 타조들은 하루가 다르게 성장했다. 처음에 데려올 때 6개월 정도의 어린 타조에서 이제 두 달 가까이 키웠더니 중타조가 되어서 대략 키가 1미터 삼사십 센티 정도 되었고, 몸무게도 60킬로그램 정도로 늘어났다. 수놈 두 마리는 키도 더 크고 몸무게도 더 무거웠다. 이러니 영미는 타조를 안아보는 것을 매우 힘들어하다가 어느 날부터 포기하고 말았다. 너무 무겁다는 것이다. 정말 타조의 성장 속도는 매우 빨라서 며칠만 지나도 키가 훌쩍훌쩍 크고 있었다.

이렇게 커도 타조는 워낙 겁쟁이이어서 무슨 작은 소리만 나도 펄쩍 도망을 가고 큰 눈으로 두리번 거린다. 가만히 쉬다가도 발자국 소리라도 크게 나면 그 소리에 놀라서 저편 우리 끝까지 도망간다. 그런데 타조는 벙어리다. 체구가 작은 닭 같으면 "꼬꼬댁~" 거리면서 요란할 텐데 타조는 소리를 내지 못한다. 성체가 된 수놈은 목에 바람을 잔뜩 넣고는 "우우웅~ 우우웅~"하고 운다고 하는데 아직 성체가 되지 못해서 그런지 수놈들도 별다른 소리를 내지 못하였다. 그러니 암수 모두가 벙어리여서 한 없이 조용하기만 하다.

"얘들은 어떻게 의사소통을 하는지 몰라?"

영미가 궁금해서 혼잣말처럼 물었다.

"그러게 말이야."

"주먹보다 작은 참새들도 요란하게 짹짹거리고, 산새 들새 모두 제각기 소리 내어 의사소통한다는데, 얘들은 벙어리잖아."

"맞아, 듣기는 엄청 잘 듣는데 소리를 내지 못하니 정말 궁금하다. 텔레파시로 의사소통을 하나?"

"호호호, 또 나온다, 황당무계한 소리. 타조들이 텔레파시로 의사소통을 한다구? 호호호."

"하하하, 안 그러면 어떻게 같이 지낼까, 야생에선 무리 중에 대장이 무리를 이끌고 다닌다는데, 먹을 것이 있으니 여기로 와라, 적이 나타났다. 피해라 등을 알려줄까 정말로 궁금하다.

저렇게 조용하기만 하니, 입만 벙긋거리고 말이야."

"맞아, 궁금해 죽겠어. 타조에게 물어볼 수도 없고."

"아항, 진짜 알았다. 타조들이 눈이 엄청 크잖아. 그러니까 소리를 내지 않아도 눈치로 다 알아, 눈치로."

"눈치로 다 안다구? 호호호. 진짜 명답입니다. 명답."

"하하하,"

둘은 정말로 배꼽이 빠지게 웃어야 했다. 결론은 타조들의 의사소통은 눈치였다.

"차리, 꼭 석 달을 채우고 나갈 거야?"

"글쎄 말이야, 석 달을 훈련하고 나가려고 했는데."

"얘들 지금 훈련을 잘 따라오잖아. 실전으로 들어가야지. 사막에 가면 어리둥절할 거야."

"그럴 거야. 사람 손에 태어나서 사람 손에 길러졌으니 사막을 처음 보면 황당할 거야."

"사막은 울타리가 없는데 그냥 도망치면 어떡해?"

"그건 걱정 안 해도 돼. 사막에 가면 얘들이 먹을 것이 하나도 없거든. 그때 피아노 소리를 들려주면 냅다 뛰어올 거야."

"호호호, 그럴라나? 아무튼 석 달을 다 채우지 말고 사막에서 실전 연습을 하는 게 좋겠어."

"그래야겠어. 사막에서도 계속 훈련을 할 수 있으니까."

둘은 이렇게 상의를 하고 석 달간의 훈련 기간을 10주(70일)

만 하고 71일째부터 데리고 사막으로 나가기로 하였다.

차리는 타조를 데리고 사막에 나가는 일을 편의상 부르기 좋게 "사막 투어"라고 이름 짓고는 이에 필요한 여러 준비물을 챙기기 시작하였다.

길을 잃은 타조를 찾기 위한 위치 추적 시스템으로 작은 접시 안테나를 차의 지붕에 설치했다. 타뮤를 조정하기 위한 송신기도 당연히 필수 품목이다. 또 야간에 주변을 살펴볼 경우에 대비하여 준비한 야시경도 있다. 일반적인 야시경은 단망경 형태인데 이것은 쌍안경 형태로 헬멧처럼 머리에 쓸 수 있기에 양손이 자유로 와서 운전도 할 수 있다. 모바일이 불통일 때를 대비해서 준비한 소형 무전기 한 벌도 가져가야 한다.

진짜 목적은 다른데 있지만, 외형상 목적이 다큐멘타리 촬영이기 때문에 튼튼한 삼각대와 캠코더도 준비했다.

그리고 사막에 나갈 때는 현지인처럼 보이기 위해서 군인용 위장크림도 준비했다. 피부를 흑인과 거의 같게 분장할 뿐만 아니라 선탠 효과도 있다. 물론 선탠 크림도 있다.

먹거리 준비로 간단히 라면과 블루 스타, 그 외에 간식도 준비했다. 뜨거운 햇살을 가리기 위한 대형 그늘막, 이것을 차와 연결하여 타조와 사람이 들어갈 수 있도록 한 것으로 큰 폴대를 이용해서 설치한다. 타조의 사료나 견과류도 챙겼다.

출발할 때는 넉넉히 예비용 휘발유도 가져가야 했기에 상카에 가서 스페어 통에 3통이나 사고, 휘발유도 만탱크로 넣었다. 이 정도면 천키로(1,000km) 이상을 운행 할 수 있는 연료이다. 차리는 그 외에도 필요한 물품을 꼼꼼히 챙겨서 박스에도 넣고 큰 가방에도 넣었다.

사막 투어 1일차

그날은 우연히 3.1일 토요일, 차리 생일이었다.

영미는 그냥 넘어갈 수가 없었기에 미역은 없지만, 봉지 김을 넣은 김국을 만들고 몇 가지 반찬을 만들어서 상을 차려왔는데 차리는 예상치 못한 생일상에 감격스러워했다.

"미역국 대신에 김국이라니 최고의 맛이다."

차리가 감사의 말을 했고 영미도 흡족해 했다.

"엉클, 오늘은 타조를 데리고 사막에 나가서 사진을 찍어 보려하니 타조들을 차에 태워주세요."

"예, 써(Sir)"

차리는 엉클에게 차리라고 부르라고 했으나 엉클은 차리라고도 부르고 때로는 "써"라고도 불렀다. 나하부에 일 년 넘게 있으면서 길거리에서 배운 영어 실력인데 미흡하나마 의사전달은 되는 셈이었다.

체구가 작은 엉클이 혼자서 타조를 안아 차에 실을 수가 없었기에, 발판으로 의자를 하나 갖다 놓았다. 엉클은 타조의 목을 붙잡고 차로 이끌었고, 타조는 별다른 저항 없이 의자를 딛고 차에 올라탔다.

그리곤 영미에게 위장 크림을 발라야 한다고 하자, 그녀는 깜짝 놀랐다.

"아이고, 이걸 왜 발라? 그냥 선탠 크림을 바르지."

"발라야 돼, 선탠 효과도 있어. 선탠 크림을 바르고 그 위에 발라서 현지인처럼 해야 돼. 만약을 위해서야, 현지인처럼 위장해야 돼."

"그런 뜻이었어? 난 또 선탠 크림 대용인 줄 알았네."

"대용도 되지, 선탠 크림보다 훨씬 더 많이 햇볕을 차단할 거야. 아마 99프로는 차단할 거야."

"오오, 그래? 그럼 꼭 발라야겠네."

차리는 두 가지 종류의 군인용 위장 크림을 건넸다. 하나는 치약처럼 짜서 쓰는 것이고 하나는 파운데이션처럼 바르는 것이다. 곧바로 차리와 영미는 위장 크림을 발랐는데 꼭 현지인처럼 변모했다.

영문을 모르는 엉클은 입을 크게 벌려가면서 "카하하하~"하고 웃어가면서 손가락으로 자기를 가리키면서 자기와 같아 졌다고 좋아했다. 엉클이 이렇게 파안대소(破顔大笑: 매우 즐거운 표정으로 활짝 웃음.) 하는 것을 처음 본 차리와 영미도 덩달아서 입이 찢어져라 웃어야 했다. 아니 정말로 웃긴 모습이다. 황인종이지만 백인처럼 비교적 하얀 얼굴이 느닷없이 흑인으로 변했으니 서로를 쳐다보기만 해도 웃음이 터져 나왔다. 차리는 사막에 나갈 때마다 이렇게 하고 나가고 복장은 긴 팔 남방, 긴바지, 챙모자, 선글라스는 필수라고 말했다. 영미는 양산도 더 챙겼다.

차리와 영미는 아침을 먹고 9시경에 출발하여, 한 시간 넘게 운전하여 사막 안으로 진입하였다. 거기서부터 또 길 없는 사막을 1시간 정도 들어갔는데 거긴 풀도 보이지 않는 모래사막이었다. 차를 세운 차리는 다시 한번 준비물을 점검했다. 차량에 설치한 접시형 위성 안테나, 캠코더, 야시경 등과 점심 및 간식거리도 아이스박스에 준비하였다.

시간은 12시 다 되어서 사막의 모래는 불에 덴 듯이 무척 뜨거웠다. 이런데에 타조를 풀어놓으니, 타조들은 어안이 벙벙하여 서성이다가 사막 쪽으로 경중경중 걸어갔다. 수놈이 두 마리라 두 무리로 나뉠 줄 알았는데, 그냥 한 무리이다. 그렇게 불과 이백 미터도 안 간 것 같은데 녀석들이 더운지 서성인다. 이에 차리가 첼로 음악을 들려주자 머리를 숙이고 사막 바닥을 쳐다보고 있다. 더러는 뭘 주워 먹는지 머리를 위아래로 움직였다.

날씨는 점점 뜨거워져서 차리는 차 옆에 큰 그늘막을 치고 영미더러 들어가 앉으라고 했다. 그늘지니까 조금은 시원하였으나, 바람이 불면 시원한 바람이 아니라 뜨거운 열풍이 불었다. 마치 숨이 넘어갈 것만 같다. 기온이 42도나 되었다.

둘이서 얼음을 꺼내서 식히고 있는데 날이 워낙 뜨거운 지 저 멀리 있던 타조들이 돌아와서 일제히 그늘막 안에 있게 되었다. 이러니 사람과 타조들이 어울려서 그늘에서 쉬게 되었다.

"지난번에 새벽에 출발해서 오전에 애들을 풀어준다고 했잖아."

"응, 그랬는데 오늘 첫날이라 까맣게 잊었어, 내일부터 시간 선택을 잘해야지."

"애들 봐, 더워서 헐떡거리네, 물을 줄까?"

"그래, 물을 주자. 처음이라 굉장히 놀랐을 거야."

영미가 큰 그릇에 물을 따라놓으니 타조들이 일제히 와서 고개를 꺼덕이면서 물을 마셨다.

"여기서 이런대로 시간 보내다가 오후 4시경에 해가 좀 기울어지면 덜 뜨거울 거야, 그때 타조를 한 번 더 풀어놓아야겠어."

"응, 애들이 오늘 첫날이라 그런지 어리둥절한 게 두리번거리네."

"그럴 테지. 원래 여기가 자기 고향인 줄 모르고 말야."

그럭저럭 오후 4시경이 되어서 햇살이 조금 부드러워졌다.

차리와 영미는 가만히 있으려고만 하는 타조들을 밀다시피 하여 사막으로 내보내고 첼로 음악을 들려주었다. 타조들은 아까와 마찬가지로 고개를 꺼덕이면서 반짝 돌을 찾는 시늉을 하기도 하고 어떤 녀석들은 뭘 주워 먹기도 하였다. 그렇게 한 시간 정도 첼로 음악을 들려주다가 이번에는 피아노 음악을 들려주자, 먹이를 주는 줄 아는 녀석들은 일제히 뛰다시피 달려왔다.

"어머나, 애들 배가 많이 고팠나 봐. 피아노 음악에는 즉시 반응을 하네."

"역시 사람이나 짐승이나 먹는 것에는 즉각 반응하게 마련이야."

"호호호, 진짜 영리하다."

첫날이기에 차리와 영미는 이 정도로 만족을 하고는 타조를 싣고 집에 돌아왔다. 이미 해가 뉘엿뉘엿 지고 있었다. 집에서 하루 종일 기다리던 엉클이 사막으로 멀리 나가면 위험하다고 했다. 타조들을 데리고 다니면 사자나 하이에나 같은 무서운 동물이 달려들 수 있다는 것이었다.

다음날은 새벽에 출발해서 아침 10시경 사막 안쪽에 도착하였다. 차리는 어제와 같은 방법으로 타조를 풀어놓고 첼로 음악을 들려주었는데, 타조들은 어제보다는 더 멀리 흩어져서 고개를 갸우뚱거리면서 돌아다니었다. 뜨거운 한낮에는 타조들을 불러들여서 그늘막에서 쉬게 했는데 며칠 지나면서 그럴 필요도 없어졌다. 너무 뜨거우면 타조들이 스스로 알아서 그늘막으로 찾아왔다. 오후에 타조들을 사막에 풀어놓고 저녁때에는 불러들여서 먹이를 주었다.

차리와 영미는 매일같이 이런 식으로 사막 투어를 했다. 언뜻 생각하면 매우 쉬운 일 같았지만 그렇지는 않았다. 새벽에 일어나서 운전하고 뜨거운 사막에서 별달리 할 일 없이 시간만 보낸다는 것 자체가 큰 고역이었다.

"차리, 어려서 클 때 무슨 사건이 있었기에 타조에 관심을 갖게 되었어?"

"우연이야. 내가 중학교 때만 해도 공부 잘하는 모범생이었거든, 고1 일 학기 때까지 그랬어."

"그랬다고 했지. 그런데?"

"그때 선생님들이 말씀하시길 사춘기에는 몸이 먼저 성숙하고, 정신적인 성숙은 나중에 한다고 하시더라구. 그런데 지나고 보니, 정신적인 성숙이 아니라 정신적 방황과 독립의 과정이었던 것 같아. 그래서 그냥 "난 그런가보다" 하고 생각만 했지. 지나고 보니까 그 말씀이 딱 맞아떨어지더라고. 내가 중학교 3학년 때 거의 다 컸고, 고1 때는 별로 안 컸어. 그러니까 지금 키가 그때 다 큰 거야. 그땐 살도 없이 키만 껑충하게 커서, 진짜 젓가락 같은 몸매였어. 그런데 고1 2학기쯤 들어서

서 갑자기 "사람들은 왜 사는가?"라는 의문이 들기 시작하더라구. 여러 날 고심 끝에 사는 이유를 내 나름대로 정리를 했는데, '태어났으니 살아야 되는데 잘 살아야 한다. 잘 살려면 돈을 많이 벌어야 한다.'라는 결론이 생겼어."

"오호, 진짜 철학자 나셨네, 그래서?"

"공부를 잘해서 고시에 패스하여 고급 공무원이 되거나 판검사가 되거나, 또는 사업체의 사장이 되거나, 의사가 되거나, 유명 스타가 되거나… 아무튼 어떤 직업에 종사하더라고 돈하고 결부되더라고, 그런데 내가 생각해 보니, 이렇게 어려운 수학을 배워서 돈벌이하고 무슨 상관이 있나? 수학뿐이 아니라 국어, 영어 등의 다른 과목들도 돈벌이하고는 직접적인 관련이 없어. 내 생각으로는, 공부를 잘해서 명문대 들어가는 것도 따지고 보면 좋은데 취업해서 돈을 잘 벌겠다는 목표거든."

"그렇지. 의사들이 돈을 잘 번다니까 의사가 되려는 거야. 돈벌이가 안 되어 봐, 누가 의사가 되겠나. 대학생들이 대기업에 취업하려는 것도 알고 보면 다 돈이지."

"아 진짜 '돈이 최고가 아니다.'라고 말들 하지만 그게 아니더라구, 사회는 돈으로 움직여. 내가 어떤 선배에게 들었는데, 그 선배가 다니는 학교에 운동부가 있었대. 그런데 얘네들이 학교 수업은 전폐한다는 거야. 하루에 몇 시간씩 수업에 참석해야 한다는데 수업시간에는 그냥 쳐 자빠져 잔다는구면, 그리고 시험 볼 때는 줄타기하는 거야."

"줄타기? 그게 무슨 소리야?"

"하하하. 그 학교는 수준이 높구나. 답안지 놓고 자를 대고는 이 줄은 전부 2번, 이 줄은 전부 3번 문제는 읽어보지도 않고 답안지에 자를 대고 마킹하는 거 몰라?"

"아항 그거야, 알긴 아는데 그걸 줄타기라고 하네. 그런 애들 더러 있지. 수포자(수학 포기 학생), 영포자(영어 포기 학생) 이런 애들은 할 수 없지 뭐."

"아 글쎄, 그렇게 개판으로 학교 다니고는 운동선수로 출세하면 학교에선 최고인 줄 안다고 하더라구, 학교 발전기금 몇백에서 몇천만 원 기부하면 교장, 교감, 행정실장까지 굽실거린다는 거야. 그러니 평범하고 성실하게 학교 다닌 학생들은 뭐가 되는 거야. 그냥 개똥 신세야."

"호호호, 맞아. 나도 비슷한 소리 들었어. 지금 히트치고 있는 아무개 가수도 학교 다닐 때 거의 문제아로 낙인찍혀서 간신히 졸업했다고 하더라구, 공부는 말할 것도 없고 술 담배하고 진짜 문제 학생이었나 봐. 그런데 가수로 출세하니까 그 학교에 졸업생이 만 명이 넘었다는데 그 학생들은 다 없어지고 그 가수 이름만 남게 된다는 거야. 어쩌다 모교 방문해서 발전기금도 내는 모양인데 그때마다 학교가 마비된대. 애들이 미쳐 날뛴다는 거야. 이러고 보면 진짜 사회의 의식구조가 잘못되었어. 하지만 우리가 그걸 고칠 수 있나. 세상 전체가 그렇게 돌아가는 것을."

"아 그렇다니까. 문제는 문제인데 모두들 그렇게 하지 못해서 안달 병이 났으니까."

"호호호, 사실 나도 고1 때 그런 힙합 가수가 되겠다고 한동안 별짓을 다 했어."

"그랬다고 했지, 그래도 정신 차리고 제자리에 돌아왔네."

"부모님하고 선생님, 언니하고 주변에서 하도 난리를 쳐서 억지로 돌아온 셈이야."

"아무튼 잘되었다. 혹시 또 모르지, 지금쯤 가수로 대성했을 수도 있을는지."

"호호호, 이젠 그 꿈은 접었어."

"하여간 지금 시대는 책만 파먹다가는 쪽박 차기 십상이야. 뭘 특이한 것으로 히트를 쳐야지."

"오홍, 그래서 이러저러한 이유로 공부는 제쳐두고 돈을 벌기로 마음먹었구먼."

"그래, 그렇더라니까. 그래서 난 돈벌이가 되는 것에 열중하기고 마음을 먹었는데 뭐가 돈벌이가 되는지 알 수가 있어야지. 아무튼 그때부터 공부를 등한시해서 성적은 겨우 중간이나 유지했을 거야. 사회 분위기로 볼 때 대학교는 가야겠고. 참으로 난감하더라고, 공부는 하기 싫지."

"그럼 그때 집에 부모님이 크게 걱정하셨겠네."

"걱정은 하셨지만 아주 큰 걱정은 하지 않으셨어. 내가 하고 싶은 일 있으면 그런 일을 해서 먹고 살라고, 나쁜 짓만 하지 않으면 된다고 말씀하셨지. 사실 난 문제학생과 어울려서 일탈 행동은 하지 않았기에 큰 걱정은 하지 않으셨어. 중학교 고등학교 모두 3년 개근했으니까."

"오호, 진짜야? 땡땡이 많이 쳤을 것 같은데. 호호호."

"그렇지 않아, 학교는 그럭저럭 다녔어. 공불 잘 안하고 공상을 해서 그렇지."

"그래서 다음은 어떻게 되었어?"

"그러다가 우연히 TV를 보는데 예전에 아프리카의 타조가 다이아몬드 원석을 주워 먹는 다는 것을 알고는 야생 타조를 잡아서 뱃속을 뒤졌다는 거야. 그러고 보니까 어릴 때 어린이 잡지에도 그런 내용이 있었다는 게 생각이 나더라구. 그때 내가 '바로 저거다!' 라고 생각하면서 정신이 번쩍 들더라고. 개들도 훈련시켜서 실종된 사람도 찾고 물건도 찾은데, 타조를 훈련시켜서 다이아몬드 원석을 찾을 수 있다고 확신을 한 거야. 그런데 그 방법이 쉽질 않아. 개들은 주변에도 많이 있고 애견 훈련소도 많이 있는데 타조는 구경하기도 어렵잖아. 아무튼 그래서 대학교도 조련학과에 들어갔는데 거기서도 대실망이야. 그냥 개 훈련소나 마찬가지니까. 그리고 개들은 사람과 친화적이어서 쉽게 말을 잘 들어, 야생 동물들과는 아주 달라. 서커스에 나오는 호랑이나 코끼리 등을 조련하자면 그런 동물과 어울려 살면서 아주 천천히 훈련을 시켜야 하는데 그런 시설이 없잖아. 대학교에 타조는 아예 없어."

"그렇지. 그런 동물을 훈련시키는 데가 전혀 없지. 서커스 단체에 들어가기 전에는"

"맞아. 아무튼, 어찌어찌하여 대학교도 졸업하고 군대에도 갔다 왔는데 '뜻이 있으면 길이 있다.'라고 사바나 랜드에서 물개 조련사를 모집한다고 공고가 났더라고. 그래서 내가 응시해서 합격해고 물개 조련을 너한테 받았는데, 사실 그때 난 많은 시간을 타조 우리 앞에서 보냈어."

"오호, 맞아. 그때 타조 우리 앞에서 서성이는 거 처음엔 몰랐었는데 나중엔 알게 되었어."

"응, 그랬어. 그때 내가 타조를 보니 교감을 형성해서 훈련시킬 수 있다는 자신감을 얻었어. 사람도 알아보고 눈치가 엄청 빠르더라구. 내가 여러 번 가면서 먹이를 주니까 나를 알아봐. 저 멀리서 나타나도 다 알아."

"진짜 시나리오 하나는 철저하게 짰네. 그런 다음에 여기로 온 거네."

"응. 그 이후의 스토리는 잘 알잖아. 난 나름대로 현대 첨단 기기를 이용할 궁리를 하고 그런 것들을 제작하고 말야. 아무튼 이렇게 되어서 여기까지 온 거야."

"정말 대단하다. 그러느라 십 년 세월을 보냈네. 그런데 혹시 실패하면 어떻게 해?"

"하참, 실패라는 단어는 생각지도 마. 나폴레옹이 'The word impossible is not in my dictionary.(내 사전에는 불가능이란 말이 없다.)'라고 말했잖아. 안된다면 안 되고, 된다면 되는 거야. 확신을 가져야지."

"으응, 미안해. 내가 말을 잘못했네. 아무튼 잘될거야. 하쿠나 마타타."

하쿠나 마타타(Hakuna matata)란 "다 잘 될 거야"란 뜻으로 아프리카 전역에서 널리 쓰이는 말이다.

"그러니 힘들어도 조금만 참아. 인생 육십년으로 볼 때 육개월이야. 이 육개월에 인생을 역전시킬 수 있어."

"응, 고마워."

"정말 동물과의 교감이 어려워. 아바타 같으면 그냥 신경다발만 연결하면 될 텐데."

"아바타 영화?"

"응, 거기서 보면 뒤통수에 있는 신경다발을 익룡 같은 큰 새에게 연결해서 마음대로 조종하잖아."

아바타 영화에서 상상 속의 동물인 익룡이 등장하는데 그 이름이 이크란(Ikran)이다. 판도라 행성의 나비(Navi)족들이 이크란을 타고 날아다닌다. 나비족은 날아다니는 나비(butterfly)가 아닌 고유명사 "Navi"이다.

"어머, 그게 머리카락이 아니라 신경다발이야?"

"응, 자세히 보면 길게 땋은 머리카락 사이에 신경다발이 있어, 그 신경다발이 이크란의 기다란 귀처럼 생긴 것에 넣으면 거기서 신경다발이 서로 연결되잖아. 쉽게 설명하면 여러 가닥의 전선이지, 이렇게 신경을 연결해서 조종하잖아."

"그게 그런 거였구나. 난 그냥 머리카락을 연결하는 줄 알았네. 호호호."

"다들 그렇게 알아. 아마 시나리오 작가나 감독도 엄청 고심을 했을 거야. 익룡을 타고 다니면서 싸워야 하는데 익룡과 어떻게 교감을 해야 하나. 진짜 무지하게 생각했을 거야. 하다 하다 안되니까 컴퓨터와 컴퓨터를 연결하듯이 신경망을 연결하자. 이렇게 결론을 내리고는 이제까지 SF영화에서 볼 수 없었던 기상천외한 신경다발을 연결하는 것으로 나왔잖아."

"호오, 그러네. 듣고 보니 굉장한 아이디어네."

"맞아. 내가 타조를 훈련시키면서 '아바타처럼 신경다발을 연결시키면 교감 형성이 간단할 텐데' 라고 생각했었거든."

"호호호, 그랬을 것 같아. 하지만 안 돼. 아바타는 익룡을 타고 날아다니면서 싸웠지만 타조를 타고 다니면서 원석을 찾아 먹으라고는 할 수 없잖아."

"하하하, 눈치 빠르다. 그래서 그런 방법은 있을 수도 없지만, 다른 방법으로 교감형성을 해야 겠다라고 연구 한거야. 그게 바로 소리로 의사 전달하는 장치인 내가 발명한 타뮤야."

"정말 대단한 발상이네."

"그런데 사실 그것 가지고는 안 돼. 물개 훈련처럼 눈높이를 맞추고, 보이지 않는 정신적으로 유대감을 형성해야 해. 눈빛으로 서로를 알게 돼야 해. 이게 바로 동물과의 교감이야. 이게 쉽지 않아. 엄청난 인내심을 가지고 접근해야 한다구."

"맞아. 물개 훈련 때도 잘못해서 나한테 혼났잖아. 호호호."

"그랬지. 그때 여차했으면 때려치울 뻔했는데, 천만번도 더 생각하고 참은 거야. 그랬더니 잭슨이라는 녀석이 내 마음을 알아차리더라구. 나중엔 말 잘 들었잖아."

"그랬지. 호호호, 그 일이 엊그제 같다."

"맞아, 아직 일 년도 안 되었어. 내가 네 앞에서 쩔쩔매던 생각을 하면 지금도 오금이 저리다."

"호호호, 그 정도로 내가 혼냈나? 아무튼 지난 일이지만 미안 쏘리."

영미는 차리를 알면 알수록 대단한 인물이라고 감탄을 해야 했다. 하지만 이번 미션이 성공할지는 미지수였기에 말 못 할 불안감도 있었다.

목표의식이 확실한 차리는 힘든 기색도 없이 매일 같이 타조를 데리고 나갔다. 그러는 중에 오일에 한번 꼴로 타조들의 뱃속을 내시경으로 관찰했지만, 아무것도 발견 할 수가 없었다.

13. 모래 폭풍

이날도 차리와 영미는 타조 아홉 마리를 싣고 사막으로 떠났다.

뜨거운 한낮은 피하고 오후 3시 경에 타조를 풀어놓고, 차리는 2km 정도를 이동했다. 타조가 그만큼을 걸어오면서 반짝 돌을 주워 먹게 하려는 것이다. 타조들은 풀어놓은 근처에서 서성거리고 여기저기 왔다 갔다 하면서 첼로 음악의 지시대로 반짝 돌을 찾으려고 하였다. 그렇게 거의 2시간 가량 지나서 차리는 피아노 음악을 내보내려는데 갑자기 서쪽 하늘이 뿌옇게 변하면서 모래바람이 부는 것 같았는데 꼭 황사 먼지 바람 같았다.

"아이고 이거 큰일이다. 모래바람인가 폭풍인가."
"엄마나, 이를 어째, 어서 빨리 타조를 불러들여."
"응."

차리는 정신없이 타뮤 송신기로 피아노 음악을 내보냈다. 타조들은 아마 근처 1~2km 이내에 있을 것이다. 10분도 안 되어 타조들이 뜀 걸음으로 와서는 먹이를 달라고 머리를 갸우뚱거리고 있었다. 영미는 사료를 조금 주었다. 왜냐하면 빨리 먹고 이동을 하려는 것이었다. 곧바로 타조 아홉 마리 중에 일곱 마리가 오고 두 마리가 아직 오질 않았다.

"두 마리가 안 왔어, 두순이(암놈)와 사돌이(수놈)가 안 왔어, 어떡하지, 모래바람이 불어오는데."

"쪼금 더 기다려야지. 모래바람의 색을 보니까 폭풍 정도는 아닌 것 같아. 황사 먼지 바람처럼 모래바람이 불어오는 것 같아."

"아이구야. 얘들이 안 오면 어떻게 해? 그냥 기다려?"

"정 안 오면 우리끼리 일단 피신을 해야지. 그나저나 큰일이다."

"얘들은 어떻게 해, 차 옆에 있게 하나? 아니면 차에 태우나?"

"어~ 어떻게 해야 하나. 바람이 서쪽에서 불어오니까 바람을 피하려면 여기 차 옆에 있는 것이 나을 것 같아."

"그럴까. 그럼 여기에 있게 해."

타조들도 눈치를 챘는지 먹이를 먹다말고는 두 눈을 크게 뜨고는 두리번거렸다. 하지만 놀라서 도망치지는 않았다. 사람과 친숙했기에 사람 옆에 있는 것이 안전하다고 판단을 한 모

양이다. 더구나 바람을 피할 수 있는 차가 있기에 본능적으로
그 옆에서 바람을 피하려는 것이었다.

곧바로 모래바람이 불어 닥쳤다. 타조들은 일제히 제자리에
주저앉았다.
"아이구야, 얼굴이 따갑다."
"손수건으로 얼굴을 감싸."
"응."
차리와 영미는 앉아서 손수건으로 얼굴 전체를 감쌌다. 그런
데 차 옆에 있어도 바람이 소용돌이치면서 모래가 마구 날아들
었다. 그것도 잠시 주변이 더 캄캄해지면서 귀신 소리 같은 괴
상한 소리가 "휘이잉~"하면서 바람이 세게 부니까 차가 흔들거
렸다.
"아이고, 바람에 차 전복되겠다."
"그럼 어떻게 해. 차 뒤집히면 안 되잖아."
"맞아, 차를 무겁게 해야 해. 어서 타조를 차에 태워"
둘은 바람에 날아가지 않으려고 애를 쓰면서 사파리 차의 뒷
문을 열어서 타조를 한 마리씩 태웠다. 다행히 바람에 차가 전
복되지는 않고 흔들거리기만 했고 야생 적응력이 있던 타조들
도 날아가지 않고 차에 모두 탔다. 아니 일곱 마리만 탔다.
"우리도 올라가야 해. 그래야 무게가 더 나가지."
"응, 맞아."

차리와 영미는 잽싸게 문을 열고 운전석과 옆에 앉았다. 바람은 무서운 소리를 내면서 차를 뒤집으려 하였으나 이제 무게가 많아진 차는 흔들거리기만 할 뿐이지 넘어가진 않았다.

"진작에 차에 타고 있을걸."

"그러게 말이야."

차 앞에 타고 창문을 모두 닫으니 모래바람도 들어오지 않고 견딜 만 했다. 뒤에 있는 타조들은 모두 앉아서 눈을 두리번거리면서 감았다 떴다 하고 있었다.

"하이고야. 이런 경우는 생각해 보지 않았네. 사막에 모래 바람이 불어서 모래 언덕이 생기기도 하고 없어지고도 한다는 말을 들었는데 그게 바로 이런 바람이네,"

"맞아. 이 정도의 바람이 불어야 모래를 움직일 거야."

둘은 걱정을 하면서 모래바람이 어서 빨리 지나가길 기다려야 했다.

하지만 한번 시작된 모래 폭풍은 금세 그치지 않고 강약을 반복하면서 계속 불고 있었다.

"이러다가 모래 속에 파묻히는 거 아냐?"

영미가 근심 어린 목소리로 물었다.

"그러게, 이대로 며칠간 지나면 차가 파묻히겠네. 아이참 큰일이다. 이런 바람은 일기 예보가 없나?"

"있는지 없는지 알아보지도 않았잖아."

"하긴, 그런데 아주 무지하게 쎈 바람은 아닌 것 같아. 모래 먼지가 날려서 그렇지."

"글쎄 말이야. 두순이 사돌이 두 녀석은 어디로 가서 돌아오지 않을까?"

"바람에 날려갔나? 야생 동물들은 용케 바람을 피한다고 하던데. 낙타도 그렇고 타조도 그렇고."

"피아노 음악 틀어서 불러보자."

"그럼 뒤에 있는 타조들이 난리 날 텐데."

"걔들은 타뮤의 스위치 오프 시켜."

"알았어."

"그리고 위치 추적기로 찾아봐, 구글 지도로 찾을 수 있다면서."

"응, 찾을 수 있을 거야."

차리는 문을 열고 뒤 칸으로 가서 타조의 등에 부착한 타뮤의 스위치를 모두 오프 시키고 돌아와서 노트북을 꺼내어 타조들의 위치 추적기를 실행시켰다. 그런데 아무것도 안 잡힌다.

"어어~ 이거 한 마리도 안 잡혀."

"아이구, 뒤 타조들의 타뮤 전원을 다 껐으니 안 잡히지."

"하하하, 내가 너무 성급해서 정신을 못 차리네. 그럼 두 마리라도 잡혀야 할 텐데."

"자세히 살펴봐, 어디서 반짝이는지."

"아니, 없어, 이 근처 십여 킬로를 살펴봐도 없어, 그 이상은 안 갔을 거야."

차리는 지도를 확대해가면서 이리저리 대략 이십여 킬로까지 살펴보았으나 아무 신호도 잡을 수가 없었다.

"안테나 방향이 잘못되었나?"

차리는 혼잣말 소리처럼 말하고는 밖으로 나가 지붕 위에 설치해둔 작은 접시 안테나를 살펴보았다.

"아이구야, 안테나가 떨어져 나갔네."

차리가 크게 실망을 하면서 들어왔다. 모래 폭풍에 접시 안테나가 떨어져 나가버린 것이다. 여기 와서 위치 추적을 처음으로 해보는 건데 낭패를 당한 것이다. 사람 손에 길러진 타조라 사막에 풀어놓아도 멀리 가지 못하고 있었기에 위치 추적을 할 필요가 없었던 것이다.

"그럼 어떻게 해?"

"할 수 없네, 둘 중에 하나지 뭐, 피아노 음악이라도 듣고 여기로 찾아오거나 아니면 사막 멀리 가버렸거나."

"걔들, 암수 한 쌍인데 사랑의 도피를 한 모양이네."

"하하하, 그런 모양이야."

차리는 할 수 없이 두 마리를 오던 안 오던 체념해야 했다. 바람 소리가 여전히 "휘이잉~" 거렸지만 피곤했던 그들은 저절로 눈이 감기면서 잠시 졸음에 빠졌다. 그렇게 깜박하고 잠이 들었다가 깨어났는데 바람 소리가 많이 잦아들었다.

차리는 문밖을 살피면서 혹시 타조 두 마리가 돌아왔나를 살폈지만 돌아오진 않았고, 여전히 뒤에 타고 있는 일곱 마리뿐이었다.

그렇게 얼마 동안을 비몽사몽간에 있다가 눈을 다시 떴는데 하늘이 훤해졌다. 바람이 그친 것이다. 차리가 먼저 나와서 하늘을 보니 별들이 총총 보이고 언제 모래 폭풍이 불었나 싶게 맑은 하늘이었다.

"영미야, 이리 나와 봐, 바람 그쳤어."

"으응,"

영미가 눈을 뜨고는 문을 열고 나오려 했으나 문이 쉽게 열리지 않는다.

"엄마나, 여기 문이 안 열려."

"어엉? 그래?"

차리가 급히 조수대 쪽으로 가보니 바람이 그쪽에서 불어서 차체의 반 정도가 모래에 파묻히었다.

"아이고야. 이쪽으로 모래바람이 불어서 지금 모래에 파묻히다시피 했어. 이쪽 모래를 다 걷어내야 차를 빼겠네. 운전대 쪽으로 내려."

"으응."

영미는 운전대 쪽으로 옮겨 앉으면서 차에서 내렸다. 하늘은 아주 맑아서 온갖 수많은 별들이 떠 있는데 그 별빛이 얼마나 밝은지 집 천장에 꼬마전등을 달아놓은 것 같았다.

"옴마나 세상에. 저 별들을 봐, 손을 뻗치면 닿겠어."

"그러게. 나도 사막에서 바라보는 별빛이 밝다는 얘길 들었는데 정말이네."

"이야~ 정말 멋있다."

차리와 영미는 별빛에 취해서 감탄하다가 배가 고프다면서 간식으로 가져온 과자와 열대 과일을 먹었다.

"이제 어쩌지? 차가 반쯤 모래에 파묻혀서 모래를 거둬내야 할 텐데. 지금 해야 하나?"

"지금 밤 세시인데. 타조 두 마리도 아직 안 왔으니 기다릴 겸 낼 아침결에 삽으로 모래를 치우는 게 낫겠어. 더 이상 모래 바람은 불지 않을 거야."

"응, 그게 좋겠어."

이렇게 해서 둘은 다시 차에 올라가서 잠을 자기로 했다.

이들은 눈 부신 햇살에 다시 눈을 떠야 했다. 벌써 해가 떠서 사막을 덥히기 시작했다. 그때까지 두순이와 사돌이는 돌아오지 않았고, 차리는 여전히 피아노 음악을 틀어놓고 있었다. 차리는 삽 한 자루를 꺼내어 조수대 쪽의 모래를 다 거둬내서 이제 바퀴가 다 노출되었다.

"이제 됐어. 시동 걸고 가보자."

"응."

영미는 주위를 살피어 혹시 놓고 가는 물건이 없나 확인을 한

다음에 차에 올랐고, 차리는 곧바로 시동을 걸고 차를 출발하려는데 바퀴가 처음부터 겉돌기 시작했다.

바퀴가 모래 속에 어떻게 있는지 네 바퀴 모두가 겉돌기 시작했다. 차리는 앞뒤 데후를 바꾸어 보기도 하면서 탈출하려고 했으나 쉽게 빠져나오지 못했고, 결국 바퀴는 점점 모래 속으로 파묻혀 버렸다.

"어어~ 이거 문제되네. 그냥 빠져 나올 줄 알았는데."

"혹시 유사 아냐?"

유사(流沙)는 흐르는 모래라는 뜻으로 모래 늪 같은 것을 말한다. 유사에 빠지면 누가 구조해주기 전에는 그대로 모래 속에 빨려 들어가서 죽게 된다.

"유사는 아냐. 여긴 그런 유사 없을 거야. 어젯밤에도 차 그대로 있었잖아. 아마 모래바람이 분 데다 가 오랫동안 차를 한곳에 주차해서 바퀴가 들어갔나 봐."

"그으래? 그럼 탈출해야지. 내려서 살펴보자."

"으응,"

둘은 이리저리 살펴도 그냥 모래다. 그 모래가 매끌매끌해서 바퀴가 헛돌고 있는 것이다.

"앞뒤쪽 바퀴를 삽으로 더 깊게 파서 경사지게 만들어봐야겠어. 한 오십 센티만 나가도 탈출할 거야."

차리가 이런 말을 하면서 네 바퀴의 앞쪽을 약간 깊게 파고는 시동을 걸었다. 그런데 바퀴가 겨우 그 앞으로만 굴러 떨어지듯 오더니 올라오질 못하고 또 헛돈다.

"어어~ 이거 정말 난감하네. 바람에 불어온 모래가 너무 미끄러운 모양이야."

"그런가 봐. 바람에 날려 올 정도니 가볍고 입자가 고운 모래야."

이들은 잠시 탈출할 궁리를 찾다가 영미가 먼저 제안을 했다.

"오빠, 일 미터만 가도 탈출한다고 했지?"

"응, 내 생각에 그럴 거야. 일 미터만 가도 탈출해서 계속 조금씩이라도 앞으로 가면 모래 속에 빠지지 않을 것 같아."

"그럼 이렇게 하는 게 어때?"

"조금 전에 바퀴 앞을 구덩이처럼 약간 팠더니 그만큼 내려왔다가 올라가질 못했잖아."

"그랬지."

"그럼 이번에도 구덩이처럼 파고는 오빠나 내가 운전을 하고 둘 중에 하나는 차를 미는 거야. 그런데 혼자 힘만으로는 안 되니까 타조들을 묶어서 앞에서 끌게 하면 꽤 힘이 보태질 거야."

"야아~ 그거 기발한 생각이다. 또 여자의 임시변통 사고는 최고다, 천재다 천재. 하하하."

차리는 너무 기뻐서 헛웃음이 막 나왔다.

"호호호, 미리 김칫국 마시지 말고 이렇게 한번 시도해보자는 거야."

"당근이지. 지금 그게 최선이다."

"그럼 운전을 내가 할까? 오빠가 힘이 세니까 밀고."

"아니, 이럴 때 힘보다는 세세한 운전 테크닉이 있어야 돼. 자칫하다가 앞에서 끌고 있는 타조를 칠 수가 있어."

"오호, 맞아, 난 그 정도의 운전 실력은 안 되니까. 오빠가 운전하고 나는 젖 먹던 힘까지 밀어볼게."

"좋지, 좋아."

이렇게 하여 그들은 다시 차바퀴를 삽으로 파내고, 타조들을 내려서 타조의 몸통을 끈으로 묶고 그 끈을 하나의 끈으로 묶었다. 이러고 보니 지네 발 모양이다.

"호호호, 어린이집 소풍 가는 것 같다. 어린이들 어디 갈 때 이런 지네 발 끈을 붙잡고 다니잖아."

"맞아, 그런데 애들이 어리둥절한 모습이야."

"그럴 거야, 난생처음 몸통을 끈으로 묶었으니 궁금하기도 할 거야."

타조 일곱 마리는 이렇게 엮이었다. 왼쪽에 3마리, 오른쪽에 4마리. 영미는 왼쪽에서 타조들을 재촉하면서 차를 밀어볼 참이었다.

"다 준비됐다. 어서 시동 걸어봐."

"응,"

차리는 다시 한번 바퀴를 살펴보고는 차에 올랐다.

"혹시 차 소리에 애들이 놀랄지 모르니까 잘 다뤄."

"아이참, 안 놀라. 애들이 차를 타고 다닌 게 한두 번인가, 다 알아. 걱정 마. 준비됐어?"

"응."

"내가 시동 걸고 엑셀 밟을 때 동시에 타조를 끌어야 해. 내가 '액션!'하고 소리칠게."

"응."

차리는 운전대에 올라서 시동을 걸고 "붕붕"거리고는 잠시 후에 "액션!"하고 소리쳤다. 영미는 "까악~"하고 소리쳤다. 타조들은 원체 겁이 많아서 큰소리만 나도 마구 도망치기에 본능적으로 앞으로 나가려고 버둥댔다. 차는 곧바로 구덩이에 굴러 떨어지듯 바퀴가 내려오고, 동시에 타조가 끄는 힘에 의하여 구덩이를 올라섰다.

"우와~ 됐다. 탈출했어. 멈추지 말고 천천히 가."

"타조들을 풀어서 차에 태워야 하잖아."

"응, 조금만 더 가봐, 조금만 더 가면 단단한 모래가 나올 거야."

이렇게 해서 영미는 타조를 데리고 삼십여 미터쯤 갔는데 그제야 차리가 서서히 차를 멈추었다.

"이제 됐어, 어서 차에 타조를 태워."

"응,"

그야말로 영미의 기지(機智: 경우에 따라 재치 있게 대응하는 지혜)에 차를 탈출 시킨 것이다. 이들은 곧바로 타조를 태우고는 집으로 향하였다. 하지만 그때까지도 두순이와 사돌이는 돌아오지 않았다. 이제부터는 일곱 마리를 가지고 사막 투어를 해야 한다.

"애들이 어딜 갔나?"

"그러게, 사랑의 도피를 했나?"

"하하하, 그런 모양이야. 암놈 수놈이 어디로 갔을까? 가봐야 사막인데."

"어떻게 찾을 거야? 안테나도 바람에 날아갔다면서, 안테나를 사야 하나?"

"애들이 사람 손에 커서 멀리 가지 않기에 위치 추적을 한 번도 안 해봤는데, 이런 사단이 났네. 안테나를 사야 하나 말아야 하나. 상카에 가면 있던데."

"그럼 혹시 모르니까 기다려봐."

"그래야겠어. 일단 오늘 집에 가서 쉬고 내일 여기 근처로 와봐야겠어."

"그게 맞는 순서 같아."

차리와 엉미가 아침결에 집에 왔더니 엉클이 매우 반기면서 밤새 무슨 일이 있었냐고 물었다. 영미가 모래 폭풍이 불어서 오질 못하다가 아침에는 차가 모래에 빠져서 간신히 왔다고 하면서 이런 중에 타조 두 마리가 돌아오지 못했다고 했더니 엉클은 그만하면 다행이라고 했다. 모래 폭풍이 심하게 불면 그냥 모래 속에 파묻혀서 죽는다고 했다.

"오빠, 혹시 모르니까 피아노 음악 틀어놔. 전파가 얼마나 간다고 했지?"

"응, 당연히 그래야지. 여기 애들은 전원 오프 시켰으니까, 전파 출력이 10km 정도인데, 잘하면 20km까지는 갈걸."

"우리가 갔다 온 거리는 그보다 더 멀잖아."

"훨씬 멀지. 하지만 짐승들은 귀소 본능이라고 해서 집을 잘 찾아."

귀소 본능(歸巢本能)이란 동물이 자기 서식처나 둥지로 되돌아오는 성질이나 능력을 말하는 것으로 새, 동물, 벌, 개미 등에게서 흔히 나타난다. 소(巢)자가 "집 소"자로, 집을 찾아오는 본능을 말하는 것이다.

"응, 맞아, 나도 알아, 귀소본능, 제비가 남쪽 나라까지 갔다가 정확하게 자기가 살던 집으로 오잖아."

"그렇다니까, 대부분의 동물들은 살아 있는 내비게이션이야."

"호호호, 그러네. 우리 타조도 돌아왔으면 좋겠다. 그치?"

"아마 내 예견으로는 돌아올 것 같아."

이들은 이런 얘기를 하면서 식사를 하고는 낮잠에 빠져들었다. 늘어지게 자고 일어났더니 벌써 저녁때가 되어서 해가 서편으로 기울고 있었다.

그때였다, 엉클이 비명처럼 소리쳤다.

"차리!, 차리! 영미! 영미!"

"에엥? 무슨 일 일어났나?"

"아이구야, 무슨 큰일 터졌다."

둘은 크게 근심을 하면서 현관문을 박차고는 뛰쳐나왔다.

"타조, 타조! 컴백~ 컴백~"

타조가 돌아온다는 것이다. 둘은 급히 서편 사막 쪽으로 눈길을 돌렸는데 저 끝에 희미하게 타조 두 마리가 겅중겅중 뛰다시피 오고 있었다.

차리와 영미는 너무나 기뻐서 타조가 오는 길로 마구 뛰어가서 곧바로 타조 두 마리와 해후했다. 타조들은 커다란 눈을 껌벅거리면서 쓰다듬어주는 차리와 영미를 맞이했다. 영미는 너무 감격스러워서 눈물을 흘려가면서 어루만졌다. 타조 두 마리가 우리에 들어가자 다른 타조들이 에워쌓으면서 반기고 있었다. 물과 사료를 주니까 허겁지겁 마구 쪼아 먹기 시작했다.

이 두 마리 타조는 어떻게 된 일일까. 아홉 마리 중에 수컷이 사돌이와 칠수 두 마리다. 그런데 실제로 여기서 대장 노릇을 하는 수컷은 칠수여서 사돌이는 그냥 따라만 다니고 있었는데, 어제는 어쩌다가 두순이와 사돌이가 무리에서 조금 떨어진 곳에서 돌아다니게 되었다. 그러다가 모래 폭풍이 불어왔는데 순식간에 칠수의 무리에서 떨어진 사돌이는 방향 감각을 잃고 두순이를 데리고 아무 방향으로 마구 뛰어갔던 것이다. 칠수는 모래 폭풍이 불어오고 피아노 음악이 들리자 곧바로 무리를 이끌고 차로 돌아왔는데 사돌이는 엉뚱한 곳으로 마구 뛰어간 것이다. 그렇게 도망치다가 모래 폭풍에 날아가지는 않고 용케 살아남았다가는 새벽에 바람이 잦아들었을 때 무리를 찾았지만 찾을 수 없었기에 그동안 기억해 놓았던 길을 생각해 낸 것이다. 즉, 차 길(도로)을 기억해 내고 사막에서 찻길로 나와서는 무조건 동쪽으로 온 것이다. 이러다 보니 저녁이 다 되어서야 집에 도착한 것이다. 아무튼 사돌이는 나름대로 리더 역할을 제대로 해서 두순이와 함께 집에 돌아왔다.

14. 하이에나의 습격

다음날은 휴식을 취하고, 그 다음 날이다.

"지난번 모래바람 불던 날 하늘 별빛 보았지?"

"응, 환상적이었어."

"오늘은 조금 늦게 출발해서 저녁을 사막에서 먹고 들어오
자, 하늘에 별빛을 보고 밤에 들어오자구."

"밤? 무섭지 않나?"

"뭘, 무서워, 사나운 짐승들 없어, 모래사막에는 잡아먹을
만한 동물들이 없거든."

"그런가,"

"그렇다니까. 사막에서 저녁 시간을 조금 보내고 길로 나와
서 그냥 집으로 오면 돼."

"저번에 거긴 모래에 차바퀴 빠졌잖아."

"꼭 거기로 가나. 이미 간데는 절대로 안 가. 거기서 떨어진

곳이어야 하지. 그나저나 원석이 없나, 우리 애들이 아직 발견을 못 하는 건가. 알 수 없네."

"아 진짜, 어렵네 어려워, 해변 모래사장에서 동전 찾기보다 더 어려워."

영미가 한탄 조로 말하였다.

"조금만 더 기다려, 이 넓은 사막 어느 구석에 있을 줄 알아. 있을 만한 곳을 찾아서 다녀보는 수밖에 없어."

"그렇기야 하지만 너무 지루해 죽겠어."

"그러니까 오늘 밤은 기분 전환 겸 밤하늘의 별빛을 보고와."

"그럼 그럴까. 별들이 너무 밝아서 손으로 딸 것 같아."

"하하하, 맞아 그랬어. 우리가 펄쩍 뛰어서 별 하나를 따 오자."

"호호호, 그래. 원석 대신에 별 하나를 따오면 되겠어."

"그리고 해 넘어갈 때 타조들이 돌아다니는 것을 실루엣으로 찍으면 진짜 예술 사진 되는 거야. 캠코더로도 찍고."

"그러게, 진짜 멋있겠다."

둘은 이렇게 간단히 의기투합(意氣投合: 마음이나 뜻이 서로 맞음)해서 오늘 오후에 나갈 준비를 하였다. 특별히 더할 것이라고는 삼겹살과 블루스타 캔맥주이다. 물론 약간의 야채와 최 사장님에게 사 온 쌈 된장이 빠질 수가 없었다.

그날 점심을 먹고 오후 2시경에 출발해서 3시 30분쯤 사막에 들어서서 삼사십여 분간을 사막 안쪽으로 들어왔다. 거기에서 차리는 타조 등에 부착한 타뮤를 다시 한번 확인하고는 타조들을 풀어놓고는 곧바로 첼로 음악을 내보냈다.

이제 타조들도 대략의 스케줄을 알고 있는지 사막 쪽으로 성큼성큼 걸어갔다. 차리는 익히 하던 대로 대략 2km 정도를 이동해서 비교적 단단해 보이는 모래땅에 차를 세웠다. 거기에서 차양막을 치고 깔판을 깔고 쉬면서 타조들이 이쪽으로 오게 할 셈이었다.

오늘은 더운 바람도 별로 불지 않고 지낼 만해서 둘은 잡담을 하면서 시시덕대었다. 얼굴만 쳐다보아도 웃음이 났다. 왜냐하면 흑인처럼 위장 크림을 발랐으니까.

해가 서편으로 넘어가서 얼마 후면 사막으로 내려갈 때쯤이다. 차리는 삼각대에 캠코더를 설치하고 DSRL 카메라를 목에 걸고서는 피아노 음악을 내보냈다. 그러지 않아도 배가 고프던 타조들은 두리번거리다가 음악 소리가 이끄는 대로 경중경중 오기 시작했다. 저편에서 타조들이 오는 모습이 보이자 영미는 캠코더로 촬영을 시작했고 차리는 카메라로 셔터를 눌러대기 시작했다. 저편에서 보이던 타조는 워낙 보폭(步幅)이 넓고 빨리 걸어서 금세 차 있는데로 와서는 먹을 것을 달라고 커다란 눈을 껌벅이면서 서성였다.

"얘들 좀 봐, 빨리 밥 달라고 해. 호호호."

"배고플 거야. 어서 물하고 밥을 줘."

"응."

"우리도 먹자, 삼겹살 파티 하자."

영미는 타조에게 먹을 것을 챙겨주고, 차리는 블루스타를 꺼내고 플라이 팬을 올려놓았다. 아이스박스에서 삼겹살을 꺼내고 쌈된장을 꺼냈다. 상추와 깻잎이 없어서 아쉽지만, 그런대로 운치가 있었다. 얇게 썬 삼겹살은 냄새를 피우면서 금세 익었다. 둘은 캔맥주를 땄다.

"여기까지 와서 건배사가 있어야지."

"건배사? 흔해 터진 위하여는 그만하고 멋진 말로 해봐."

"그래, 좋아. 내가 '다이아!' 하면 네가 '원석!'해."

"호호호, 기막힌 발상이다."

"좋지 좋아, 다이아!"

"원석!"

이렇게 건배사를 하고는 맥주를 마셨다. 상추가 없어도 삼겹살은 꿀맛이었다. 타조들도 고기 맛을 아는지 모르는지 곁에 와서 머리를 아래로 숙이고는 끄덕대고 있었다.

"어머, 얘들도 고기 먹을 줄 아는가 봐."

"그럼, 삼겹살도 먹을걸?"

"그래?"

영미는 삼겹살을 입으로 호호 불어 식혀서 가까이에 있는 타조에게 주니 그 녀석은 입을 벌리고 낼름 받아먹었다.

"어머나, 진짜네."

"그럼, 벌레, 곤충도 잡아먹는데 구운 삼겹살이야말로 진귀한 음식이겠지."

이를 시작으로 삼겹살을 구워 사람도 먹고, 타조에게도 나눠주었다.

그렇게 아마 삼십 여분이 지났을 때였다.

갑자기 주위에서 "끄끄그그, 끄그끄그."하는 소리가 들리는게 아닌가!

"아악! 무슨 짐승 소리다."

"엄마낫, 무슨 짐승?"

"아이고, 큰일 났다. 하이에나 울음소리 같아."

"뭐라구? 우리 죽는 거 아냐?"

"어서 타조를 차에 싣고 출발하자."

"응."

둘은 허둥지둥 타조를 차에 태우는데, 그 사이에 하이에나들이 나타나서 근처에까지 왔다.

"엄마나 무서워, 저기 하이에나가 왔어"

"어디?"

"저기 뒤편에."

차리가 급히 고개를 돌려보니 벌써 십여 마리가 이리로 슬금슬금 걸어오고 있었다.

"아이구야. 어서 타조 태워."

둘은 허둥지둥 불에 덴 듯이 놀라서 타조를 다 태우고 바닥에 놓인 블루스타나 깔판은 챙길 여유도 없이 차에 올라서 시동을 걸었다. 이 경황(驚惶: 놀라고 두려워 허둥지둥함.) 중에 다행스러운 것은 카메라나 캠코더는 삼겹살 먹기 전에 차에 실어 놓았었다.

그런 순간에 이십여 마리의 하이에나들이 차를 에워싸고는 "끄끄그그, 끄그끄그."거렸다. 사냥감인 타조를 본 것이다.

그동안 한 번도 보지 못한 하이에나가 어떻게 갑자기 나타난 것인가. 하이에나의 먹이활동이 왕성한 시간대가 바로 이런 일몰 때이며, 후각이 매우 뛰어나서 몇 킬로 또는 십여 킬로 밖의 썩은 고기 냄새를 맡을 수 있다고 한다. 차리와 영미가 낭만에 젖어서 삼겹살 파티를 할 때 그 고기 냄새가 바람을 타고 적어도 10km 밖에까지 날아간 것이었다. 하이에나가 이런 고기 굽는 냄새를 맡고는 한 떼가 여기까지 뛰어온 것이었다.

아무튼 차리는 급히 차를 출발했으나 사막이라 빨리 달릴 수가 없었고 오히려 하이에나들이 앞질러서 차를 가로막기도 하고 차에 올라타려고 했다.

"아이고 큰일 났다. 삼겹살 굽는 냄새를 맡고 왔어."

"맞아, 이를 어째, 계속 쫓아올 텐데."

"무조건 가야지. 도로에만 나가면 하이에나가 못 쫓아올 거야."

차리는 흔들거리는 차를 용케 운전하면서 사막을 빠져나가고 있었고, 하이에나들은 여전히 차를 에워싸면서 쫓아오고 있었다.

그때였다.

사막에 구덩이가 있었는지 차가 "덜컹"하고 빠졌다가 "덜커덕"하고 올라왔는데 차체가 심히 흔들렸다. 그러나 차리는 차를 점검할 여유가 없었다. 고장이 나질 않기만을 바라면서 마구 액셀을 밟았다. 그렇게 얼마를 갔을까.

"차리, 하이에나가 쫓아 오질 않아."

"걔들이 그렇게 쉽게 물러서지 않을 텐데. 뒤를 봐봐, 타조들이 다 있나."

"어어~ 그런 거야?"

영미는 고개를 돌려서 뒤 칸을 보니 뒷문이 열려서 덜컹거리고 있었다.

"아악~ 뒷문이 열렸어."

"타조는?"

"몰라."

"아이고 일 났다."

차리가 그제야 차를 멈추고 저 멀리 뒤를 보니까 하이에나들이 타조 한 마리를 뜯어먹고 있는 것 같았다. 차리가 내려서 확인해보니 조금 전에 차가 덜컹거릴 때 문이 열리면서 맨 뒤에 서 있던 타조 한 마리가 떨어졌고, 이때 하이에나들이 곧바로 달려들어 떨어진 타조를 잡아먹고 있는 중이었다. 그래서 하이에나가 더 이상 쫓아오지 않았던 것이다.

"아이고, 타조 한 마리가 하이에나 입으로 들어갔네."
차리와 영미는 울상을 지으며 안타까워했다. 하지만 타조 한 마리가 희생된 덕분에 나머지 타조들과 차리, 영미는 무사할 수 있었다. 어쩔 수 없는 일이었다.
둘은 죽은 타조를 안타까워하다가 차에 올라 집으로 향했다. 사막에서 밤하늘 별을 보려던 계획은 수포로 돌아가고 말았다. 그 경황 중에 타조를 챙기고 캠코더, 카메라를 챙겨온 것만 해도 다행이었다.
집에 와서 확인해보니 희생된 타조는 아홉째인 암놈, 구기자였다. 구기자가 하이에나 뱃속으로 들어간 것이다.

15. 집에 가고 싶어

하이에나에게 크게 놀란 차리와 영미는 무슨 대책을 마련해야 했으나, 마땅한 대책이 없었다. 사막에 가지 않으면 되었지만 그것은 포기할 수 없는 것이었다.

그날 밤.

"아악! 사람 살려! 사람 살려!"

곤히 자던 영미가 가위에 눌려 잠꼬대를 하고 있었다.

"영미야, 정신 차려. 꿈꾸었어?"

차리가 화들짝 놀라면서 일어나 영미를 깨웠다. 영미는 얼마나 놀랐는지 온몸에 땀이 흠뻑 젖었다.

"아이고, 무서워! 하이에나 떼들이 달려들었어. 우리와 타조들을 공격하더라구."

"그랬어? 어제 놀란 모양이네. 꿈속에서까지 나타나고."

"그런 것 같아. 너무 생생해서 진짜 같았어. 무서워, 사막 나가기가."

"너무 과민반응하지 마. 생각해보니 우리가 잘못했어. 하이에나들이 저녁 무렵에 왕성한 활동을 한다는데, 하필 그 시간에 삼겹살을 구웠으니 냄새가 아마 몇십 리까지 퍼졌을 거야. 그러니 멀리 있던 하이에나들이 냄새를 맡고 몰려든 거야."

"그렇긴 한데, 그래도 무서워. 왜냐하면 걔들이 타조를 보았잖아, 타조를 잡아먹었으니 또 와서 어슬렁거릴지도 모른다구.

"그 말도 맞네. 사막에 나가려면 무슨 대책을 세워야겠다. 대책이 아니라 위협 겸 공격용으로 총이 있어야겠네.

"글쎄, 그때 최 사장님이 총은 필수가 아니라 선택이라고 했는데, 지금 생각해보니 우리에겐 필수야. 총이 있어야 해. 여기 원주민들도 다 총 가지고 있잖아."

"응, 맞아. 일단 잠을 더 자고 오늘은 쉬어가면서 최 사장님에게 전화해서 총을 구해봐야겠어."

둘은 그렇게 대화를 하고는 다시 잠을 자려 했으나, 쉽게 잠들지 못하여 한참을 더 대화하다가 겨우 잠이 들었다.

아침을 먹고 차리는 최 사장에게 전화를 걸었다.

"최 사장님, 안녕하세요. 차리입니다."

"응, 잘 되가? 다큐 촬영."

"네 잘 되가는데 엊그제 저녁때 하이에나 떼가 나타나서 타조 한 마리를 잃었어요."

"어허, 그쪽에도 하이에나가 출몰하는 모양이네. 나하부에서 서북쪽으로 한참 올라가면 초원 지역에 다양한 동물들과 함께 하이에나와 사자가 산다는 얘긴 들었는데, 그놈들이 그쪽으로 간 모양이야."

"그런 모양인지, 아무튼 식겁(食怯: 뜻밖에 놀라 겁을 먹음.) 해서 죽을 뻔했습니다."

"하하하, 좋은 경험 했어. 그럼 어떻게 피했나?"

"그냥 차를 몰고 줄행랑쳤지요. 그러다가 타조 한 마리가 떨어져서 하이에나가 잡아먹었어요. 그러는 바람에 도망칠 시간을 번 셈입니다."

"히야, 그랬군. 아무튼 잘했네, 잘했어. 목숨은 부지했으니까."

"저 사장님, 그래서 총 한 자루 구입할까 합니다."

"총? 내가 전에 말했었지? 아직 구입 안 한 모양이네. 총은 꼭 있어야 돼. 이 나라에선 위협용, 과시용으로 필수야. 그리고 그런 맹수들 만났을 때 총 한 방만 쏴도 다 도망가. 동물들이 본능적으로 총소리를 싫어해서 총을 쏘는 거야. 거기 원주민들도 밤에 나다닐 때 꼭 총가지고 다닐 거야. 만약 맹수를 만나면 위협하려고 총을 한 방 쏘면 그대로 달아난다고 하더만."

"그럴 것 같아요. 그런데 총이 비싼가요?"

"별로 안 비싸. 원주민 수준으론 비싸지만 우리 수준으로는 안 비싸. 몇백 달러면 돼.”

“그래요? 난 또 엄청나게 비싼 줄 알았는데.”

“옛날 단발식은 백 달러도 안 돼. 북한군 소총인 아카보(AK)도 아마 삼사백 달러면 살걸? 정확한 시세는 잘 몰라. 우리나라 총도 있어, K2라고 알지?”

“그래요? 와아~ K2는 비싼가요? 제가 군에서 쓰던 총인데요.”

“아카보 보다야 비싸지, 성능이 훨씬 좋은데. 이건 아마 오륙백 달러쯤 하려나?”

“그렇군요. 나중에 귀국할 때는 다시 팔 수도 있나요?”

“아 그야, 당근이지, 그냥 중고차 사고파는 개념이야, 이 나라에선, 총알도 안 비싸.”

“K2가 마음에 듭니다. 다뤄봤던 총이라.”

“그럼, 손에 익은 총이 최고야. K2는 개머리판도 접혀져서 휴대하기도 좋아.”

“예, 잘 알아요. 그럼 총 사러 나하부로 가야 하나요? 시간이 없는데.”

“거기 상카에도 총포상이 있긴 있을 텐데. 여기처럼 다양하진 못할 거야.”

“이 나라엔 우리나라처럼 택배가 있나요?”

“없어, 우체국으로 보내는 소포는 있는데 총은 안 돼. 정 필요하면 인편으로 보내야지.”

"아 그거 잘 되었네요. 그럼 사장님께서 총과 실탄을 구입해서 인편으로 보내주시면 될 것 같네요. 인편이면 하루 수고비를 주어야겠지요?"

"그럼, 그런데 거기 촌 동네까지는 가기 어려워, 버스 타고 상카까지 가면 차리가 나와서 물건을 받아야 돼."

"그럼 그렇게 하겠습니다. K2 한 자루하고 탄창 세 개에 총알 60발이면 충분할 것 같아요."

"그럼, 그 정도면 충분해. 사막에 가서 연사해 보고 싶으면 탄알 더 사도 돼. 연사하면 순식간에 20발이 다 나가더라구."

"맞아요. 그럼 총알은 100발로 보내주세요. 그리고 총을 넣는 길쭉한 가방도 필요해요."

이렇게 해서 차리는 최 사장에게 부탁하여 소총을 사서 인편으로 보내라고 했고, 다음 날 점심쯤에 상카의 버스 정류장에서 심부름꾼을 만나기로 하였다.

다음 날.

차리는 점심때쯤 상카로 가서 최 사장의 심부름으로 왔다는 흑인에게 총과 실탄이 든 가방을 건네받았다. 심부름값으로 오십 달러를 주었더니, 매우 고마워하였다.

"이게 K2 소총이야, 우리나라 군인들 개인화기야."

"어머, 그래? 꼭 영화에서 보던 총 같아."

"외관이 비슷비슷한 총이 많아. 영화에도 나왔겠지."

"그럼 이걸 가지고 사막에 다녀야 하나?"

"그려야겠어. 하이에나가 타조 맛을 보았으니 언제 또 나타날지 몰라. 총소리만 들으면 도망칠 거야, 정 안되면 한두 마리 죽여버리지 뭐."

"하이구야, 꼭 그래야 하나."

"안 그러면 어떻게 해. 타조가 죽던지 우리가 죽던지 할 텐데."

"그렇긴 하네. 아이참, 괜히 삼겹살 구워 먹는다고 하다가 별 구경도 제대로 못하고 타조만 잃고 말았어. 좀 더 냉철하게 생각했어야 했는데,"

"그런 꼴이야. 하늘에 떠 있는 무지개를 쳐다보고 가다가 구렁텅이에 빠진 격이네."

영미는 이런 말을 하면서도 총에 대한 호기심으로 이리저리 만져보았다.

"차리, 총 잘 쏴?"

"특등 사수는 못되어도 일등 사수쯤 될 걸? 이거 내가 군대에서 쓰던 총이야. K2라고, 다루기 쉽고 잘 맞아. 우리나라 방산업체에서 개발한 총인데 성능이 좋아서 외국으로 수출도 한대. 아마 아프리카 어느 나라에 수출된 총이 여기까지 흘러온 것 같아."

"총을 그렇게 함부로 사고 팔 수 있어?"

"하이구, 누군 누구야. 부패한 군인들이 팔아먹는 거지. 영화에도 그런 장면 많이 나오잖아."

"그렇구나. 이거 조작법 좀 알려줘 봐."

"진짜? 정말로 알고 싶어?"

"응, 내가 권총은 조금 다룰 줄 아는데."

"여자인 네가 권총을 어떻게 알아?"

"호호호, 호기심에 인터넷에서 알아봤어. 탄창식 권총, 지금은 리볼버식 권총은 안 쓴다고 하데, 그런데 이런 총은 처음이야. BB탄 권총은 쏴 본 적 있지. 호호호."

"어엉, 그랬어? 아무래도 여전사 기질이 다분하다."

"그런 모양이야. 어서 이 총 사용법을 말해봐."

"권총이랑 원리는 비슷해. 별로 어렵지도 않아. 처음 사격할 때는 놀라지만, 막상 사격해보면 재밌어."

차리는 영미에게 소총 조작법을 차근차근 알려주었다. 탄창에 총알을 끼우고, 탄창을 소총에 장착·탈착하는 방법, 단발과 연발 사격, 방아쇠 잠금, 가늠자와 가늠쇠를 이용한 조준법까지 세세하게 설명했다. 차리는 겉보기엔 약간 덜렁대는 듯했지만,. 기계류나 전자 제품을 다룰 때만큼은 치밀한 성격이었다. 컴퓨터만 해도 학원 근처에도 안 다녔다는데도 워드, 엑셀, PPT는 물론이고 포토샵이나 다른 여러 프로그램을 능숙하게 다루고 있었다. 사진과 동영상도 독학했다는데 준 프로급이라고 했다. 어려서부터 혼자 있는 시간이 많아 독학처럼 혼자서, 아니 정확하게는 인터넷을 통하여 터득한 것이 많았던 것이다.

"오우, 생각보다 어렵진 않네. 한 번 사격해 보고 싶어."

"그럼 그렇게 해. 타조 데리고 가면 안 되니까 우리 둘이 사막 쪽으로 가서 사격해 보자구. 깡통 몇 개 준비해서 가면 돼. 진짜 재미있어, 맞추는 묘미가 있거든."

"으응, 그렇게 해."

남자다운 성격을 가지고 있던 영미는 정말로 사격을 해 볼 참이었다.

"그나저나 언제쯤 원석 구경이라도 하려나. 난감해. 난 이제 지쳐가."

"조금만 힘내. 이제부터 시작이라고 생각해."

"마음은 그런데 몸이 안 따라가."

영미는 알쏭달쏭한 말대답을 했다. 그도 그럴 것이, 사막 투어를 시작한 지 여러 날이 지났고, 대략 5일마다 내시경으로 타조 뱃속을 관찰했으나 아직까지 단 한 개의 원석도 발견하지 못했던 것이다. 대신, 연습용으로 준 반짝 돌(아크릴, 크리스털)만을 보았던 것이다.

"오빠, 오늘 시간 많으니까 사막에 가서 총 한번 쏴보자. 기분 전환도 할 겸."

"오호? 그럴까? 나도 제대한 지 오래되어서 감각이 떨어졌는데, 한번 나가보자."

차리는 타켓용으로 깡통을 찾다가 참치 캔이나 고등어 깡통이 너무 작다고 판단하고는 이리저리 두리번거리다가 페인트 통을 발견했다.

"이야, 이거면 되겠다! 50m 거리에서 이걸 맞추면 일등 사수 되는 거야. 사람 어깨 폭보다 조금 작지만, 이 정도면 최고의 타켓이다."

차리는 스스로 만족하며 페인트 통과 총 가방을 준비하고, 물과 간식거리를 챙겼다.

"엉클, 오늘은 총을 사서 시험 사격하러 사막에 다녀옵니다."

"예, 조심하세요. 조심, 조심!"

엉클이 손짓으로 위험하다면서 '조심(be careful)' 소리를 연발했다.

차리는 삼사십 여분 운전을 해서 사막 안으로 들어갔다. 여기는 준 사막 형태여서 듬성듬성 풀도 보이고 작은 나무, 넝쿨, 돌들이 보인다. 사람들이 차를 가지고 왔던 모양으로 타이어 자국이 어지럽게 나 있었다. 잠시 후에 생각해 보니 누군가 여기 와서 운전 연습을 한 것으로 추측되었다.

차리는 적당한 곳에 차를 주차하고는 영미와 함께 내렸다.

그리곤 대충 어림잡아서 사오십 미터쯤 되는 곳에 하얀색의 플라스틱 페인트 통을 가져다 놓았다.

"저게 타켓이야. 여기서 서서 보면 가물거리지만, 가늠자를 통해서 자세히 보면 잘 보여."

"그게 다야?"

"아니, 기본 숙지사항이 있어."

차리는 호기심 많은 영미에게 사격 요령을 나름대로 설명하였다.

"조준 사격은 숨을 찾아야 해. 첫 번째 단계로 숨을 들이쉬고는 약간 내쉬어, 그리곤 숨을 참아. 그때 방아쇠를 처음에는 살짝 당기고, 두 번째 단계에서 격발하는 거야. 이때 가늠자를 통해 본 가늠쇠와 타켓이 정확히 일치해야 해. 이렇게 하면 신기할 정도로 명중하더라고. 하지만 호흡을 무시하고 제멋대로 쏘면 대부분 빗나가게 돼."

"이론은 쉽네. 그러니까 여기서 각도 1도만 틀려도 저쪽에 가면 몇십 센티나 몇 미터가 왔다 갔다 하는 거네."

"응, 그래. 그래서 조준 사격이 어려워. 영화 봤잖아, 스나이퍼 영화. 애들은 정말 신의 경지야. 망원경 달린 저격 총으로 몇백 미터나 떨어진 사람을 맞추잖아. 그리고 연발 사격은 쉬어, 총구가 흔들리는 데 힘을 줘서 방향을 잡아주면 그냥 드르륵 하고 총알이 나가니까."

"그렇겠네."

이에 차리는 먼저 엎드려서 조준 사격으로 페인트 통을 겨냥
했다.

"탕~"

소리와 함께 페인트 통이 흔들거렸다. 명중했다는 뜻이다.

"옴마나, 진짜 명사수다. 제대 후 처음 잡아보는 총이라면서
첫 발부터 명중이네."

"하하하, 내가 얼핏 보면 꺼벙해 봬도 속은 꽉 차 있다니까.
하하하."

"호호호, 맞아, 맞아. 오빠 최고."

"자 이제 영미 너도 쏴봐, 재미있어, 맞으면 기분 짱이다."

"호호호, 그럴까."

이제 영미가 쏠 차례인데 어설프기 짝이 없다. 개머리판을
어깨에 잘 붙이고 얼굴을 약간 기울여서 가늠자를 들여다보아
야 하는데 자세가 영 마땅치 않다. 차리가 이리해라 저리해라
하면서 자세를 잡아주었다.

"너, 총소리에 놀라지 마. 총을 쏘자마자 반동이라고 해서 이
게 네 얼굴을 '탁' 칠 거야. 그러니까 개머리판을 어깨에 딱 부
쳐서 반동을 흡수하는 거야. 이 자세로 쏴봐."

"응, 처음이라 자세가 영 어색하다."

"다 그래, 군인들도 처음엔 엉망이야. 그래서 불합격된 군인
들에겐 얼차려가 기다려."

"아이고야, 떨린다. 떨려!"

"하하하, 막상 쏘려니까 떨리지? 자, 내가 하라는 대로 해. 자세 잡고 숨을 들이쉬었다가 약간 내쉬고 숨 멈추고 가늠자를 통해서 가늠쇠와 타켓을 봐. 그 안에 페인트 통 들어왔어?"

"응."

"그럼 숨 참고 방아쇠 일단, 격발!"

"탕!"

사막의 적막을 가르는 소리가 났다. 하지만 총알은 옆으로 빗나갔다. 격발하는 순간에 총이 흔들렸기 때문이다.

"아이참, 격발하는 순간까지 숨 참고 총이 흔들리지 않아야지, 격발하는 순간에 총이 흔들려서 총알이 엉뚱한 데로 갔잖아."

"생각보다 쉽지 않네."

"처음엔 다 그래, 몇 번 하다 보면 요령이 생겨. 이제 혼자서 해봐. 총알 넉넉하니까 한 열 발만 쏴봐, 난 옆에서 앉아 있을 테니까."

"그래. 알았어."

영미의 눈썰미도 대단해서 다섯 발을 정확히 명중시켰고, 둘은 매우 기뻐하였다. 둘은 그렇게 한두 번 떠 총을 쏘고 나서 총알을 아껴야 한다면서 일어섰다. 꼭 열 발을 쏘았다.

"야, 이제 사막의 라이온처럼 여전사 사막의 영미로 거듭났다. 하하하."

"호호호, 여전사라니. 여전사들이 몸매가 끝내주던데."

"그럼 벗으면 되지, 수영복 입으면 되잖아, 하하하."

"호호호, 내가 여전사가 되다니. 호호호."

둘은 마냥 즐거워하였다.

이러는 중에도 차리의 마음은 초조하기만 하였다. 날짜는 흘러가는데 아무런 성과가 없기 때문이다. 마음이 급한 차리는 다음날 출발하기로 계획을 세웠다.

새벽같이 출발해서 오전에 타조를 풀어놓고 낮에는 쉬고 오후에 타조를 풀어놓기로 한 것이다.

다음날은 타조를 데리고 사막 투어 한지 20일 차 되는 날이다.

차리는 다른 날과 마찬가지로 새벽같이 출발해서 사막 안쪽으로 들어가서 타조를 풀어놓고 햇살이 뜨거운 한낮에는 타조를 불러들여서 그늘막에서 쉬도록 했다. 차리와 영미도 별다른 일 없이 그늘막에서 쉬기도 하고 낮잠도 자면서 시간을 보냈다.

오후에 또 한 차례 타조를 풀어놓고 해가 넘어가기 전에 불러들여서 차에 태우고는 집으로 돌아왔다. 이날부터 총을 가지고 다니기 시작했으나 더 이상 하이에나는 나타나지 않았다.

사막투어 21일차.

어제와 같은 일정이나 또 다른 장소로 이동해야 했다. 밤에 여덟 마리의 타조 뱃속을 내시경으로 관찰하였으나 원석을 발견하진 못했다. 차리와 영미는 너무나 허탈하여 기운이 다 빠지고야 말았다.

사막투어 22일차.

어제와 같은 일정으로 새벽같이 출발하여 더 멀리 더 안쪽의 사막으로 들어가서 타조를 풀어놓았다. 만약 이런 곳에서 차가 고장 난다면 죽을 목숨일 것이다. 영미는 덜컥 겁이 나기 시작했다.

"오빠, 원석은 없나봐. 이제 그만하면 안 될까?"
"아이고 참, 그게 무슨 소리야. 최소한 6개월은 버텨봐야지. 6개월 휴직했다면서.
"그건 그런데. 너무 힘들어, 하루 종일 사막에 있자니 말라죽을 것 같아."
"6개월은 안 되었어도 당초 계획한 대로 사막 투어를 3개월은 해봐야. 오늘이 사막 투어한 지 한 달도 안 됐어. 정확히 22일째다. 이 넓은 사막 어디에 무엇이 있을 줄 알아. 조금만 참아, 정 힘들면 집에 있어. 나 혼자 나올게. 아니면 엉클과 같이 나오던지."

"아이참, 이 모험이 너무 불확실해. 무슨 보물 지도가 있는 것도 아니고, 너무 막연하단 말이야. 타조를 아무리 잘 훈련시켰지만 없는 원석을 어디서 주워 먹느냐고."

"그러니까 지금 매일같이 장소를 바꾸어가면서 탐색하잖아. 나도 듣기만 했지만 어느 정도 근거를 가지고 여기까지 왔어. 지금 막 시작 단계나 마찬가지인데 여기서 포기할 순 없어."

"아무리 그래도 그렇지. 확실한 근거 없이 뜬구름 잡는 소리 같이 들려."

"그럼 어떡하고 싶어?"

"난 집에 가고 싶어, 너무 힘들어, 지금."

마침내 영미는 눈물을 보이기 시작했다.

"마음 단단히 먹어, 너 여기에다 삼천만 원이나 투자했잖아, 본전이라도 건져야지."

"오빠에게 말을 안 했지만 그 돈 벌써 포기했어. 지금 돈이 중요한 게 아니라 사람 목숨이 달려 있다는 거 몰라?"

"무슨 목숨? 잘 지내왔잖아,"

"너무 태연하다. 여기서 차가 고장나 봐. 우린 빠져나가지도 못하고 죽을 거야. 너무 안쪽으로 들어왔어."

"그거야? 차 그렇게 쉽게 고장 나지 않아. 경미한 것은 내가 손봐도 되고, 사파리 차가 겉보기엔 낡았어도 속은 튼튼해. 조금이라도 이상 있는 부품은 신품으로 다 교체했어. 껍데기는 이래도 신차나 마찬가지야, 걱정 마."

"아이 그래도, 무서워. 저번엔 하이에나도 습격하고."

"걱정 말라니까. 총도 가져왔잖아."

"그래도 난 무서워, 집에 갈 테야. 흐흐흑"

참다못한 영미가 사설(辭說)을 늘어놓으면서 울음을 터트렸다.

"아이구 엄마, 수탉이 사막에 와서 죽게 생겼어요. 가지 말라고 할 때 말을 들었어야 했는데 이제 오도 가도 못 하고 사막 귀신이 되게 생겼어요. 이이잉."

차리가 얼핏 들어보니 '피식~'하고 웃음이 터져 나왔으나 내색은 하지 못했다.

"집에서 쫓겨나다시피 나왔다면서 그래도 집에 가고 싶어?"

"아무리 그래도 딸자식인데 내치기야 하겠어. 우리 엄마 아빠는 내 걱정에 잠도 제대로 못 주무실 거야. 내가 불효막심한 년이지. 아이고, 엄마가 보고 싶다."

이런 상황에 차리는 당황하면서 영미를 달래보았으나 한번 터진 울음보는 쉽게 그치질 않았다.

한참을 지난 후에 영미는 제풀에 지쳐서 울음을 그쳤다.

"내가 이런 일이 닥치리라고 예상은 했었지만 시기가 너무 일찍 왔네. 진짜 가고 싶으면 나하부까지 태워줄 테니까 거기서

최 사장님께 도움을 받아서 항공권 끊으면 돼. 오던 순서의 역
순으로. 지금 가려면 최소한 한 달 전에는 예약했어야 할걸.
지금이라도 예약하면 한 달 후에나 표를 구할 수 있으려나 모
르겠네. 아무튼 최 사장님에게 문의하고 도움받아야 돼."

의외로 차리가 단호하게 말하니까 영미는 속으로 움찔하였다.

"끝까지 혼자 있을 테야?"

"그럼 그래야지, 원래 혼자 오려다가 네가 온다기에 동행 한
거였잖아, 그간의 상황을 잘 알잖아. 난 엉클을 데리고 다니면
돼. 착하고 성실하잖아."

"엉클은 운전도 못하잖아, 먼 곳인데."

"그래도 할 수 없지 뭐, 이 없으면 잇몸이라고… 나 혼자 운
전을 해야지."

"아이참… 이를 어쩌나. 나 혼자 가기도 마음에 걸려. 같이
가면 좋겠는데."

"나? 안가. 3개월은 버텨야지. 바닷가 모래 해변에서 바늘을
찾던 동전을 찾던 난 찾아볼 거야. 지금 타조들도 훈련이 잘 되
어 있어. 원석을 못 찾아서 그렇지, 조금이라도 반짝이는 돌은
주워 먹고 있잖아. 나는 타조를 믿어."

"암만 생각해도 너무 허무맹랑한 것 같아."

"아 그러니까, 내가 처음부터 이 세상 어떤 사람에게도 이런
내용을 말하지 않는다고 했잖아. 지금도 나랑 너 둘만 알고 있
는 거야. 남들이 들으면 얼마나 황당할까. 미친놈이라고 몰아

붙이기나 할 거야.”

“그래 맞아, 나도 그때 눈에 콩깍지가 씌웠나 봐. 아이참.”

“아냐, 판단 잘한 거야. 내가 십 년 전부터 계획한 것인데, 너무 걱정하지 마. 신념을 가져. 안된다면 안 되고 된다면 되는 거야.”

차리가 너무 확신에 차고 단호하게 말을 하니까 영미는 이러지도 못하고 저러지도 못하고 갈등만 생기었다.

영미가 조금 진정이 되는 기미를 보이자 잠시 기다렸던 차리가 입을 열었다.

“사실 그동안 우리가 너무 강행군했어. 이 나라에 볼 것도 많다는데, 가더라도 며칠 있다가 가. 나하부 북쪽 어디에 국립공원이 있다는데, 거길 일일 투어로 갔다 오자.지금 가나 며칠 더 있다 가나 마찬가지잖아.”

차리가 말을 살짝 돌려가면서 며칠만 더 있다 가라고 말한 것이다.

“2박 3일이면 돼. 내일 나하부에 가고 모레는 사파리 일일 투어하고 글피에 돌아오면 돼. 아니면 짐을 다 싸 가지고 내일 나하부로 가. 거기서 2박 3일 있다가 항공권 끊어서 가면 돼. 난 여기로 돌아올 테니, 그러면 되잖아. 간다고 해도 지금 당장은 갈 수 없는 거 잘 알잖아. 예약하지 않은 항공권이라 금세 티켓팅 할지도 모르는 일이야. 안 그래?”

영미가 듣고 보니 경우에 맞는 말이다. 불쑥 집에 가겠다고 했지만 나가서 시내버스 타고 가는 것도 아니고, 비행편이 많지 않은 이 나라에서 항공권 구매가 쉽지 않을 것은 자명했기 때문이다. 영미는 아무 대답도 하지 않고 있었다. 이리저리 머리를 굴려 봐도 묘책이 나타나질 않기 때문이다.

"그래 맞아, 언제 가든 항공권이 있어야 하니까. 오빠 말대로 일단 내일 나하부에 가서 알아보고 시간 되면 사파리 투어를 갔다 와. 일단 그렇게라도 해야 기분 전환이라도 될 것 같아."

"잘 생각했어. 최 사장님 댁만 가도 고향에 온 기분이잖아. 우리에게 잘해주고, 한국 음식 웬만한 거 다 있구 말이야. 내일 가면 근사한 레스토랑에 가서 저녁도 먹고 술도 한잔 마시자구. 거기 어느 레스토랑인가 현지인들이 나와서 춤도 추고 노래도 하는데 있대, 전에 왔을 때 난 가지 못했지만 일행들 몇 명이 다녀와서 강추하더라구."

"그때 왜 같이 안 갔어?"

"전에 말했을 걸, 최 사장님과 얘기하느라구. 그때 최 사장님이 오래전에 사막에 야생 타조가 다이아 원석 주워 먹었다고 했어."

"응, 지난번에 그랬지. 그럼 오빠 생각대로 해."

"내일 가면 카센터에 가서 차도 정밀 점검 다 할 거야, 시원찮은 데 있으면 수리가 아니라 새 부품으로 교체할 거야. 그리고 지난번 모래 폭풍 때 날아간 접시 안테나도 사서 장착할 거야. 사막에 가면 모바일은 터지지 않지만 접시 안테나를 달면 인터넷도 되니까 크게 걱정할 것 없어. 오도 가도 못하고 죽을 지경이 되면, 김 목사님이나 최 사장님께 좌표 알려주고 구조 요청하면 돼. 하루만 버티면 죽지 않아."

"그럴라나."

영미가 다소 안심이 되는지 목소리가 부드러워졌다. 이에 차리는 자신감이 조금 더 생겼다.

"오늘 일찍 들어가자, 가서 샤워하고 푹 쉬자구."

"으응."

여전히 영미는 풀이 죽어 있었지만 일단 차리의 생각대로 내일 나하부에 가기로 했는데, 내일 가서 항공권까지 알아봐야 하는가는 망설이지 않을 수 없었다.

차리의 생각으로는, 은근히 자기주장이 강한(고집이 센) 영미를 섣불리 꺾어보려다간 진짜 역풍을 맞을 것 같기에 은근하게 설득하고 회유할 작정이었다. 이렇게 해서 안 되면 더는 어쩔 수 없는 노릇이지만 지금은 차리의 작전대로 영미가 첫발을 들여놓으려고 했다.

그날 초저녁에 차리는 집에서 살짝 나와 최 사장에게 전화했다. 내용은 영미가 갑자기 향수병에 걸려서 집에 가고 싶다고 한다면서 아마 항공권을 알아봐달라고 할 텐데, 이 나라는 항공편이 매우 낙후되어서 예약도 어렵고 결항도 많다고 말해달라고 했다. 최소한 한 달 전에 예약을 해야 한다고 말하라고 했더니 최 사장은 껄껄 웃으면서 그렇게 한다고 답변했다.

"하하하, 사랑 싸움을 했나?"

"그건 아니고요. 사막 나가는 게 힘들고 지겨운 모양이에요. 저번에 하이에나 습격 받은 후로 의기소침해 졌어요. 그래서 총도 가지고 다니는데 은근히 무서워합니다. 그래서 내일 최 사장님 댁으로 가서 이박 삼일 동안 쉬다가 오려고요. 국립공원 사파리 투어도 하고요."

"그래, 잘 생각했어. 매일같이 사막에만 나가다간 멀쩡한 사람도 정신이 삐딱해질 거야."

"예, 그래서 내일 나하부에 가려고요."

"알았네, 알았어, 내가 한국 음식 맛있게 해놓을 테니 기대해."

"예, 예. 고맙습니다."

이렇게 전화로 미리 다짐을 받았다.

다음날,

나하부에 가려고 간단한 짐을 꾸리는데, 영미는 집에 갈 큰 트렁크는 꺼내지도 않고 배낭과 작은 가방만을 준비하고 있었다. 차리는 아무 말도 하지 않았다.

아침을 먹고, 엉클에게 나하부에 갔다가 이박 삼일 있다가 온다고 하면서 집과 타조를 잘 돌보라고 하고선 출발했다. 엉클은 그동안 잘 먹어서 이제 들어나 있던 뼈가 보이지 않을 정도는 되었다. 하지만 여전히 죄인처럼 고개를 숙여가면서 기를 펴지 못하고 있었다.

　영미는 나하부에 가는 게 좋았던지 기분이 풀어진 듯하였다. 차리와 영미는 교대로 운전을 하면서 두 시간 남짓하여 나하부에 도착하였다. 사실 거리로 보면 90km 조금 넘을 텐데 도로가 열악해서 시간이 많이 걸리는 것이다. 최 사장님은 매우 반기면서 불고기 점심을 내왔다. 영미와 차리는 감사하다면서 점심을 먹고 오후 스케줄을 짜야 했다.

　"대도시에 나오면 우선 먼저 눈요기를 하고 쇼핑해야지. 그리고 쇼핑한 물건을 가지고 다니면 없던 기운도 나. 근사한 커피숍에 가서 커피도 한잔하고. 여자들끼리라면 두세 시간은 거뜬한데."

　"히야, 그게 여자들 취미인 모양이네. 난 돌아다녀 봐야 별로 살 것도 없더만."

　"살 게 왜 없어? 돈이 없어서 못 사지."

　"그러니까 외국의 큰 쇼핑센터나 백화점에 남자들 대기실이 있다고 소개 되었더라구, 어떤 유명한 남자 배우도 와이프 따라나섰다가 대기실에서 꾸벅꾸벅 졸고 있었어."

"호호호, 그럴 수도 있지. 쇼핑센터를 몇 바퀴 돌아야 하니까."

"아이구야, 난 그럼 포기하고 여기에 남아 있어야 할까 보다."

"지레 겁먹네. 난 그 정도는 아냐, 대충 둘러보고 필이 꽂히면 사던지 말던지 하니까, 걱정 마."

"그러게, 제발 그래 주라."

사실 여기 나하부엔 엄청나게 큰 쇼핑센터도 없었다. 저쪽으로 가면 지난번에 본 고급스러운 상가가 줄지어 있었다. 쥬얼리 샵도 그 거리에 있었기에 둘은 걸어서 그쪽으로 갔다.

"아참, 순서가 바뀌었다. 차를 맡겨야지."

"그러네."

차리와 영미는 급히 되돌아와서 차를 타고는 건너편 쪽에 비교적 큰 카센터로 가서 차를 점검해달라고 부탁했다. 내일 저녁때 찾으러 올 테니 철저히 점검하고 이상 있는 부품을 수리하지 말고 새것으로 교체하라고 말했다. 여긴 이런 사파리 차들이 수두룩하여 부품 조달도 잘 되고 있었다.

차리와 영미는 다시 걸어서 번화가로 와서 상가를 기웃거렸다. 영미는 멋쟁이 선글라스와 모자를 샀다. 사파리용 모자가 아니라 주름이 있는 패션용 모자인데 그걸 써보고는 아주 좋아하였다.

"그거 쓰고 내가 모델 사진 찍어줄게."

"내가 이쁜가?"

"넌 이뻐서 눈이 부시다."

"호호호, 사진 잘 찍어줘."

"그래, 최고의 여신으로 만들어줄게."

"호호호, 미리 고맙네,"

둘은 거리를 돌아다니면서 작은 목각 조각품도 사고, 열대 과일로 만든 스무디(smoothie: 과일 쥬스에 우유나 아이스크림을 넣어 만든 음료)를 마시면서 즐거움을 만끽(滿喫)했다.

그렇게 돌아다니다가 우연히 "Safari restaurant"라는 커다란 간판이 눈에 들어왔다. 남녀 무용수가 토속 복장을 하고 춤을 추는 그림도 있었다.

"어어~ 아프리카 춤도 추고 음식도 판다는 곳이 여긴 모양이야."

"그러게. 가서 물어보자."

둘은 길 건너편에 가서 입구에 서 있는 흑인에게 물었다. 이 사람은 몸이 매우 홀쭉하고 머리도 홀쭉해서 우리 시각으로 보면 기이한 모습이었다. 아프리카 어느 부족인가 이런 모습을 한 모양이었다.

"여기가 아프리카 토속 춤도 추고 저녁 식사도 하는 식당인가요?"

"예."

"저녁 식사시간이 언제부터인가요?"

"오후 다섯 시부터 시작인데 지금 들어가셔도 됩니다. 들어가서 음료수 마시면서 기다리시면 됩니다."

차리가 시계를 보니 오후 4시 30분경이었다.

"어떡할까? 지금 들어갈까?"

"그게 좋겠어, 돌아다녔더니 다리가 아파, 앉아서 쉬다가 공연도 보고 저녁을 먹자."

"응. 그렇게 해."

입장료가 예상외로 비쌌지만, 한번은 볼만하다고 생각되었기에 별 부담을 갖지 않고 들어갔다. 공연장은 의외로 초라했다. 팔걸이가 달린 비치용 의자와 테이블을 가지런히 정리해 놓았는데 테이블은 저 뒤편까지 아주 많았다. 차리와 영미는 맨 처음 들어가기에 무대 바로 앞에 자리 잡고 앉았더니 웨이터가 와서 열대 음료수를 한 잔씩 주고는 기다리라고 짤막하게 말하고는 씨익 웃고 갔다. 새카만 얼굴에 씨익하고 웃으니 새하얀 이빨이 배색을 이루어 우스꽝스러운 얼굴이 되고 말아서 둘은 서로 얼굴을 보고 킥킥대었다.

다섯 시가 되었는데도 공연을 시작할 기미가 보이질 않는다. 사람들도 몇 테이블밖에 안 되었다. 차리가 웨이터를 불러서 물어보니, 다섯 시부터 입장이고 공연은 오후 6시와 8시 두 번 진행한다고 하였다. 둘은 할 수 없이 한 시간을 더 기다려야 했다. 음식은 다섯 시 40분경부터 나왔다. 주로 익힌 고기를 가져다주고 여러 가지 열대과일도 곁들여서 나왔다. 와인도 무료였다. 우리식으로 말한다면 무한 리필쯤 되는 모양이어서 무엇을 더 달라고 하면 아무 말 없이 가져다주었다.

드디어 여섯시.

아프리카의 대표 타악기인 젬베를 요란하게 치는 것과 동시에 토속 원주민 복장을 한 아프리카인들의 춤이 시작되었다. 맨 처음에 드럼통을 개조해서 만들었다는 스틸 드럼의 음색이 매우 인상적이었고, 박진감이 넘치고 템포가 경쾌한 음악이 연주되어 어깨와 엉덩이가 저절로 들썩였다.

남자들은 한결같이 헬스 운동을 한 근육질이었고, 여자들은 풍만한 글래머 스타 같은 몸매로 마구 흔드니 지진이라도 일어날까할 정도였다. 차리와 영미뿐만 아니라 거기 있던 대부분의 외국 사람들은 혼이 다 달아날 지경이었다. 공연은 사십 분간 진행되었다. 공연이 끝났는데도 그 박진감 넘치는 음악 소리가 귓속에서 윙윙거리듯 들려왔다.

차리와 영미는 크게 만족하면서 일곱 시경에 일어나서 나왔다. 그리곤 발길 닿는 대로 얼마를 걸어서 길가에 의자와 탁자를 쭈욱 내놓고 맥주를 파는 곳에 앉아서 맥주도 홀짝거렸다. 이 거리는 아프리카가 아니라 유럽의 어느 도시 같은 분위기였다. 동양인은 거의 없었지만 백인들이 많이 있었기 때문이다.

동양인은 주로 일본인이고 중국인이나 한국인은 거의 없는 모양이었다.

　다음 날은 국립공원 사파리 투어였다. 미리 최 사장님에게 부탁을 했더니 아침에 픽업하러 봉고차 같은 다인승 차량이 왔다. 그 차를 타고 한참을 가서 도시를 벗어날 즈음에 사파리 차 십여 대 이상 주차되어 있었는데, 그 차로 옮겨 탔다. 사파리 차는 운전사와 가이드, 손님 여덟 명을 태우고 국립공원으로 출발했다. 거의 두 시간 가까이 가서 투어가 시작되었는데 맨 처음에 눈에 띈 것은 얼룩말이었고, 차가 이동하면서 누우, 기린, 하마, 악어, 벅, 코끼리 등 여러 동물을 볼 수 있었다. 한국의 동물원에서 갇힌 우리에서 보는 것보다는 훨씬 실감이 났다. 가이드가 저 멀리 사자가 있다고 하여 자세히 살펴보니 큰 나무 아래에서 사자 세 마리가 한가롭게 앉아 있었다.
　점심은 어느 대형 식당으로 들어갔는데, 여기 사파리 투어에 온 사람들은 모두 여기로 오는 모양인지 수십 대의 차량이 주차되어 있었고 입구에는 어젯밤에 들었던 그런 아프리카 음악을 다섯 명의 흑인들이 연주하고 있었다.

　"이 땅의 원래 주인은 동물들이야. 지금 우리 인간들이 너무 독점하고 있어."
　"만물의 영장인 인간이니까 당연하지 않나?"

"그 만물의 영장 때문에 인류의 생존이 위협받고 있다니까."

"그게 무슨 말이야?"

"지구의 역사를 보면 특정 동물이 오랫동안 번성한 적이 별로 없어. 공룡이 가장 오랫동안 번성했지. 중생대의 쥐라기와 백악기에 걸쳐서 2억 년 넘게 번성했다는데 얘들도 어느 날 갑자기 사라졌거든."

"그래 맞아. 큰 운석이 떨어져서 멸종했다고 하잖아. 그럼 우리 인간들도 운석이 떨어지면 다 죽게 되나?"

"그럴 가능성도 있지. 느닷없이 하늘에서 커다란 운석이 떨어져서 인간들이 절멸할지, 그렇게 되면 모든 생물이 다 멸종되는 거야. 그런데 공룡이 꼭 운석 때문에 멸종되었다는 것은 하나의 학설이야. 공룡 멸종설에 대해선 여러 가지가 있는데 빙하설도 있고, 그중 하나가 질병설도 있어. 즉, 어떤 특정한 질병, 예를 들면 공룡에게만 전파되는 바이러스 같은 거. 이런 바이러스가 공룡에게만 전염되어서 다 죽게 된 거야. 운석이 떨어져서 동물들이 멸종했다면 살아남은 동물은 뭐야? 그때 당시에 포유류도 출현해서 후에 인간으로 진화했다는데. 만약 지금이라도 인간에게만 또는 포유류에게만 전염되는 치명적인 변종 바이러스가 창궐한다면 다 죽는 거지."

"아이구, 너무 과민반응이다. 괜찮아. 죽지 않아."

"하하하, 그러길 바라야지. 아무튼 우리 인간들이 이 땅의 너무 점령했어. 공룡들이 2억 년 넘게 살았다는 데 우리 인간들은 지금 몇 십 만년밖에 못 살았잖아."

"하긴 그래, 그러지 않아도 환경파괴니 자원고갈이니 해서 생존에 위협받는다는데."

"맞아, 진짜 중요한 말 했다. 그게 바로 똘똘하다는 인간들이 저지른 댓가야. 동물들은 그렇지 않잖아. 자연과 공생하지. 인간만이 자연을 정복하고 훼손하고 있다니까. 소나무에 사는 송충이들이 십 년 주기로 번성한다는데 왜 그런 줄 알아?"

"송충이에게만 전염되는 병이 있나?"

"그건 아니고, 송충이들이 솔잎을 너무 갉아 먹어서 소나무가 죽게 되고, 더 이상 갉아먹을 솔잎이 없으니까 저절로 굶어 죽는다는 거야. 운 좋게 극소수의 송충이들이 살아남아서 점차 번성한다는 거야. 지금 우리 인간들이 그래. 지구에 있는 자원들을 너무 파먹으니까 자원이 고갈 돼서 결국 다 죽고 극소수만 살아남게 되지."

"아이구야, 너무 무섭다, 그러니까 자원고갈로 인간들이 다 죽게 된다는 거지?"

"응, 자원고갈. 환경오염 그런 것도 있고, 여러 가지로 복합적이야. 인간들이 서로 죽이려고 만든 무시무시한 핵폭탄이 얼마나 많은데. 만약 그거 다 터지면 인간뿐만 아니라 모든 생물이 멸종할 거야. 공룡들이 2억 년이나 번성했다는데 우리 인간들은 1억 년은 커녕 백 만년도 못 살게 될 거야."

"으응, 그렇구나. 학교 다닐 때 공부 제대로 하지 않았다더니 이런 지식은 해박하네."

"하하하, 아픈 상처를 찌르네. 내가 관심 있는 것은 전문가야 박사급이지."

"호호호, 그런 거 같아, 하고 싶은 일에는 죽을 둥 살 둥 열중하는 것을 보니까."

"하하하, 죽지 않아. 대성공할거야."

의외로 차리는 관심 있는 분야에 대해서만은 전문가 이상으로 지식을 가지고 있었다. 둘은 그렇게 이러저러한 대화를 나누었고, 오후의 사파리 투어를 즐겼다.

차리와 영미는 저녁 무렵에야 최 사장님 댁으로 왔다. 차리는 예의상 여기서도 식사를 한번쯤 해야 한다고 제의해서 삼겹살 구이로 저녁을 먹었다. 당연히 소주가 빠질 수가 없었고, 최 사장님 내외도 같이 와서 어울렸다. 그렇게 시간을 보내다 보니, 여기가 아프리카인 줄을 잠시 잊고 한국의 어느 식당에서 주인과 대화하는 듯한 기분이었다.

"여기 안 왔으면 큰일 날 뻔했네. 이렇게 진귀한 구경거리를 놔두고 그냥 갈 뻔했어."

"진짜야, 진짜 야생에서 동물들을 보다니 실감 났어. 그리고 TV에서 아프리카 춤을 보긴 했는데 진짜 보니까 굉장했어, 북 치는 소리에 배가 벌렁벌렁했어."

차리는 원석에만 관심이 있었기에 여기에 이런 볼거리가 있는 줄도 자세히 모르고 있다가 생각지도 않게 와서 매우 만족스러웠다.

"아참, 오빠, 오늘 저녁에 차 찾아오기로 했잖아."

"어엉? 그러네 깜박했다. 사파리 투어하고 찾기로 했는데, 지금 가볼까?"

"지금? 밤 되었는데, 여긴 해 떨어지면 대부분 상가들은 문 닫던데."

"아이구야. 전번 저장해 놓았으니 전화나 해봐야겠다."

차리가 전화를 걸고는 곧바로 연결이 된 모양이었다. 서툰 영어로 몇 마디 하더니

"오케이"하고 끊었다.

"다행이네. 차 전체적으로 다 손보았으니 내일 아침에 찾으러 오라고 하네. 나갈 때 차 찾아가지고 가면 되겠어."

"이제 오지 탐험 나가도 되겠네. 좋겠다."

"내일 어디로 가? 집으로 가나 아니면 사막으로 가나?"

차리가 짐짓 아무것도 모르는 척하며 물었다. 사실은 아까 들어오면서 최 사장에게 살짝 물어보았었다.

"영미가 항공권 알아보았어요?"

"아니, 아무 말도 안 했어."

"그랬어요? 마음이 변했나?"

"하하하, 여자 마음이 갈대라고 하잖아. 이랬다저랬다 하는

거 인정하고 살아야 해."

"하하하, 그렇군요."

이렇게 간단한 대화를 나누었던 것이다.

"바늘 가는데 실이 가야지."

영미의 대답이었다.

"그게 무슨 소리야? 누가 바늘인데."

"오빠가 앞서 가니까 바늘이지, 난 실이고,"

"하하하. 그럼 계속 날 따라다니겠다는 거야?"

"그럼 어떻게 해. 지금 항공권 예매해도 한 달 후에나 표를 사게 된다면서."

"아이구야. 갈 맘이 있으면 걸어서라도 가야지."

"호호호, 난 그렇게는 못해. 혼자 돌아다니다가 탈탈 털리면 어쩌려구. 내 인생 망치게."

"판단은 빠르네."

영미는 변명 겸 뭐라고 말을 하는데 차리는 그 모습이 너무 사랑스럽고 귀여워서 미칠 지경이었다. 그런데 남자는 이상한 동물이어서 그런 감정은 곧장 배꼽 아래로 전달되어 은둔하고 있던 용 한 마리가 승천(昇天)하려고 몸부림을 치기 시작하였다.

그날 밤은 진하게 사랑을 나누고 깊은 잠에 빠져들었다. 다음날 아침결에 차리 혼자서 차를 찾으러 갔다. 수리비가 그리 많이 나오진 않았기에 내심 만족을 하였다. 카 센터 흑인 사장은 중년 나이인데 믿음성이 있어 보였다. 차리는 무엇인가를 부탁하면서 수리비 이외에 별도로 달러를 건네주었고, 사장은 연신 "오케이, 오케이"로 답변하였다. 차리는 차를 끌고 와서는 최 사장님에게 부탁한 부식을 싣고 영미도 태웠다. 오는 길에 전자 상가에 들려서 접시 안테나를 지붕 위에 단단히 고정시켰다.

이들은 점심이 조금 지나서 츠브야 창고 집에 도착했는데 엉클이 멀리서부터 알아보고는 매우 반기었다. 마치 시골집에 계신 부모님이 자식들을 반기는 듯하였다. 그들은 배가 고팠기에 급한 대로 대충 요기를 하고는 낮잠 삼매경에 빠졌다.

오후 4시경,
잠에서 깬 영미는 나하부에서 사온 열대 과일을 씻어서 마당의 들마루로 나왔다. 하늘엔 구름이 조금 끼어서 아주 뜨거운 날씨는 아니었다. 이에 차리는 캔 맥주 세 개를 꺼내왔다. 엉클은 좀처럼 같이 앉으려고 하지 않았으나 이번에는 차리가 억지로 들마루에 올라오게 하여 다리를 펴고 앉으라고 했다. 이들은 책상다리는 잘 하지 못한다. 책상 다리를 하면 매우 불편해하면서 아프다고 하면서 차라리 쪼그려 앉는 것이 편하다는 것이다. 그러나 다리를 펴고는 잘 앉는다.

16. 엉클의 놀라운 옛날이야기

셋은 그렇게 둘러앉아서 맥주를 마시면서 이러저러한 이야기를 시작했다. 영미와 차리는 엉클의 이야기를 듣고 싶어서 가급적 쉬운 영어로 문답식 대화를 시작했다.

그러다가 엉클은 놀라운 말을 하기 시작했다.

"아주 오래전 조상들의 전설(옛날이야기)에 의하면 저 사막 한가운데가 초원이어서 많은 동물이 살았다고 합니다. 그때 타조들도 아주 많이 살았는데 기후가 바뀌어서 가뭄이 자꾸 들면서 사막이 되었다고 합니다. 지금처럼 모래사막이 되기 전에까지 타조들이 많이 살아서 조상들이 타조를 잡아먹기도 하였는데, 어떤 사람이 타조의 뱃속에서 다이아몬드 원석을 발견했다고 합니다. 그 당시에는 그게 귀중한 돌인 줄도 모르고 아이들이 갖고 놀다가 서양인이 이를 보고는 쵸코렛 몇 개를 주고는 바꾸어 갔다고 합니다. 그 사막에는 아직도 다이아몬드 원석이 있을 터인데 세월이 흐르면서 모래바람이 불어서 모두 모래 속에 파묻혔답니다."

엉클이 이렇게 이야기를 하니까 영미는 두 눈을 동그랗게 뜨고는 신기해하였다. 차리는 이와 비슷한 얘기를 이미 최 사장에게 들었다. 전에 배낭여행을 왔을 때 최 사장에게 이런 이야기를 들었기에 차리가 여기로 온 것이다. 아무튼 엉클의 말에 둘은 매우 놀라면서 귀가 번쩍 뜨이었다.

"엉클, 그러면 그 사막이 여기에서 어느 방향인가요?"

"여기서 서쪽입니다."

엉클은 손가락으로 방향을 가리키는데 정확하게 서쪽도 아니고 남쪽도 아닌 남서서 방향쯤을 가리켰다.

그날 밤,

차리는 구글 지도를 보면서 엉클이 얘기한 사막을 대략 지목했다. 서쪽으로 난 도로를 따라서 두 시간 정도 가다가 남쪽으로 한 시간 삼십 분쯤 가면 오래전에 초원으로 추측되는 사막이 있어 보였기 때문이다. 지금은 모래사막인데 위성 지도를 보니까 평탄하게 차가 들어갈 만한 지역이 눈에 들어왔기에 그리로 지목한 것이다. 엉클은 아주 오래전 이야기라고 말했지만, 서양인들이 탐험을 시작한 때가 1500년대니까 길게 잡아야 오백여 년 전이다. 어쩌면 이곳에는 백 년이나 이 백 년 전에 왔을 수도 있었다. 그렇다면 그때만 해도 초원 지역이었는데 기후가 급변하면서 모래사막으로 변화한 것으로 추정해

볼 수 있었다.

다음날은 사막 투어 26일째이다.

차리는 새벽 세 시에 기상하여 여덟 마리 타조를 싣고는 세시 삼십 분경에 출발하였다. 아직 밤이나 마찬가지여서 헤드라이트를 켰다. 영미는 별다른 말 없이 간식거리와 물을 준비하여 차에 싣고 옆에 탔다. 차리는 영미가 옆에 타자 마음이 흡족하였다. 오늘은 진짜 뭔가 될 것 같은 기분이 들었다.

오늘은 만반의 준비를 해서 노트북을 켜놓고 구글 지도와 연계된 내비게이션을 실행했다.

"오늘은 뭔가 될 것 같아. 필(feel)이 왔어."

"나도, 대박 터질 것 같은 느낌이야."

차리와 영미는 번갈아 운전을 하면서 총 네 시간 정도에 걸려서 사막 안쪽 깊숙이 들어왔다. 차리는 급한 대로 타조들을 풀어놓고 첼로 음악을 내보냈다.

영미는 블루스타를 꺼내어 라면을 끓이고 아이스박스에서 찬밥을 꺼내어 아침으로 먹었다.

"내가 저편으로 가서 사막을 살펴볼 테니까, 부르려면 무전기를 써. 소리쳐도 안 들려."

"으응, 멀리 가지마."

사막 모래는 햇살에 반짝이기 시작해서 눈이 부셨다. 차리는 선글라스를 쓰고는 천천히 발을 옮기었다. 그런데 반짝이는 사막 모래 속에 뭔가 검은빛이나 진한 갈색을 띠는 알갱이가 눈에 들어오는 것 같았다.

차리는 발걸음을 멈추고는 그 모래를 한 움큼 쥐어 들고는 선글라스를 벗고 유심히 관찰하였다. 그런데 자세히 관찰해보니 그것은 모래 입자가 아니라 아주 오래전 나무가 부서져서 모래처럼 생긴 나무 입자였다. 손톱으로 눌러보고 입에다 넣고 씹어보니 성냥개비나 이쑤시개를 씹는 듯한 느낌이 나면서 씹혀서 부서졌다.

갑자기 차리의 가슴이 요동치기 시작했다.

"여기다. 여기가 오래전에 초원 지역이었어. 엉클이 말한 그 땅 같아. 여기에 타조들이 떼로 살았던 거다."

차리는 몹시 흥분해서 감정이 격해졌다.

그때쯤이었다.

영미가 쉬고 있는데 타조 두 마리가 성큼성큼 다가왔다.

"어라, 쟤들이 부르지도 않았는데 오네."

하니와 두순이였다. 두순이는 지난번 모래 폭풍 때 길을 잃었다가 다음날 저녁때 사돌이와 함께 집을 찾아온 녀석이었다. 이 두 마리는 영미 곁에 오더니 머리를 위아래로 흔들고 부리를 딱딱거리면서 뭔가 먹을 것을 달라고 하는 것 같았다.

"어머나, 애들 봐. 아이구야, 애들이 반짝 돌을 주워 먹고는 간식을 달라고 온 모양이네."

영미는 기겁을 하면서 무전기를 들어서 차리를 불렀다.

"빨리 와봐. 하니와 두순이가 왔는데 표정이 이상해, 반짝 돌을 주워 먹고 간식 달라는 표정이야. 어서 빨리 와."

"어엉? 그래? 뛰어갈게."

차리가 헐레벌떡 단걸음에 뛰어왔더니 정말로 두 마리 타조는 간식을 달라는 듯이 서성였다. 영미는 급히 캐슈넛 과 땅콩 한주먹을 손바닥에 올려놓으니 두 녀석들은 허겁지겁 먹고는 사막 쪽으로 겅중겅중 뛰다시피 걸어갔다.

"애들이 반짝 돌을 먹은 모양이야."

"그러게, 표정이 그런 것 같아. 원석일까?"

"그러길 바라야지. 여기에 아크릴 조각은 없을 테니까."

"하하하, 맞다 맞아, 아크릴 조각은 없어. 여기 진짜 원석이 있을 것 같아. 이 모래 좀 봐. 그냥 모래가 아니라 오래전 나무 가 부서져서 모래처럼 된 알갱이가 있어, 여기가 오래전에 초원 지역이었나봐."

영미가 모래를 손에 받아들고는 몇 개 집어보면서 감탄을 한다.

"진짜네. 이거 돌가루 모래와 나뭇가루 모래가 섞였네."

"이제 제대로 찾아온 모양이다."

"그런 모양이야."

둘은 흥분을 가라앉히지 못하면서 즐거워하였다.

그때였다. 또 다른 타조 세 마리가 오더니 똑같이 간식을 달라는 듯이 머리를 끄덕거리면서 서성였다.

"엄마나, 얘들 세 마리도 반짝 돌을 먹었나 봐."

"이야, 대박 났다. 대박났어."

차리와 영미는 기쁨을 감추지 못하면서 캐슈넛과 땅콩을 간식으로 주었더니 받아먹고는 또 스스로 사막으로 갔다.

타조들이 아마 반짝 돌을 주워 먹었는지 아니면 다른 무엇을 주워 먹은 것은 사실인 것 같았다. 그러니 영미에게로 와서 간식을 달라고 서성이었던 것이다. 정오가 되면서 햇살이 너무 뜨겁고 기온이 올라서 타조들을 불러들였다.

"오후에 더 한번 타조를 풀어놓고 싶은데 우리가 너무 멀리 왔어. 올 때 네 시간이나 걸렸으나 갈 때도 네 시간 걸릴 거야. 아무래도 오후엔 무리일 것 같아."

"맞아, 사람도 지치고 타조들도 지쳐. 너무 뜨거워서 병나면 도루묵이야."

"그럼, 오늘은 이만하고 집으로 가자. 가서 얘들 뱃속이나 확인해봐야겠어.

"잘 생각했어."

차리와 영미는 그늘 막에서 쉬려다가 짐을 모두 차에 싣고 타조도 태워서 집으로 향하였다. 사막이 워낙 뜨거워서 타조들은 입을 벌리고 헐떡거렸다.

장장 네 시간에 걸쳐서 집에 오니 해가 넘어가고 있었기에 급히 저녁을 먹고는 타조 뱃속을 관찰해야 했다. 차리는 벌써 가슴이 두근두근 거렸다.

"엉클, 오늘 사막이 너무 뜨거워서 타조들이 너무 힘들어해요. 가서 풀을 베어 오세요."

"예, 써."

이어서 차리는 타조 번호 순서대로 1번 하니를 집으로 데려와서 영미의 협조 아래에 마취 주사를 놓고 내시경으로 뱃속을 관찰하였다.

"아악~ 진짜다. 원석이야."

"정말?"

"여기 봐봐."

영미가 노트북 화면을 보니 약간 둥글기도 하고 모나기도 한 다이아 원석으로 보이는 것이 선명하게 세 개나 보였다. 하니가 맨 처음에 영미에게 간식을 달라고 왔던 녀석이다. 차리는 능숙한 솜씨로 원석을 세 개 꺼냈다. 크기는 대추 알만 한 것 한 개와 방울 토마토 만 한 것 두 개였다.

"야아~ 진짜 대박이다. 이 정도 크기면 하나에 수천만 원을 될 것 같아. 이천만 원씩만 해도 세 개면 얼마야, 육천만 원이네."

"와아~ 그렇게나 비싸?"

"비싸지, 원석이니까 그 정도지 가공하면 아마 억대는 될 거야."

"오우~ 가슴이 막 떨려. 얘하고 두순이가 제일 먼저 왔었거든. 두순이도 봐봐."

"응."

두순이게서는 은행 알 만한 원석 두 개와 대추 알 만한 원석 두 개가 나왔다. 차리는 매우 흥분해서 손과 발이 제대로 움직이질 않았기에 소주를 두잔 마시고는 타조 뱃속을 관찰하였다. 여덟 마리의 타조에서 크고 작은 원석, 작은 것은 콩 만한 것, 은행, 대추, 작은 밤, 방울토마토만 한 것이 모두 열일곱 개가 나왔다.

영미는 눈물을 흘리면서 감격스러워했다.

"와우~ 성공이다. 그동안 노력의 결실을 맺었어."

"오빠, 축하해, 이게 진짜네, 꿈이 아니야."

둘은 얼싸안으면서 기쁨을 나누었다.

사막 투어 27일 차

차리는 어제와 똑같이 새벽에 일어나서 어제 그 자리를 찾아서 대략 오륙백여 미터 떨어진 곳으로 갔다. 네 시간이나 운전하기에 버거웠지만 둘이서 교대로 하니까 갈 만했다. 오가는 차들이 없으니 운전하기에 큰 신경 쓸 일도 없거니와 도로가 열악해서 빨리 가지도 못하기에 그런대로 시간만 때우면서 운전하는 격이었다.

타조들은 어제일에 익숙해진 듯 반짝 돌을 주워 먹고 와서는 간식을 달라고 했고, 차리와 영미는 타조를 쓰다듬으면서 간식으로 캐슈넛과 땅콩을 주었다. 물통에 물도 그득히 담아놓았기에 목마른 타조들은 스스로 와서 물도 마셨다.

저녁때 집에 와서 확인해보니 개수로는 어제보다 많은 19개의 원석을 찾았다.

어제와 마찬가지로 작은 것은 콩알만 한 것부터 밤톨만 한 것들이다.

사막 투어 28일 차

영미가 몸 컨디션이 좋지 않다고 하고, 타조들도 쉴 겸 해서 하루 휴식을 취하기로 했다. 하지만 차리는 혼자서 나하부에 가서 원석을 조금 팔아보겠다고 했다. 원석은 큰돈이기에 불안하긴 했으나 총은 가져가지 않았다. 차리는 지난번에 눈여겨보아둔 비교적 큰 쥬얼리 샵인 '스타' 쥬얼리 샵으로 갔다. 사장은 살집이 있는 40세 정도로 보이는데, 차리의 눈으로는 흑인들의 나이를 가늠하기가 쉽지 않았다. 대략 그 정도로 추정할 뿐이었다. 거기엔 삼십 여세로 보이는 남자 흑인이 직원으로 있는 모양이었다.

사장은 친절하게 대하면서 차리가 가져온 다이아 원석을 이만 달러에 매입하겠다고 하여 차리는 선뜻 승낙하고 달러를 받았다. 이만 달러면 한화 이천 사백만 원 정도이다.

차리는 또 다른 '맥스' 쥬얼리 샵에 가서 원석을 팔고 만 오천 달러를 받았다. 그런 다음에 차리는 지난번에 차 정비를 맡겼던 카센터에 가서 사장과 또 무슨 이야기를 주고받고는 달러를 건넸다.

저녁때 집에 돌아온 차리를 영미가 반갑게 맞이했다. 피곤하다던 기색은 사라지고, 얼굴이 복숭아 빛으로 발그레했다.

"얼마나 받았어?"

"응, 그냥 시세만 알아본 셈인데 원석이라 제값을 안 주려고 하는 것 같아. 일단 만 오천 달러를 받았어."

"만 오천 달러면 대략 천팔백만 원이네. 환율을 1달러에 1200원으로 치면."

"그렇지, 대략."

차리는 이만 달러에 대해서는 말하지 않았다. 왜냐하면, 뭘 준비해 놓아야 하기 때문이었다.

"그럼 우리가 가지고 있는 것 모두 얼마나 갈까?"

"글쎄, 내 어림짐작으로는 몇 억은 될 것 같아. 그런데 원석이 크면 클수록 상대적으로 고가이니까. 속단할 수가 없어. 어쩌면 몇십 억이 될 수도 있어."

"그으래? 와아 진짜 대박이다. 지금만 해도 본전 뽑았네."

"이거 가지곤 안 돼. 다시 사막 투어를 나가야지."

"그래, 그런데 거기가 너무 멀어, 무슨 방법 없을까. 매일 출퇴근하는 것처럼 갔다 오기가 지치네."

"맞아, 배짱 한번 부려서 야영을 해 볼까?"

"아이구야, 지난번처럼 하이에나가 습격하면 어쩌려구."

"미리 예방을 하면 될 것 같아. 고기 냄새 피우지 말고, 음식 냄새도 안 나게 하면 냄새 맡고 찾아오진 않을 거야. 총도 가지고 가니까 만약 대들면 총을 한 방이라도 쏘면 다 도망간다고 했어."

"정말 그럴까? 그러면 음식은 모두 찬 음식만 먹어야겠네. 배탈 나면 어쩌려구."

"찬밥 먹는다고 배탈 날까? 안 나, 컵라면 정도는 괜찮지 않을까? 끓이지 않으니까 냄새가 많이 나지 않잖아. 며칠 동안 컵라면에 찬밥 먹고 지낼 수 있어. 시원찮지만 이 나라 과자도 있고. 과일은 많잖아."

"그렇긴 한데, 결정을 못 하겠네, 매일 출퇴근처럼 하자니 너무 멀고, 야영을 하자니 하이에나가 무섭네. 아이참,"

"내 예감이 우리 여기서 오래 못 있어, 우리 둘만 알고 있다고 하지만, 쥬얼리 샵이 알게 되었으니까 자기들끼리 벌써 소문이 돌았을지도 몰라. 권투에서 잽 날리듯 치고 빠지는 게 최상책이야."

"맞아, 호사다마(好事多魔) 라는 말도 있잖아. 오빠 말대로 속히 챙겨서 떠야 해."

"그럼 결정 났다. 내일 떠날 때 텐트 야영 준비해서 2박 3일만 있다가 오자. 2박 3일 동안 원석을 더 얻게 되면 좋고 못 얻어도 손을 떼야 해. 이게 순리일 것 같아."

차리와 영미는 이렇게 타협을 하고는 곧바로 상카로 가서 준비물을 사러 갔다. 그리고는 하이에나 때문에 사막에 놓고 왔던 블루스타와 부탄가스도 사고 사람과 타조가 먹을 열대 과일, 땅콩, 캐슈넛도 넉넉히 샀다. 휘발유도 가득 채우고 여분으로 스페어 통으로 세 통이나 사서 뒤에 실었다.

사막 투어 29일 차

차리와 영미는 텐트 야영 준비를 하고 음식과 간식도 넉넉히 준비했다. 타조들에게 줄 사료와 간식도 충분히 챙기고 물도 많이 실었다. 여분의 휘발유는 어제 사서 뒤에 실어놓았다. 이러느라고 시간이 다소 지체되어 새벽 다섯 시경에 출발했고, 엉클은 잘 다녀오라는 인사를 빼놓지 않았다.

네 시간 남짓 운전하여 엊그제 왔던 곳보다 일 킬로 정도 떨어진 다른 곳으로 가서 지형을 살펴 가면서 차를 멈추었다. 그곳도 모래땅이지만 다른 곳보다 단단한 평지였다. 곧바로 타조들을 풀어주었고 첼로 음악을 내보내기 시작했다.

차리와 영미는 먼저 차에 의지한 커다란 그늘막을 치고, 텐트를 쳤다.

"이 자리에서만 이박삼일 있을 거야?"

"응, 그럴려구, 옮기면 번거롭잖아. 여기 땅이 찰지고 좋아, 밤에 진짜 별 따게 생긴 명당자리다."

"호호호, 지난번에 별 딴다고 하다가 혼쭐났지. 오늘 밤은 진짜 별 따게 생겼네."

"별도 따고 임도 따고 다이아도 딴다. 하하하.

"호호호,"

둘은 너무 좋아서 키득대면서 대화를 이어나갔다.

얼마 후,

타조 한두 마리씩 와서는 간식을 달라고 머리를 끄덕거리기도 하고 갸우뚱거리기도 했다.

"엄마낫, 얘들 벌써 원석을 먹고 왔나봐. 간식 달래잖아,"

"그러게, 와아~ 진짜 오늘 대박 나는 날이다."

차리와 영미는 기쁨을 감추지 못하고 견과류와 과일을 조금 주었다. 타조들은 이제 자기 스스로 알아서 행동하고 있었다.

첼로 음악이 나오면 반짝 돌을 주워 먹고 영미나 차리에게 와서 간식을 먹었다. 물은 늘 있으니 목이 마르면 물도 마시러 왔다. 한낮이 되어서 몹시 뜨거워 지면 여덟 마리 타조들이 모두 차 옆의 그늘막으로 와서 쉬었다. 오라고 부르지 않아도 오는 것이다. 여긴 모래사막이라 나무 한그루 없기에 그늘도 없다. 그늘이라곤 차리가 설치한 그늘막뿐이었다. 이걸 타조들이 다 아는 것이다. 오후에 햇살이 조금 부드러워져서 첼로 음악을 틀어주면 타조들이 또 알아서 사막 여기저기로 나다닌다. 이 것도 처음에는 몰려다니더니 지금은 한두 마리 혹은 서너 마리 아니면 제각각 흩어져서 반짝 돌을 찾으러 다니는 것이다.

해가 넘어갈 무렵에 피아노 음악을 들려주면 어김없이 껑중 껑중 뛰어온다. 배가 고픈 것이다. 그리곤 그늘막에서 서성이 거나 앉아서 쉰다.

이렇게 타조의 행동이 정형화되니, 둘은 특별히 할 일도 없어서 그늘막에서 쉬는 게 하는 일이어서 잡담을 하거니 Mp3 음악을 듣기도 하였다. 뜨거운 한낮이 지나고 오후가 되어서 나갔던 타조들이 다시 돌아와서 먹이와 물을 주었다. 영미는 물을 끓여서 컵라면 준비를 하고, 차리는 과일을 깎아서 저녁 준비를 했다.

"아이고, 마음이 한가롭다. 다른 날 같으면 지금쯤 운전하느라 정신없을 텐데."

"맞아, 네 시간 운전하려면 진짜 힘들지."

"거리가 아주 먼 것은 아니잖아?"

"응, 아마 총 백삼사십 킬로 정도 될 거야. 도로가 워낙 엉망인데다가, 사막으로 들어와선 느림보 거북이 운행을 해야 하니까."

"아무튼 잘 되었어. 타조들이 이제 스스로 알아서 다 해, 진짜 왕대박 날거야."

"아 그럼, 십 년 동안 쌓은 공든 탑인데 결실을 맺어야지."

"호호호, 진짜 오빠 대단하다. 겉보기와는 달라."

"하하하, 그럴 거야. 남들도 그러더라구, 나를 처음 보았을 때는 왠지 꺼벙하고 덜렁대는 듯한 느낌이 들더라나."

"호호호, 지난 얘기지만 나도 처음에 그렇게 봤어."

"그런 사람들이랑 얼마간 어울리다가 내가 컴퓨터도 잘하고 기타도 좀 친다니까 깜짝 놀라는 거야. 게다가 사진도 수준급이지."

"그랬어? 기타 친다는 말은 안 했잖아."

"안 했지, 지금은 잘 안치니까."

"난 오빠가 시작만 있고 끝이 없다고 했었는데 그게 아니네. 태권도와 헬스만 그런 모양이네. 난 기타 못 치는데, 어려서 피아노 학원 조금 다니다가 말았어."

"그래도 악보는 볼 줄 알 거 아냐?"

"그럼 이년이나 다녔는데 사실 배울 만큼 배운 거야, 웬만한 가곡이나 대중가요는 칠 줄 알아."

"오우, 반갑네. 기타와 피아노 협연을 하면 되겠다."

"호호호, 잘 연구해봐. 그나저나 밤 되어서 하이에나가 오지 않을까? 여기서 자야 하는데."

"안 와. 온다면 여기 타조들이 알고 발광을 할 거야."

"타조가 울지도 못하는 반벙어리나 마찬가지인데 우리가 깊이 잠들면 어떻게 알아?"

"하긴 그렇기도 하네. 하지만 타조가 몸부림치면 그 소리가 다 들릴 거야."

"아이고야. 타조들이 하이에나 보면 도망치기 바쁘지 우릴 깨운대?"

"아참, 그렇지, 타조들이 도망치면 우리가 하이에나 밥 되겠네. 안 되겠다. 타조의 다리를 서로 묶고 차에도 묶어야겠다. 그리고 깡통을 하나 매달자, 타조들이 우왕좌왕하면 깡통이 흔들려서 요란한 소리를 나게 하면 되지."

"그거 진짜 묘안이네. 그렇게 하면 어느 정도 안심이 되겠어."

"그럼, 그렇게 해서 이상한 기미가 보이면 총 들고 있다가 한 방 쏘는 거야. 그럼 하이에나가 아니라 사자가 온다고 해도 혼비백산하여 도망칠 거야."

"맞아, 그렇게 해. 그러면 안심이 되겠다."

이들은 대화 중에 묘안을 찾았다. 곧바로 일어나서 여덟 마리 타조의 다리를 느슨하게 서로 묶고 그 끈의 한쪽을 길게 해서 차에다 묶었다. 이렇게 하면 타조들이 몸부림을 치면 깡통이 흔들려서 요란한 소리가 날 것이다. 둘은 크게 만족을 하고는 해가 넘어가는 일몰 사진과 동영상을 찍었다.

밤이 되자 하늘에는 정말로 손에 닿을 듯한 전등들이 무수하게 박혀있는 듯하였다.

"손을 뻗치면 별에 닿겠어."

"그래, 별 하나 따자."

차리와 영미는 사막에서 보내는 첫날 밤을 별에 홀린 듯하였다. 오늘이 음력으로 며칠인가, 둥근달이 뜨지 않았기에 별들이 더 또렷하게 보였다. 정말로 환상적인 하늘이었다.

"이러니까, 여행자들이 이구동성으로 사막 투어에 나가서 밤하늘에 별을 보라고 했었네. 정말 장관이다."

"응, 한국에서의 별보다 몇 배나 더 많은 것 같아."

"그렇지, 한국에서 흐릿해서 잘 안 보이던 별들도 여기선 반짝반짝 보이니까."

둘은 밤이 이슥해질 때까지 별빛에 취해 있었다. 타조들은 잠을 잘 안 자는지 앉아 있거나 서성이고 있었다.

그날 밤에 불청객인 하이에나는 오질 않았기에 둘은 뒤늦게나마 깊은 잠에 들었다.

17. 탁구공만 한 다이아몬드 원석

다음날 해가 떠서야 둘은 잠에서 깨어났는데, 타조들이 서성대면서 나가려고 하였다.

차리는 재빨리 타조를 묶은 끈을 풀어주었더니 이 녀석들은 알아서 사막으로 겅중겅중 걸어 나갔다. 오늘 아침도 어쩔 수 없이 컵라면에 찬밥을 넣어 먹었는데 꿀맛 같았다. 그렇게 컵라면과 찬밥으로 요기를 한 후 차리는 캠코더와 카메라를 들고 사막 쪽으로 나섰다. 풀어놓은 타조들을 찍기 위해서이다. 사막에 이런 날씨라면 진짜 작품 사진이 나올 만하였다.

그러는 사이에 영미는 한가롭게 앉아서 음악을 듣고 있는데 "풀쩍! 풀쩍!"하는 타조의 발자국 소리가 들려왔다. 영미는 반사적으로 몸을 일으켜서 그 녀석을 쳐다보았는데 입에 뭘 물고 왔다.

"엄마나, 쟤가 어디 아픈가 봐. 가자마자 돌아오네."

영미가 그 타조를 쳐다보니 여섯 번째 여치였다. 여치는 성큼성큼 뛰다시피 와서 영미 앞에 섰다. 여치는 호두보다 조금 더 큰 반짝 돌을 물고 있었다. 여치는 이 돌이 너무 커서 삼키지 못하고 입에 물고 왔던 것이다.

"까악~ 오빠, 이리 와 봐."

"왜? 왜 그래?"

근처에서 사진을 찍던 차리가 혼비백산을 하면서 뛰어와 보니 여치가 아직도 입에 반짝 돌을 물고 있지 않은가. 차리는 재빨리 그 돌을 받아서 이리저리 살펴보고 햇빛에도 비추어 보고는 경악을 금치 못하였다.

"와~ 원석이다. 다이아 원석이야."

"정말? 진짜야?"

여치가 물고 온 반짝 돌은 크기가 호두보다 커서 탁구공만 했다. 아니 탁구공보다 더 커서 대충 지름이 4~5cm는 되어 보였다. 한눈에 보아도 분명히 다이아몬드 원석이었다. 둘은 너무나 놀라서 서로 부둥켜안고는 어쩔 줄을 모르다가 마침내 감격의 눈물이 흘러내렸다.

영미는 이 영리한 여섯 번째 타조 여치에게 간식을 듬뿍 주었다. 그 녀석은 간식과 물을 먹고는 사막으로 경중경중 뜀 걸음으로 갔다.

"애들아, 내 말 들어봐, 주인님은 큰 반짝 돌을 좋아하셔."

여치가 친구 타조에게 하는 말이다.

"너희들 알잖아, 부드러운 음악 나올 때 반짝 돌 주워 먹는 거, 주인님은 큰 반짝 돌을 좋아하셔, 그거 입에 물고 가면 간식을 많이 준다."

"그래? 삼키지 않아도 되나?"

"그럼, 삼키지 않아도 간식 줘, 어서 큰 반짝 돌 찾아 봐."

"어~ 그랬어?"

"응, 지금 이때가 반짝 돌 찾기 쉬워. 이따가 해가 높이 솟으면 잘 안 보잖아."

여치가 친구 타조들에게 이렇게 말했다.

"맞아, 맞아. 어서 찾아보자."

"간식이 맛있어. 사료보다 훨씬 맛있어."

"나도 빨리 찾아서 예쁨 받아야지."

"나도 귀여움 받아야지."

이러면서 타조들이 일제히 흩어져서 큰 반짝 돌을 찾기 시작했다.

여치는 이 무리의 대장이 아니다. 대장 노릇은 일곱 번째인 칠수인데, 지금 상황에서는 대장 노릇을 할 게 거의 없었다.

먹이를 찾으러 무리를 이끌고 다니는 것도 아니고 천적들을 피해서 어디로 도망칠 일도 없었다. 이런 것 모두가 주인(차리와 영미)이 다 하고 있었기 때문이다. 그런데 영리한 여치는 주인이 반짝 돌을 좋아하는 것을 알고는 이제껏 큰 반짝 돌을 찾아다녔고, 이제 친구들에게 알려준 것이다. 이러니 대장 격인 칠수도 공감을 하고는 여기저기 뛰어다니면서 반짝 돌을 찾으러 다녔다.

이 날은 진짜 왕대박 난 날이어서 여덟 마리의 타조들은 저 멀리 적어도 오륙 킬로 이상을 뛰어다니면서 반짝 돌을 주워먹거나 입으로 물고 와서 간식을 달라고 보채었다. 차리와 영미는 이게 꿈이 아닌가 싶어 서로의 볼을 꼬집어가면서 간식과 물을 주었다.

그날 저녁,
타조들은 너무 행복해하였고, 차리와 영미는 그 기쁨이 하늘을 찌를 듯하였다. 그래서 둘은 맹물로 건배를 하였다.

다음날,
어제와 같지는 않았지만 이미 익숙해진 타조들은 멀리까지 가서 반짝 돌을 찾아다녔다. 알밤만 한 원석을 세 개나 물어왔다. 뜨거운 한낮이 되어서 차리와 영미는 타조들을 불러들였다.

"이제 집에 가야 할까 봐."

"그것이 좋겠어. 애들도 지금 힘들 거야."

"일이 너무 순조롭게 풀리니까 갑자기 겁도 난다."

"나도, 호사다마(好事多魔)란 말도 있고 과유불급(過猶不及) 이라는 말도 있잖아."

"응, 그래, 일단 집에 가서 다음 스케줄을 결정하자."

"응, 그렇게 해."

이렇게 상의한 둘은 즉시 짐을 꾸려서 츠브야의 창고 집으로 향했고 해가 지기 전에 집에 도착하였다. 여전히 엉클이 나와 서 반기었다.

타조들이 이렇게 많은 원석을 발견한 사막은 어느 지역인가?

아주 오래전 수 만 년 전인가 수 천년 전인가 이 지역은 준사 막이자 초원 지역이어서 타조들이 많이 살았다. 수천 마리인지 수만 마리인지 엄청나게 많은 타조들이 천적도 없이 살았는데, 무리 생활을 하는 타조들은 이삼십 마리에서 최대 오륙십 마리 씩 같이 생활하였다.

이러한 타조들은 잠을 자거나 쉴 때에는 한곳에 모여 있게 되 었고, 그 타조들이 낮에 돌아다니면서 반짝 돌(다이아몬드 원 석)을 주워 먹었다. 당시에는 타조들이 엄청나게 커서 키가 3m 가까이 대형 타조들이었기에 행동반경도 매우 넓었고 그만큼 반짝 돌도 많이 주워 먹게 되었던 것이다. 천적이 없이 살던 타조들은 그 지역에서 자연사했고 반짝 돌은 그 자리에 남아 있게 되었다. 그 반짝 돌을 후손 타조들이 주워 먹고 후손 타조들이 죽으면 또 그 후손 타조들이 주워 먹게 되니 썩지 않는 반짝 돌은 계속 남아 있게 된 것이다.

그랬던 것이 지금부터 수천 년 전에 기후 변동으로 인하여 백여 년 넘게 가뭄이 지속되자 준사막과 초원은 모래사막으로 변했고, 이에 따라 타조들도 거의 대부분 죽게 되었고 살아남은 극소수의 타조들은 먹이를 찾아서 다른 지역으로 이동했다.

사막이 가속화되자 모래바람이 불기 시작하여 이 근처에 있던 수많은 반짝 돌이 모래 속에 파묻히게 되었는데 언제부터인가 모래바람이 다시 불어서 모래를 걷어내기 시작하였다.

그러다 결정적인 것은 얼마 전이었다. 차리와 영미가 모래폭풍을 맞아 하룻밤 지새울 때 바람이 심하게 불어서 모래를 걷어내고 무거운 다이아몬드 원석이 모래 위에서 반짝이게 되었던 것이다. 이런 반짝 돌을 차리의 타조들이 발견하게 된 것이다. 즉, 여치가 먼저 발견하고 여치가 다른 타조들에게 알려주어서 많은 양의 반짝 돌을 발견하게 된 것이다. 여치는 수컷이 아닌 암컷이었는데 이 여덟 마리 중에서 대장 노릇을 하고 있는 것이었다.

이날 밤,

집에 돌아온 차리와 타조는 내시경으로 타조 뱃속을 관찰하였는데 한 마리도 빠짐없이 뱃속에는 여러 개의 원석들이 들어가 있었다. 3일 동안 주워 먹은 것들이다. 콩만 한 것부터 강낭콩, 은행, 대추, 작은 밤, 방울 토마토만 한 것들이 있었으며 여치가 입으로 물고 온 탁구공만 한 것도 또 한 개가 있었다. 총량(總量)으로 보면 밥 공기에 가득 찰 정도이니 어마어마한 양이었다. 개수로는 64개나 되었다.

그날 밤 12시가 넘어서 1시쯤이었다.

차리와 타조가 갔었던 사막에는 느닷없이 모래바람이 불기 시작하더니 모래 폭풍이 되어서 노출되었던 사막의 표토(表土)는 날아온 모래로 뒤덮이기 시작하였고 모래바람은 다음날도 이어져서 모든 흔적은 사라지고 말았다. 이리하여 우연히 노출되었던 원석은 다시 모래 속 깊이 사라지게 되었다.

명심보감에 이런 말이 있다.

"大富由天 小富由勤"(대부유천, 소부유근)이라는 말이다. 즉, "큰 부자는 하늘에서 내리고 작은 부자는 근면함으로 이루어진다."라는 뜻이다. 차리는 지난 십여 년간을 오직 타조를 이용한 다이아몬드 원석을 찾기에 온 힘을 기울인 결과, 지성(至誠)이면 감천(感天)이라는 듯이 하늘이 도와서 대량의 원석을 발견하게 된 것이다.

18. 납치된 차리와 영미

다음날은 사막 투어 한지 32일째 되는 날인데 이날은 아무것
도 하지 않고 집에서 쉬기로 했다.

사막 투어 33일 차
"오늘은 나하부에 가서 점심도 먹고 원석 몇 개만 팔아볼까?"
"좋지 좋아. 최 사장님 댁에 가서 삼겹살이나 불고기 먹고 오
자."
"그럴까, 마음 편히 갔다 오자, 엉클도 데려갈까?"
"그래, 데리고 가, 엉클도 좋아할 거야. 하루 동안 무슨 일
없을 거야. 가서 점심이나 먹고 저녁때면 올 테니까, 괜찮을
거야."
"그래야겠어."

차리는 먼저 최 사장님께 전화하여 오늘 점심때 갈 터이니 라
면, 참치, 꽁치 등의 부식과 생수를 박스에 잘 포장해놓으라고

부탁했다. 그리고 지난번에 팔았던 원석을 참고하여 원석 세 개를 골라서 호주머니에 넣었다.

엉클에게 나하부에 가자고 했더니 반기는 기색으로 가겠다고 했다. 그런데 엉클은 아직도 웃옷을 입지 않으려 했다. 옷을 입으면 너무 답답해서 숨쉬기가 불편하다는 것이다. 부시맨은 정말 대단한 체력이어서 덥거나 춥거나 옷 없이 살고 있었던 것이다. 그냥 야생의 동물처럼 자연에 적응해서 살아왔던 것이다. 신발도 없이 맨발로 다녔는데 이것은 차리가 신발을 신어야 발이 다치지 않고 보호된다고 강력히 권유하여서 신발을 신기는 하는데, 여전히 집에서는 맨발이었다. 신발을 신으면 발이 답답하다는 것이다. 삼십 년 넘게 옷과 신발 없이 살아왔기에 그게 편한 것이었다. 이래서 오늘 엉클의 복장은 운동화에 반바지 차림이다.

셋은 정오가 되기 전에 최 사장님 댁에 도착하였는데, 최 사장님은 한눈에 엉클을 알아보고는 크게 놀랐다. 왜냐하면 피골이 상접하여 갈비뼈가 다 들어나 있었는데, 지금은 살이 올라서 통통해졌고, 우묵하게 패인 양 볼도 도드라져서 이제 사람 형상을 하고 있었기 때문이다. 차리는 그 공을 영미에게 돌렸다. 영미가 음식을 잘 해줘서 살이 쪘다고 말한 것이다. 아무튼 최 사장님은 큰 칭찬을 하면서 기뻐하였다.

"바싹 마른 북어가 살이 통통하게 오른 명태 같아졌어."

최 사장님이 웃어가면서 농담을 하였다.

"워낙 먹기를 잘 먹어요. 그동안 너무 못 먹어서 그런지 아주 잘 먹어서 금세 살이 오르네요."

"그러다 뚱보 되는 거 아냐?"

"체질이 그렇게까지는 되지 않을 것 같아요. 부시맨들이 키도 작고 체구도 작잖아요."

"하긴, 그러네. 그럼 오늘도 바람 쏘이러 나왔나?"

"예, 불고기도 먹고 시내 구경도 할려구요. 엉클도 같이 가자고 하니까 얼른 따라나섭니다."

"하하하, 그럴 거야, 여기 와서 개고생만 하다가 차리 덕분에 사람 노릇을 하게 되었으니 과거 생각도 날거야."

"그런 모양입니다."

이런 대화 중에 출입문 초입에 박스 세 개와 생수 한 박스를 쌓아놓은 것이 눈에 띄었다. 차리가 가져갈 것들이다.

차리 일행은 점심으로 소불고기를 먹었는데 이번에도 엉클은 혼자서 2인분 정도를 먹었다. 그렇게 점심을 먹고 난 후 부식과 생수를 차에 싣고는 최 사장님께 인사를 하고 나왔다.

"어디로 가나?"

"지난번 갔었던 스타 쥬얼리 샵의 사장이 마음에 들어, 별말 없이 즉시 돈으로 주더라고."

"그랬어? 잘 되었다. 그럼 걸어가?"

"아니, 그 건너편에 주차할 데 있어."

차리는 몇 분 가지 않아서 차를 세웠다.

"엉클, 우리가 저쪽 가게에 볼일이 있으니 여기 차에서 기다려요. 차에 타고 있던가 밖에서 있던가. 지금 해가 넘어가는 중이라 이쪽이 그늘이 지니까 뜨겁지 않을 겁니다."

"예, 써. 나는 여기서 기다립니다."

엉클이 쾌히 승낙하고, 차리와 영미는 스타 쥬얼리 샵으로 들어갔다.

약간 살집이 있는 흑인 주인은 차리를 알아보고는 먼저 인사를 했고, 동시에 차리도 인사를 했다. 차리는 원석 세 개를 내놓으면서 지난번과 같이 팔려고 한다고 했고, 주인은 이리저리 살펴보더니 일만 달러(천이백만 원 정도)를 주겠다고 했고 차리가 "오케이"했다.

그때였다.

흑인 사장이 "Just monent(잠깐만)!"라고 하면서 기다리라고 했다. 그러니 돈만 받으면 가는 건데 영미와 차리는 할 수 없이 서성이면서 기다려야 했다. 사장은 전화를 들더니 원주민 말로 대화를 하는데 알아들을 수가 없었다.

〈나야, 여기에 동양인 남녀가 와서 원석을 팔았거든. 두 번째야. 나갈 때 데리고 가서 돈을 회수하고 원석 출처가 어딘지 알아봐. 사막 어딘지. 죽이지는 마, 외국인이야. 오케이.〉

현지 원주민 말로 하니 하나도 못 알아듣고 있다가 수화기에서 들려오는 마지막 오케이만 알아들었다. 이때 차리와 영미는 돈을 주어도 된다는 의미로 생각하고 있었다.

사장은 별말 없이 1만 달러를 현금으로 주었다.

차리와 영미는 인사를 하면서 쥬얼리 샵을 나와서 건너편에 세워둔 차로 가려는데 4차선 도로를 건너자마자 느닷없이 새카만 흑인 네 명이 나타나서 양 겨드랑이에 팔을 끼고는 둘을 데려갔다. 네놈들 모두 기다란 총을 어깨에 메고 있다.

"아악~ 놔라."

"아악악~"

차리와 영미가 비명을 지르자,

"Shut up, Shut up, Die!(입 다물어, 다물어, 죽는다.)"

이들은 순식간에 골목길로 들어섰다.

이때 차 옆에서 기다리던 엉클이 이를 지켜보고 있으면서 안절부절하지 못하고 있다가 몰래 뒤를 밟기 시작했다.

차리와 영미는 골목길을 몇 개를 지나서 허름한 건물 4층으로 올라갔는데 거긴 텅 비어 있었고 의자 몇 개가 나뒹굴고 있었다. 나무 막대인지 몽둥이인지도 여러 개 눈에 들어왔고, 끈도 보였다. 둘은 직감적으로 여기가 영화에서 보던 고문 장소구나 라고 생각이 들면서 온몸이 떨려왔다.

"오빠, 우리 납치되었네. 죽일까?"

"돈 뺏겠지, 그리고 돈 더 내놓으라고 협박하겠지."

"아이구, 무서워 죽겠어."

영미는 어느 사이에 저절로 눈물이 방울져 내렸다. 예상했던 대로 놈들은 둘의 몸을 뒤져서 달러를 모두 빼앗았다. 그리고는 영어로 말을 하는데, 다이아몬드 원석을 어디서 구해서 두 번씩이나 팔러 왔느냐? 그 장소를 말하라는 것이다.

"나도 모른다. 사막길 가다가 주웠다."

차리가 서툰 영어로 대답을 했다.

이놈들은 저희들끼리 키득대면서 뭐라 뭐라 하더니 차리와 영미를 각각 의자에 묶었다. 손을 뒤돌려 묶고, 양다리도 의자 다리에 각각 묶었다. 이제 옴짝달싹도 못하고 입술만 움직이게 되었다.

"사막이 넓은데 어디서 원석을 주었냐?"

"잘 모른다. 길가에서 주웠다."

"거짓말 마라."

"진짜다."

이놈들은 말로 몇 번 옥신각신 하다가 안 되겠던지 저희들끼리 또 수군댔다. 차리는 이제 이놈들이 나무로 때릴 모양이구나 하고 큰 걱정을 하면서 영미를 흘낏 보았더니 이제 영미 얼굴은 눈물범벅이 되어서 흐느끼고 있었다.

그때,

한 놈이 영미에게로 가더니, 차리를 쳐다보면서

"네 여자와 섹스 한다."

이러는 것이 아닌가.

"뭐라구? 이 개자식들아."

차리가 항변을 하거나 말거나 그놈은 손가락 넷을 펴 보이면서 네 명이 영미와 섹스를 한다고 했다. 이러니 영미와 차리는 혼비백산하여서 소리를 마구 질렀지만 아무 소용이 없었다. 그놈은 히죽거리면서 영미의 웃옷을 벗기려고 하였다. 영미가 아무리 발악을 하여도 묶여있기에 소용이 없었다. 남방의 단추가 끌러지고 그 위에서 옷을 내려서 어깨가 들어나고 브래지어가 다 보였다. 영미는 미칠 듯이 악을 썼으나 그놈들은 재미있다는 듯이 입을 맞추는 시늉을 하면서 희롱하고만 있었다. 이러다간 진짜로 당할 것이다.

차리는 재빨리 머리를 굴려서

"내가 위치는 모르나 차를 타고 가면 알 수 있다. 내일 아침에 가보자.”

이렇게 말을 하니까. 네 놈들이 여전히 히죽거리면서 “투모로우 모닝?”하고 반문을 하였다.

“그래, 이 자식들아. 내일 아침에 가면 다이아몬드 원석을 주운 장소를 알려주마.”

차리가 거칠게 답변을 하니까 그제야 영미를 희롱하던 놈의 손길이 멈추었다.

놈들은 저희들끼리 한동안 떠들더니만 한사람만을 보초로 남겨두고 떠나는 모양이었다. 폭이 넓은 투명 스카치테이프로 차리와 영미의 입에 붙이고는 “Don”t Move!(움직이지 마)”라고 말한 후 떠났다. 그런데 다 떠난 것이 아니라 문밖에 보초 한 명을 남겨두고 떠난 것이다.

그런데 십 여분도 안 되어서 밖이 조용해졌다. 전혀 인기척이 없는 것이다. 보초를 서던 놈이 어디로 잠시 가버린 것 같았다.

차리와 영미는 말을 못하게 되어 거칠게 콧소리만을 내게 되었다. 그런데 투명 스카치테이프는 사람의 침에 조금 약하다. 차리와 영미는 입을 벙긋거리면서 혀로 테이프를 밀어내기 시작했고, 잠시 후에 테이프가 일부 떨어지면서 말을 할 수 있게 되었다.

“오빠, 어떡하지?”

"탈출해야지, 지금 놈들이 없을 때 탈출 해야 돼."

"그런데 너무 꽉 묶어서 손발을 꼼짝 못 하겠어."

"의자를 들썩거려서 가까이 와. 둘이서 움직이면 금세 올 거야."

"그래서?"

"입으로 끈을 풀거나 끊어야 해."

모험 영화를 많이 본 차리가 좋은 제안을 했다. 그래서 둘은 의자를 털썩거리면서 조금씩 옆으로 다가가서 먼저 차리가 영미 뒤로 가서 묶인 끈을 풀어내려고 했다.

하지만 아무리 앞으로 숙여도 더 이상 머리가 내려가질 않고 끈까지는 어림도 없었다.

"아이고, 이거 고개가 숙여지질 않아. 이거 큰일 났다."

"내가 해 볼게, 내가 오빠보다 키가 좀 작지만 몸이 유연하거든.

"그래, 자세를 반대로 해보자."

이렇게 해서 이번에는 의자를 덜썩 거리면서 영미가 차리 뒤에 있게 되었다. 역시 몸이 유연한 여자 몸이라 고개를 숙여서 간신히 묶인 끈이 입에 닿긴 했는데, 시원찮게 닿게 되었다. 입으로 물어뜯어야 하는데 거기까진 잘 되질 않아서 영미는 안간힘을 쓰고 있었다.

19. 탈출

이러는 한편,

엉클은 이들이 끌려오는 건물 근처에 있다가 어떻게 올라왔는지 그 건물 4층 옥상까지 올라왔다. 그리곤 가느다란 끈으로 몸을 묶고 한편은 옥상에 삐죽이 나와 있던 철근에 묶었다. 그런 다음에 그 끈을 타고서는 차리와 영미가 있는 창문으로 다가왔다. 날씨가 더웠기에 창문은 열려 있었다.

"쯔쯔, 차리, 차리."

부시맨 특유의 발음인 혀를 빠는 듯 한 소리를 내면서 조용히 차리를 불렀다.

이에 차리와 영미가 크게 놀라면서 쳐다보았더니 엉클이 열린 유리 창문으로 들어왔다.

"오~ 탱큐, 엉클, 여길 풀어."

말할 것도 없이 엉클은 차리와 영미의 묶인 끈을 모두 풀어주었다. 영미는 너무 반가운 나머지 눈물을 훔치면서 연신 고맙다고 했다.

엉클은 창문을 통해서 도망가자고 했으나, 높이가 너무 높아서 그냥 뛰어내릴 수는 없었다. 엉클이 타고 내려온 끈은 너무 가늘어서 영미나 차리가 매달렸다가는 십중팔구 끊어질 것이다. 여기에 짧은 끈 몇 개는 나뒹굴고 있었지만, 저 아래층까지는 닿지 않는다.

잠시 고민에 빠져있는데,
"오빠, 할 수 없어. 지금 망보던 놈이 없으니까. 출입문을 부수고 나가."
"어엉? 저기 유리창 깨면 소리가 요란할 텐데."
"아냐, 저 구석에 헌 옷 많잖아. 그 옷을 대고 유리창 한 장만 깨. 그리고 엉클이 빠져나가서 문을 열면 돼. 맥가이버 칼 있잖아. 그걸로 문 열거나 뜯어낼 수 있어, 엉클이 할 수 있을 거야."
"맞아."
차리와 영미는 대답과 동시에 헌 옷을 가져다가 밭전(田) 자 모양의 아래 유리창에 두껍게 대었다. 영미가 헌옷을 붙잡고 차리는 의자를 들고 와서 의자 발 한 개로 세게 때렸더니 유리창은 별 소리도 없이 "뿌셕!"하는 소리와 함께 다 깨져버렸다. 둘은 창틀에 남아있던 유리조각을 빼어내고 엉클에게 나가보라고 했다. 엉클은 부시맨 영화에서 주인공으로 나오는 부시맨과 비슷하게 생겼고 몸매도 비슷했다. 엉클은 머리를 넣어

보더니 손가락으로 동그라미를 해 보였다. 엉클이 몸을 빼어낼 때 차리가 두 다리를 붙잡고 있다가 엉클이 물구나무 자세로 무사히 빠져나가자 다리를 놓아주었다. 차리가 재빨리 맥가이버 칼을 주니까 엉클은 곧바로 경첩의 나사를 풀고는 문을 열었다.

드디어 해방의 순간이 온 것이다. 그 공간은 오른쪽으로 이십여 미터 가야 아래로 내려가는 계단이 있었다. 셋은 조심조심 발걸음을 옮겨서 계단 쪽으로 가는데, 저 아래에서 콧노래를 흥얼거리면서 어떤 놈이 올라오고 있었다. 귀를 쫑긋거리면서 들어보니 분명히 한 놈이었다. 이에 차리가 어떻게 하나 망설이고 있는데 영미가 서슴없이 앞으로 나서더니 손짓으로 가만히 있으라고 하였다.

영미는 계단 가까이 가서 발차기 준비를 하고 있었다. 잠시 후 아무것도 모르는 강도 놈이 계단을 거의 다 올라왔을 때 영미가 느닷없이 앞으로 나서면서 소리도 없이 그놈의 턱밑을 올려 찼다. 정말 번개 같은 속도였다.

"따각!"
"어엌~"

그놈은 외마디 비명을 지르면서 그대로 굴러떨어졌다. 셋이서 급히 가보니 그놈은 굴러서 계단이 디근자로 꺾이는 곳까지 떨어졌는데, 단 한방에 죽었는지 기절했는지 움직이질 않는다. 새우처럼 옆으로 누운 자세였다. 영미가 급히 먼저 내려 갔는데 그놈의 옆구리에 권총집이 있고 거기에 권총이 있었다. 영미는 서슴지 않고 권총을 꺼내어서 그놈을 쏘려고 했다.

이때 엉클이 앞으로 다가서면서 손사래를 친다. 안 된다는 것이다. 차리도 급히 막아서면서 "살인 사건이 나면 우리도 죽어, 출국 금지야." 하고 목소리는 작지만 단호하게 외치니 영미는 분하다는 듯이 권총에서 탄창을 빼고 약실까지 확인하여 총알이 없는 것을 확인하고는 열려 있는 창문 밖으로 던져버렸다. 영미는 화가 안 풀렸는지 옆으로 누워있는 그놈의 옆구리를 한발로 세게 찍어버렸다. 그놈은 아직 죽지는 않았는지 "끄응!"소리와 함께 몸을 비틀었다.

그와 동시에 호주머니에 있던 모바일이 삐죽이 나와 버렸다. 영미는 모바일을 집어서 바닥에 팽개치고 발로 찍어 내려서 부숴버리고는 창문 밖으로 던져버렸다.

영미가 이런 행동을 한 이유는 그놈이 바로 아까 영미에게 옷을 벗기면서 희롱을 한 놈이기 때문이었다.

"빨리! 빨리!"

일순간도 지체할 수 없이 차리는 영미와 엉클을 데리고 건물에서 내려와서 골목길을 빠져나와서 주차해놓은 사파리 차로 갔다. 밤은 이제 12시가 넘어서서 깜깜하기만 하고 몇 개의 가로등과 하늘의 별빛이 이들을 밝혀주고 있었다.

"뿌우웅~"

급히 발진하는 차에 바퀴가 고무 탄내가 나면서 헛 도는가 싶
더니 마치 총알이 튀어 나가듯 튕겨 나갔다. 차리는 헤드라이
트를 켜지 않고 내쏘기 시작했다.

"왜 라이트를 안 켜?"

답답한 영미가 물었다.

"라이트 켜면 멀리서도 차 지나가는 거 다 보여. 사막 길 나
타날 때까지 이대로 가야해."

"오오. 그런 뜻이었구나, 몰랐네."

차리는 최대한 집중을 하면서 도시를 빠져나와서 사막 쪽으
로 달렸다. 그렇게 얼마 동안 가다가 라이트를 켰다.

"와아~ 진짜, 대단하더라. 영화 액션 장면보다 더 실감 났
어. 단 한방의 발차기에 거꾸러트리고 말야."

"호호호, 그동안 수 만 번이나 발차기 연습만 하다가 실전에
서 처음 써먹네. 나쁜 자식들. 진짜 죽여버리려다 말았네."

"아이고 진짜 겁나더라 겁나. 권총 쏴 봤어?"

"아니. 만져보기도 처음이야. BB탄 권총은 쏴 봤지."

"야아~ BB탄 권총하곤 다른데. 전문가처럼 능숙하게 권총을
다루네. 나도 실제 권총은 만져보지도 못했는데."

"군대 갔다 왔다고 했잖아."

"응. 그런데 군대에서 일반 사병은 권총 안 다뤄. 기다란 K2

소총을 쓰지. 권총 어디서 배웠냐구?"

차리가 너무나 궁금하여 재차 물었다.

"배우긴, 지난번에 말했잖아, 인터넷에서 배웠다구."

"오호, 그랬지, 아무리 그래도 이론과 실제가 다른데, 대단하다. 대단해."

"권총은 영화에도 많이 나오잖아. 권총 손잡이 옆에 있는 버튼 누르면 탄창 빠지고, 노리쇠 후퇴하면 약실에 있던 총알도 빠지고 말이야. 처음이지만 그대로 흉내 낸 거야."

"뭐라구? 인터넷하고 영화 보고 다 배웠네, 이야~ 진짜 대단하다. 여걸이다, 여걸."

"그 까짓게 뭐 대단하다구 그래."

"아냐, 대단하지. 여자가 그런데 관심을 갖다니. 남자인 나도 잘 모르는데."

"사실은 내가 여자 람보가 되려다 말았어."

"뭐어? 여자 람보? 크하하하."

"호호호, 호호호."

긴장이 다소 풀어진 이들은 과속으로 달리는 차 안에서 대화를 주고받았다.

한편,

영미에게 발차기로 얻어맞은 놈은 1시간도 넘어서야 깨어났다. 죽다 살아난 것이다. 턱은 깨질 듯하고 머리도 아프고 옆구리가 심하게 아파서 제대로 걷지도 못하고 기다시피 하여 패거리들이 있는 곳을 찾았다. 패거리 은신처는 사오백 미터 정도밖에 안되는데 여길 삼십 분 넘게 간신히 갔다. 세 놈은 밤늦도록 한가롭게 맥주를 마시다가 잠들었다. TV에서는 선정적인 영화의 한 장면이 적나라하게 보였다.

"아이고, 형님, 놈이 도망쳤어요."

"뭐라구? 그래서 너더러 잘 지키랬잖아. 어어~ 뒤지게 맞은 모양이네. 턱이 이게 뭐야? 꼴이 말이 아니네."

눈을 비비고 세 놈이 일어났고 그중에 보스 격인 놈이 화를 내면서 묻기 시작했다.

"계집애의 발차기에 세게 맞아 정신을 잃었다가 겨우 깨어났어요."

"뭣이라고? 계집애에게. 이런 병신 같은 놈을 봤나, 넌 뭐하고?"

"하도 배가 고파서 내려가서 야식 먹고 계단에서 올라오다가 얻어맞았습니다."

형님이란 작자는 주먹을 들어서 한 대 치려다가 손을 내리고, 나머지 두 놈들도 크게 놀라면서 소리쳤다.

"추격해야지요. 어서 빨리 갑시다."

"어디로? 이 밤중에 어디서 찾아?"

"분명 사막 쪽입니다. 그것들 은신처가 분명 사막 근처일 거예요. 일단 한번 가 봐요. 츠브야 마을에 동양인이 창고 집을 짓고 산다고 얼핏 들었어요."

"그랬어? 언제쯤?"

"한참 되었어요. 한 달 넘었어요. 술집에서 누군가 그런 말을 했어요. 어서 가봅시다."

"그러자, 거기가 사막 입구니까 계산상 딱 맞아떨어진다. 밑져야 본전이니 가자."

이렇게 해서 출발을 하려는데 맞은 놈은 지금 서 있기도 어렵다면서 못 간다고 하여 세 놈이 낡은 사파리 차에 올라타고 출발을 하였다.

이러는 사이에 차리는 엔진이 터지도록 엑셀을 밟아서 드디어 마을 끝에 있는 집으로 왔다.

"이제, 여기 못 있어. 놈들이 곧바로 쫓아 올 거야. 최소한의 짐만 챙겨."

"트렁크는?"

"못 가지고 가. 배낭 하나만 챙겨. 모든 거 다 버려. 원석은 내가 전대에 간수할 테니까."

"노트북은?"

"그것도 버려, 중요 데이터는 USB에 다 담았으니까."

"아이구, 거기에 일지도 있고 그동안 찍어놓은 사진도 있는데, 어떻게 버려?"

"그럼 그거 배낭에 넣을 수 있으면 넣어, 아무튼 배낭 하나만 챙긴다. 한국 스마트폰과 여기 휴대폰도 챙겨, 아참, 블루스타와 부탄가스도 가져가야겠다."

"알았어."

이렇게 해서 차리와 영미는 배낭만을 챙겼다. 부피가 큰 비디오카메라도 버려야 했고, 그동안 찍어놓은 SD 메모리만 챙겼다.

"이런 전자 제품은 모두 밖으로 가지고 나가서 우리 옆에 쌓아놓은 나뭇단에 던져"

차리는 이렇게 말하고는 주섬주섬 버릴 것들을 챙겨서 나뭇단에 던졌다. 정말 고가의 제품이었다. 타조의 등에 있었던 위치 추적기인 타뮤도 던졌다. 한밤 중에 이사를 하는 격이었다. 아니 야반도주(夜半逃走)하는 것이다.

"엉클! 엉클!"

차리가 급히 부시맨 엉클을 부르니, 엉클은 부시맨 특유의 혀를 차는 소리와 함께 나타나서 어리둥절하니 서 있다. 영어가 서툴러서 대화가 잘 되질 않지만 손짓 발짓으로 어느 정도 의사소통은 되었다.

"엉클, 지금 빨리 타조 우리의 문을 열어서 타조를 내보내고 염소도 내 보내. 그리고 여기 오천 달러(육백만 원 정도) 있으니까 아주 멀리 가서 살아. 염소도 사고 여자도 데려와서 살아."

차리가 이렇게 말을 하면서 고무줄로 묶어놓은 달러를 주니까 말뜻을 알아듣고는 눈물부터 흘린다. 이 정도 돈이면 사오십 달러짜리 염소를 적어도 수십 마리 사고 지참금을 주고 여자도 데려와서 평생 잘 먹고 잘살 수 있는 큰돈이다. 지참금은 대체로 염소 스무 마리 정도이다.

"엉클, 저기 나뭇단에 불을 질러. 우리도 지금 피신해야 하니까. 어서 빨리 우리 문을 열고 불 지르고 그대로 뛰어서 도망쳐."

이에 엉클은 느닷없이 무릎을 꿇고는 인사를 하였다. 얼굴은 벌써 눈물범벅이 되었고 여전히 부시족 언어인 혀를 차는 소리로 뭐라고 말을 하고 있었다.

차리는 엉클을 일으켜 세우고는 빨리 하라고 외쳤다. 이러니 엉클은 반사적으로 일어나서 우리 문을 열고는 타조들을 어둠 속에 내 몰고, 염소도 같이 내 몰았다.

멈칫 거리던 타조 엉덩이를 막대기로 세게 때리니 영문도 모르는 타조들은 일제히 사막 쪽으로 내달아 뛰기 시작했고, 그 뒤를 이어서 염소 다섯 마리도 뛰어 달아났다. 엉클은 나뭇단에 불을 지펴서 타오르기 시작하자 역시 사막 쪽으로 냅다 뛰기 시작했다.

얼마 시간을 지나지 않아서 짐을 정리한 차리와 영미는 배낭을 들고 차에 올랐다.

"아참! 총하고 야시경도 가져가야지."

차리는 급히 총이 들어있는 길쭉한 가방을 꺼내왔다. 그 속엔 K2 소총과 총알이 든 탄창도 세 개나 있었다. 총 가방 속에 야시경을 집어넣고는 뛰쳐나왔다.

"약품도 아직 많이 남았는데. 아깝다."

"걱정 마. 목사님에게 연락해서 가져가라고 할 테니까. 우린 지금 한밤중에 강도가 들어서 도망치는 거야."

"그런 거야?"

"그렇게 시나리오를 맞추어야지, 최 사장님에게도 그렇게 말해야 해."

"알았어."

차리는 아까와 같이 급가속을 하면서 출발했다. 그런데 방향이 수도인 나하부를 거쳐야만 동쪽이나 남쪽으로 갈 수가 있었기에 아까 왔던 길을 되짚어 가야 했다. 서쪽으로 가면 끝도 없는 사막이 나왔기에 이렇게 가다가는 도중에 연료 부족으로 차가 멈출 것이다.

"그럼 지금 어디로 가?"

"잠비아나 짐바브웨, 케냐 어느 나라든 거쳐서 남아공까지 가야돼."

"아이구야, 국경을 어떻게 통과해?"

"걱정 마 인근의 여러 나라에서 다 비자 받아 놓고 국경에서 비자 받는 곳도 있으니까. 그것은 걱정 마."

"와아~ 진짜 오빠 치밀하다. 난 오빠가 준 여권을 자세히 보지도 않아서 잘 몰랐네."

"앞에 있는 서랍에서 위장 크림 꺼내. 그걸 얼굴에 발라. 현지인처럼."

"밤인데?"

"밤이라도 발라야 해. 현지인처럼."

차리와 영미가 타조를 데리고 사막에 나갈 때 바르던 위장 크림이다.

영미는 차리가 시키는 대로 위장 크림을 얼굴에 바르고 차리에게 건넸다. 차리는 한 손으로 운전을 하면서 위장 크림을 바르는데, 울퉁불퉁한 도로 때문에 제대로 바를 수가 없었다. 이를 보던 영미가 얼른 크림을 받아 들어 차리의 얼굴에 골고루 발라주었다. 이제 둘은 외형상 현지인과 똑같은 얼굴색으로 변했다.

그들이 중간쯤 왔을 때, 앞에서 헤드라이트를 켜고는 사파리 차가 과속으로 오고 있었다. 차리는 급히 핸들을 꺾어서 도로를 벗어나서 모랫길에 들어서서 비켜주고는 다시 길 위로 올라왔다.

"이 차는 뭔가?"

어제 그 강도 납치범들이다. 이들이 아까 제시간에 출발했다면 벌써 와야 할 텐데 도중에 무슨 일이 있었는지 여기에서 마주친 것이다. 하지만 양쪽 다 서로를 알아보지 못했다. 헤드라이트 불빛에 사람을 확인할 수 없었던 것이다, 강도 이놈들이 사막 쪽으로 가려면 연료를 만탱크로 가득 넣어야 하는데, 연료가 얼마 남아 있질 않았다. 그래서 주유를 하느라 늦은 것이다. 이 나라는 저녁때 해만 넘어가면 대부분의 상점들도 문을 닫고 주유소도 문을 닫는다. 밤에 총을 든 강도들이 돌아다닐 때가 있기 때문이다. 그래서 멀리 가려면 대낮에 주유를 해야 하는데, 이놈들은 한밤중에 주유를 하려니까 주유소 사장들이 나오질 않는 것이다.

오히려 총을 들고서는 가지 않으면 쏜다고 위협을 하니 기겁을 하고 돌아 나와야 했다. 그렇게 한 시간도 넘게 돌아다니다가, 어떤 주유소에 가서는 안 되겠다면서 총으로 위협을 하면서 간신히 연료를 가득 채울 수 있었고, 그때부터 전속력으로 사막 쪽으로 내쏘았던 것이다. 아무튼 강도들은 일단 무조건 서쪽 사막 쪽으로 가는 중이고, 차리는 나하부를 통과해서 다른 나라로 가야 했다.

그렇게 강도들이 한 시간이 넘어서야 걸쳐서 마을 끝에 있는 집까지 왔는데, 불길이 마구 솟아오르고 있었다.

"어어~ 저기 외딴집에 불이 났네. 거기에 사람이 살았던가?"

"예전엔 살았었는데 지금도 누가 사나?"

세 놈들은 이런 말을 하면서 급히 그쪽으로 차를 몰았는데, 가까이 가보니 근래에 지은 시멘트 벽돌집이 눈에 띄었다.

"야, 여기가 맞다. 동양인들이 여기에서 살았었어. 새집 짓고 살았네."

강도들은 친구와 후배로 이루어졌는데, 여기까지 온 세 놈은 친구고, 영미에게 얻어맞은 놈은 후배인데 몹시 아파서 여기에 오지 못하였다. 그놈은 턱 아래가 혹부리 영감처럼 부풀어 올랐고 옆구리 갈비뼈가 부러진 모양인지 숨도 제대로 못 쉴 지경이어서 날이 밝는 대로 병원에 가려고 한 것이다.

이들에게 대장격인 사람이 지금 운전을 하고 있는 '스콧'이라는 새까만 원주민이다. 성격이 거칠고 결단력이 있어서 대장으로서는 적격인데, 한 가지 흠은 무조건 자기 주장만 내세우는 것이다.

아무튼 이들은 벽돌집까지 와서 차에서 내리고는 안을 들여다보았다. 컴컴했지만 안에는 큰 침대와 책상, 의자 등의 가재도구가 눈에 띄었다.

"이것들이 여기서 살다가 튀었네."

스콧은 그러면서 나오려다가 벽에 걸린 커다란 TV를 보게 되었다.

"이게 웬 횡재냐. 저거라도 가져가야겠다."

스콧이 이러니까 친구가 말렸다.

"야, 이따 와서 가져가도 돼. 어서 빨리 추격하자. 아까 우리가 여기 올 때 옆으로 비켜선 차 있잖아, 사파리 차, 그게 그놈 차인 것 같아, 빨리 가보자."

"알았어, 그놈들 그쪽으로 가봐야 독 안에 쥐야, 걱정 마, 금세 따라잡을 테니까."

스콧은 결국 대형 TV를 뜯어내고 있었고, 다른 두 놈들도 옷가지, 주방기구등을 주섬주섬 챙겼다. 이러는 사이에 시간이 많이 지체되었지만 크게 개의치 않고 출발했다.

"아까 그 차가 어떻게 생겨 먹었더라?"

"그냥 사파리 차야. 라이트 불빛 때문에 아무것도 못 봤어."

"그럴 테지. 일단 추격해보자. 여기에서 두 시간 거리니까. 밟으면 1시간 30분이면 될 거야."

"가봐야 나하부 시내야. 외국으로 튀려면 시내를 빠져나가야 할 테니까 쉽게 못 빠져나가."

"맞아, 그냥 막 밟아~"

이러면서 울퉁불퉁한 노면을 마구 내달았다.

한편,

영미는 차리의 얼굴에 위장 크림을 거의 다 발라주었는데.

"아악~"

차리가 비명을 지르면서 급브레이크를 밟았다. 그 충격으로 차가 기우뚱하더니 도로를 벗어나 도랑처럼 생긴 옆의 모랫길로 쳐박히다시피 돌진했다.

"우당탕, 쿠당탕!"

요란한 소리와 함께 얼마 안 가서 차가 멈춰 섰으나, 천만다행으로 전복되지는 않았다.

"아이고, 죽다 살아났네."

"뭔데 급브레이크를 밟아? 그냥 밀고 가지."

영미가 물었다.

"그러게. 들개 같아. 느닷없이 나타나서 나도 모르게 브레이크를 밟았네. 그냥 치고 갈걸."

그랬다. 갑자기 달려는 얼룩덜룩한 야생 들개가 도로에 나타나서 무의식중에 브레이크를 밟은 것이다. 운전을 해본 사람이라면 익히 경험하는 것이지만, 느닷없이 동물이 나타나면 저절로 브레이크를 밟게 되어 있었다. 반사행동인 것이다.

"하이고, 뒤집히진 않은 것만 해도 다행이다."

"차 괜찮을까? 여기 바닥에 굴러다니는 돌이 있던데. 우당탕거렸잖아."

"그러게."

차리가 꺼진 시동을 걸자 시동은 걸렸으나, 차가 나갈 생각은 하지 않고 흔들거렸다. 둘은 급히 내려와서 플래시로 비춰

보니 조수대 뒤쪽 바퀴가 펑크 나서 푹 주저앉았다.

"아이고야, 이거 큰일이다. 시간 없는데."

"스페어로 바꾸자."

"차 뒤 문짝에 달려 있는 타이어?"

"맞아, 어서 타이어 바꾸자."

"응, 그래야지."

이렇게 해서 둘은 아직 깜깜한 밤인데 플래시를 비춰 가면서 타이어 교체를 하고 있었다. 차리가 차를 운전한 지 오래되었지만 이제까지 타이어 교체는 두 번째이다. 펑크 날 일도 없을 텐데, 어디에서 나사못이 박혀서 실구멍이 나 있다가 바람이 빠졌던 것이다. 그때는 보험사에서 정비 차량을 보내 와서 즉시 교체해 주었고, 이번에는 차리가 해야 하는데 어수룩하기 짝이 없다. 아무튼 그동안 봐 왔던 기억을 더듬으며 영미가 도와주는 바람에 쟈키로 차를 띄우고 렌치로 나사를 풀어서 바퀴를 교체하기 시작했다. 그러지 않아도 더운 나라인데 온몸에 땀이 비 오듯 쏟아졌다.

"차리, 저쪽에서 자동차 불빛이 보여"

"어디? 어디?"

"우리 집 쪽에서 그놈들인 것 같아"

"아이구 큰일이다. 어서 배낭 가지고 나와, 일단 피신하자, 플래시 불 꺼."

영미는 펄쩍 뛰다시피 차에 올라 배낭 두 개와 총 가방을 가지고 나왔다.

"일단 배낭 메고 이쪽 사막 둔덕 뒤에 가서 숨자. 놈들이 우릴 발견할지 지나칠지 모르니까."

"응,"

둘은 대답과 동시에 용수철이 튀듯 뛰어올라 옆 사막의 사구 쪽으로 마구 올라갔다. 사구라고 해봐야 높이가 십여 미터밖에 안 되었지만, 그 안에 숨어 있으면 아래에서 위는 안 보인다. 만약에 놈들이 쫓아온다고 해도 도망칠 기회는 있는 것이다.

저 멀리에 희미했던 불빛이 점차 밝아지면서 다가오고 있는데, 노면이 좋지 않아서 차 소리가 요란하였다. 차리와 영미는 사구에 엎드려서 아래를 내려다보고 있었다. 차 바퀴 하나가 없는 상태였다. 터진 타이어를 떼어내고 새 타이어를 끼우려던 참이었다.

놈들은 뭐라고 떠들면서 마구 다가오더니, 옆에 차가 굴러 떨어진 것을 보았는지 못 보았는지 그냥 "쌔앵~"하고 지나쳐 버렸다.

"저놈들이 차를 못 봤나?"

"글쎄, 어서 내려가서 타이어 바꾸자"

둘은 다시 내려와서 타이어를 바꾸고는 시내로 향하였다. 괜히 그놈들과 맞닥뜨릴까보아서 라이트를 끄고는 조금 천천히 갔다.

한편, 스콧 일행은 마음이 조급해지기 시작했다.

"아무래도 시내를 통과해서 국경을 넘어갈 것 같다, 이를 어떻게 하나?"

"우리가 지금 당장 추격하기 어려우니 전화를 해서 친구들에게 부탁하자. 원석을 가지고 튀는 동양인 젊은 남자와 여자가 있다고 말이야."

"와우~ 그거 기발한 생각이다."

친구의 제안에 스콧은 크게 찬성했다.

"이쯤이면 모바일 터질걸?"

"터질 거야. 우리 셋이 친구들에게 연락하고 그 친구들이 또 다른 친구들이 연락하면 금세 퍼져."

"오케이,"

이러면서 세 놈은 모두 모바일을 꺼내 들었다. 운전을 하던 스콧은 전화를 하느라 천천히 가야 했다.

"야, 나다. 스콧이다."

"응? 새벽부터 무슨 일?"

"빅 뉴스다. 지금 동양인 남녀 두 명이 다이아 원석을 가지고 튀었어. 잡아야 해."

"원석이 뛰어다녀?"

"아니, 사파리 차. 동쪽으로 가고 있어, 어서 빨리 다른 친구들 아는 사람들에게 전해. 꼭 잡아야 하니까."

"어엉, 동양인이면 일본인인가?"

"응, 맞아, 일본사람이야."

외딴 이 나라에 중국인은 거의 찾아오지 않고 한국인은 극소
수만 사파리 투어를 위해서 찾아오곤 했고 제일 많이 오는 사
람들이 일본인이었다. 따라서 동양인 하면 일본인으로 알고 있
었던 것이다.

이런 식으로 세 명이 동시에 친구들에게 연락하고 그 친구들
이 또 다른 친구나 일가친척, 아는 지인들에게 연락하니 그 숫
자가 기하급수적으로 증가하게 되었다.

세 명이 세 사람에게 전파하면 9명,

9명 x 3 명 = 27명,

27명 x 3명 = 81명,

81명 x 3명 = 243명,

243 x 3 = 729,

이렇게 기하급수적으로 퍼지니, 모바일 가지고 있는 사람들
은 이제 다 알게 되었다.

그리고 전하는 말도 입에서 입으로 건너가면서 변형되었다.

"사파리 차에 탄 일본 사람이 다이아 원석을 가지고 동쪽으로
도망간다. 잡아라."

"일본 사람이 다이아 원석을 가지고 동쪽으로 도망친다,"

"다이아 원석 가지고 동쪽으로 도망친다."

"원석이 도망친다."

이런 내용이 이삼십 분도 채 안 되어 나하부 시에 다 퍼지게 되었다. 차를 가지고 있는 사람, 오토바이를 탄 사람, 자전거를 탄 사람, 맨몸으로 뛰는 사람들이 일제히 동쪽으로 몰려가기 시작했다.

누구든지 잡기만 하면 왕대박이었으니까. 사람들이 이렇게 날뛰니, 허술하게 고삐를 매어 놓았던 당나귀들도 일제히 동쪽으로 뛰었고, 길가에서 한가롭게 놀던 개들까지 합세하여 동쪽으로 내달아 뛰기 시작했다.

"당돌아, 어디로 뛰어가니?"

당나귀 암놈이 수놈에게 물었다.

"사람들이 막 도망가잖아. 저 뒤에 무시무시한 괴물이 쫓아오나 봐, 어서 도망쳐."

"그래? 아이구, 무섭다."

이러면서 "히이잉~ 힝힝!"하고 동료 당나귀들에게 경고 울음을 보냈다. 이러니 근처에 있던 당나귀들도 깜짝 놀라면서 앞으로 마구 뛰었고, 점차 더 멀리 있던 당나귀들도 합세하여 마구 뛰어 달아나기 시작한 것이다.

"저 뒤에 무시무시한 괴물이 온다. 빨리 도망쳐!"

개들은 "멍멍멍!"거리면서 이렇게 전달하니, 길에서 한가롭게 자거나 놀던 개들이 불에 덴 듯 깜짝 놀라서 마구 뛰었고, 덩달아 잠을 자던 고양이들도 '냐옹~ 냐옹~'거리면서 내달렸다.

"얘들아~ 지금 땅에서 난리 났다. 사람하고 동물들이 마구 도망쳐."

"왜?"

"몰라, 괴물이 나타났나 봐,"

"뭐어? 그럼 우리도 도망쳐야지"

날아다니는 새들도 이런 대화를 하면서 크고 작은 온갖 잡새들이 일제히 동쪽으로 날아가기 시작했다.

차리와 영미가 천신만고 끝에 나하부 시내에 들어서니, 이렇게 많은 사람들이 우왕좌왕하며 마구 내달리고 있어 아직 영문도 모르는 둘은 어안이 벙벙해졌다, 빨리 가야하는데, 앞길이 다 막히다시피 하여 차가 전진하기 어려웠다,

참다못한 차리가 창문을 조금 내리고 옆에 오토바이를 탄 남자에게 물었다.

"지금 다들 어디로 가는 거요?"

"다이아 원석이 도망친다고 하여 잡으러 가요."

"누가?"

"몰라요. 사람이겠죠."

새까만 원주민이 히죽이 웃어 보이며 답변했다, 그런데 그

오토바이를 탄 사람이 차리를 얼핏 보니 새까만 것이 아프리카 사람으로 보였다, 차리와 영미가 얼굴에 위장크림을 발랐으니 영락없이 원주민과 같은 모습이었다.

"하이구야. 우리를 쫓는 거래, 난리 통이네."

"뭐라구? 우릴 잡으러 저 많은 사람들이 나선 거야?"

"응. 옆에 오토바이 친구가 그러는데, 우리 얼굴이 까마니까 여기 사람인줄 아나봐."

"천만다행이네. 위장 크림 안 발랐으면 그냥 잡혔네. 그런데 어떻게 여길 빠져나가?

아무나에게 붙잡힐 것 같아. "

영미가 울먹이는 목소리로 물었다.

"너무 걱정 마, 만약을 위해서 복선을 깔아 놓았으니."

"무슨 복선?"

"생존을 위한 복선이지."

"그런 것도 있나? 죽기 아니면 살기지."

"맞아, 살아남으니까 걱정 말라구."

차리는 영미를 안심시키면서 차와 사람들을 비집고 조금씩 앞으로 나아가더니, 어느 길에 들어서서는 옆 골목으로 들어갔다. 겨우 차 한 대가 오갈 수 있는 길이었지만, 차리는 거침없이 달렸다. 그렇게 골목을 몇 개 돌고 돌아서니 넓은 마당 같은 공터가 나타났다.

"영미, 빨리 배낭 메고 내려."

차리는 배낭을 메고 내리면서 총 가방도 번쩍 들었다.

"엉? 여기가 어딘데?"

영미가 놀라서 다급하게 물었으나, 차리는 대답을 하지 않고 차고처럼 생긴 허름한 집 앞에 섰다. 양쪽 나무 문짝에 자물쇠가 걸려 있었지만, 차리는 자물쇠를 열 생각도 하지 않고 뛰던 걸음으로 문을 발로 힘껏 차니 문짝이 부서지면서 열렸다.

차리는 부서진 문을 열어 제끼니, 그 안에 모래색의 짚차가 세워져 있었다.

"저 차에 있는 부식 박스와 생수를 이 차에 빨리 옮겨!"

"알았어."

눈치를 챈 영미가 급히 박스를 옮겼고, 차리 역시 박스와 생수, 총 가방을 옮겼다.

"어서 타자. 이걸 타야 빨리 가."

"이게 무슨 차야. 우리 꺼야?"

"응, 어서 타."

차리는 마치 추격 신이 나오는 영화를 보듯 운전대에 올랐고, 영미도 같이 올랐다. 이 차는 지붕까지 있는 짚차였다. 뒤를 얼핏 보니 스페어 연료통이 보이고 큰 박스가 보였다.

차리는 조금 작은 차를 운전하니 아까보다 훨씬 빠르게 골목길을 빠져나왔다. 잠시 차량과 인파 속에 섞였다가 다시 오른쪽 골목길로 들어서서 지그재그로 달리다가 어느 한적한 길로 접어들었다. 비포장 길인데 예전부터 있었던 길로 사람이나 차들의 왕래가 거의 없는 곳이었다. 그러는 사이 차리는 차량의 내비게이션을 켜는 거친 도로를 마구 내달렸다. 차 안에 있던 차리와 영미는 말 탄 기분이었다.

그렇게 한 시간도 넘게 가서야 차리가 마음이 다소 놓였는지 크게 심호흡을 했다. 여기에선 나하부가 보이지도 않고 인적도 끊겼다. 가도 가도 준사막이었다. 그러니까 서쪽의 사막은 순 모래 사막이라면, 여긴 어쩌다 작은 나무와 풀이 보이는 준사막으로, 군데군데 돌들도 보였다.

"하이구야, 살았다."

"와~ 오빠 진짜 짱이다. 난 무슨 영화의 한 장면을 보는 줄 알았어. 언제 차를 준비했어?"

"그거, 처음에 원석 팔았을 때 갑자기 생각이 나더라구, 여긴 공항이 하나뿐이고 항공기 사정이 안 좋잖아, 결항도 많고, 그런데 우리가 갑자기 무슨 일이 생겨서 탈출해야 한다면 차가 있어야지, 사파리 차는 속도를 제대로 못 내잖아, 그래서 카센터에 부탁해서 짚차를 사고 여기 빈 창고를 빌렸어. 그리곤 휘발유, 비상식량, 생존 도구 등을 사서 놔둔 거야."

"와아~ 그랬어? 오빠 아니었으면 우린 잡혀서 죽었겠네."

"아마 그럴걸."

"아무튼 대단한 오빠야."

한 시름을 덜은 차리는 최 사장님에게 문자를 보냈다.

"한밤중에 총 든 강도가 들어서 겨우 목숨만 부지한 채 도망치고 있습니다. 안전하게 피신하면 연락드리겠습니다. ○○골목 공터에 제 차가 주차되어 있으니, 사장님께서 처분하세요. 열쇠는 운전석 방석 아래에 있습니다."

이 문자를 본 최 사장은 안타까워했다.

"무슨 일인가? 외국인이 돈푼깨나 있어 보이니까 어떤 놈들이 덤벼든 모양이네. 목숨만이라도 부지한 채 도피 중이라니 다행이다."

이렇게 중얼거렸다.

그리고 김 목사님에게도 문자를 보냈다.

"한밤중에 총 든 강도가 들어서 겨우 목숨만을 부지한 채 도망치고 있습니다. 안전하게 피신하면 연락드리겠습니다. 창고집 캐비닛에 약품이 있습니다. 캐비닛 열려 있으니 시간 되면 가져가세요."

김 목사님도 하늘이 꺼질 듯 한숨을 쉬면서 안타까워했다.

이러는 한편, 도시는 대혼란에 빠져 있었다.

온갖 차, 오토바이. 자전거, 뛰는 사람들, 당나귀, 개, 고양이들까지 나서서 몰려다니고 있었던 것이다. 다이아몬드 원석이라는 돈의 힘이 이들을 움직인 것이다.

　이때,
　스타 쥬얼리 샵, 여긴 차리가 원석을 판 곳이다. 첫 번째는 잘 사주었고, 두 번째는 알고 있는 강도(스콧)를 시켜 돈을 회수하고 원석의 출처를 알아오라고 지시한 곳이다. 이곳은 주변의 다른 쥬얼리 샵보다 조금 큰 곳으로, 흑인 사장과 흑인 남자 직원 한 명이 있었다.

　거리가 이렇게 대혼란에 빠지자 흑인 남자 직원이 오토바이를 타고 오다가 동쪽으로 추격을 시작했다. 샵 문을 열어야 하는 시간에 그쪽으로 간 것이다. 샵 사장은 영문도 모른 채, 이것이 어제 오후에 자기가 벌인 일의 결과인지도 모른 채, 사람들이 원석을 가지고 도망가는 일본인을 쫓아간다니까 그런가 보다 하고 생각하고 있었다.
　그러다가 문을 열고 잠시 안에 들어와 있었는데, 밖이 하도 어수선하니까 문을 잠그지도 않고 위쪽으로 얼마간 따라가 보았다. 이 사람이 이런 행동을 보인 것인 당연히 가게에 직원이 있는 줄 알았던 것이다. 그러나 지금은 직원이 출근하지 않고 원석을 찾으러 마구 돌아다니고 있는 중이다.

　쥬얼리 샵 아래에는 옷가게가 하나 있었는데, 약 석 달 전부터 키가 껑충한 허름한 걸인이 그 앞에서 구걸하고 있었다. 그는 마사이 족처럼 어깨가 좁고 갸름한 몸매에 얼굴도 약간 길쭉했다. 처음에 나타났을 때부터 벙거지를 쓰고 낚시 의자 같은 휴대용 의자를 들고 왔으며, 자리에 앉아 또 다른 벙거지를 앞에 놓고 있었다. 머리에 쓴 벙거지를 깊게 눌러쓴 탓에 얼굴을 알아보기 어려웠다. 그리고는 사람이 지나가는 기척이 나기만 하면 두 손을 모으고 고개를 숙이면서 "원 달러, 원 달러."만을 반복하고 있었다. 그러다가 마음씨 좋은 사람을 만나면 원 달러라도 얻게 되는 것이다. 이런 걸인이 큰길마다 두세 명이 있기에 아무도 신경 쓰지 않고 있었다.

그런데 이날, 스타 쥬얼리 샵의 주인은 문을 잠그지 않은 채 밖으로 나와 저편으로 가는 것을 보았다. 걸인은 아직 직원이 출근하지 않은 것도 알고 있었다. 그는 냉큼 일어나 큰 걸음으로 샵으로 들어가더니 품 안에서 접는 가방을 꺼내어 디스플레이 된 귀금속을 큰손으로 마구 쓸어 담았다. 잠겨 있는 금고는 거들떠보지도 않았다.

잠겨 있는 진열장은 작은 망치로 내리쳐서 유리를 깨고 마구 쓸어 담았다. 그 시간이 모두 합해서 1분도 채 안되었을 것이다. 걸인은 그렇게 가방에 다 쓸어 담고는 인파 속에 어울려 몇 걸음 가다가, 이내 작은 골목길로 들어서 홀연히 사라졌다.

사실 그는 몇 달 동안 쥬얼리 샵의 허점을 노리고 있었고, 오늘 운이 따라준 것이다. 결국, 샵 주인은 강도를 사주해 얻은 돈보다 몇 배, 아니 열 배나 되는 귀금속을 단 1분 만에 털렸다. 게다가, 차리에게서 산 다이아 원석도 그 속에 포함되어 있었다.

한편,
스콧은 차들을 비집고 동쪽으로 향했다. 드디어 도시를 벗어나게 되었지만, 많은 사람이 도시 끝까지 따라왔음에도 불구하고 아무것도 찾지 못한 채 우왕좌왕하고 있었다. 몇몇 차량은 여전히 동쪽을 향해 가고 있었다.

스콧은 미친 듯이 차를 몰아서 얼마를 갔더니 저 앞에 사파리 차가 한 대 가고 있었다. 스콧이 가서 보니 백인 노부부를 태운 사파리차이고 운전사도 알고 있는 하미시(Hamisi)였다.

"야, 하미시, 네 앞으로 간 차 못 봤어? 사파리 차?"
"아니, 우리가 제일 먼저 출발했을 걸, 아침 해가 뜰 무렵에 출발했어."
"응, 그렇구나, 알았어, 잘 다녀와."
"왜? 무슨 일이야?"
"아니, 뭐 별거 아냐."
스콧은 급히 차를 몰아 되짚어 오기 시작했다.

"우리가 오판했다. 그놈은 여기가 아니라 쫓아오기 어려운 사막으로 갔을 거야. 사막으로 가서 어디론가로 갔다가 국경을 넘어서 비행기를 타겠지, 여기 나하부 공항으로는 안와.

"그런 모양이다. 사막으로 다시 가보자."

이러면서 또다시 전화를 돌리기 시작했다. 이러니 얼마 후에는 수많은 사람들이 사막 쪽으로 몰렸고, 수십 대의 차량들이 사막 길로 들어섰다. 그들은 정신을 차리지 못하고 가다가 연료가 부족하여 차가 서기도 하고, 일부는 돌아오기도 하였다, 욕심이 앞선 스콧도 사막으로 가고 또 가다가 연료가 떨어져서 멈춰서고 말았다.

그들이 어찌 되었든 간에 차리와 영미는 교대로 운전을 하면서 남쪽으로 내려갔다.

거긴 초원 지역이어서 얼룩말, 누우, 임팔라, 개코 원숭이등의 동물들도 볼 수 있었다.

차를 세워놓을 수가 없었기에 점심으로 생라면과 참치 캔으로 번갈아 가면서 요기를 해야 했다.

한편,

엉클이 풀어준 타조들은 영문도 모르는 채 엉덩이를 세게 얻어맞고 무작정 사막으로 내달렸다. 그렇게 십여 킬로미터를 넘게 뛰어간 뒤, 대장인 칠수를 따라 이곳저곳을 배회했지만, 곧 배고픔을 참을 수 없었다. 이 타조들은 태어날 때부터 사람 손에서 자라며 길러졌기에, 야생에서 먹이를 찾는 법을 몰랐다. 오직 사람이 주는 먹이만 받아먹고 살아왔던 터라, 칠수는 다시 사람들을 찾아 나서기로 했다. 그렇게 두리번거리던 중, 멀리 사람들이 사는 마을을 발견하고 무리를 이끌고 그곳으로 향했다. 하지만 그들은 타조를 키워본 적이 없는 원주민들이었다.

"야아! 타조가 나타났다!"
제일 먼저 타조를 발견한 사람이 크게 소리치고 이어서 마을 사람들이 땅에서 솟아나듯 불쑥불쑥 나타나, 각자 한 마리씩 차지했다.
"웬 야생 타조가 여길 찾아왔지? 횡재다! 다이아몬드 원석이 뱃속에 그득할지도 몰라."
사람들은 이구동성으로 떠들며, 즉시 타조를 죽여서 뱃속을 확인했다. 하지만 뱃속에 원석은 단 한 개도 없었다. 이미 차리가 뱃속을 내시경으로 확인해가면서 주워 먹었던 원석을 모두 꺼내어 비어있기 때문이다.

그제야 한 사람이 타조의 목을 가리키며 말했다.

"이건 야생 타조가 아니야. 봐, 목에 숫자가 적혀 있잖아. 어느 타조 농장에서 도망친 거다. 이걸 우리가 모두 죽였으니 흔적을 남겨서는 안 돼"

그러자 마을 사람들은 그 즉시로 타조를 해체해 타조고기를 구워 먹고 익혀 먹었다. 남는 고기는 높은 곳에 매달아 말릴 준비를 했다. 뼈와 깃털도 모두 추려서 마을에서 한참 떨어진 곳에 구덩이를 파서 묻었다. 이렇게 해서, 여덟 마리의 타조는 순식간에 흔적도 없이 사라지고 말았다.

염소들도 쫓아내긴 했지만 그리 멀리 가지 않고 마을 근처에서 뱅뱅 돌다가 사람들에게 발견되어 발견한 사람의 염소 우리로 들어가게 되었다. 이래서 염소 다섯 마리는 모두 목숨을 보전하였다.

차리와 영미는 밤을 새워서 운전을 하고 낮이 되어서도 교대로 운전을 하고, 또 밤이 되었다. 아무리 교대로 운전한다 해도, 한밤중이 되자 극도의 피로가 몰려와 더 이상 견딜 수가 없었다.

"아이구, 너무 힘들다. 잠시 눈을 붙이고 가야겠어."

"이만큼 왔으니 안심이야. 잠시라고 쉬었다가 가. 너무 피곤하면 자칫하다가 사고 날 수도 있어."

"맞아. 여기서 잠시 쉬었다 가자."

이렇게 해서 차리는 차를 세우고 잠시 눈을 붙이는데 너무 피곤하여 둘 다 깜박 깊은 잠이 들었다.

"끼끼끼끼, 끼깅, 끼잉!"
"끼끼끼끼, 끼깅, 끼잉!"

차리와 영미는 끼깅대는 소리에 놀라 잠에서 깨어났다. 차 밖을 내다보니, 십여 마리 이상의 하이에나들이 차를 에워싸고 서성이면서 당장이라도 덮칠 듯한 기세였다. 하이에나는 실제로 보면 큰 개보다 훨씬 크다. 세퍼드 보다 더 크고 이빨이 무섭게 나 있어서 오금이 저릴 정도로 두렵다.

"아이고야, 또 하이에나네. 이 나라엔 하이에나밖에 없나?"
"하이에나가 아닌 것 같아."

차리가 답변했다.

"왜? 영락없이 하이에나구면."
"아냐, 체구도 작은 게 큰 개만하고, 엉덩이가 저렇게 올라가 있으면 들개야."

"그래? 하이에나는 어떻게 생겼는데?"
"생김새는 비슷한데 들개보다 체구가 더 크고, 엉덩이가 좀 쳐져 있어. 저건 틀림없이 들개야. 하지만 습성은 하이에나와 비슷해."

"아이구야, 하이에나 떼든 들개 떼든, 이러다 죽는 거 아냐?"

"아이참, 너무 비관적으로 생각하지 마. 사자가 떼거지로 몰려든 것도 아니고, 하늘이 무너져도 솟아날 구멍이 있다잖아. 냉철하게 생각해 봐."

둘은 무섭고 걱정스러워 안절부절못했다. 지금 차 안에 있으니까 그나마 안전하긴 한데, 저놈들이 금세라도 달려들 것만 같았다.

"아이, 무서워 죽겠네. 하이에나건 들개건 냄새 맡고 먹이 찾아다닌다는데. 여길 왜 와?"

"여기에 먹이 냄새가 나니까 온 거야."

"박스에 들어있는 것들 다 포장되었잖아, 아무리 냄새를 잘 맡아도 포장된 음식에서는 냄새가 안 날 텐데."

영미는 울상이 되어서 말을 했다.

"포장 안 된 음식이 있잖아."

"어디? 생고기를 가져왔나?"

"아니, 쟤들에겐 우리가 포장 안 되어 냄새나는 음식이야."

"뭐라구? 우릴 잡아먹으러 온 거라구?"

"그럼, 당근이지."

"총을 쏘면 다 도망간다고 했잖아. 어서 총을 쏴."

"안 돼. 여기서 총을 쏘면 자칫하다가 우리 위치가 노출돼. 지금 우리 뒤에 어떤 놈들이 쫓아올지도 모르는데, '나 여기 있소.' 하고 알려주는 격이야."

"엄마나, 그러네, 아이구 무서워, 어떻게 하나? 그냥 차 몰고 달려보자."

"일단 해 봐야지, 근데, 저놈들이 쫓아올 거야."

차리는 조심스럽게 시동을 걸어서 차를 출발시켰다. 들개 떼는 차가 이동하려고 하자 미친 듯이 끼끼대면서 마구 뛰어오르기 시작했다. 지붕에도 올라가고 본 네트에도 두 마리나 올라가서 흰 이빨을 드러내면서 발로 유리창을 박박 긁어대었다.

"아이구, 무서워, 계속 쫓아오겠어."

"안 되겠다. 뭔가 던져서 따돌려야 해. 이러다가 유리창이라도 깨지면 끝장이야."

"그래 맞아, 뭔가 줘서 따돌려."

"라면을 뜯어서 줄까?"

차리가 먼저 제안했다.

"들개나 하이에나가 육식동물인데 라면을 먹겠어? 안 먹어, 고기 종류를 줘야지."

"그러네, 지금 고기라고는 참치 캔뿐인데, 이거 가지고는 어림도 없을 텐데. 오히려 더 발악할거야. 내 놓으라고."

"아이구야, 진퇴양난이네, 그럼 이렇게 하면 어떨까, 참치캔을 뜯어서 라면에 골고루 묻혀, 그러면 라면 전체에 고기 냄새가 날거야. 그렇게 라면 몇 개라도 던지면 그거 먹느라고 주춤할 테니 그때 총알 같은 속도로 튀어나가면 돼."

"아하, 그거 좋은 묘안이네. 어서 그럼 뒷좌석으로 가서 라면에다 참치를 묻혀."

들개들은 여전히 지랄 발광을 하고 있었다. 영미는 능숙한 손놀림으로 참치 캔을 따고 넙죽한 라면 위에 골고루 묻혔다. 라면 하나당 참치 캔 한 개씩.

"양쪽 창문을 동시에 조금만 열고 두 개씩 던지자. 내가 이쪽으로 두 개 던질게."

"응,"

영미가 다시 앞으로 왔다. 차리는 잠시 동태를 살피다가 "지금 던져!"라고 말했다.

이와 동시에 양쪽 창문을 조금 열고는 라면 두 개씩을 던졌다. 참치에서 퍼져 나오는 고기 냄새에 놈들이 일제히 달려들었다. 그 틈을 놓치지 않고, 차리는 힘껏 액셀을 밟았다.

"뿌우우웅~"

차는 튕겨져 나가듯 질주하기 시작했다. 마치 카레이스 경주를 하듯, 맹렬한 속도로 내달렸다. 백미러를 흘끗 보니, 십여 마리의 들개들이 라면을 둘러싸서 뜯어먹고 있었다

"하이구야, 살았다! 이래서 야생이 무섭다는 거야."

"십 년 감수했네. 아이휴, 까딱하다가 진짜 죽을 뻔 했어."

차리는 안도의 한숨을 내쉬었고, 영미도 맞장구쳤다.

하지만 이 위기가 끝이 아니었다.

차리와 영미의 도피는 여전히 순탄치 않았다.

차리가 그렇게 얼마동안 무작정 달리다가 영미와 교대하여 운전을 하는데, 문득 룸미러를 보니까 아주 멀리서 차 두 대가 마구 달려오고 있었다.

"오빠, 누가 우릴 따라오는 거 같아. 뒤를 봐

"아이구야, 여기까지."

차리는 비몽사몽간에 있다가 정신이 번쩍 들면서 고개를 들어서 뒤를 돌아다보았다. 분명 차 두 대가 빠른 속도로 다가오고 있는데 상향 전조등을 켰다껏다 하고 있었다. 정지하라는 뜻이다.

"아이고, 여기 외길인데, 큰일이다."

차리는 상황을 더 정확히 파악하려고 창문을 열고 고개를 빼서 뒤를 보았다. 그 순간, "탕! 탕!" 총성이 울렸다. 놈들은 이미 총을 쏘고 있었지만, 비포장도로에서 차 소리에 묻혀 듣지 못하고 있었던 것이다.

"아이고 엄마야, 총을 쏘잖아! 우리도 총을 쏘아야 하는 거 아냐?"

영미가 다급하게 물었다.

"안 돼! 총격전이 벌어지면 우리가 죽어. 이건 영화가 아니라 실전이야."

"그럼 어떻게 해?"

"따돌려야지."

차리는 총가방에서 뭔가를 꺼냈다. 야시경이었다.

"영미야, 라이트 끄고 운전해. 브레이크도 절대 밟지 마, 브레이크를 밟으면 차 뒤의 브레이크 등이 켜져서 위치가 바로 들킬 거야. 대신 속도를 조금 줄이고 길을 따라 일단 가."

차리는 급히 지시를 하고는 영미의 얼굴에 야시경을 씌워주었다. 헤드라이트만큼 밝진 않았지만, 앞길이 훤히 보였다.

"야시경이네, 이제 보여. 어떻게 해? 외길이라면서."

"사오십 분만 가면 국경이 나올 텐데. 큰일이다."

"숨을까? 지난번도 그냥 지나쳤잖아. 타이어 펑크 났을 때처럼 길가 도랑에 처박혀서."

"맞아, 따돌려야 해, 난 잘 안보이니까, 적당히 숨어 있을 만한 움푹 파인 곳이나 둔덕 뒤로 가."

"알았어, 저기 삼거리야? 어디로 가?"

"오른쪽으로."

"응."

영미는 완전히 여자 람보가 되어 거침없이 차를 몰았다. 차 안에서 우당탕 쿵탕 요란한 소리가 났다. 그리고 드디어 적당한 둔덕을 발견한 영미는 그대로 돌진하여 둔덕을 넘어 엔진을 껐다.

뒤에 쫓아오는 놈은 스콧이 아니다. 그놈은 사막에서 연료가 떨어져서 오도 가도 못하게 되자, 다른 친구에게 연락해서 서쪽 사막이 아니라 남쪽에 오래된 비포장 옛길이 있으니 그리로 가라고 시킨 것이다. 그렇게 네놈이 두 대의 차에 나눠 타고 이동하다가, 그 길에 진입해보니 얼마 전에 차가 지나간 바퀴 자국을 발견하고는 그대로 추격을 시작했다. 이제 놈들은 바로 앞에 가는 차리의 차를 세우기만 하면 되는 것이다. 그런데 갑자기 시야에서 사라진 것이다.

"어어~ 이것들이 벌써 내뺐었나?"

놈들은 그렇게 생각하면서 얼마간을 미친 듯이 달리다가 길바닥을 보니 차가 지나간 흔적도 없다. 바퀴 자국이 전혀 없는 것이다. 그놈들은 "그렇다면 이것들이 도중에 다른 길로 샜구나." 하고 생각하고는 도중에 삼거리 길이 있었다는 것을 기억하고 유턴하여 뒤로 돌아섰다. 그리곤 또 과속을 하면서 가는데 얼마 후에는 차리가 숨어있는 둔덕을 지나쳤다. 아직 해가 떠오르지 않아서 캄캄하다.

그들이 아주 멀리 가서 불빛이 눈에 보이지 않자, 영미는 차를 서서히 움직여서 길이 아닌 곳으로 잠시 운행하다가 도로에 올라섰고, 이번에는 차리가 야시경을 머리에 쓰고 운전대를 잡고는 국경을 향하여 질주하였다.

그놈들은 삼거리에 가서 또 다른 길을 보니 거기에도 차가 지나간 흔적이 없었다.

이러니 다시 차를 돌려서 아까 왔던 길로 내달았다. 이번엔 속도를 줄여서 유심히 길바닥을 살피면서 차리의 차를 찾기 시작한 것이다. 차가 둔덕으로 올라갔다가 다시 내려온 흔적을 발견했고, 길에 들어선 차가 국경 쪽으로 향한 것을 발견했다.

"이제 찾았다! 이놈들이 여기에 숨어 있다가 내뺀 거야."
놈들은 확신에 차서 큰소리로 떠들며 웃었다. 마치 이미 승리한 것처럼 기분에 취해 있었다.

한편, 차리는 국경 쪽으로 가는데 또 뒤에서 놈들이 추격해 오고 있었다. 차리는 다시 둔덕을 찾아서 그 둔덕 너머로 차를 몰고 그 너머로 이동한 뒤, 엔진을 멈추었다. 놈들은 이제 차 불빛이 전혀 없으니까 바퀴자국만을 보면서 따라오고 있었다.

"안 되겠어. 위협을 주던지, 총을 쏴야겠어. 안 그러면 우리가 죽어."
"사람을 죽이겠다는 거야?"
"죽이지는 않더라도 위협을 줘서 쫓아내야 해. 가만히 있다간 우리가 총에 맞아 죽을 거라고! 아까 놈들이 총 쏘는 거 봤잖아."
"아이고, 무섭다. 영화가 아니라 실전이네. 무서워."
"걱정 마. 우리에겐 야시경이 있으니까."
차리는 재빨리 총을 들고 둔덕 위로 올라갔다. 야시경을 머리에 쓰고 '엎드려 쏴' 자세를 취했다. 놈들이 탄 차 두 대는 이미 둔덕 아래까지 도착해 있었다. 놈들은 바퀴자국을 따라가며 뭐라고 떠들고 있었다.

놈들은 차에서 내려 총을 들고 둔덕을 오르려 했다. 이때 차리는 조준 사격으로 놈들의 앞차 타이어를 터트렸더니 '팡!'소리가 나면서 네 놈들은 혼비백산하여 큰 소리로 떠들면서 우왕좌왕하기 시작했다.

차리는 야시경 덕분에 훤히 볼 수 있었지만, 놈들은 별빛만으로는 시야가 확보되지 않아 허둥댔다. 그러더니 패닉 상태에서 아무 곳에나 "탕! 탕! 탕!" 총을 난사하기 시작했다. 이에 차리는 놈들에게 겁을 줄 요량으로 허공에 대고 연발사격을 했다.

"드르르륵~"하는 소리가 밤하늘의 정적을 깼다. 놈들은 이에 크게 놀라서 땅바닥에 일제히 엎드리고는 큰소리로 뭐라 뭐라 떠들고 있었다.

차리는 이번에는 조준 사격으로 앞차의 연료통을 맞추니 "펑~"하고 소리가 나며 폭발음과 함께 차량이 불길에 휩싸였다. 영화에서 보던 광경이었지만, 실전에서도 똑같았다. 놈들은 기겁하며 비명을 지르더니, 남은 차량에 황급히 올라탔다. 그리고 겁에 질린 채 오던 길로 되돌아가며 줄행랑을 쳤다.

이렇게 해서 놈들을 물리쳤다. 영미는 차리의 사격솜씨에 크게 감탄하며, 나를 또 한 번 살려준 은인이라고 추켜세웠다.

"근데, 국경 넘을 때 총은 어떻게 하나?"

영미가 근심 어린 목소리로 물었다.

"국경 넘기 전에 버려야지, 국경을 넘으면 이런 일 없을 거야."

"그랬으면 좋겠어. 지나고 보니까 영화의 한 장면 같지만, 아까는 진짜 죽을 것 같아서 심장이 덜컥덜컥하더라."

"나도 막 떨려서 간신히 진정하면서 쏘았어. 아 진짜 내가 독했으면 그놈들 머리도 명중시키는 건데 차마 사람은 못 쏘겠더라고,"

"잘했어. 진짜 잘했어. 인명 피해 없이 놈들을 물리쳤으니."

차리와 영미는 안도의 숨을 내쉬며 국경을 향해 나아갔다. 이제 얼마 가지 않으면 국경이 나올 텐데, 차리와 영미는 긴장이 풀리면서 극심한 피로가 몰아쳤다.

"아이고, 죽을 것 같다. 어차피 지금 국경에 가도 근무 시작 안 할 테니 여기에서 조금 쉬었다가 해가 뜨면 가야겠어."

"그래, 나도 피곤해서 죽을 맛이야."

둘은 그런 말과 동시에 잠에 빠져들었다. 얼마 후에 햇살이 났을 때 눈을 떴다.

"지금 가면 국경 열렸을 거야, 어서 가자.

"응."

차리가 운전을 하며 국경을 향해 가는데, 저 멀리 엉성하게 지어진 건물이 눈에 들어왔다. 겉으로 보기엔 '저게 국경에 있는 출입국 사무실인가, 아니면 그냥 허름한 창고인가?'라는 생각이 들 정도였다. 겉보기엔 너무 초라해서 의심스러웠지만, 가까이 가보니 그곳이 출입국 사무실이 맞았다.

건물 앞에는 군복을 입은 사람이 단 두 명 서 있었다. 이곳은 왕래하는 사람이 거의 없어, 절차도 매우 단순했다. 차리는 여권 두 장을 보여주면서 100달러를 주니까 "오케이"라고 말하면서 스탬프를 찍어주었다. 그런데 그 옆에 있던 군인도 자기도 100달러를 달라고 하기에 어쩔 수 없이 100달러를 더 건넸다. 자세히 살펴보니 두 명의 군인은 복장이 달랐다. 한 명은 출국 담당, 한 명은 입국 담당이었지만, 스탬프는 한 사람이 전부 찍었다. 세상에서 제일 간소한 출입국이었다. 국경을 넘었지만, 여전히 주변은 준사막 지대였다. 달리고 또 달려야 했다.

그날 오후 3시경,

느닷없이 강이 나타났다. 다리는 끊어져 있고 교각만 남아 있었다. 상판은 큰물에 떠내려간 모양이다.

"어라~ 다리가 떠내려갔네."

"옴마나, 이제 어디로 가나? 되돌아가야 하나?"

"어허, 이이거 완전 낭패다."

차리는 크게 실망을 하고 노트북을 켜서 구글 지도를 보니 가까운 곳엔 다리가 없었다. 하류로 내려갈수록 강폭이 점점 넓어졌고, 다리를 찾으려면 적어도 하루는 꼬박 내려가야 했다.

"아이구야, 이만큼이나 내려왔는데 큰일이다, 여기서 북동쪽으로 올라가서 빅토리아 폭포에 있는 다리를 건너야겠어."

"그렇게 가면 많이 먼가?"

"위로 돌아가니까 더 멀긴 한데 어쩔 수 없어. 아직 연료는 충분하니까. 그리고 작은 도시에 도착하면 연료 보충해야 돼."

"어쩔 수 없네. 교대로 운전하면서 가자."

이렇게 해서 차리와 영미는 교대로 운전을 하기 시작했다. 이곳은 도로라고 부르기 민망할 정도로 험난한 맨땅이었다. 차는 울퉁불퉁한 길 위를 마치 말처럼 뛰어다녔다. 속도는 더디기만 했고, 어느덧 한낮이 지나며 하늘이 붉게 물들기 시작했다.

"오빠, 저쪽에 원주민 집들이 보여."

차리는 눈을 감았다 떴다 하면서 비몽사몽간에 있었는데 영미가 집이 보인다고 말했다.

"어디?"

"저기, 2시 방향."

"으응, 그러네."

"오늘 저기 가서 하룻밤 자야겠어. 사막에서 자다가 또 하이에나 나타나면 어떻게 해?"

"그러자, 가보자."

둘은 곧바로 원주민 마을로 향했다. 그런데, 마을에 도착했
지만 인기척이 없었다. 조용한 마을에서 사람들은 보이지 않았
다.

잠시 후, 차 소리에 반응한 듯 흑인 할아버지와 할머니가 모
습을 드러냈다.

차리와 영미는 반갑게 인사를 하면서 몇 마디 대화를 시도했
지만, 여긴 츠브야 마을보다 더 오지라 그런지 영어를 전혀 알
아듣지 못했다. 이에 영미는 그동안 익혔던 몇 마디 원주민 말
과 보디랭귀지로 대화를 시도했다.

노부부는 한국 나이로 칠팔십 세 정도로 보였지만, 이곳에서
는 오십 대 전후였다. 노부부가 말하길, 예전에 이십여 가구까
지 살았는데 지금은 다 도시로 가고 자기들만 남았다고 한다.
생계는 옥수수 농사와 고기잡이로 이어가고 있었고, 자식들도
모두 도시로 가 호텔에서 일하거나 심부름을 하며 생활하고 있
다고 했다.

"할아버지, 저희가 여기에서 하룻밤 자고 갈 수 있을까요?"

"잘 수야 있지. 하지만 사람이 살지 않아서 집안이 많이 지저
분할 거요."

"괜찮아요. 사막에서 자는 것 보다야 낫겠지요."

"좋도록 하시구려."

이렇게 승낙을 구한 차리와 영미는 바로 근처의 원주민 집으로 갔다. 입구에 들어서자마자 퀴퀴한 냄새가 풍겨왔지만, 달리 선택지가 없었다. 영미는 짚차에서 깔개와 담요를 꺼내 바닥에 깔고 하룻밤을 보내야 했다.

저녁 식사시간이라 원주민이 옥수수 찐빵 같은 것을 가져다주었다. 차리와 영미는 라면을 끓여서 조금 주니 맵다고 노부부가 펄펄 뛴다. 영미는 웃어가면서 라면을 맹물에 헹궈서 라면만 주었더니 맛있다면서 매우 좋아했다. 이렇게 넷은 잠시 시름을 잊고 웃게 되었다.

다음 날 아침, 일찍 옥수수 빵으로 요기를 하고는 100달러를 건네자 할아버지와 할머니는 머리를 땅에 닿을 듯 숙이며 감사의 인사를 전했다.

점심때쯤, 빗방울이 떨어지기 시작했다.

"어어~ 사막에 비가 오면 행운이라는데, 이게 오는 비인가 가는 비인가?"

"그런 말이 있었어?"

"그럼, 사막에서는 비가 귀하니까 원주민들이 비가 오면 나와서 환호한다고 하잖아."

"그러네."

그치는 비인지 빗방울이 점점 가늘어 지고 하늘은 그냥 파랗게 개었고 구름이 퍼져 있었다.

그렇게 얼마를 달리다 보니, 저 멀리 제법 큰 마을이 보이기 시작했다.

"저기 마을이 보인다! 오늘은 저기에 가서 휘발유도 보충하고 하룻밤 자고 가자. 저긴 식당도 있고, 숙소도 있을 거야."

"맞아, 오빠 말이 맞아. 오늘 밤은 편히 자게 생겼어,"

둘은 크게 만족하면서 잠시 쉬기도 할 겸 용변도 처리해야 해서 멈춰 섰다.

"내가 운전할까?"

"어엉, 그래, 아침부터 운전했더니 허리가 뻐근하네."

곧바로 영미가 운전을 시작했는데, 십여 분도 지나지 않아 앞에 폭이 약 30미터에 이르는 커다란 개울이 나타났다. 상류에는 비가 많이 내린 듯 물살이 흐르고 있었지만, 겉보기에는 그리 깊어 보이지 않았다.

"괜찮을까?"

"건천인데 상류에서 비가 왔나 봐. 이런 건천에 흐르는 물은 금세 빠진다고 하던데. 바닥이 모래와 작은 자갈투성이잖아."

건천(乾川)이란 평소에는 메말라 있다가 폭우가 내릴 때만 물이 흐르는 하천을 말한다. 사막 같은 건조지대에서 흔히 볼 수 있는 하천인 것이다.

"그렇긴 한데… 차가 무사히 건널 수 있을까?"

"액셀을 세게 밟아서 탄력을 받으면 그냥 지나갈 거야."

"정말 그럴까?"

둘은 내려서 확인하지도 않은 채, 오던 속도에서 그대로 가속을 붙여서 개울 속으로 돌진했다.

"부우웅~"

요란한 엔진 소리를 내며 차는 개울을 가로질렀다. 처음에는 순조롭게 나아갔지만 중간 지점에서 바퀴가 헛돌기 시작하더니 더 이상 앞으로 나아가지 않았다.

"옴마나, 오빠 어떻해? 바퀴가 헛돌아!"

"어어~ 이거 큰일이다."

차리는 급히 조수석에서 내려 차를 밀어보려 했다. 물은 무릎 깊이도 채 안되었지만, 바닥이 모래와 자갈뿐이라 바퀴가 헛돌고 있었던 것이다. 차리가 아무리 뒤에서, 옆에서 온 힘을 다해 밀어보았지만, 헛바퀴만 돌고 매캐한 연기만 뿜어져 나왔다.

"아이구야, 반이나 건너왔는데. 로프로 차를 묶어서 건너편 나무에 고정할까?"

차리가 이런 생각을 하는 순간, 차가 들썩 하는 것 같더니만 물에 뜨다시피 떠내려가고 있었다.

"아악! 오빠 차가 떠내려가!"

"어어~ 이러면 안 되는데!"

차리는 당황한 나머지 허둥대며 차를 따라가다가 미끄러져 그대로 물속에 넘어지고 말았다. 이를 본 영미는 비명을 지르며 어떻게든 차가 더 떠내려가지 않게 해야 한다는 생각뿐이었다.

"오빠! 정신 차려! 차리!"

다행히 차리는 곧바로 일어섰지만, 그 사이 차는 20미터 이상 떠내려가고 있었다..

"영미야! 앞 데후 넣고 밟아!"

"뭐라고? 잘 안 들려!"

"데후! 앞 데후를 넣으라고!!"

평소 짚차 같은 사륜구동 차량은 뒷 바퀴(후륜 구동) 만으로 주행한다. 즉, 엔진의 힘이 뒷바퀴에만 전달되는 방식이다. 이럴 때 탈출하려면 앞뒤바퀴 모두 동력이 전달되어야 힘을 받아서 탈출 할 수 있는 것이다. 그래서 오지탐험가들이 사륜구동인 짚차를 선호하는 것이다. 그런데 영미는 한국에 있을 때는 장롱 면허였다가 여기 와서 차 운전을 배웠으니, 구체적으로 사륜구동이니 앞 데후 뒤 데후는 전혀 모르고 있었다.

'데후'는 동력을 전달하는 장치이다. 디퍼런셜(differential: 차동기어)의 일본식 발음으로 일반적으로 데후라고 불린다. 요즘 전륜구동인 승용차는 이런 데후가 없고, 후륜 구동인 승용차나 사륜구동인 차는 데후가 있다.)

"뭐라구? 안 들려!"
"기어 옆에 데후 레버 있잖아!"
차리는 균형을 잡으려 애쓰며 필사적으로 소리를 질렀다. 그러나 그의 목소리는 요란한 엔진 굉음, 헛도는 바퀴 소리, 그리고 거센 물소리에 묻혀 영미에게 닿지 않았다. 영미는 얼굴이 새하얗게 질린 채 패닉 상태로 미친 듯이 액셀을 밟으며 "붕붕"거렸다. 한편, 차리는 포기하지 않고 마구 넘어지고 일어서기를 반복하며 필사적으로 차를 따라잡았다.
"엄마야, 우리 죽겠네."
"아냐 안 죽어, 이 아래에 급류도 없고 폭포도 없어. 그냥 떠내려가다 멈출지도 몰라."
차리는 이런 말을 하면서 영미를 달랬다.
"아냐, 저 아래 봐! 물살이 거칠어! 거기까지 떠내려가면 뒤집힐 거야."
"그래?"
차리가 아래를 내려다보니 그 말이 정말이었다.
"걱정 마! 저쪽으로 가! 내가 운전할게. 차가 가벼워져서 그래."

이에 영미는 엉덩이를 번쩍 들어서 조수석으로 옮겨 갔다.

"그게 무슨 말이야?"

"내가 내리면서 차 무게가 가벼워졌잖아. 그래서 차가 물에 더 쉽게 뜬 거야!"

운전대를 잡은 차리는 전진이 불가능하다고 판단했다. 곧바로 앞·뒷 데후를 모두 활성화한 뒤, 뒤를 보며 천천히 후진을 시작했다. 처음에는 헛바퀴만 돌더니 어느 순간에 바퀴가 땅에 닿는 느낌이 들면서 차가 '부웅~' 하고 뒤로 나가기 시작했다.

차리는 그 틈을 타 가속을 했고, 차는 떠내려가면서 대각선 방향으로 뒤로 후진하여 간신히 평지로 올라섰다.

둘은 기진맥진해서 거의 쓰러질 지경이었다. 차리는 젖은 차를 말려야 한다며 한동안 시동을 켜둔 채, 맨땅에 그대로 드러누웠다. 그들은 거기서 한참을 쉬고 난 후, 결국 다시 유턴하여 어제 잠을 잤던 할아버지 댁으로 가야만 했다.

마을에 도착하자, 할아버지 할머니는 놀라면서도 반갑게 맞아 주었다. 둘은 손짓과 발짓을 섞어 개울에 물이 많아서 못 갔다고 했더니 하루만 지나면 물이 다 빠진다고 내일 가라고 했다. 차리와 영미는 할 수 없이 어젯밤 자던 움막에 들어가서 자고 다음날 아침에 길을 떠났다.

그날 점심때쯤 가보니 물이 많던 그 개울은 여기저기의 작은 웅덩이에 적은양의 물이 고여 있고 다른 곳은 물기만 남아있었다. 밤사이에 모두 다 흘러가버린 것이다.

"하이구 어제 괜히 얕잡아 보았다가 죽을 뻔했네."

"그러게. 그러니까 자연을 절대 얕봐선 안 돼. 결국 인간이 지게 되었어."

그들은 두런두런 이야기를 나누면서 저 멀리 눈에 보이는 작은 도시를 향해 출발했다. 거기에서 차에 연료도 가득 채우고 스페어 통에 휘발유도 넣었다. 작은 도시지만 식당도 있었기에 저녁을 사 먹고 엉성한 호텔에 들어가서 샤워도 하였다. 참으로 며칠 만에 맛보는 달콤한 잠자리였다.

다음 날, 차리와 영미는 다시 올라가서 빅토리아 폭포의 상류를 지나서 다시 우회전을 하고 남쪽으로 향했다.

"저기로 가면 빅토리아 폭포네! 구경하고 가면 안 될까?"

이정표를 발견한 영미가 말했다.

"안 돼, 괜히 여기저기 돌아다니다 또 무슨 사건 터질지 몰라. 일단 요하네스버그로 가서 원석을 환금(換金: 물건을 팔아서 돈으로 바꿈.)하고 귀국하는 게 급선무(急先務)야. 나중에 다시 오자."

"으응, 그래야겠네."

이쯤에서 부터는 아스팔트 포장길이 비교적 잘 되었다. 관광 도로이기 때문에 정부에서 나름대로 관리를 한 탓이다. 이들은 이제 무조건 남쪽으로만 내려가면 되는 것이다. 중간 중간에 도시가 나타나면 거기에서 숙박을 하고 음식을 사 먹으면서 비교적 여유롭게 내려가고 있었다.

20. 600억!

　그들은 특별한 사고 없이 여러 날을 지나 남아프리카 공화국 근처에 왔다.

　"이제 남아공만 입국하면 다 되나?"

　"아냐, 또 다른 시작이야. 원석을 여기서 처분해야지, 세계 최대의 다이아몬드 시장이 여기 남아공이니까, 돈 많은 투자자들도 많다고 얘기 들었어."

　"그랬어? 돈이 많이 도는 곳에는 사기꾼, 강도들도 많을 텐데. 걱정이네."

　"그렇기야 하지, 남아공 하면 또 세계적으로 악명 높은 강력 범죄의 나라니까."

　"아참, 우리 총은 어떻게 해? 지난번에 버린다고 했었는데 아직 가지고 다니잖아."

　"그러게, 사실 가지고 가면 좋을 텐데, 입국 심사 때 걸리면 낭패다."

"아이, 그러면 어서 버려! 만약 총 걸렸다고 다른 짐들 모두 수색하면 어떻게 해? 원석 들키면 다 빼앗길 수도 있어!"

"그래야겠다. 입국해서 필요하면 또 암암리에 사야지, 아마 총을 써야할 일은 없을 거야. 없길 바라야지. 총격전이 벌어지면 끝나는 거야."

"맞아, 혹시 그 나라엔 사설 경호원 같은 건 없을까?"

"아항, 있어, 그 나라에 사설 경비단체, 사설 경호원 있다고 했어. 걔들은 총도 가지고 있다는데, 우리도 그 사람을 고용하면 되겠다."

"호호호, 내가 좋은 해결책을 제시했네."

"인생살이에 세 여자 말을 잘 들으면 순탄하다고 하더니만, 내가 그 짝 났네."

"뭐어? 그런 말이 있었어? 세 여자가 누군데?"

"하하하, 궁금하지? 알려줄까 말까."

"꼭 그러더라, 알쏭달쏭한 무슨 말 툭 던져놓고는 시치미 떼는 게, 아주 이제 이력이 났네."

"하하하, 그럴려구 그런 것은 아니고, 일러줄게. 세 여자란 엄마, 아내, 내비게이션 아가씨야.

이 세 여자 말을 잘 들으면 살아가는데 순탄하다고 했어. "

"호호호, 그런 말이 있었구나. 재미있다. 내비 아가씨말. 호호호."

차리는 남아공 근처에 오자 없던 힘이 나는듯했다. 얼마를 더 가서 왼쪽에 큰 개울이 보이는 곳에 정차를 했다. 그리고선 총을 비롯하여 버려야 할 짐들을 대충 꾸려서 개울 속에 던져 넣었다. 이제 짐 수색을 해도 걸릴 것은 없었다. 몸수색을 하면 몰라도, 하지만 이제껏 국경을 통과하면서 몸수색을 당한적은 없었다. 거기에서 30~40분 정도 주행하자 출입국 관리 사무소가 나타났다.

출국 절차는 간단했지만 입국 심사에서는 차리를 이리저리 살펴보던 심사관이 물었다.

"총 있어요?"

"없습니다. 여기저기 돌아다니면서 여행을 하는 중입니다."

차리는 침착하게 대답했다.

"그래요? 그래도 한 번 짐을 검사해봅시다."

"예."

차리는 뒷문을 열어 보였다. 직원은 짐을 손으로 들춰보더니, 사무실로 가서 심사관과 몇 마디 나눴다. 곧바로 직원은 입국 심사에 통과되었다고 스탬프를 찍어주었다.

이 나라가 이렇게 입국 심사가 까다로운 것은 바로 세계적으로 살인 강도 사건이 많다는 오명을 벗어나기 위하여 나름대로 총기 규제를 하고 있는 중이었다. 하지만 이미 보급된 총은 부지기수였다. 차리와 영미는 크게 안도의 한숨을 내쉬고는 요하네스버그로 향하였고, 마침내 목적지인 요하네스버그에 도착하였다.

차리가 굳이 여기까지 온 이유는 두 가지였다. 첫째는 항공편이고, 둘째는 인터넷에서 알게 된 현지 쥬얼리 샵 운영자를 만나기 위해서였다. 남아공은 세계 최대의 다이아몬드 산지이자, 거래량이 가장 활발한 나라였기 때문이다.

그러나 한 가지 큰 걸림돌은 치안 문제였다. 이 나라는 살인 강도 등 강력 범죄가 빈번하기로 악명 높았다. 그래서 차리는 고급 호텔에 묵으면서 원석을 팔만한 쥬얼리 샵을 은밀히 알아봐야 했다. 물론 일 순위는 인터넷으로 알게 된 현지인으로 이름은 '하심(Hasim)'이었다. 차리는 지난번 배낭여행 때 직접 그를 만나본 적이 있었다.

차리는 시내를 둘러본 뒤, 고급 호텔인 '라티샤(Latisha)호텔'에 투숙했다.
"천신만고 끝에 여기까지 오긴 왔는데, 아직 최종 미션이 남았어."
"원석 말이지?"
"응, 이제 그걸 달러로 바꿔야 해."
"모두 팔면 거액이라면서 그걸 다 달러로 바꾸나?"

"아니, 매매가 되면 그 자리에서 스위스 계좌로 송금할 거야."

"아항, 형부가 만들어준 계좌?"

"맞아, 규모가 큰 쥬얼리 샵을 찾아서 은밀하게 거래해야 돼, 시세보다 훨씬 싸게 내놓으면, 바로 사려는 사람이 나타날 거야."

"아이참, 걱정되네. 지난번 나하부에서처럼 납치 강도는 없을까?"

"그러니 미리 대비를 해야 돼."

"어떻게?"

"이 도시에 사설 경비나 경호업체가 많다니까 그런 경호원을 며칠 고용하려구, 그리고 한국에서 가져온 스마트폰을 로밍해서 우리끼리 연락할 수 있도록 하고, 여기에서 추가로 모바일을 두 대를 살려구 해."

"뭐 하러 여기 모바일을 두 대씩이나 사나?"

"만약의 사태를 대비하려는 거지. 내가 쥬얼리 샵에 들어갈 때, 넌 사설 경호원하고 같이 있어. 그리고 여기 모바일을 통화 모드로 놓아. 그러면 내가 어디 들어가서 무슨 말을 하는지, 주변 상황이 모바일을 통해서 실시간으로 다 들릴 거야."

"오호~ 대단한 발상이네. 그러니까 일단 소리를 듣고 있다가 위험할 것 같으면 경호원을 데리고 가면 되겠네."

"맞아, 그렇게 해야 할 것 같아. 경호원에게 원석 팔러 간다는 말은 절대 하면 안 돼."

"진짜 오빠 머리 비상하다. 그럼 맨 처음에 어디로 가려고?"

"내가 인터넷에서 사귄 쥬얼리 샵 사장이 있는데, 일단 거길 먼저 가보려구."

"원석 몇 개나 가지고 가나?"

"글쎄, 작은 것으로 네댓 개만 가지고 가볼까. 그 친구가 돈이 있는지 없는지 잘 모르니까."

"그 사장 믿을 만한가?"

"믿을 만할 것 같긴 한데… 또 모르지. 여기선 누구든지 100% 믿어서는 안돼."

"그래, 돌다리도 두들기면서 건너라고 했는데, 그 사람 직접 만나본 적 있어?"

"여기 배낭여행 왔을 때 찾아가보았어, 아주 큰 샵은 아니지만 남자가 성실해 보이더라구, 삼십대 중반쯤 됐는데, 매우 반가워하더라구."

"아이참, 그래도 사람의 마음은 모르는 거야. 남 등쳐먹는 사람들 특징이 첫째, 과잉친절이라는 거 알지? 아무튼 천만 번 생각해봐."

"그럴까, 열 길 물속은 알아도 한 길 사람 속은 모른다는데. 이거 참 난감하다."

"원석을 가지고 가지 말고 다른 것을 가져가 봐, 어떻게 나오는지, 아니면 제일 작은 팥알만 한 원석을 가지고 가서 감정해

달라고 해봐."

"어엉? 그래야겠다. 아차하는 순간에 눈 뜨고 다 뺏기는 수가 있어. 여기도 총이 많아."

"그럼 총을 다시 사야 하나?"

"그렇다고 총싸움해서는 안 되지. 하참, 진퇴양난이네. 일단 네 말대로 가짜 원석을 가지고 가서 의중(意中: 마음속)을 떠봐야겠다. 그런데 크리스털 다 버리고 왔잖아."

"아냐, 내가 이쁜 것 몇 개를 배낭에다 넣어두었어."

"호오, 그랬어? 야아~ 진짜 선견지명이 있네. 예지력이 있어!"

"호호호, 이러다가 예언가로 나서겠네."

그날 점심때쯤에, 차리는 영미는 호텔에서 쉬라고 당부한 뒤, 혼자 밖으로 나왔다. 영미의 조언대로 다이아몬드 원석은 가져가지 않고 강낭콩만 한 크리스털(수정) 두개를 호주머니에 넣었다.

차리는 혼자 호텔을 나서 한 블록 정도 걸어가던 중, 마침 모바일 샵이 눈에 띄었다. 차리는 거기에 들려서 현지 모바일 두 대를 사고는, 다시 호텔로 돌아왔다.

"여기 모바일 두 대 샀으니까. 이따가 내가 전화하면 그때부터 모바일을 통화 모드로 설정해 둬. 그럼 웬만한 소리 다 들리

니까. 그리고 꼭 이어폰으로 듣고 있어, 다른 사람들 눈치 못
채게."

"으응, 알았어. 조심해서 다녀와."

차리는 이렇게 다짐을 주고는 걸어서 '버팔로' 쥬얼리 샵으로
갔다. 30대 중반으로 보이는 흑인 남자는 차리를 알아보고는
"차리, 차리!"하면서 매우 반겼다.

차리가 다이아몬드 원석을 구했다면서 팔수 있느냐니까 가능
하다고 하면서 지금 가지고 있는 달러가 얼마 안 되어서 달러
를 가져오라고 전화를 해야 한다고 했다.

"이 사람도 수상하네. 원석을 먼저 보자고 할 터인데… 전화
를 먼저 하네?"

차리가 이런 생각을 하는 동안, 사장은 어디론가 전화를 하
는데 현지 원주민 말인지 뭐라고 대화를 했다. 츠브야에서 듣
던 원주민 말하고는 또 다른 말이라 단 한마디도 알아들을 수
없다. 전화가 끝나고 사장은 여전히 원석을 보자는 말을 하지
않고는 얼음이 들어간 쥬스를 한잔 내왔다. 사람이 한번 의심
이 들면 해결될 때까지 모든 게 다 수상하고 의심이 간다. 그래
서 차리는 쥬스를 입만 살짝 대어보고는 마시지 않았다.

"차리, 잠시만 기다려요, 곧 달러를 가지고 옵니다."

"네, 그러세요."

지금 이렇게 대화하는 내용을 모두 영미가 듣고 있었으니 영미도 의심이가고 불안하기 짝이 없었다.

곧바로,

군인 복장을 한 남자 두 명이 아카보 소총처럼 커다란 총을 어깨에 메고 나타났다. 그러나 이 군인 복장을 한 사람은 실제 군인이 아니다. 사설 경비업체의 경비원도 아니다. 이 나라에 선 아무나 이런 군복 비슷한 옷을 입고 다녀도 되는 것이다.

이들은 다짜고짜 차리에게 다가와

"당신이 다이아몬드 원석을 가지고 있소? 그건 불법이오. 당장 이리 내놓으시오."

라고 윽박질렀다.

사장 놈은 저기에 서서 아무 말도 하지 않고는 지켜만 보고 있었다.

"뭐야, 내가 가지고 있는 원석을 판다고 하니까 아예 강탈하려는 거냐?"

차리가 대단히 큰소리로 항의했더니 사장이 움찔한다.

"이 나라에서 나온 원석은 무조건 국가 소유입니다. 그러니까 어서 내놓으시오!"

"야 이자식아, 네 홈페이지에 원석 사고판다고 하고선 원석을 강탈 하냐?"

이렇게 소리치니까 가짜 군인 두 놈이 총을 들이대면서 원석을 내놓으라고 윽박지른다.

"차리, 이 나라 법이 그러니까 빨리 원석을 내놓아, 아니면 저 사람들 손에 죽을지도 몰라."

"이 개자식들, 이런 날강도를 봤나."

가짜 군인 두 놈은 총부리를 차리의 배에 대고는 꾹꾹 찔러가면서 빨리 원석을 내놓지 않으면 죽이겠다고 협박했다. 그러더니 한 놈이 차리를 뒤에서 껴안고는 호주머니를 마구 뒤지기 시작하였다. 차리가 가져온 가짜 원석(크리스털) 두개는 남방 호주머니에 있었고, 놈들은 금세 그것을 꺼냈다. 그러더니 그걸 들여다보고는 서로 고개를 갸웃거리더니 뭐라고 떠들면서 사장에게 건넸다.

사장은 원석을 유심히 살펴보더니 단호하게 말했다.

"이거 다이아몬드 원석 아니다. 크리스털이다."

그 말을 듣자, 세 놈은 허탈해진 모양인지 낙심한 얼굴 표정을 지었다.

"차리, 이거 다이아몬드 원석 아니다. 가져가."

"뭐라구? 원석이 아니라구? 잘 됐다. 이 나쁜 놈들아, 진짜 원석이었으면 그냥 강탈할 셈이었지."

"미안하다."

세 놈은 저희들끼리 몇 마디 하더니 가짜 군인 두 명은 별말 없이 가버렸다. 차리는 화가 머리꼭지까지 나서 그 사장 놈에게 심한 한국 욕을 마구 해대었고, 그 놈은 "쏘리~, 쏘리~"만을 연발했다.

정말로 위기상황을 넘겼다. 영미의 제안을 따랐기에 망정이지 진짜 원석을 몇 개 가지고 왔다면 그대로 뺏기고 말았을 것이다. 차리는 천만다행이라고 생각하고는 뒤돌아서서 샵을 나왔다.

크게 낙심한 차리는 호텔에 돌아왔다. 영미는 모바일을 통해 전후사정을 알고 있기에 실망하기는 마찬가지였다.

"차리, 너무 실망하지 마, 처음부터 사람을 잘 못 골랐어, 규모가 큰 샵으로 갔어야 하는데 너무 작은 곳으로 가다 보니 그런 날강도 같은 놈을 만나게 된 거야."

"그렇기도 하지. 내원참, 메일을 주고 받을 때는 간, 쓸개를 빼줄 듯이 대하더니, 막상 원석을 보니까 날로 먹으려고 하네. 그 새끼 진짜 욕 나온다."

"이 나라가 세계적으로 유명한 범죄의 나라라니까, 뭐든 조심해야 해, 이런 상황에서 범죄의식도 없이 사건을 일으키는게 일상이니까."

"맞아, 그래도 가공 다이아몬드나 원석 취급은 여기가 규모가 큰 데야. 공항을 통해서 반출도 못하니까, 어떻게든 환금

(換金)을 해야 하는데……. 참 난감하네."

"일단 진정하고 나가서 규모가 큰 쥬얼리 샵을 알아봐야겠어. 오다가 보니까 큰 쥬얼리 샵 앞에는 보안 요원들이 총 들고 보초를 서더라고, 오히려 그런 곳이 더 안전할 수도 있고, 고가품도 취급할 가능성이 높아."

"하긴, 그럴 수도 있겠네. 그리고 이번에는 반드시 사설 경호원을 고용해야겠어. 지난번 나하부처럼 나오다가 납치당하면 안 되니까."

"맞아, 그렇게 하는 게 좋겠어. 꼭 둘이 붙어서 다니지 말고 오빠 혼자서 샵에 들어가, 난 밖에서 동태를 살필 테니까. 그리고 아까처럼 모바일을 열어두면 무슨 일이 일어나는지 실시간으로 알 수 있잖아"

"그래, 그렇게 해야겠어."

이렇게 해서 둘은 나와서 차를 타고 이동하면서 규모가 큰 쥬얼리 샵을 찾아 나섰다. 호텔에서 서너 블록을 지나자, 쥬얼리 샵들이 즐비하였는데 영미 말대로, 총을 든 보안 요원이 입구에서 보초를 서는 곳도 많았다.

"일단 오늘은 여기까지 하고, 사설 경호업체를 찾아보자."

"으응."

살인 강도 등의 강력사건이 많은 이 나라에는 그에 걸맞게 사설 경호업체도 많았다. 고급 주택가에 가보면 담을 높이 세우고 이중, 삼중으로 설치한 집들이 많았다. 어떤 집은 그렇게 철조망을 치고 그 안쪽으로 고압선을 설치했다고 한다. 게다가 사설 경비업체에서 철저한 경비를 선다고 하였다. 아무튼 우리나라에서는 상상조차 하기 어려운 환경이었다.

차리와 영미는 쉽게 사설 경호업체를 찾아서 내일 하루 경호를 부탁했다. 경호비용은 비싼 편이었으나 그 정도는 감수해야 했다. 차리는 호텔을 알려주지 않고, "내일 오전 10시에 정해진 장소에서 만나자"고 전했다.

다음 날

차리는 강낭콩보다 조금 큰 원석 세 개와 크리스털 한 개를 가지고 영미와 함께 나와서 경호원을 만나기로 한 장소에 갔더니 흑인 남자 두 명이 총을 가지고 서성이고 있었다.

"헬로~"

"굿모닝~"

"아주 어려운 임무는 아닙니다. 제 와이프 근처에 있다가 만약 무슨 일이 생기면 불러주시면 됩니다."

"예, 그렇게 하겠습니다."

차리는 이렇게 지시를 하고는 영미에게는 쥬얼리 샵 근처의 커피숍에서 기다리라고 했다.

"이 사람들은 어떻게 해? 같이 들어가나?"

"같이 들어가서 다른 테이블에 앉으면 되잖아, 커피나 과일

주스 한잔 마시면서 기다려. 모바일 켜놓고.”

“응, 그러면 되겠다.”

“먼저 가 있어. 그래야 내가 어딘지 알지. 저 앞에 보이는 스마일 커피숍으로 가. 나는 길 건너에 큰 쥬얼리 샵으로 가볼 테니까.”

“으응, 그렇게 할게.”

차리는 영미를 먼저 보내고 ‘코스모스’ 쥬얼리 샵에 들어갔다. 이곳 역시 문 앞에 문 앞에 경비원이 총을 들고 서 있었다. 매장 안에는 사십 여세 안팎의 흑인 부부로 보이는 사람과 이십 여세로 보이는 젊은 여자가 반갑게 맞이하였다. 이들은 가족처럼 보였다. 차리는 크리스털과 다이아몬드 원석을 보여주며 판매 의사를 밝혔다.

“오우, 원석은 세 개고, 이것은 원석이 아니라 크리스털입니다.”

전문가인 그 사람은 한눈에 원석과 크리스털을 구분하였다.

“그럼 세 개의 원석을 사시렵니까?”

“네, 가격이 맞으면 삽니다.”

의외로 순순히 거래가 되어서 삼천 달러 조금 넘게 받았다. 삼백육십만 원 정도이다.

“혹시 더 많은 원석이 있다면 가져오세요. 다른 샵보다 후하게 매입하겠습니다.”

“예, 그렇게 하겠습니다.”

거래는 예상보다 순조롭게 진행되었다. 차리는 매장을 나오면서 혹시라도 미행하는 사람이 있는지 살폈지만 특별히 수상한 낌새는 없었다. 그렇게 몇 걸음 옮기다가 길가의 과일 노점상이 눈에 띄었는데 거기에서 뭔가 좋은 아이디어가 떠올랐다. 차리는 어림잡아 호두보다 약간 큰 오렌지를 몇 개 사서는 아까 갔었던 코스모스 쥬얼리 샵에 다시 들어갔다.

"사장님, 이 정도 크기의 원석이라면 가격이 얼마나 나갈까요?"

"예엣? 이 정도 크기면 매우 비싸지요. 엄청납니다. 상태가 좋다면 천만 달러 이상 갈 수도 있어요."

천만 달러면 한화 100억 이상이다. 차리도 순간 놀라움을 감추지 못했다.

"우리에겐 당장 그런 큰돈이 없습니다."

"당장 달러로 바꿀 것은 아니고요. 은행 계좌 이체를 하면 됩니다."

"그래요? 그래도 너무 고가여서 매입할 수 없어요. 혹시 투자자가 있다면 모를까…"

"아 그렇군요. 그렇다면 어쩔 수 없네요."

차리가 실망한 표정으로 나가려는 순간, 사장이 불러 세운다.

"혹시 모르니 투자자를 알아보고 연락 드릴테니 전화번호를 알려주세요."

"내가 전화를 하지요. 오늘 저녁때 전화를 할까요?"

"아닙니다. 내일 오전 10시쯤 전화해 주세요."

사장은 명함을 건네주었고, 차리는 발걸음을 돌렸다.

그렇다면 다이아몬드 원석 투자자는 어떤 사람들일까? 이들은 거대한 자본을 가지고 전 세계의 다이아몬드 시장을 좌지우지할 정도의 재력이 있는 사람들이다. 원석을 잘 가공하면 두세 배 이상으로 가치가 높아진다는 것을 잘 알고 있는 사람들이다. 그러니 이보다 더 좋은 투자가 어디 있겠는가. 십억을 투자해서 원석을 사들이고 그걸 가공하면 적어도 이 삼십억은 받을 수 있으니 최고의 투자인 것이다. 그래서 고가의 원석은 여러 사람이 연합해서 공동 투자를 하기도 하였다.

그날 밤

차리는 영미와 상의한 끝에, 처음부터 큰 원석을 가지고 나갔다가 위험한 일이 생길 수도 있다고 판단하고 우선 밤톨만한 원석 두 개만 가져가 보기로 했다.

"우리가 가지고 있는 원석, 생각보다 굉장한가봐."

"그래? 그럼 몇십억 정도 할까?"

"아니, 어쩌면 몇백억이 될지도 몰라. 샵에서도 투자자를 알아본다고 하더라구."

"옴마나! 진짜 왕대박났네."

"그래서 불안해, 혼자 다니기가."

"나랑 같이 가면 되잖아."

"아이고, 그러다가 지난번처럼 둘 다 납치되면 누가 구해줘. 나 혼자 다니는 것처럼 위장해야 해."

"그럼 사설 경호원을 데리고 가. 무슨 내용인지는 알려주지 말고, 문밖에서 기다리라고 하든지 아니면 같이 들어가면 될 것 같은데."

"그럴까? 같이 들어갈 수는 없고 문밖에서 기다리라고 하면 될 것 같은데. 괜찮을까. 사실 걔들도 100% 믿을 수는 없지만, 지금으로선 다른 묘책이 없네."

"없어, 오빠가 두 명 데리고 가서 문밖에 세워두고 내가 근처에서 경호원 데리고 대기하고 있으면 총 네 명이잖아, 무슨 일 터지지 않겠지만 마음이라도 든든할 것 같아."

"그러게, 그렇게 해야겠어."

"그럼 내일 시간 약속은 잡아놨어?"

"약속까진 아니고 오전 10시경에 내가 전화한다고 했어."

"그래 잘했어. 만약 가더라도 적당한 크기의 원석 서너 개만 가져가 봐. 그 사람들이 실제로 돈이 있을지 없을지 모르니까. 만약 있다면 다시 여기로 와서 나머지를 가져가면 될 것 같아."

"맞아, 그게 좋겠다. 그런데 투자자들의 현금 동원력이 얼마나 될지 모르겠네."

"현금? 달러가 아니라 계좌 이체시킨다고 했잖아."

"그 말이 그 말이야. 은행에 잔고가 있어야지. 투자자들이 말만 번지르르하게 하고 실제로 돈이 없으면 의미 없잖아."

"그렇지. 순서가 그래야지."

차리는 자신이 가진 원석이 예상보다 훨씬 거액의 가치를 지닌 것 같아 한편으로 불안하고 두렵기까지 했다. 강력 범죄가 빈번한 이 나라에서 쥐도 새도 모르게 죽을 수도 있기 때문이다. 하지만 어떻게든 원석을 팔아야만 했기에, 내일 사설 경호원을 두 명도 데리고 가기로 하였다.

다음날, 오전 10시경

차리가 먼저 코스모스 쥬얼리 샵 사장에게 전화를 했다.

"안녕하세요. 어제 원석을 판 사람입니다. 투자자를 알아보셨나요?"

"지금 몇 명은 섭외(涉外) 되었어요. 그런데 원석이 몇 개나 되나요? 거액이면 투자자를 더 알아봐야 합니다."

"개수보다는 크기가 중요할 것 같아요. 작은 오렌지 크기의 원석이 세 개 있고, 밤이나 대추만 한 것들, 그리고 그보다 작은 것들을 모두 합하면 대략 두 컵 정도 될 겁니다. 개수로는 총 61개입니다."

"예엣? 그렇게나 많아요? 그걸 어디서 구했나요. 요즘 원석이 씨가 말랐는데."

"제가 운이 좋았지요. 아프리카 중부 사막 지역에서 운 좋게 발견한 것입니다."

"알았습니다. 오늘 오후 3시경에 다시 전화 하세요. 투자자를 좀 더 알아보겠습니다."

"그럼 그렇게 하세요."

차리는 일단 오후 3시에 다시 연락하기로 했다..

오후 3시, 차리는 다시 전화를 걸었다.

코스모스 주얼리 샵 사장은 투자자들이 섭외되었으며, 오후 4시까지 샵으로 오기로 했다고 전했다. 그리고 네 시에 원석을 가지고 샵으로 나오라고 했다.

차리는 영미와 상의한 대로 네 명의 경호원을 배치했다. 두 명은 영미와 함께 근처에서 대기하도록 하고, 나머지 두 명은 샵 입구에서 서 있으라고 지시했다.

차리가 쥬얼리 샵의 문을 열고 들어가니 기다란 탁자에 양쪽으로 오십대 정도로 보이는 늙수그레한 백인과 흑인들이 의자에 앉아 있다가 일제히 일어서서 가볍게 인사를 했다. 그들 앞에는 각자 노트북이 놓여 있었다. 이러니 작은 쥬얼리샵 홀이 꽉 찼다. 차리는 속으로 매우 놀랐으나 애써 태연한 체 하였다. 다섯 명의 백인 남자, 두 명의 백인 여자, 두 명의 흑인 남자로 총 아홉 명이나 되었다.

먼저 사장이 간단히 소개 인사를 하였다.

"젊은이가 대단한 수완으로 원석을 발견한 모양이요. 일단 봅시다."

"제가 운이 좋았지요."

차리는 호주머니에서 밤톨만 한 크기의 원석 세 개를 꺼내어 사장에게 건넸다. 사장은 원석을 이리저리 살펴보더니 돋보기로 정밀하게 확인한 뒤, 돋보기와 광학 기기 같은 것으로 면밀히 관찰했다.

"다이아몬드 원석이 틀림없습니다."

사장이 확인한 뒤 투자자들에게 원석을 건넸고, 그들도 같은 방법으로 관찰을 했다.

"원석이 많다고 하셨는데, 왜 세 개만 가지고 나오셨나요?"

"예. 매입할 수 있는 자금이 있는지 먼저 확인해야 하니까요. 거액이 걸린 일이니 원석을 함부로 들고 다닐 수 없습니다."

"거래 방식은 현금인가요, 달러인가요?"

"그건 아니고 은행 계좌 이체로 진행하면 됩니다."

"여기 말고 다른데도 알아보셨나요?"

여러 투자자가 동시에 질문을 던졌다.

"다른 샵도 알아보고 있습니다. 만약 여기에서 거래가 어렵다면, 거기로 가려고 합니다."

차리가 즉흥적인 대답을 하였다.

"여기에 오신 분들이 매입하지 못하면 다른데도 거의 불가능할 것입니다. 이분들이 거액 투자자들입니다."

사장이 부연 설명을 하였다. 그러니까 여기 모인 아홉 명이 자본금이 많은 분이라는 뜻이었다.

"시세에 맞으면 매입할 테니, 나머지도 모두 가지고 나오시 지요."

이때, 사장의 딸로 보이는 젊은 여직원이 과일 쥬스를 한잔 씩 주었다.

"아가씨. 밖에 제가 데리고 온 경호원이 두 명 있는데, 이분 들에게도 주스를 가져다주세요."

차리는 자연스럽게 요청하며, 경호원의 존재를 투자자들에 게 알렸다. 투자자들은 자기들끼리 눈을 맞추면서 이 청년이 대단히 치밀한 사람이구나 라고 생각을 하였다.

"그러면 매입할 자금이 얼마나 되는지 컴퓨터로 확인을 해주 시면 제가 나머지 원석을 모두 가져오겠습니다."

"투자자가 여러 명이라, 일일이 확인하려면 시간이 걸릴 텐 데요."

"시간은 충분하니 한 계좌로 자금을 통합하면 좋을 듯 합니 다. 매매 성사가 안 되면 다시 원위치로 돌려놓으면 되니까요."

"그렇게 하면 되겠네."

투자자와 사장은 자기들끼리 몇 마디 대화를 주고받더니, 일 제히 노트북의 키보드를 두드리며 어떤 한 사람의 계좌로 자금 을 모으는 모양이었다.

이십 여분 후에 정리가 다 된 모양이었다. 쥬얼리 샵 사장은 노트북 화면을 차리에게 보여주며 현재 준비된 금액을 확인시켜 주었다.

"50,000,000"

차리는 자신의 눈을 의심하지 않을 수 없었다. 오천만 달러면 한화로 600억 원이 넘는 거액이었다.

"알았습니다. 제가 가진 원석을 모두 합하면 양으로는 두 컵 정도 될 것입니다. 시세가 어느 정도 맞으면 양도하겠습니다."

"그렇게 하세요."

차리는 원석 세 개를 돌려받고, 곧바로 영미에게 연락했다. 샵에서 나온 후, 차리는 가까이에서 대기하고 있던 영미에게 다가가 원석이 들어있는 전대를 건네받으며 몇 마디 대화를 하고 나왔다.

"너무 떨려, 수백억 원쯤 되나 봐. 원석 값이 싸다고 하던데, 크기가 커서 그런가 봐."

"마음 단단히 먹어, 핸드폰 열어놓고 있으니까 걱정하지 마, 만약 무슨 일 생기면 2~3분 안에 그 앞에서 대기하고 있을게."

"응, 그래, 샵 문 앞에서도 두 명이 서 있으라고 했어."

"그럼 그 사람들이 원석 매매하는 거 알고 있어?"

"아니지, 알면 큰일 나게."

"그럼 됐어, 아무 문제 없을 거야. 이번엔 제대로 된 사람들을 만난 것 같아.”

차리는 긴장한 탓인지 입이 바싹 말랐다. 그는 맹물을 한 컵 가득 들이켜며 마음을 가다듬고 자리에서 일어섰다.

잠시 후,

차리는 쥬얼리 샵에 다시 모습을 드러냈다.

일행들 모두가 큰 호기심으로 차리를 쳐다보았다. 차리가 가져온 원석은 총 61개로, 크고 작은 것들이 다양했다. 이중에서 호두알만 한 것은 세 개였는데 정확하게는 탁구공만 한 것 두 개와 호두알 만 한 것이 한 개다. 투자자들은 모두 두 눈을 크게 뜨고는 소리 죽여서 감탄을 하고 있었다.

“사장님, 이걸 먼저 확인하시는데, 크기별로 대략 나누고 등급도 매겨주세요.”

“당연히 그래야지요.”

이렇게 해서 사장이 A4 종이에 표를 만들고는 나름대로 크기를 분류하면서 대충 눈대중과 돋보기로 등급도 분류했다.

총 61개의 원석 중에서 최하 등급으로 분류되어 매입이 어려운 것이 여섯 개였고, 상품 가치가 있는 것은 총 55개였다. 탁구공, 호두, 방울토마토, 밤톨, 대추, 은행, 이보다 작은 원석들을 모두 포함한 것이다. 이러는 중에 투자자들은 자기들끼리 수군거리기도 하고 놀란 표정을 짓기도 하는데 떠들지는 않았다. 거래는 차분하고 신중한 분위기 속에서 진행되었다.

사장은 작은 접시 여러 개를 가져와 크기별로 분류된 원석을 각각 담아 투자자들에게 건넸다. 투자자들은 돋보기로 보기도 하고 광학 기기를 이용해 면밀히 관찰하며 연신 감탄했다. 그리고선 자기들끼리 조용히 의견을 나누기 시작했다. 차리가 듣기에 캐럿이라는 말이 자주 들리는 것으로 보아 등급과 크기에 대해 논의하고 있음을 짐작할 수 있었다.

5분도 채 지나지 않아 사장이 먼저 입을 열었다.

"아시다시피 이런 거래는 길게 끌 일이 아닙니다. 어서 결정을 하시지요."

투자자에게 빨리 결정을 하라고 한 것이다. 이윽고 투자자의 대표자로 보이는 오십대 중반의 백인 남자가 입을 열었다, 모습은 평범했지만, 말투에는 자신감이 배어 있었다.

"영 맨(Young man), 아까 우리가 가진 달러를 확인했지요. 그게 우리가 지금 투자할 수 있는 맥시멈(maximum)입니다. A급 원석이 여러 개 포함되어 있어 값어치가 나가는 게 있습니다. 물론 다른 곳을 알아보면 조금 더 받을 수도, 반대로 덜 받을 수도 있겠지요. 하지만 지금 여기에 모인 우리는 다이아몬드 원석 투자자로, 충분한 자금력을 갖춘 사람들입니다. 그러니 고가품 들고 여기저기 헤매다가 사고가 터질 수도 있으니 속전

속결로 오백만 달러에 양도하시지요.

오백만 달러면 육백억 원이 아닌가. 차리는 귀를 의심했지만, 현실이었다.

"좋습니다. 지금 제 계좌로 이체를 완료하면 원석을 모두 넘기겠습니다."

"그렇게 하시지요."

이렇게 해서 오백만 달러가 차리의 스위스 계좌로 모두 이체되었고, 차리는 원석을 모두 양도했다. 투자자들은 원석을 시세보다 저렴하게 사서 기뻐했고, 차리는 예상보다 높은 가격에 팔아서 더욱 기뻤다. 마치 몸이 하늘로 날아오를 것만 같았다. 그 시각, 영미는 너무 놀라서 안절부절못하며 심장이 쿵쾅거렸다. 벅찬 감정을 주체할 수 없어 소리라도 지르고 싶었지만, 그럴 수 없는 상황이었다. 대신 본능적으로 벌떡 일어서서 만세를 부르듯 두 손을 하늘로 뻗었다. 그 충격으로 귀에 꽂고 있던 모바일 이어폰이 빠져버렸다.

한편, 차리는 작별 인사를 하려다가 문득 아쉬운 마음이 들었다.

"사장님, 아까 상품 가치가 없다고 하셨던 원석 중 하나만 가져가도 될까요?"

"하나가 아니라 모두 가져가서도 됩니다. 다만, 공항에서 반출이 어려울 겁니다."

"그럼 가져갈 수 없겠네요. 큰 고생 끝에 얻은 것인데."

"가공품은 가지고 나갈 수 있습니다. 여기에서 샀다고 영수증을 보여주시면 됩니다."

"가공은 어떻게 하나요?"

"제일 간단한 방법은 원석에 강력 본드를 사용해 고리를 만들어서 목걸이 줄을 거는 것입니다. 그렇게 만들어드릴까요?"

"오우, 감사합니다."

"그럼 하나를 골라보세요. 금방 만들어 드리겠습니다."

"예."

차리는 가치가 없다고 분류된 원석 중에서 강낭콩만 한 것을 골라서 주었더니 사장은 금세 능숙한 손놀림하여 본드로 고리를 붙여주고는 가는 백금 줄을 걸어주었다. 그리곤 영수증도 함께 건네주었다.

"사장님, 정말 감사합니다. 여러 사장님들, 감사합니다."

차리가 먼저 인사를 건네자, 일행들도 자리에서 일어나 차리의 작별 인사에 화답했다.

차리는 너무 기뻐서 발걸음이 둥둥 떠다녔다. 네 명의 경호원에게 각각 백 달러씩을 주니까, 그들은 두 눈이 휘둥그레 뜨며 굽신거리고 "땡큐!"를 연발하였다. 불과 두 시간 정도인데 백 달러면 십 만 원 정도니까 매우 큰 금액이었던 것이다.

차리는 영미를 태우고 길가의 중고차 매매상으로 가서 완전

헐값에 차를 팔아버렸다. 그리고는 곧바로 택시를 타고 호텔로 돌아왔다.

"먼저 올라가서 짐을 챙겨. 최소한 짐만 배낭에 꾸려."

"왜? 원석도 다 팔았는데 쉬고 놀다 가야지."

"아이구, 놀아도 여기선 안 돼. 지난번에 말했잖아, 일단 치고 빠져야지. 어서 올라가. 난 일층에 있는 여행사에 가서 항공권을 알아볼 테니까, 아무데를 가든 일단 빠져나가는 게 먼저야."

"응, 알았어."

영미는 상황을 이해했다는 듯 빠른 걸음으로 엘리베이터 앞으로 갔다. 차리는 호텔 1층 여행사로 가서 가장 빠른 항공편을 예약하려 했다.

목적지는 홍콩이나 방콕, 거기도 없으면 인도네시아 자카르타를 알아봐 달라고 했다. 여직원은 이리저리 검색을 하더니만 모두 오늘, 내일 가는 편은 없다고 하였다.

여직원은 컴퓨터를 검색한 후 고개를 저었다.

"죄송합니다. 오늘과 내일 출발하는 항공편은 모두 매진입니다."

"이코노미가 아니라 비즈니스 자리로 알아봐 주세요."

"비즈니스 자리면 방콕행 항공편에 몇 좌석 남아 있습니다, 내일 새벽 5시 출발이므로 오늘 밤 공항에서 대기하셔야 합니다."

"좋아요. 그걸로 두 장 주세요. 혹시 방콕에서 푸켓행 항공편
도 예약할 수 있나요?"

"푸켓행은 여기서 예약이 어렵습니다. 방콕에 도착하신 후
현지에서 알아보셔야 해요."

"알겠습니다."

항공권을 받아 든 차리는 곧바로 룸으로 올라가 영미를 데
리고 나왔다. 그리고 택시를 타고 공항으로 향했다. 아직 저
녁도 되지 않아 시간이 충분했지만. 차리는 왠지 모를 불안
감이 들어 서둘러 호텔에서 나온 것이었다. 영미도 별말 없이
따라왔다.

공항에 도착한 둘은 저녁을 먹고 커피를 마시며 시간을 보내
야 했지만 그것은 문제도 아니었다.

"왜 방콕으로 표를 끊었어?"

"표가 없어, 당장 구하려니까. 일단 방콕에 가서 쉬었다 가
자."

"그럴까? 며칠정도?"

"신혼여행 가는 셈치고, 삼박사일 정도 있다가 가자, 방콕보
다는 푸켓으로 가면 볼거리도 많고 즐길 거리도 많아. 거기에
서 인천행 직항도 있어, 도착하자마자 항공권을 알아보면 될
거야. 비즈니스석은 대부분 여유가 있는 모양이야."

"그럼 방콕 가는 것도 비즈니 석이야?"

"그럼, 내가 올 때 말했잖아, 한국 돌아갈 때는 비즈니스석에 앉아 간다구."

"아~ 그랬었지. 진짜 그렇게 실현되네. 야아~ 대단하다! 선견지명이 있었네."

"하하하, 우연히 그렇게 됐어. 이게 다 타조 덕분이지."

"정말? 내 공(功)은 하나도 없는 거야?"

"하하하, 타조랑 질투하네. 영미는 일순위지."

"호호호, 진작 그렇게 말을 했어야지."

둘은 무슨 말을 해도 즐거웠고, 웃음이 끊이지 않았다.

차리와 영미는 방콕을 거쳐서 푸켓에 가서 뒤늦지만 신혼여행 같은 휴가로 삼박사일을 보내고 인천행 비행기에 올랐다. 물론 여기도 비즈니스 석이다.

"원석 다 팔고 나니까 허전하지 않아? 죽을 고생해서 얻은 건데."

"팔기 전에는 노심초사(勞心焦思)하느라 가슴이 쫄깃했는데, 막상 다 팔고 나니 허전하네."

"내가 그럴 줄 알고 원석으로 목걸이 하나 만들어 왔어."

"정말?"

"아, 그럼."

차리는 쥬얼리 샵에서 급하게 제작한 원석 목걸이를 꺼내어 영미에게 건넸다. 영미는 그것을 받아들더니 눈물을 글썽거렸다.

"오빠, 정말 고마워, 내가 집에 간다고 투정부렸을 때도 감싸주더니… 이걸 어떻게 만들었어?"

"약간의 흠이 있어서 등급이 안 나오는 원석이었어. 그걸 샵 사장이 목걸이로 만들어줬어. 원석 자체는 공항에서 반출이 안 되는데, 이렇게 가공해서 샵에서 산 것처럼 하면 영수증을 보여주고 반출할 수 있다고 하더라구. 그런데 공항 통과할 때 보니까 보자고도 안하더라."

"으응, 그랬구나. 아무튼 고마워, 영원히 간직할게."

원석 목걸이는 가공을 하지 않아서 모양은 볼품이 없었지만, 수많은 사연을 간직하고 있었기에 더없이 소중하게 느껴졌다.

"오빠, 그 많은 돈으로 뭘 할 거야?"

"글쎄, 예상보다 너무 많아서 고민이네. 동물원이 딸린 리조트를 세울까?"

"모히부카에 학교를 세운다고 하지 않았어?"

"아 그거, 지금 당장은 어려워. 내가 갑자기 학교를 세운다고 설레발 치면 사람들이 모두 의심할 거야, 그 돈 어디서 났느냐구. 먼저 여기서 사업을 성공시켜서 정당한 사업가로 자리 잡아야 해. 지금 가면 안 돼.

"듣고 보니 그러네. 정말 치밀한 생각이야."

"아마 십 년쯤 후면 가능할 거야."

"그런데 동물원이 운영이 어렵다고 하던데. 현상 유지하기도 급급한 모양이더라구."

"그럴 거야. 예전에는 전국에 동물원이 몇 개 없었는데, 요즘은 이게 돈이 된다니까 우후죽순처럼 생겼지. 값비싼 동물들을 사와야 하고, 관리 비용도 많이 들어. 입장료 몇 푼 받아서는 수지타산이 안 맞을 거야."

"그런데도 동물원을 할 생각이야?"

"나? 난 그렇게 운영 안 해. 기발한 사업 구상이 있어. 아마 전 세계 최초일걸. 내 계획대로라면 이삼백억 정도 투자해서 십 년 안에 오백억을 만들 자신 있어.

"옴마나, 그게 가능해?"

"하하하, 아직도 나를 못 믿어? 한다면 하는 거고, 된다면 되는 거야."

"와아~ 진짜 오빠 머리 비상하다. 뭐든지 잘 될 거야. 하쿠나 마타타!"

"하쿠나 마타타(Hakuna Matata)"란 '다 잘 될 거야'라는 뜻이다. 차리와 영미는 꿈속에서 걷는 듯한 기분으로 대화를 나누었다.

~끝~